KB236808

한국소설과 근대적 일상의 경험

김명석

새미

이 책을 나의 아버님
고 김기현 교수의 영전에 바칩니다.

  내가 처음 한글을 깨치던 초등학교 신입생 시절 아버님이 주신 입학기념 선물은 당신께서 직접 지은 동요집 『무지개』였다. 어린 날의 무지개를 잡으려던 꿈을 담아 기념식수 하듯이 엮으셨던 그 책은 지금도 내 기억의 서가에 두고두고 남아 있다.

  어느 누구나 자식은 한 때 그 부모의 자랑인 시절이 있다. 유년 시절 나는 아버님의 모교인 고려대 교정을 내 집처럼 드나들었다. 때로는 우리문학연구회를 비롯한 학회에도 데리고 가셨고, 어른들께 드리는 세배도 따라 다녔다. 아버님의 스승은 내겐 할아버지와 같았고, 선후배분들은 나의 아저씨가 되어 주셨다.

  초등학교 3학년에 올라 나는 아버님이 세우신 예그린출판사의 최연소 사원이자 유일한 사환이 되었다. 교정지를 들고 서대문으로 인쇄소 심부름을 다니면서, 원고지에 바른 글씨로 정서하는 법·교정보는 법을 익혔다. 컴퓨터가 없던 그 시절 박씨전, 임진록, 임장군전 등을 일일이 내 손으로 직접 써야 했다.

  아버님은 시간만 있으면 나를 끌고 연신내 헌책방을 훑고 다니셨다.

아버지의 서재를 꽉 채우고도 넘쳐 나온 책들이 방방이 빼곡이 들어찼다. 자라면서 나는 내방이라고 특별히 가져본 적이 없는 것 같다. 동생과 함께 쓰던 방도 침대 반대편 벽 전체가 외국문학 서적으로 도배되었다. 우리집은 모든 방이 서재였다.

많은 세월이 흘러 나 역시 국문학자의 길에 들어섰다. 언젠가 아버님은 부자간에 공동저서를 출간하자고 말씀하셨다. 그 약속은 끝내 지켜지지 못했지만, 이 책의 내용은 아버님이 생전에 보셨던 그 원고들이다. 논문 한편 한편을 발표할 때마다 아버님은 내 최고의 애독자셨고, 더러는 발표 전에 손수 교정을 봐 주시기도 했다. 제2부의 첫 논문인 박태원의 단편소설 연구는 아버님의 회갑기념논총에 수록했던 글이다. 그리고 제2부에서 소개한 『단층』 4호는 아버님이 대학원 시절 작성한 카드를 통해 발굴한 자료이고, 제3부의 현상윤론 역시 「핍박」을 수필로 보았던 아버님의 견해를 다시 생각해 보면서 준비한 것이다. 따라서 이 책의 글들은 내 개인적으로는 아버님과의 대화라고 할 수 있다.

아버님의 일주기가 지나갔다. 내게 책을 정성껏 만드는 법, 즐겨 사는 법, 소중히 간직하는 법을 가르쳐주신 아버님을 기리는 유고집 한 권 미처 묶어 내지 못했다. 그 대신에 아버님의 첫 책선물을 받은 지 정확히 30년 만에, 그렇게 오래 기다리신 아들의 첫 번째 책을 바친다.

이 책은 전체 3부로 구성되어 있다. 이 책의 중심이 되는 제1부는 한국소설에 나타난 근대적 일상의 경험을 다룬다. 한국 근대문학을 대상으로 한 최근 몇 년간의 연구 과정을 돌아보면 대체로 다음 세 가지 화두로 집약된다. 그것은 근대성·일상성·감수성이다. 박사과정에 입학하여 본격적인 연구자의 길에 들어섰을 때 필자의 관심은 한국 모더니즘 소설사를 정리해보는 것이었다. 석사논문 주제였던 박태원의 소설에서 촉발된 모더니즘 소설에 대한 관심을 확장하여 1950-60년대, 나아가 현재에 이르는 모더니즘의 계보를 정립하는 것이 처음의 목표였다. 때마침 활발하게 전개된 근대성 논쟁의 영향을 받으면서, 근대성에 대한 추상적 접근보다는 작품 자체에 나타난 근대성의 경험 양상을 보다 구체적으로 다루어야겠다는 생각을 하게 된 것도 그 무렵이다.

30년대 모더니즘에 대한 공부에 이어, 전후 소설사에서 모더니즘의 행방에 대해 탐구하는 동안 소설사에서 소외된 추식, 김광식, 김동립의 도시소설들에 주목하게 되었다. 근대성의 몇몇 요인들이 등장인물에 의해 보고되는 도시 생활의 경험, 근대적 일상의 경험 속에 체현되어 있었다. '근대화의 경험'과 '근대성의 경험'은 구별해서 바라보아야 했다. 작품에 묘사되는 공장과 집을 통해 근대적 공간-기계와 근대적 주거공간의 특성을 인식할 수 있었다. 누군가의 말대로 도시는 근대성의 산실이요, 근대사회의 임상실험실이자 도서관이었다. 그 무렵 민족문학사 연구소 현대문학분과에서 공동작업으로 진행한 1960년대 소설연구에 참여하면서 김승옥 소설의 근대성에 대해 고민하게 되었고, 정현기 교수님의 지도로 '김승옥 소설 연구'를 학위 논문의 주제로 정하였다.

연구하면 할수록 근대성의 경험 핵심에는 또 다른 화두인 일상성의 경험이 자리잡고 있었다. 일상성이란 단순한 일상의 반복을 의미하는 것이 아니라 고도로 발달한 산업사회의 도시적 특성이며, 앙리 르페브르의 말대로 일상성과 근대성은 마치 동전의 앞뒷면처럼 우리 사회의 시대정신의 양측면을 이룬다. 이에 따라 근대적 주체의 성립 문제를 다루는 논의들과 90년대 후반 집중적으로 소개된 일상성 담론에 힘입어, 김승옥 소설에 나타난 자아 문제를 일상성의 측면에서 재검토하는 작업에 들어갔다. 중요한 것은 소재로서의 일상 탐구가 아닌 현대 자본주의 사회의 본질로서의 일상성의 탐구가 필요하다는 점이었다. 자본주의적 일상성이 인간의 삶을 결정하게 되면서, 세계 내적 존재로서의 자아에 대한 탐구는 자연스럽게 일상성의 세계에 대한 탐구로 이어진다. 이에 따라 문학 역시 역사에 대한 거시적 탐구보다 일상에 대한 미시적 탐구에 의해 인간과 삶의 본질을 파악하려는 경향을 드러낸다. 이러한 문학은 일상에 대한 묘사라는 소재적 차원을 넘어 일상의 본질에 대한 추구로서의 성격을 지니게 된다. 주지하다시피 일상성의 시대는 이미지가 지배하는 시대로 이에 따라 새로운 감수성이 등장한다. 한국문학사에서 이와 같은 조건들—주체의 자각과 일상성에 대한 관심, 새로운 감수성의 등장—이 만나는 시기가 바로 1960년대이며, 그 시작에 김승옥의 문학이 있다. 따라서 김승옥 소설의 미적 특질을 설명하기 위해서는 작가의 감수성의 본질을 규명하는 것이 최우선 과제이다. 이때의 감수성이란 일차적으로 기존 문학적 전통에 대한 새로운 저항이며, 구체적으로는 『산문시대』시기의 초기 소설부터 보여준 실험 정신과 자유자재한 이미지 구사라는 측면에서 드러나고 있다. 특히 후자의 경우는 작가의 감각적 사고가 밑바탕이 된다. 따라서 김승옥의 감수성은 일상성을 표현하는 하나의 양식으로 결코 분리할 수 없는 관계에 있다는 결론에 도달했다.

제2부는 1930년대 모더니즘 작가의 문학적 도정이라는 이름 하에 월

북작가 박태원과 유항림 및 단층파를 다룬다. 1930년대 대표적 모더니스트인 박태원이 왜 북쪽을 택하고, 『갑오농민전쟁』과 같은 작품을 쓰게 되었는지는 하나의 의문이었다. 박태원의 문학의식과 문장의 특질을 살펴보고, 모더니즘적 경향과 사실주의적 경향 사이에서, 그리고 서정소설, 신변소설, 역사소설 등 다양한 모습으로 존재하는 작가의 단편소설을 실증적으로 분석한 첫 번째 논문은 비교적 초기의 연구라 지금에 다시 돌아보면 부족한 점이 많이 눈에 띄지만 연구의 출발점을 보여준다는 점에서 수록하였다. 해방후의 변모를 역사의식의 변화와 관련지어 분석한 두 번째 논문은 『계명산천은 밝아오느냐』에 대한 구체적인 작품론이기도 하다.

또한 1930년 후반 『단층』이라는 잡지를 중심으로 활동한 유항림을 비롯한 작가들의 문학적 변모과정을 추적하는 일은 필자의 궁극적 관심사였던 모더니즘 소설사의 계보를 완성하는 데 필수적인 작업이었다. 특히 해방 이후 유항림의 문학 활동에 관한 자료를 입수하여 함께 다룬 것은 현재까지 이 방면의 연구에서는 유일한 것이라는 점에서 보람을 느꼈다. 신발굴 자료 『단층』 4호를 소개하기 위한 마지막 글에서는 1930년대 모더니즘 연구사에 있어 희귀하고도 소중한 자료인 이 잡지의 서지적 특성과 동인의 성격을 살펴보고, 수록 작품에 대한 간략한 해설을 덧붙였다. 이상은 미리부터 의도적으로 일상성의 관점에서 접근하여 연구한 결과는 아니지만 1930년대 모더니즘 소설이라는 대상의 성격상 근대적 일상의 경험을 자연스럽게 반영하고 있는 작품들이라는 점에서 책 전체의 주제와 관련성을 가지고 있다.

제3부는 앞장의 내용들과 직접적으로 연결되는 것은 아니고, 한국 현대문학을 전공하면서 필자가 꾸준히 관심을 갖고 있는 영역을 다룬 논문

들로서 주로 작가론이라는 공통점을 지닌다. 현상윤론은 「핍박」이라는 작품을 사례로 신문학 초기의 소설의 분화와 장르적 성격을 고찰한 글이다. 복거일론은 대중문학연구회에서 『과학소설이란 무엇인가』라는 책을 엮어내면서 쓰게 된 글인데, 이를 계기로 필자는 과학소설 중에서도 시간여행이나 대체역사 소설에 깊은 관심을 갖게 되었다. 다른 두 편의 글은 한국 기독교문학 연구에 대한 소명을 실천하는 과정에서 나온 산물로 한 기독교인 학자의 일종의 신앙고백이라고 할 수 있다. 연구가 진행되는 동안 두레연구원으로 활동하면서 김진홍 목사님을 비롯한 두레공동체 가족들의 정신적·물질적 지원을 받는 행운을 누릴 수 있었다는 점에서도 개인적으로 의미가 깊다. 필자는 늘 조성기 소설의 애독자였으며 그의 소설의 원형과 기독교적 상상력을 찾아내는 논문쓰기 작업은 늘 그렇듯이 고역스러우면서도 행복한 시간이었다. 한국 문학과 종교학회에서 발표했던 「현대 기독교소설의 세 양상」에서는 조성기의 기독교 세태소설과 이승우의 관념적 기독교소설, 김영현의 현실지향적 기독교 소설을 세 축으로 한국 기독교 소설의 구도를 잡아보려고 했다.

부족한 글들을 모아 한 권의 책으로 완성하기까지 가르치시고 이끌어 주신 모교의 교수님들, 늘 곁에서 용기를 북돋워준 명지대학교의 동료교수님들, 아버님과의 그리움의 정을 잊지 않고 선뜻 원고를 맡아주신 새미 정찬용 사장님과 편집진 여러분께 감사드린다. 끝으로 오래 참음과 온유함으로 지켜봐 주신 어머님과 장인 장모님 그리고 가족들과 함께 첫 번째 문학론집을 엮는 기쁨을 나누고 싶다.

2002년 봄, 자연캠퍼스 연구실에서

김 명 석

차 례

제2부 1930년대 모더니즘 작가의 문학적 도정

제3부 한국 현대 작가 · 작품론

제1부

근대성 · 일상성 · 감수성

1950년대 소설에 나타난
근대성의 경험

1. 1950년대 소설과 모더니즘의 계보

이 글에서는 1950년대 한국 소설에 나타난 근대성의 경험 양상을 당시의 모더니즘 계열의 몇몇 작품을 중심으로 살펴보려 한다. 이 문제를 논의하기 위한 전제로는 우선 여기서 말하는 근대성의 의미를 명확히 해야 할 것이다. 다음으로는 1950년대 소설중 모더니즘 계열의 소설이란 어떤 작품을 지칭하는 것인가를 짚고 넘어가야 한다.

근대성이라는 화두가 한국의 문학뿐만 아니라 다른 많은 영역에서 주요한 관심사로 등장한 이래 최근 몇 년간의 허다한 논의중 과심을 모으는 것이 근대성을 어떤 규범이나 법칙들의 추상적 체계로 파악하지 않고, 근대화의 과정에서 생겨난 인간 경험의 차원에서 근대성의 본질에 접근한 마샬 버먼의 주장이다. 그는 오늘날 전세계의 모든 사람들이 함께 하는 공간과 시간의 경험, 자아와 타자의 경험, 삶의 가능성과 모험의 경험 등의 경험의 실체를 '근대성'[1]으로 정의하였다. 이 글에서도 이

---

1) Marshall Berman, *All that Is Solid into Air : The Experience of Modernity*

러한 버먼의 근대성 개념과 서구 근대화 과정에 대한 문학적 대응의 전통을 참고하면서, 근대문학사에 나타난 우리 민족의 근대화 인식을 살펴보려 한다.

특히 이 글은 식민지 통치하에서의 왜곡된 근대화와 해방 정국 및 전쟁의 혼란을 겪은 후 비록 분단된 형태로나마 자립적인 근대화의 도정에 들어설 수 있었던 1950년대를 대상으로 한다. 이 시기의 소설을 흔히 전후소설로 규정하는 경향이 있으나, 전후문학적 성격만으로 이 시기의 소설을 총괄할 수 없을 뿐 아니라 이 논문에서 의도하는 근대성의 해명과는 거리가 있는 접근법이기에 이와 같은 용어는 피하고자 한다. 한편 50년대 연구라는 용어가 굳이 문학사를 10년 주기로 재단하려는 시도가 아니라, 우리 문학에 나타난 근대성의 경험에 대한 사적 검토과정에서 나온 연구자의 단계적인 설정임을 밝힌다. 어디까지나 필자의 관심은 자본주의적 근대화 과정 초창기인 1950년대의 현실을 당대 소설이 어떻게 반영하고 있는가에 있다.

그런데 1950년대의 근대성의 경험을 다루기 위한 작품 선택 역시 중요한 문제이다. 앞에서 필자는 '모더니즘 계열의 소설'이라는 애매한 용어를 사용했다. '모더니즘 소설'이 아니고 왜 '모더니즘 계열의 소설'인가. 그 이유는 우선 이 글에서 전제한 버먼의 확장된 모더니즘 개념을 구체적으로 우리 소설사에 적용할 경우에 따르는 혼란을 피하고자 함이다. 버먼은 근대화 과정에서 등장한 다양한 비전과 아이디어 속에서 인간을 근대화의 대상이 아니라 주체로 파악하며, 인간을 변화시키는 세계를 변화시키려는 시도를 발견하고 이를 '모더니즘'으로 규정함으로써 근대화와 모더니즘의 변증법을 목적으로 하는 독창적인 견해를 제시한다. 그러나 이때의 근대성과 모더니즘의 관계를 문학에 그대로 적용시키면 자칫 근대문학이 모두 모더니즘의 범주에 포괄되는 결과를 낳게 된다.

마샬 버만, 윤호병 · 이만식 역, 『현대성의 경험』, 현대미학사, 1994, 12쪽.
위의 한국어판에서는 'Modernity'를 '현대성'으로 번역하였으나 앞으로 이 글에서는 '근대성' 으로 사용함.

이에 대해 페리 앤더슨 역시 "모더니즘 전체를 버먼과 같이 읽을 경우, 대비되는 여러 미적 경향의 차이나 다양한 예술장르를 구성하는 미적 실천들 사이에 존재하는 여러 차이점들을 인정하지 못한다"는 문제점을 지적한 바 있다.[2] 실제로 우리 문학사의 전통적 구도 역시 사뭇 다르게 보인다. 1930년대 시와 소설사에서 커다란 위치를 차지하던 모더니즘의 전통은 이후 1950년대에 와서는 시 쪽에 국한된 것으로 보는 것이 통설이다.[3] 이는 또한 흔히 문학사를 리얼리즘과 모더니즘의 양분 구조로 파악하는 일반적인 견해와도 차이가 있다.

그렇다고 이 논문 역시 기존의 구도를 그대로 반복 수용하겠다는 것은 아니다. 근대주의와 반근대주의의 요소를 동시에 지니는 모더니즘의 성격에 따라 '모더니즘이 곧 리얼리즘'이 된다는 버먼의 언급은 근대화의 와중에서 무엇을 긍정하고 무엇에 반대할 지 판별하기 곤란케 하며, 자본주의의 끝없는 파괴성이 극복된 상황을 사유하지 못했다는 지적[4]을 받고 있으나, 기존의 리얼리즘과 모더니즘의 양분법을 극복할 수 있는 보다 포용적인 태도를 제시하였다. 이러한 태도를 긍정적으로 받아들이

---

2) 페리 앤더슨, 김영희·유재덕 역, 「근대성과 혁명」, 『창작과 비평』, 1993년 여름, 345쪽.

3) 물론 1950년대 소설에 대하여 문예사조상의 모더니즘으로 규정하고 있지는 않으나 백철(「전후 15년의 한국소설」, 『한국전후문제작품집』, 신구문화사, 1960)이 전후 신세대 작가들의 특성을 이상의 소설과 모더니즘에 연결시킨 이래 김윤식, 천이두, 구인환 등이 같은 견해를 제시하고 있다. 그러나 이는 신세대 작가의 소설을 중심으로 한 하나의 경향을 지적한 것이지 이를 50년대 소설의 주류로서 인정한 것은 아니다. 한편 근래에 와서 1950년대 비평에서의 모더니즘의 위치에 대한 논의들도 눈에 띤다. 최유찬(「1950년대 비평 연구(1)」, 한국문학연구회 편, 『1950년대 남북한 문학』, 평민사, 1991)은 1950년대 비평을 모더니즘론으로 일괄한 바 있고, 전기철(「한국 전후 문예비평의 전개양상에 관한 고찰」, 서울대 박사논문, 1992.2)은 전후의 모더니즘 지향을 휴머니즘과 연관시켜 살펴보았으며, 한수영(「1950년대 한국 문예비평론 연구」, 연세대 박사논문, 1995.12) 역시 1950년대에 주류를 형성한 세 가지 비평론중의 하나로 모더니즘론을 들고 있다.

4) 백낙청, 「문학과 예술에서의 근대성 문제」, 『창작과 비평』, 1993년 겨울, 21쪽.

면서도 이 글에서는 모더니즘 계열이라는 유보적 태도를 취한다. 이는 원칙적으로 버먼의 근대성 개념을 받아들인다 하여 구체적 연구 대상들을 곧바로 모더니즘으로 결정된 것처럼 일방적으로 논의를 종결하기보다는 향후 논쟁거리로 남기기 위한 잠정적 구분이면서, 특정 작품을 모더니즘에 포함시킬 것이냐 아니냐에 초점을 맞추기보다는 1950년대 문학에서의 근대성 경험 양상이라는 논점에 맞추기 위함이기도 하다.

그렇다면 1950년대 한국 소설에서 모더니즘 계열의 소설의 범주는 어떤 것인가. 한수영[5]은 1950년대 소설을 세 부류로 나누면서 모더니즘적 세계관에 기반을 둔 일련의 소설들에 주목했다. 대표작가로 장용학과 손창섭을 거론하는 데서도 알 수 있듯이, 루카치의 모더니즘 이데올로기 비판에 근거한 이 평가는 전후소설에 나타난 실존주의 사조의 세계관과 맞닿아 있다. 필자 역시 1950년대에는 실존주의가 모더니즘의 역할을 하였다[6]는 지적에는 동의하지만 이론의 세계관적 동일성을 따지는 문제만으로는 실제 작품에서의 모더니즘적 특성을 밝히는 데 충분치 못하다고 생각한다. 나병철[7] 역시 실존의식과 소외의식을 중심으로 1950,60년대 모더니즘 소설에 대한 논의를 전개하고 있다. 50년대의 모더니즘은 서기원과 장용학의 경우처럼 전후의 혼란에 의해 야기된 인물들의 삶의 양상을 실존적 허무인식에 기인한 현실의 상실로 주로 묘사했지만, 60년대에 들어서서는 근대화 과정에서 발생한 소외의 문제를 다루며 근대적 합리성에 반항하는 모더니즘으로 선회한다고 보았다.[8]

위 연구들은 1930년대 이래 잠복되어 온 모더니즘의 계보를 재구해

---

5) 한수영, 「1950년대 한국소설 연구;남한편」, 한국문학연구회 편, 『1950년대 남북한 문학』, 평민사, 1991.
6) 최혜실, 「실존주의 문학론」과 구인환 외, 『한국 전후문학연구』(삼지원, 1995) 및 각주 3)에서 언급한 최유찬, 전기철, 한수영의 논문 참조
7) 나병철, 『근대성과 근대문학』, 문예출판사, 1995, 219-224쪽 참조
8) 예컨대 김승옥의 소설은 식민지 모더니즘과는 달리 궁핍 등의 극한적 상황보다는 일상적 삶을 배경으로 하고 있으며, 이러한 주제는 리얼리즘에서처럼 계층적 소외보다는 주인공의 의식 내부의 소외를 다루고 있다고 보았다.

넘으로써 문학사의 연속성을 확인시킨 소중한 작업이다. 그러나 여기서 60년대적 양상으로 제시한 것들은 이미 50년대의 일부 작품에서도 발견된다. 이는 50년대 소설을 전후적 특성에만 치중하여 60년대 문학과 차별화 하려는 의도와 기존 문학사에서 대표적으로 다루고 있는 작가로만 논의의 범주를 설정한 데서 기인한다. 따라서 1950년대 자본주의적 근대화 과정과 이에 대한 경험 양상을 실제 작품을 통해 보여주는 추식, 김광식, 김동립과 같은 작가들에 대한 재평가 작업을 거칠 때에 1950년대 모더니즘의 특성이 바로 잡힐 수 있을 것이다.

2. 도시생활의 보고와 자아의 경험
―추식의 「모오든 나는 오라」

　추식의 「모오든 나는 오라」(『현대문학』, 1956.2)의 주인공은 기자이다. 이는 연합신문사 문화부장으로 재직하던 작가의 경력과 직접적인 관련을 갖는다. 작가는 1947년 신문기자 생활을 시작하여 독립신문, 평화신문, 연합신문 등을 전전하다가 1947년 대전에 가서 호서신문, 중도일보 등에서 편집국장, 주필을 역임한다. 1953년 동양통신 취재부장을 거쳐, 이후 연합신문 문화부장으로 옮긴다. 1962년 연합신문사를 그만둘 때까지 작가는 「모오든 나는 오라」, 「비인격형」, 「인간제대」 등의 대표 단편을 발표하였고, 같은 신문에 장편을 연재하기도 한다. 작가는 이 작품 외에도 「대도신문사」(1957.6)의 방기자나 「왜가리」(『현대문학』, 1960.9)에 등장하는 일간신문사 사회부장을 통해서 언론계의 비리를 고발하고 있다. 전자가 남의 호주머니를 털어다 신문을 발행하고 이권은 발행인이 독차지하는 혼란기 뜨내기 신문사의 내막을 폭로하면서 부패한 사회상의 단면을 풍자9)했다면 후자는 자유당 말기에 느낀 공통적 분노를 개인

의 불평불만 수준으로밖에 표현할 수 없었던 인텔리들의 한계를 묘사[10]
하였다.

기자인 주인공 나의 하루 일상으로 구성된 작품의 서사구조를 시간의
흐름에 따라 정리해보면 다음과 같다. 주인공 '나'는 이불 속에서 오분
만 더 머물며, S에 대한 회상에 빠지려 한다. 조반상을 받으며 간밤에
이웃에 사는 남이 엄마가 죽었다는 소식을 듣는다. 자기 책임은 아니라
고 속으로 변명하며 보다 가치 있는 뉴스를 찾아 거리로 나선다. 만원
전차에서 본 승객들, 창 밖의 극장 간판, 몰매 맞는 소매치기 등 서울의
일상이 나열된다. 출근하자마자 XX은행사건 보도건으로 사장에게 꾸중
을 들은 후, 다른 날처럼 단골 찻집 오리엔트에 나가 죽암선생, 김한,
예술가 K 등을 만난다. 열 시부터 두시간 동안은 새로 발견한 사실을
상품으로 만들어 내기 위해 OO 장관과 OO 국장을 취재하며, 기자실을
찾아온 어느 회사 취체역 사장의 청탁과 공중자전거 발명가를 상대한다.
어느새 저녁, 취중에 어린 시절 돌아가신 어머니를 회상하며 청계천변을
걷던 주인공은 주위를 살피고는 "모오든 나는 오라"고 외친다.

이상의 줄거리와 제목에서도 알 수 있듯 이 작품은 주인공이 심각한
자아분열 속에서 세계와 대응하며 진정한 자아를 찾아가는 이야기로 볼
수 있다. 이는 앞에서도 말했듯이 근대성의 경험, 특히 자아와 타자의
경험 문제와 연결된다. 타자로서의 도시적 삶의 양태에서 주인공은 쉽게
자신의 정체성을 정립하지 못하여 자아는 끊임없이 분열되고 때로는 실
종되는 가운데서도 주인공은 '모오든 나는 오라'는 외침을 포기하지 않
는다. 그리하여 주인공은 꾸준히 도시 곳곳을 관찰하면서 사람들을 만나
뉴스를 수집하는 한편 자신의 내면을 성찰하고 있다. 이는 근대화의 초
기 과정에서 부각되는 주체의 자각 문제이면서 동시에 자본주의적 도시
생활에 대한 보고서가 될 것이다.

---

9) 정창범, 「인격상실의 드라마」, 『현대한국문학전집』 9집, 신구문화사, 1966, 478쪽.
10) 천상병, 「욕구불만의 인텔리 - 왜가리」, 앞의 책, 494-495쪽.

1) 근대적 일상의 보고자로서의 기자와 뉴스의 상품성

‘기자’라는 등장인물과 그를 둘러싼 세계에 대한 묘사는 이 소설을 근대성의 경험 차원에서 해석하려 할 때 중요한 의미를 가진다. 기자라는 직업은 새로운 사건과 정보를 찾아 근대의 시공간을 끊임없이 누비는 임무를 맡고 있다. 뉴스(News)라는 것이 ‘새 정보’, ‘새로운 소식’이며 결국 문자 그대로 ‘새로운 것들’에 대한 추구라는 점에서 기자라는 직업이야말로 근대성의 발견자이자 전달자의 역할을 수행하기에 적절한 위치에 있는 것이다.

근대성이란 반드시 시간적인 개념은 아니라는 점을 고려할 때 새롭다는 것만으로 근대적 의미를 획득할 수 있는 것이 아님에도 불구하고 새로운 정보가 끊임없이 상품화되는 사회는 분명히 근대적 특성을 보여준다. 자본주의 사회에서의 언론은 이들 뉴스를 상품화한다. 정보를 원하는 소비자들에게 이를 제공하고 이에 대한 대가를 받는 과정은 하나의 커다란 교환구조로서의 자본주의의 속성을 반영하며, 여기에 기자는 정보라는 상품을 들고 시장에 서 있는 인간이 된다. 소설가 역시 허구로 꾸며진 정보를 독자에게 판매함으로써 이 구조에 참여한다는 점에서 작품이 반영하는 현실과 작품 구조, 그리고 최종적으로 작가와 독자간에 존재하는 상동성이 작품의 의미를 확대시킨다.

물론 1950년대 한국 사회가 정보화 단계는커녕 본격적인 산업화 단계에도 못 미쳤다는 점을 고려할 때, 이러한 논리 그대로 작품에 접근한다면 이는 현재적 요구를 과거 작품에 소급시켜 적용하는 논리적 비약이 된다. 또한 정보가 상품이라는 인식도 아직 기자와 같은 특정 직업군에게만 한정될 것이서 일반 대중의 보편적 경험으로 확대 해석할 수 없다. 그러나 이러한 인식을 작가가 의식적으로 작품에 반영시켰으며, 이후 독자들의 새로운 기대지평 속에서 앞선 시기의 선취물들이 발견되고, 재평가될 수 있다는 점에서 그 의의를 부여할 수 있을 것이다.

그런데 주인공이 소속된 사회가 근대화가 완성된 사회가 아니라 근대화가 진행 중인 사회라는 점도 하나의 이유가 되겠지만, 주인공의 제한된 눈을 통해서 전달되는 세계는 총체적이라기보다는 근대의 파편들일 뿐이다. 그것은 때로 무의미한 것이나 윤리적 파탄으로 인식된다. 그러나 이는 작가의 한계가 아니라 세계의 총체적 인식이 더이상 불가능해진 결과 산책자적 주인공의 파편적 현실인식에 만족할 수밖에 없다는 모더니즘적 세계인식의 반영이다. 한편 주인공 역시 자신이 관찰하는 현실의 일부분이라는 점을 고려할 때, 독자는 주인공의 눈만이 아니라 그의 삶을 통해 당대 현실에 접근하게 된다. 따라서 문제는 여기서의 당대 현실이 주인공의 눈으로 관찰한 50년대 서울의 외형이라는 범위를 넘어 주인공의 하루에서 드러나는 자본주의적 일상성의 경험 차원에서 밝혀져야 한다는 것이다.

이제 기자인 주인공에 의해 관찰되는 1950년대 서울의 일상을 살펴보자. 주인공 '나'에게 조반상을 따라 파고 들어온 새소식은 간밤에 옆집 남이 엄마가 뱃속에 든 아이를 떼려다 약을 잘못 먹고 죽었다는 것이다. 이 골목 안에서 가장 큰 하룻밤 사이의 변화 앞에서 그는 사건의 뉴우스 가치를 따지기 전에 스스로에게 '그가 죽은 것은 나 때문이 아니라'는 변명을 한다. 하숙비를 내지 않은 자신 때문에 주인으로부터 돈을 빌지 못한 남이 엄마는 굶어 죽었거나 자살한 것일지도 모른다는 자책이 잠시 떠오르지만 그래도 자신과의 관련성이 있다는 증거는 없다고 결론짓고, 사건은 다시 "생활고에 시달리던 젊은 주부가 낙태를 기도하고 「기니네」를 과음한 끝에 사망하였다"는 '일기예보와 같은 기사거리'로 받아들여진다. 그러나 그 정도로는 하숙비를 충당할만한 값어치가 안 되고, 그는 '심상ㅎ지 않은 새로운 사실'을 찾기 위해 만원전차를 탄다. 주인공에게 있어 새로운 사실은 기사의 재료이며, 기사의 상품적 가치는 하숙비를 마련해 줄 것이다. 그리하여 주인공은 1930년대의 소설가 구보씨가 소설감을 찾아 전차를 타듯, 기사거리를 찾아 전차를 탄다. 이어서 "학자와 매춘부와 미술가와 여학생과 그리고 신문기자의 오늘을 소복히 실은" 전차 속에서 근대도시의 일상이 나열된다.

첫 번째로 나오는 어느 전도자가 외치는 내일에 대한 경고는 승객들에게 당장 새로운 결심과 행동을 표시할 것을 촉구하지만 차내에 가득 찬 무표정은 무관심한 현대인의 모습을 상징적으로 보여준다. 위기를 위기로 받아들이지 않는 것은 물론 위기를 바라보는 판단이 상이하기 때문일 수도 있고, 또는 상황인식에는 서로 동의하면서도 자신이 위기에 처했다는 사실을 망각 또는 외면하지 않고는 살아갈 수 현실에서 기인한 것일 수도 있다. 어쨌든 주인공은 위기를 인정해도 아무 소용이 없다는 결론에 도달한다.

기자에게 있어 위기의 도래는 무엇보다도 대단한 기사거리가 되겠지만 결국 주인공은 차창 밖으로 눈을 돌린다. '宇宙戰爭'이라는 극장광고판이 눈에 들어왔다. 왜 하필 우주전쟁인가. '괴상한 물체가 날라와서 지긋덩이를 불바다로 만든다'는 내용처럼 위태로운 것이 또 있을까. 내일을 경고하는 전도자의 외침 역시 극장간판 수준의 현실성만을 인정받는 것이다. "지긋덩이의 마지막 순간을 구경시키고 돈을 벌자"는 속셈을 간파한 주인공에게 위기를 경고하는 외침 또한 내일을 담보로 오늘의 목적을 이루려는 행위로밖에 받아들여지지 않는다. 영화는 관객에게 흥미라도 제공하지만 경고의 외침과 교환될 것은 분명치 않기에 승객은 무표정으로 반응하는 것이다. 이와 같이 차창 밖 풍경은 작품의 문맥 속에서 선택된 것이며, 주인공의 의식의 흐름에 맞춘 배경 장치의 역할을 한다. 주인공의 단상은 소매치기 소년이 몰매를 맞고 터뜨리는 울음 속에 묻혀 버린다. 하지만 "소매치기의 울음소리를 더 들을 겨를이 없다. 손목이 잘라져도 할 수 없다. 그건 새로운 「뉴-스」가 안 된다"는 결론과 함께 주인공은 차에서 내린다.

티이루움 오리엔트에서 주인공은 죽암선생, 김한, 예술가 K 등의 인물 군상을 만난다. 김한의 눈을 통해 조간 신문 삼면에 실린 '악의 기록'들이 소개된다. 한편 "이조걸물(李朝傑物)들의 기행록(奇行錄)을 마치 보기나 한 것처럼 꾸며파는" K씨나 "과거를 벌려 놓고 누가 사주기를 기다리는" 죽암선생이나 모두 다방에 앉아 뭔가 새로운 변화를 고대하지만 '나'에게 새로운 상품으로 만들어낼 사건은 일어나지 않는다. "열시. 나는 이제부터 두시간을 서둘러야 한다. 두시간 동안에 발견한 새로운 사실을 상품으로 만들어 내야한다."로 시작해서 "=뚜우우= 오늘의 오정은 이르다. 그러나 나는 새로 발견한 변화를 일단 여기서 정리하여야 한다. 가장 싱싱한 그것을 원료로 여러 사람의 비위를 맞출 수 있는 상품을 만들어야 하기 때문이다."로 마치는 주인공의 취재 작업은 한마디로 상품을 만드는 작업으로 요약된다.

그러나 이러한 취재작업이 주인공의 내부에 갈등을 유발한다. 쓰레기차에 부랑아를 싣고 간데 대한 해명을 요구하자 금시초문이라며, 그것은 고향에 데려다 준 것이라고 발뺌하는 OO장관 앞에서 그는 "전 혈관이 팽창해지는 것을 느끼며 진정하기 어려운 발작"이 시작된다. 이러한 혈관 팽창증은 세상의 위선을 목격할 때마다 발생한다.

기자실에서 그는 어느 기계제작회사의 취체역 사장이라는 '인격의 견적서'를 주면서 머리를 굽실거리는 사람을 만난다.

> 그는 나와 아무런 이해관계도 맺아지지 않았는데 될 수 있는대로 여러번 머리를 굽실거렸다. 나는 내가 필요를 느끼지 않는데 머리를 숙여주는 사람이 두렵다. 그들은 예외없이 어려운 부탁을 하기 때문이다. 목소리가 여자처럼 가느다란 그 초면의 신사도 역시 내 육감에 어긋나지 않았다. 그는 부탁하는 일이 성사되었을 때의 댓가를 말하기 전에 내게 지금 무엇이 필요한가 하는 것을 생각해본 모양이었다
> 『선생님 실례 말씀입니다 만은 신문사 월급만 바라보다가는 생전 오-바 한벌 못해 입으실 겁니다.』[11]

그 역시 구미가 당긴다. 이제 주인공이 경험하는 인간관계는 이해관계 즉 자본주의적 교환구조에 기초한 것임이 분명해지고 '신문기자가 아닌 나'가 '신문기자인 나'를 밀어내려고 한다. 여기서 '신문기자'란 단순히 직업을 의미하는 것이 아니라 세계에 대해 주인공이 추구하고 있는 자

---

11) 추식, 「모오든 나는 오라」, 『인간제대』, 일신사, 1958, 51쪽.

신의 정체성과 관련된다. 그런데 이제 현실을 취재하는 존재로서의 비판적 거리를 상실하고, 단순히 현실의 질서에 타협하여 그에 편입된 존재로 만족하게 될 위기에 처한다. 서로에게 목적으로서가 아니라 수단으로서의 존재가 되고, 기자로서 사람을 상대하는 방법도 달라진다. 공중자전거를 발명했다는 자칭 발명가가 보도를 통해 지원해줄 것을 요청할 때 다음과 같이 냉정하게 대답한다. "당신이 그것을 원한다면 이 삼층에서 뛰어내리시오. 거꾸로 용감하게……. 그럼 나는 위대한 과학자가 자살했다고 당신을 크게 선전하리다."[12] 아마도 그래야만 독자의 속물적 호기심이라도 충족시킬 가쉽 기사 정도는 만들 수 있을 것이라는 생각에서 나온 말이다.

그런데 가치 있는 뉴우스란 어떤 것인가를 질문하기에 앞서 그렇다면 가치란 것은 과연 무엇인가하는 근본적 질문이 선행되어야 한다. 주인공이 얻어낸 결론에 의하면 "이제까지 없었던 일, 있을 수 없는 일"이 가치 있는 것이 아니라 상품화 될 수 있는 일만이 가치를 지닌다. 가치란 단순한 희소성이 아니라 교환가능성에 의존한다. 발명가에 대한 주인공의 냉소적 태도는 교환가치에 의해 인간의 가치도 전도될 수 있음을 암시한다.

그러나 주인공 역시 이미 그렇게 타락했다고 볼 수는 없다. 주인공은 끊임없이 갈등하며, 취재 대상 선택이나 보도태도에서 사회의 요구에 그대로 복종하지 않고 소극적이나마 저항하고 있다. 하지만 그에게는 힘과 확신이 부족하다. 부정과 위선의 소용돌이 속에서 스스로 주체가 되어 세계를 바꾸어 놓겠다는 의지를 전혀 발견할 수 없다는 사실은 모더니즘적 비전의 결여를 의미한다. 주인공은 계속하여 혼돈에 빠져 있고 정체를 모를 발작에 시달릴 뿐이다.

기자라는 직업에 어울리는 섬세한 관찰력을 지닌 주인공이 1950년대 서울 시민의 삶의 양상에 대한 보고자로서의 임무를 수행하고 있지만,

---

12) 추식, 앞의 책, 55쪽.

이 과정에서 묘사되는 근대 도시 풍경과 근대적 일상의 삽화들이 한편으로는 독자들의 총체적 인식을 지연시키고 심지어 방해하는 결과를 낳을 수도 있다. 이는 나아가 그러한 총체성이 파괴되었거나 있더라도 파악될 수 없다는 식의 세계관에 기초한다. 또한 버먼이 근대화의 한 요소로 지적한 "역동적으로 발전하면서도 가장 다양한 사람들과 사회를 하나로 통합하고 결합하는 매스컴 체계"[13]가 작품 내에서뿐만 아니라 1950년대 한국 현실에서 미처 완성되지 못한 까닭일 수도 있다.

진실보도를 최우선의 가치로 표방하면서도 현실적으로는 신속성에만 치중하게 되는 기자의 속성이 그렇듯 이 작품 역시 자본주의 도시와 근대적 일상의 경험을 신속하고 순발력있게 수집, 취재해 놓았지만 자신이 전달하려는 진실의 가치가 어떤 것이며, 자신의 보고 내용을 사회의 총체적 연관 속에서 파악하지 못한 것은 부정할 수 없다.

2) 타인의 시선과 자아의 분열 또는 실종

주인공의 자기 분열은 작품의 첫 장면부터 독자에게 공개된다. 주인공은 당장 '어떻게 해서든 이불 속에서 빠져 나와야만 된다'는 생각에 쫓기면서도 반대로 아침 오분 동안만이라도 아무 생각 없이 머릿속을 공백으로 만들고자 한다. 그러나 "어젯일이 흙탕물처럼 뿌이옇게 머릿속을 차지"하고 있고, 오분이라는 시간을 정확히 측정해 줄 시계는 넘어져 있다. 시계가 넘어져 있는 동안 주인공의 의식은 방해받지 않는다. 곤차로프의 오블로모프를 연상시키는 게으른 주인공의 이부자리 풍경은 당대 인간의 무력감과 나태의 상징이라기보다는 주인공의 내면 탐색을 가능케 하는 공간으로서 설정된 것이다. 외부세계와 단절된 폐쇄된 방에 누워 의식과 무의식의 경계선에 위치한 주인공의 기억은 시간의 경계를

---

13) 마샬 버만, 앞의 책, 13쪽.

넘어선 새로운 현실로 재구성된다.

> 이불속에서 손을 내밀어 시계를 바로 세워보기가 고역스럽다. 그것
> 은 나혼자 있기 때문이다. 이불속에서 손을 내밀어 시계를 바로 세워
> 놓는 동작조차 주저하는 그런 게으름뱅이라는 것을 나 이외 사람에
> 게 보여서는 안된다. 또 하나의 '나'가 이 꼴을 보고 냉소하지만 그
> 것은 상관없다. 역시 분해된 처지에서의 '나'기 때문에 제 삼자에게
> 보여주는 나의 인격은 아니다. 나의 인격을 나에게 감출 수 없다.[14]

> 옳지! 그때 화장실 문을 열고 들어서자 S의 체온을 발견하지 않았
> 던가? 나의 기억은 정확하다. 김이 무럭무럭 나는 것은 분명 S의 체
> 온이었다. S의 내장에 묻혀 있다가 금시 이탈된 그 물체를 나는 그대
> 로 버릴 수가 없었다. S는 모두 내것이었기 때문이다. 그런데 그것을
> 덥숙 움키지 못하게 했다. 내가 말이다. 나 이외에는 아무도 없었으
> 니까 그때 나의 행동을 제지한 것은 분명 나였을 것이다. S의 체온을
> 삼키려던 내가 있고 또 지금 남의 일처럼 그것을 생각해보는 내가
> 있으니 어느 것이 나인지 알 수가 없다.[15]

자아의 정립은 타자와의 관계 속에서 가능해진다. 첫째 인용문에서는
분열된 자아가 타자화됨으로써 은폐 또는 조작되지 않은 자아의 본모습
을 발견할 수 있다. 주인공의 행동 동기에는 늘 타인의 시선이 자리하
고 있다. 타인을 의식하는 인물의 성격이 극단화된 결과 시계 하나 세
우는 데도 다른 사람의 눈이 없다면 쉽게 행동으로 연결되지 않는다.
철저히 타인지향적이다. 자신의 인격을 가장하기 위해서는 게으름뱅이처
럼 주저하는 '나(A)'의 모습이 타인에게 알려져서는 안된다. 이는 사물은
사물 자체가 아니라 사물이 인간에게 보여지는 이미지를 통해 규정되며,
이미지가 현실을 대체한다고 주장하는 상황에 도달한 현대 사회의 특성
과 무관하지 않다. 게으름이라는 사실 자체보다 남에게 게으름뱅이로 보

---

14) 추식, 앞의 책, 41쪽.
15) 추식, 앞의 책, 42쪽.

이는 것이 문제가 된다.

그러나 '또 하나의 나(B)' 앞에서는 아무 것도 감출 수 없다. 여기서 타인의 시선이 없어도 늘 자신을 감시하는 시선으로서의 '또 하나의 나'가 등장하는 것이다. 현대인은 항상 타인을 의식하면서 살 뿐만 아니라 자신의 내부에라도 타자를 위치시킴으로써 스스로의 행동을 지켜보게 만든다. 타인의 시선에 대한 강박적 자의식은 이미 1930년대 단층파의 일원인 유항림의 심리소설[16]을 통해 표현된 바 있듯이 우리 모더니즘 소설사에서 자주 사용되어 온 수법이다.

둘째 인용문은 주인공이 짝사랑했던 S에 대한 몽상이다. 주인공의 몽상은 어제 아침에 멈춘, S가 화장실에서 나오는 뒷모습을 본 대목에 뒤이어 시작된다. 그는 "기억의 찌꺼기들을 쓸모 있게 들추어" 그날 일을 선명히 기억해 낸다.

여기서 '나'라는 존재는 어제 'S의 체온'(변)을 삼키려던 '나(A')'와 이를 말리는 두 번째 '나(B')', 그리고 지금 남의 일처럼 모든 것을 회상하는 세 번째 '나(C)'의 존재로 분리된다. '나(A')'는 '나(A)'와, '나(B')'는 '나(B)'와 동일한 존재로서 모두 경험적 자아이다. 즉 '나(A=A')'는 현재와 과거라는 시간에 의해서만 구분될 뿐 욕망에 직접적으로 반응하는 존재들이며, '나(B=B')' 역시 시간에 의해서만 구분될 뿐 초자아(Super Ego)적 기능을 수행한다. 전자는 후자의 명령에 굴복하거나, 행위의 실천을 유보시키고 있다. 자아의 욕망(A, A')은 분명히 존재하지만 타인을 대신한 또 하나의 자아(B, B')에 의해 제한받는다. 그러나 물론 분리된 경험적 자아 역시 '나'라는 이름으로 통합되어 있다.

그렇다면 세 번째 '나(C)'는 무엇인가. 이는 '나'들의 대립적 관계 속에서 거리를 두고 벗어나 있으며, 작품을 이끌어 가는 화자, 즉 서술적 자아이다. '나(A')'와 '나(B')'의 중립적 위치에서 객관적인 서술을 하는 외적인 존재처럼 보이지만 '나(A)'와 '나(B)'처럼 현재라는 시간의 굴레

---

16) 이 책 제2부의 「단층파 모더니스트 유항림의 문학적 변모과정」 196–199쪽 참조

에서 벗어날 수 없는 내적인 존재이기도 하다. 즉 '나(C)' 역시 이부자리 속의 공간과 몽상의 공간 내에 위치하는 것이다. 경험적 자아와 서술적 자아 사이의 시간적 · 공간적 거리가 없어진다는 점에서 결국 이 '모든 나'는 하나인 것이다.

이와 같이 과거와 현재의 나를, 욕망하고 금지하는 나를, 실제로는 하나이면서 구분지어 인식하는 자기 인식의 새로운 양상이 등장인물의 내면 탐구를 통해 드러난다. 내부 세계에 존재하는 다양한 자아의 양상에 눈을 뜨면서 화자인 '나'가 자기 자신을 객관화시킬 수 있는 거리도 마련된다.

여기서 대두되는 문제는 '자아의 분열'을 발견하는 것이 '자아'를 인식하는 것은 아니라는 점이다. 그러면 둘 사이에 관련은 없는가. 대상의 인식에 앞서 주체의 인식에 몰두했던 근대적 자아 탐구에서 시작된 근대성의 연대는 모더니즘 시대에 이르러 대상에 대한 총체적 인식을 포기하고 만다. 만일 세계가 인식될 수 있다면 그것은 부분적인 것이며 각부분간의 연결고리를 상실한 파편적인 것이라는 것이 모더니즘적 세계인식이다. 같은 논리로 이제는 인식 주체 역시 분열되는 양상이 보인다. 그렇다면 자아의 분열이란 대상 세계뿐만 아니라 주체에 대한 인식 역시 불가능해지는 상황을 의미하게 된다. 분열된 자아를 발견하면서 동시에 또 다른 한편에서는 자아의 실종 현상이 일어난다.

> 그러나 그 사람과 이야기 하는 동안에 「可」「不」를 결정할 수 있는 나의 행방을 놓쳤기 때문에 그를 찾을 때까지 시간적인 여유가 필요하다.
> 신문기자가 아닌 「나」가 자꾸만 나의 하는 일을 가로챈다.17)

'신문기자가 아닌 나'가 '(신문기자인) 나'의 삶에 개입하여 일을 가로채는 것은 무슨 뜻이며, '가부를 결정할 수 있는 나'의 행방을 잃었다는

---

17) 추식, 앞의 책, 52쪽.

것은 무슨 의미인가. 스스로가 삶의 주체로서 자신의 행동을 결정하지 못하고 주체의 실종을 고백해야 하는 이 장면에서 혼란의 원인은 '신문 기자가 아닌 나'의 출현 때문이다. '(가부를 결정할 수 있는) 나'는 기자로서 현실의 압력이나 유혹 속에서 주체적인 선택을 통해 진실을 밝히려는 존재이다. 이러한 인식은 앞에서 언급했듯이 자아의 내면에 대한 관찰에 머물지 않고 사회적 관계 속에서의 자신을 다루려고 시도한다는 점에서 인식의 외적 확장이라 하겠다. 그리고 이는 인간의 이중성에 대한 고발이라는 측면보다 주체성의 회복이라는 측면에서 접근해야 한다.

위의 인용문은 주인공의 궁색함을 약점으로 은근한 청탁을 해 오는 어느 취체역 사장의 교묘한 화술 앞에서 순간 갈등에 빠진 주인공이 기자로서의 양심 때문에 고민하는 부분이다. 물론 이 문제는 기자라는 직업에만 해당되는 것은 아니며, 여기서 주목할 것은 '기자인 나'로 대변되는 자아의 양심이 직책을 이용해 챙길 수 있는 이익 앞에서 또 하나의 자아와 갈등하고 이에 타협하려는 순간의 포착에 있다. 자신을 발작하게 하는 현실에 순응하면서 남들과 같은 이중성을 인정해야 만 하는가. 이러한 분열과 이중성은 사장의 이율배반적 행위에서 보다 극명하게 드러난다.

무관의 제왕인 신문기자의 공명정대함을 표방하면서도 자신과 친분이 있는 ××은행 사건 보도를 질책하는 '또 하나의 사장'의 언행을 사장 개인의 비윤리적 태도로만 비판하고 원망할 일은 아니다. 그 역시 주인공과 같은 시스템 속에 포함된 인물일 뿐이다. 즉 알게 모르게 공기처럼 침투하는 자본의 논리가 권력의 직접 통제보다 강력한 위력을 발휘하는 시대에서 사장 역시 주인공과 마찬가지의 사회적 통제의 체제 내에 속에 종속된 인간일 뿐이다. 그렇다고 사장 역시 어쩔 수 없는 피해자의 하나라는 식의 논리는 아니다. 사장을 증오함으로써 또는 사장 개인을 극복함으로써 주인공의 갈등이 해결되는 것은 아니다. 한 인간이 추구하는 가치가 단순히 명목상의 것으로 보이든 아니든 간에, 자신을 둘러싼 사회적 관계와 충돌하면서 쉽게 이중성을 노출할 수밖에 없는 현실 속에서 살고 있기 때문이다.

그리하여 진실을 추구하는 자아와 현실에 굴복하고 타협하는 자아가 갈등하고, 때로는 후자가 전자를 압도하여 전자를 현실로부터 추방해 버리려 할 때, 작품의 마지막 장면에서 쫓겨난 자아를 다시 부르는 '모오든 나는 오라'는 외침은 자아 분열의 고통 속에서도 결코 도피하지 않고 정면 대결하겠다는 선전포고가 되는 것이다.

이러한 자아 탐구는 근대성 경험의 한 요소인 '자아와 타자의 경험'과의 관련성을 보여주지만 다른 한편으로 여기에는 명백한 한계도 존재한다. 이 작품이 자아 발견의 한국적 양상을 세밀하게 묘사하는 데는 성공했지만, 모든 인간을 근대화의 객체이자 주체로 만든다는 서구적 모델에서의 자아의 발견과는 거리가 있다. 즉 근대화에 적극적으로 동참하거나 아니면 반대로 적극적인 저항의 모습을 보임으로써 그들을 변화시키는 세계를 변화시키고 그 소용돌이를 헤치고 나가 그것을 자신의 것으로 만들게 하는 모더니즘적 비전을 결여하고 있기 때문이다. 근대화의 초기 단계부터 식민 지배와 전쟁을 겪었고, '저개발의 모더니즘'의 특성인 위로부터의 근대화가 양적 발전을 통해 본 궤도에 오르지 못한 상황에서, 아직 근대화의 위력을 충분히 경험해 보지 못하고 근대화의 비전에 회의에 빠진 이들로부터 적극적인 동참을 기대하는 것은 성급한 환상이며, 과도한 주문이다. 다만 자아의 다양한 측면을 발견하면서 내적 성숙을 통해 근대화의 주체로 확고히 설 수 있는 준비 시기로서의 의의를 발견하는 것만으로도 의미 있는 일이다.

3. 자본주의적 일상과 근대적 공간의 경험
―김광식의 「213호 주택」

　김광식의 「213호 주택」(문학예술, 1956.6)은 1950년대 서울이라는 도
시의 일상생활과 그 일상성으로부터 추방된 자의 아픔을 묘사한 작가의
출세작이다. 이 작품으로 작가는 제2회 현대문학 신인상을 수상하였으
며, 뒤이어 이 작품이 『전후문제작품집』에도 수록됨으로써 당대 평단의
인정을 받는다. 기존 연구에서는 기계문명 비판[18]이나, 현대문명을 비판
하고 거기서 상실돼 가는 인간성을 수호하려는 휴우머니스트[19], 전후 기
계문명에 대한 엄숙한 인간선언의 최초의 작가[20]라는 휴머니즘적 관점,
소시민 가정의 위기[21], 기계문명이라는 추상적 원인이 아닌 자본가의 이
익추구[22] 등에 주목하였다.

　기계화의 충격과 기계문명으로 인한 소외에 초점을 맞춘 이들 연구를
이어받으면서 새롭게 고려해야할 사항은 작품의 표제가 '제○인쇄기'나
'○○인쇄주식회사'가 아니라 '○○○호 주택'이라는 점이다. 작품을
제대로 이해하기 위해서는 작품 배경의 두 축을 이루는 공장과 가정 양
공간에서의 삶의 양상을 동등한 비중으로 다루면서 둘 사이의 매개과정
을 밝혀야 한다. 따라서 본고에서는 주인공의 삶을 일터와 가정이라는
두 공간에 따라 분리하여 살펴보면서, 1950년대 서울이라는 도시공간과
그곳에서의 삶의 경험과 의미를 알아보고자 한다.

---

18) 정한숙, 『현대한국소설론』, 고대출판부, 1983, 3판, 44쪽.
19) 김우종, 「현대문학과 인간의 고독」, 『현대소설의 이해』, 이우, 1978, 3판, 142-152쪽.
20) 채수영, 「휴머니즘, 그 거리」, 『한국문학의 거리론』, 시인의 집, 1987, 322-341쪽.
21) 염무웅, 「소년기의 회상-중강진」, 『현대한국문학전집』6집, 신구문화사, 1969, 453쪽.
22) 조동일, 「기술자의 좌절을 제시-213호 주택」, 『한국현대문학전집』6집, 신구문화사,
　　1969, 447-448쪽.

1) 근대 기계문명의 속도와 생산적 주체의 소외

작품은 주인공의 퇴근으로부터 다음날 집으로 돌아가기까지의 실제 시간을 배경으로 하면서, 당일 낮에 있었던 파면 통고와 지나간 직장생활에 대한 추억이 교차된다.

사십대의 건실한 기사인 김명학은 조경인쇄주식회사라는 큰 공장의 기사장으로 근무하며 사장 이하 직공들의 신뢰를 받았으나 최근 한달 사이 제23호 인쇄기와 자가발전기의 빈번한 고장으로 마침내 기계에 대한 권위를 의심받는다. 회사 간부들은 모든 책임을 그에게 묻고 사직을 권고한다.

> 기사 김명학 씨는 성심성의를 다해서 기계와 살아왔으나 기계는 기계대로 고장만을 냈다. 그리고 기계는 김기사장을 면직케 했다.
>
> 김명학 씨는 사직원을 쓰고 의자에서 일어나 인쇄공장으로 들어가 제1호기에서부터 32호기까지 하나하나 바라보며, 이 인쇄기의 고장은 어디에서 나고, 저 인쇄기는 어디가 약하고…… 직공들의 인사하는 것도 모르고 기계만을 응시하며 지나갔다. 제1 제2 제3 제4 제5 기계실을 빙 돈 후에 출입구에 서서 인쇄기를 바라볼 때, 그는 그 인쇄기들이 움직이는 괴물처럼 보였다. 또 자기를 덮칠 것 같이 노려보고 있는 것 같았다.
>
> 그는 강한 고독을 느꼈다. 공허한 가슴을 느꼈다. 매일같이 매만지고 바라보던 저 인쇄기들을 다시 대하지 못한다는 것으로 이렇게 차가운 고독이 절박해 오는 것일까.[23]

> 나는 온갖 정력을 기울여 일하고 일했다. 기계와 살아왔다. 한데 발전기와 인쇄기들은, 아니 사장은 고장의 사전 발견을 못했다고 나를 내어 쫓는다? 기계나 사람이나 너희들은 나의 식구를 생각지 않아도 좋으냐? 사장 당신은 인간이 아닌가. 내가 고장의 사전 발견은 못했으나 고쳐놓은 것만은 사실이 아닌가. 기계란건 특히 전기란 전

---

23) 김광식, 「213호 주택」, 『한국전후문제작품집』, 신구문화사, 1960, 85쪽.

혀 예측 못하는 데 고장이 난다는 것을 기술자라면 안다. 기사는 사
람이다. 사람은 고장전에 기계의 고장을 발견하는 기계는 아니다. 사
람은 기계가 못되는 것이다.24)

산업화가 진전되면서 인간의 노동력을 줄이고 또 향상시키는 놀라운
힘을 부여받은 기계장치에 의해 수공작업들이 기계로 대치되고 오히려
인간이 밀려나는 현상이 발생한다. 처음에는 자신의 기술로 이 흐름에
적응할 수 있었으나 결국은 기계관리능력 부재로 인해 도태되고 마는
이 작품의 주인공의 경우도 그중 하나이다. 위의 인용문에 있듯이 주인
공이 매만지고 바라보던 인쇄기들이 이젠 '움직이는 괴물'처럼 보인다.
자신을 밀어낸 기계와 일터로부터 주인공은 고독과 소외를 경험한다. 인
간에게 복종하지 않는 기계가 때로는 새로운 공포로 다가온다. 습기 이
외에는 확실한 고장 원인조차 밝혀지지 않을 때면 원인을 알 수 없는
부조리와 대면하게 된다. 그렇다고 이 작가 동시대의 어떤 작가들처럼
세계의 불가해성을 실존주의적 부조리로 처리했다고 보는 것은 성급한
해석이다. 하지만 이 작가 역시 기계로 상징되는 전혀 예측할 수 없는
현대사회의 복잡성 앞에서 무력해진 인간을 다룬 것은 분명한 사실이다.
새로운 과학기술의 발전속도에 부적응하여 밀려나는 인물들은 산업화
가 본격적으로 진행되면서 나오는 소재라 할 수 있다. 물론 공장의 등
장과 노동자들의 고난을 문제삼는 내용은 30년대 리얼리즘 소설에서도
이미 발견할 수 있겠으나, 이는 흔히 일본제국주의와 친일자본가의 착취
에 대한 저항을 내용으로 한다. 그러나 이 소설에서는 민족이나 계급모
순에 의해 촉발되는 것이 아니라 근대화의 충격으로서 경험되는 것이다.
즉, 인간 대 인간의 경쟁이 아니라 엄청난 발전속도와의 경쟁이며, 경쟁
에서 뒤쳐지는 인간은 일상의 영역에서 추방당한다.
그런데 주인공의 운명을 기계 발전과의 대립 측면이 아닌 자본주의사
회의 비인간적 조직에 초점을 맞춰 살펴볼 수도 있다. 주인공 김명학의

---

24) 김광식, 앞의 책, 88쪽.

표면적 파면 이유는 기계 혹은 흔한 말로 메카니즘에 적응하지 못하는 인간의 패배가 되겠지만, 파면의 근본적인 이유는 김명학의 성실성이나 발동기의 성격까지도 무시하는 사장의 이윤추구에서 찾을 수 있다.[25] 그렇다면 그는 단순히 기계의 발전속도에 적응하지 못한 것이라기보다는 자본주의적 인간관계에 의해 축출당했다는 편이 옳겠다. "사람은 기계가 못되는 것이다"라는 주인공의 외침은 사람은 기계와 같이 빠르고 정확할 수는 없다는 것이면서 동시에 사람은 조직 속에서 기계처럼 활동할 수는 없다는 것이기도 하다. 기계와 같은 사회조직에 사는 작가는 창작 과정에서 늘 자기소외의 문제에 관심을 갖게 된다.

> 우리는 자기 이외의 것에 지배되고 있다. 자기 이외의 정치, 경제, 사회의 기구나 제도나 조직에 타의로 또는 자의로 조종을 받으며 지배를 받는다. 그럴 때 우리는 가끔 자기라는 주체성을 자각할 때가 있다. 그것은 자기가 소외되어 있다는 것을 자각한 것이다. 자유의 정신은 오늘과 같은 복잡미묘한 거대한 조직과 집단에 지배되지 않는 곳에만 있는 것이다. 자유정신은 곧 개성이다.[26]

위의 작가의 말과 같은 맥락에서 나온 주인공 김명학과 고공 동창 오학삼의 취중 대화는 사회제도에 의한 인간의 지배, 자기소외와 자유에 대한 작가의 생각을 거의 직설적으로 드러내고 있다.

> "그럼 하나 물어볼까. 노동이 강제적이 아니고 자발적으로 존재하던 시내가 있있나. 미래에도 있을 수 있을 것으로 아나?"
> "나는 역사고 미래고 몰라. 그러나 나는 기사로서 직장의 의무와 약속을 성실하게 지켜왔어, 그런데 응 나는 쫓겨났어. 사고 전에 고장날 것을 발견 못했다구. 나는 귀신이 아니야, 사람에게 귀신이 되라고 강요하는 거야 뭐야 응"
> "그러니까 현대인은 고독하지"

---

25) 조동일, 앞의 책, 447쪽.
26) 김광식, 「자기소외」, 『한국현대문학전집』6집, 신구문화사, 1969, 463쪽.

　　"자네는 고독이란 것을 가지고 자기를 위로하나. 자네가 정말 자유
라면 고독은 경멸할 것이다. 임마 고독이 무엇이야 고독이"
　　"자넨 그럼 자유인이 되고 싶든가 자유 또 뭐야. 응…… 기계과를
나온 놈이 기계 앞에서 자유를 부르짖나. 도피하지 않는 자유가 필요
해. 자유는 절대로 도피처가 아니야. 자유는 최고의 선이 아니야"27)

　　특히 기사로서 직장의 의미와 약속을 성실하게 지켜 왔는데도 쫓겨나
야만 하는 현실에 대한 주인공의 넋두리는 성실성만으로는 통하지 않는
변화의 시대에 있음을 알려 준다. 역사고 미래고 관심이 없는 그들에게
조차 근대화의 과정은 이해할 수 없는 횡포로 받아들여지면서 두 사람
의 대화 주제는 갑자기 현대인의 고독과 자유로 발전해 간다.

　　또한 자기 소외의 자각이 주체성의 자각의 표징이 된다는 작가의 발
언은 주체의 존재 형태가 결국 소외의 상태로 인식되는 주인공 김명학
의 모습으로 형상화된다. '도피하지 않는 자유'가 필요하다는 오학삼의
말은 자기 소외란 참된 자기로부터 허위의 자기가 되는 것이요, 자유의
자기로부터 물질의 세계로, 본능의 세계로 도주한 상태를 말한다는 작가
의 주장28)을 상기시킨다. 같은 글에서 작가는 자기소외의 반대 지점에
자유정신과 개성을 언급하지만, 실제로 자기소외를 극복한 자유와 개성
의 소유자는 실제 현실에서 심지어 작품에서조차 쉽게 찾아볼 수 없다.
따라서 이 장면의 대화는 "자, 우리 남과 같이 살아 가……"자는 오학
삼의 결론과 "그렇다. 그러나 외롭다"는 김명학의 탄식으로 마무리될 뿐
이다.

　　한편 작가는 기계문명에의 부적응을 강조하기 위한 장치를 소설 곳곳
에 배치하여, 기계문명사회의 특질을 독자가 실감하도록 하고 있다. 우
선 문학작품에서는 비교적 생소한 전기용어와 기계부속품 이름들이 줄
지어 나열된다. 이를테면 '단상교류 · 삼상교류 · 스리푸링 · 인슐레이슌

---

27) 김광식, 「213호 주택」, 89쪽.
28) 김광식, 「자기소외」, 463쪽.

······’와 같은 용어들은 단순히 작품의 현실성을 높이기 위해서 뿐만 아니라 ‘낯설게 하기’의 효과를 통해 현대 산업사회에서의 기계화의 충격을 독자들이 구체적으로 체감하도록 만든다. 또한 외래어의 빈번한 사용 역시 근대화 과정에서의 서구문물의 광범위한 유입을 반영하며 이에 대한 자각을 가능케 한다.

그러나 무엇보다 주목할 것은 숫자의 사용 방식이다. 제1호기로부터 제32호기, 제1기계실에서 제5기계실까지 이어지는 공장 설비와 작품 제목 ‘213호 주택’처럼 번호 매겨진 근대적 주거공간의 배치는 작품에서 어떤 의미를 지니는가. 이는 사물을 고유명사보다는 숫자로서 명명하는 것은 통제와 질서를 강요하는 현대사회의 획일적 속성을 부각시키려는 글쓰기의 전략이다. 이러한 현상이 인간에게까지 확대된 것이 주체 상실의 위기이다. 근대화를 통해 주체의 자각이 요구되는 시점에서 이와 반대로 주체의 망각과 조직에의 구속을 요구하는 것은 근대화의 반근대적 특질을 역설적으로 보여주는 것이며, 인간은 사회라는 조직의 부품으로 완전히 비인간화된다.

2) 근대적 주거공간과 주체의 위기

다시 소설 첫부분으로 돌아가보면 퇴근 무렵 서울 거리와 화려한 상품이 진열된 쇼윈도를 지나는 행인들이 묘사되어 있다. 그러나 작품에 비친 행인들의 모습은 화려한 진열품의 유혹과는 서리가 멀다.

> 그들은 가끔 화려한 상품이 진열된 쇼윈도에 비친 자기 얼굴을 힐끗힐끗 바라보며 지나간다. 사치한 상품의 강렬한 색채가 그들의 눈을 황홀케 하나 그것은 한갓 원색 그림인양 바라보며 지나갈 뿐이다.
> 어떻게 하면 가족을 부양하는가, 이것만이 머리에 가득찬 사람들에게 그것이 갖고 싶다는 욕망은 한낱 사치스러운 욕망이라고 관념할 뿐이다.[29]

화려한 상품과 (아마도 초라한) 자기 얼굴이 쇼윈도 속에서 대조적으로 교차되면서 자본주의적 도시의 양면성이 부각된다. 상품들은 화려하지만 그것을 구매할 주체들은 그렇지 못하다. 오히려 상품들이 거리로부터 사람들을 밀어내는 양상이다. 능력이 없는 그들에게 진열품들은 '원색그림' 즉 그림의 떡일 뿐이다. 이러한 시대에 사람들은 더이상 호수나 강물과 같은 자연이나 우물, 거울이 아니라 쇼윈도에 자신의 모습을 비추어 보고 있다. 그러나 그곳은 스스로를 관조할 공간은 되지 못하고, 숨가쁘게 지나치면서 곁눈질할 뿐 그곳에 비친 자신을 정면으로 바라보지도 못한다. 사치스런 상품의 강렬한 색채는 사람들의 눈을 황홀케 하며 감각을 집요하게 파고든다. 다만 관념의 영역에서는 그 화려하게 포장된 세계를 소유하고 싶다는 욕망을 애써 부인하며, 가족에 대한 부양을 핑계로 이를 한낱 사치스러운 욕망으로 부정하고 있을 뿐이다.

자본주의의 대량생산은 대량소비와 필연적인 관계에 있다. 대량생산이 자본주의 초기 단계의 주요 과제였다면 후기자본주의로 접어들수록 소비가 중심적인 문제로 부각된다. 현대사회를 소비사회라고 말할 정도로 소비는 현대적 이데올로기가 되었고, 일상생활은 소비와 직결되어 있다. 자본주의 사회에서 욕망은 창출된 것이다. 생산자는 소비자가 실제 생활에서 필요한 물건을 생산하는 것이 아니라 그들의 욕구와 욕망을 자극하는 물건을 생산하며, 결국 소비자는 생산자에 의해 조직되고 유도된다.[30] 여기서 소비에서의 소외가 발생한다. 그것은 단순히 소비자의 구매능력이 없다는 의미가 아니라 소비자 자신의 욕구와 필요로부터 소외된다는 의미이다. 앞에서 살펴본 일터라는 공간에서 생산에서의 소외가 문제된다면 화려한 거리에서는 바로 이러한 소비에서의 소외가 문제가 된다. 쇼윈도에 진열된 상품이 가족 부양이라는 기본적 욕구와 동떨어진 것임을 누구보다 잘 알고 있지만, 화려한 상품이 행인들에게 던지는 끊임없이 유혹과 충족할 수 없는 욕망 사이에서 갈등하면서 자신의 무력

---

29) 김광식, 「213호 주택」, 82쪽.
30) 박정자, 『현대 세계의 일상성』(앙리 르페브르 저) 해설 참조, 세계일보사, 1992.

함만을 확인하는 것이다.

> 만원 뻐스에 흔들려 가는 남편들은 가끔 꿀벌이 꿀을 빨아가지고
> 벌집으로 찾아가는 것처럼, 자기도 월급을 받기 위해서 밖으로 나갔
> 다 돌아가는 것이 아닌가 생각도 해본다. 꿀벌은 꽃이라는 것을 상대
> 로 한 아름다운 정이 있다. 꿈이 있다. 그러나 인간의 오늘의 직장에
> 는 아름다운 인정도 꿈도 없다. 비정의 기계가 비정의 의자가 있을
> 뿐이다.[31]

위의 인용문에서 '버스'의 역할은 일터와 집을 연결시켜 주는 것이다.
근대의 탄생은 직장과 주거공간을 분리시킨다. 버스는 이러한 분리된 공
간 사이르 연결시킬 뿐만 아니라, 낮의 활동 공간과 밤의 안식 공간 사
이 즉 낮과 밤으로 철저히 구분된 근대적 시간을 연결시키는 것이기도
하다. 왜 하필이면 '만원 뻐스'인가. 이제는 혼자서 쓸쓸히 거리를 헤매
는 산책자의 시대가 아니라 대중이 문제되는 시대이기 때문이다. 만원버
스 속에서 특정한 개인을 선택할 필요는 없다. 어느 누구의 삶도 비슷
하기 때문이다. 그들은 만원버스에 실려 아침이면 '비정의 기계'와 '비정
의 의자'가 기다리는 곳으로 무의식중에 실려 갔다가 저녁이면 무의식
중에 돌아온다. 꿀벌과 같은 그들의 일상에는 정도 없고, 꿈도 없고, 단
지 자신이 가족을 부양하기 위해 돈을 물어오는 수단적 존재에 불과하
지 않은가 하는 자탄만 남는다. 여기서 '비정의 기계'가 이 소설의 주인
공 김명학 씨와 같은 노동자의 세계라면, '비정의 의자'는 화이트칼라
사무원들의 세게이지만 두 세계를 살아가는 인간들이 처한 상황은 본실
적으로 다르지 않다. 후자에 대하여는 작가의 다른 작품 「의자의 풍경」
(문학예술, 1956.2)에서 본격적으로 형상화했다.

> 서울의 거리, 낙엽이 지는 이른 아침.
> 종로 화신 앞 뻐스 정류장에는 오늘도 수많은 뻐스가 숨가빠 달려

---

31) 김광식, 「213호 주택」, 86쪽.

왔다. 터질듯한 차내에서 간신히 빠져 나오는 남녀 사무원들은 각기
자기 직장으로 다름질치듯 흩어져 갔다. 그들은 매일같이, 같은 시
각에, 같은 보도를 어디로 간다는 의식없이, 무턱대고 걸어가도 틀림
없는 자기 직장, 사무실 문을 열고 들어선다. 머리를 끄떡하고 사무
실 안을 걸어가면 틀림없는 자기 의자에 털썩 주저 앉는 것이다.[32]

　　기사 김명학씨는 오늘도 매일과 같은 오후 여섯시를 지나 공장에
서 나와 상도동행 버스를 탔다. 그러나 지금 자기가 어디로 간다는
의식도 없이 맬대를 붙잡고 흔들려 가고 있었다. 침울한 얼굴이었다.
밀고 덮치고 해도 그는 동상처럼 흔들려 가고 있었다.[33]

위의 인용문은 「의자의 풍경」의 서두에 나오는 서울 시민의 출근 시
간이며, 아래 인용문은 「213호 주택」의 앞부분에 나오는 주인공의 퇴근
시간이다. 두 인용문에서 눈에 띄는 공통점은 '매일같이', '어디로 간다
는 의식도 없이' 간다는 것이다. 반복적인 일상 속에서 도시인들은 자기
생활의 주인이 되지 못하고, 그것이 사무실이든 공장이든, 자신에게 맡
겨진 임무가 무엇이든, 주어진 자리로 이동했다가 되돌아가는 시계추 같
은 삶을 영위하게 된다.

산업화의 활발한 진행과는 달리 이 등장인물들은 근대 사회의 건설의
주체로서의 아무런 적극성도 보이지 않는다. 그렇다고 근대 산업사회에
정면으로 저항하거나 각박한 일상성에서 벗어나 자유를 찾기 위해 탈출
을 시도하지도 않는다. 일상의 굴레에서 그들이 벗어나는 길은 대개 김
명학 씨의 경우처럼 근대화의 속도에 적응하지 못하고 폐기처분 당하는
경우이다.

멈추지 않고 되풀이되는 일상은 근대의 질서처럼 보이지만 사회 전체
가 아닌 개별 인간의 경우에는 언제든지 그 질서에서 강제로 추방당할
수 있다. 끊임없이 빠른 속도로 발전하는 사회는 그 속도를 유지하기

---

32) 김광식, 「의자의 풍경」, 『환상곡』, 정음사, 1958, 125쪽.
33) 김광식, 「213호 주택」, 82쪽.

위해 조직의 부속품을 얼마든지 새것으로 교체할 수 있지만 반대로 그 구성원들은 더욱 더 무력해진다. 사회는 발전하지만 개인은 발전하지 못한다. 매일 똑같은 하루에서 권태를 느끼기보다는, 반복적 일상에서마저 축출되지 않을까 하는 두려움이 오히려 그들을 지배한다. 일상성에서 벗어난다는 것은 실직이나 퇴직을 의미하며, 이는 단순히 돈을 벌지 못한다는 사실만이 아니라 자신의 사회적 존재를 상실하는 것을 의미한다. '일상성과 현대성은 동전의 앞뒷면'[34)]이라는 르페브르의 말처럼 주인공의 파면은 앞에서 본 발전속도에의 부적응뿐만 아니라 이와 같이 일상성으로부터의 추방이라는 차원에서도 근대성의 경험으로서의 의미를 지닌다.

다음은 작품 제목인 '213호 주택'에 주목해 보자.

> 이 로타리 이 길을 기점으로 주택이 좌우로 줄지어 아득히 보이는 산허리까지 뻗치었다. 잔잔한 계곡을 타고 자리잡은 똑같은 형의 특호주택, 꼭 같은 형의 갑호주택, 꼭 같은 형의 을호 주택이 줄줄이 좌우로 마치 전차 기갑 사단이 푸른 길을 꽂고 관병식장에 정렬하여 서 있는 것 같은 감이다. 관악산의 줄기가 병풍처럼 천여호의 주택을 둘러쌌다. 이 주택촌(住宅村)을 상도동이라고 한다.[35)]

1950년대 서울의 팽창과 함께 신흥 주택가들이 속속 탄생하면서 새로운 시가지가 형성된다. 이 작품의 배경인 상도동 주택가의 특징은 특호, 갑호, 을호라는 세가지 형의 똑같은 주택들이 줄줄이 정렬해 있다는 점이다. 기계문명의 획일주의를 상징적으로 보여주는 공간으로 기존의 도시 형성과정과 달리 단시간내에 계획적으로 조성된 곳이다. 위에서 살펴본 그들의 일상생활이 획일화되고 개성을 상실한 것처럼 그들의 주거공간 역시 획일화되어 있다. 김명학씨의 집도 상도동 천여 호의 주택 중의 하나일 뿐이며 개성을 찾을 수 없는 '213호'라는 숫자로서만 구별될

---

34) 앙리 르페브르, 앞의 책, 14쪽.
35) 김광식, 앞의 책, 83면

뿐이다. 여기서 문제가 발생한다. 늘 무의식중에 찾을 수 있는 공간처럼 보이던 자신의 집 대신 파면을 당한 저녁 술김에 엉뚱한 집을 찾아 들어가 도둑으로 오인 받는 사고가 발생한다.

급격한 도시화와 함께 급조된 상도동이라는 동네는 기계화된 주인공의 공장처럼 잘 정렬된 공간이지만 그 질서에서 조금만 벗어나면 곧바로 책임을 물어 오는 곳이다. 각각의 공간을 침범하는 자에게 실수와 변명은 용납되지 않는다. 그 단절을 부각시키기 위해 작품 속에서 한 미군과 그의 한국인 여자를 배치한다.

말이 통하지 않는 이 불쌍한 침입자를 미군은 가차없이 경찰서로 데려간다. 변명이 통하지 않는 것은 영어 때문만이 아니다. 곁에 있던 한국인 여자는 지켜만 보고 있을 뿐이다. 경찰 역시 이 술취한 실직자의 변명을 쉽게 믿어 주지 않는다.

그런데 왜 하필이면 미군인가. 물론 주인공을 고발하는 자가 반드시 미군일 필연성은 없을 것이다. 당시 현실에 비추어 작가가 가진 반미적 인식을 끌어내려는 것에는 무리가 따른다. 주인공을 파면시킨 현실을 사장 개인의 이익추구라는 직접적 원인만으로 설명하기 부족한 것처럼 이 경우에 왜 미군이어야 하느냐 하는 직접적인 필연성을 찾는 것은 성급하다. 비개성화되고 획일적인 공간에서 자신을 찾으려는 주인공이 자신의 집을 확인함으로써 자기의 정체성을 확인하는 이야기를 꾸미려면 집을 잘못 찾아간 것이 사건화가 되어야 하며, 이를 위해서는 집주인이 외국인 그중에서도 위압적인 미군의 경우가 가장 적당하리라는 서사적 필요성에 의한 것이다.

'산책자'들이 거리에서 군중 속의 고독을 느꼈듯이 이 새로운 도시의 '거주자'는 올바른 이웃과의 관계를 형성하지 못하고 곤경에 빠진다. 그러나 작가는 이러한 관계의 문제에 초점을 맞추지는 않는다. 그는 문을 열고 이웃들과 인사를 하는 대신에 자기집을 좀더 확실히 구분하기 위해 현관으로 가는 길에 벽돌을 깔아 표시를 하고 문손잡이를 칼로 파서 자국을 남긴다. 이러한 행위는 결국 자신을 방어하기 위한 동작이며, 이 도시 공간에 자신의 존재를 새겨 두려는 몸부림이다. 주인공에게 더 중요한 것은 확연히 구별되는 자신의 집을 만드는 것이다. 이러한 결말은 똑같은 집, 똑같은 삶, 기계문명 속에 묻힌 자신의 정체성을 찾는 이야기로 해석된다.

그런데 작품 결말부에서 주인공 김명학 씨는 본의 아니게 침범자의 역할을 했지만 작품 전체로 볼 때 오히려 그야말로 침해를 받은 자라고 생각해 볼 수 있다. '주택'이란 한 가족의 기본적인 생활 영토이며 개인이 안식할 수 있는 최소 단위의 장소이다. 어떤 바깥의 힘에 의해서 이것이 침해받는 순간 가정은 파괴되고 그 속에 안주하고 있던 개인은 보호되지 못한 채 거리에 내던져진다.[36] 주인공의 가정은 그가 안식할 수 있는 최후의 공간이지만 파면을 당하고 돌아오는 바로 그 시간에 안식처마저 박탈당한 셈이다.

한편 주인공이 자신의 파면 사실을 비밀에 부치는 이유는 감히 식구들에게 솔직히 털어놓고 위로를 받을 용기가 없기 때문이다. 평소 자신이 '아내를 억지로 집구석에 가두어 놓고 마구 부리는 무지막지한 고용주가 아닌가'하는 생각을 해보았던 주인공은 아내에게 미안한 마음을 느낄 뿐이다. 철없이 귀엽기 만한 자식들에게 과자봉지를 사 들고 들어가면서 침울함을 애써 감추려 한다. 현대 사회의 메카니즘은 그에게서 하루 사이에 일터를 박탈하고, 더불어 가정의 안정마저 박탈해 버린 것이다. 이제 그 두 공간–일터와 가정을 연결시켜 결론을 맺을 차례이다.

일터와 집은 각각 도심과 변두리에 자리잡고 있다. 자본주의적 근대화의 중심부에 위치한 일터라는 공간은 그 자체가 엄청난 속도로 변화하면서 그 속도에 적응하지 못하는 자를 가차없이 추방하고, 생계유지와 자아실현이라는 주체의 욕구는 자본가의 이익추구 앞에서 대부분 일방적으로 패배하게 된다. 전근대와 근대의 과도기에 위치한 집이라는 공간에서 가장은 가족의 생계에 대한 책임 때문에 커다란 위기를 느끼고 있

---

36) 염무웅, 앞의 책, 452쪽.

다.37) 시간적으로는 두 공간은 근대적 일상의 절반을 낮과 밤으로 구분하여 양분하고, 낮과 밤이 순환하듯 출근과 퇴근을 되풀이하면서 똑같은 일상이 반복된다. 버스는 이동의 도구로서 두 공간을 연결시킬 뿐만 아니라 두 시간을 연결시키는 역할을 한다. 근대 사회일수록 직장문제나 주택문제 못지 않게 교통문제의 중요도가 높아지듯이 작품에서 버스가 차지하는 비중도 만만치 않다.

전근대사회에서는 일터와 집이 한곳에 있었지만 근대화되면서 이들 두 공간은 분리되고 따라서 새로운 생활양식이 형성된다. 그러나 이들 두 공간은 분리된 곳이면서 철저하게 연결된 곳이기도 하다. 한쪽 공간에서의 삶의 형태가 파괴되면 반대 공간의 삶 역시 파괴된다.

작품에서 전자는 주인공을 파면시키고, 그 충격으로 후자 즉 집을 잃어버리는 결과를 안겨주었다. 인간이 한쪽 공간에서의 존재 의미를 상실했을 때 필연적으로 나머지 한쪽 공간을 찾아 들기 마련이다. 일터를 상실한 사람은 가정에서 위로를 구하게 되고, 마침내 그것마저 불가능하다는 사실을 자각하고는 자신만의 내면의 삶으로 파고든다. 주체의 상실과 소외의 자각은 그래서 서로 통한다. 주체의 선택이 아니라 세계의 무자비한 횡포에 의해 하나의 공간을 상실한 주인공 김명학 씨는 나머지 한쪽 공간이나마 잃어버리지 않기 위해, 그리하여 주체로서의 자신의 최후의 보루를 지키기 위한 상징적인 행위로서 거의 무의식중에 자기 집, 213호 주택의 현관문 손잡이에 문신을 새기는 것이다.

---

37) 여기서 전근대와 근대의 과도기적 성격은 가족간의 인간관계에서 드러난다. 작품 속에서 남편과 아내는 각각 가장으로서의 책임과 주부로서의 희생이라는 전근대적 형태로 결합되어 있는 반면, 다음 세대인 자식들에게는 군것질거리과 용돈을 제공하는 수단으로서밖에 인정받지 못하는 아버지의 모습이 묘사되어 있다. 그러나 주인공의 파면이 곧바로 가정의 위기로 이어지듯 일터의 논리에 종속되어 있다는 사실은 가정 또한 근대화의 소용돌이에서 벗어날 수 없음을 명백히 예감하게 해준다.

4. 발전의 욕망과 절망의 경험
-김동립의「대중관리」

    김동립의「대중관리」(사상계, 1959.12)는 제목 그대로 '관리 사회'라는 현대 사회의 속성을 반영하는 문제작이다. 아도르노는 현대 산업사회를 부자유가 영속화된 사회, 가속적으로 비인간화되고 야만화되는 세계, 따라서 근본적으로 변해야 하는 세계로 파악하고, 이 '관리 사회'의 본질적 속성은 고도의 합리적 수단을 이용한 비합리적 지배 관계라고 지적한 바 있다.[38]「대중관리」는 근대의 산업사회적 성격에 초점을 맞춰 공장에서의 생산 관리, 사무실에서의 인간 관리 등을 치밀하게 묘사하면서 관리사회의 문학적 형상화에 성공하고 있다.

    작가는 단편「영웅」(사상계, 1959.6-7)으로 문단에 등단한 이래 제2작으로 "현대 기계문명에 대한 몰개성적인 주형적 생활 같은 것에서 오는 노이로제"[39]를 소설화하겠다는 구상 하에서「대중관리」를 발표하게 된다. 작품 후기에서 작가는 구체적인 인간학이 없는 현대에 대한 시민의 자기발견을 그리고, 시민으로서의 정신적 문제와 사회적 문제와의 균열에서 오는 해체를 기도했다고 밝힌다.

    천이두는 이러한 자기발견에 대해 "모든 것이 명확화, 능률화, 대량생산화로 질주하고 있는 현대 메카니즘의 거대한 시스템 속에서 개체로서의 인간은 '점점 위축되어 가는' 자기 위치를 깨달아야 한다"[40]고 주장하고, 작품 배경인 한일피복주식회사의 거대하고 질서정연한 기구를 현대 메카니즘의 압축도라고 설명한다.

    반면 김현은 이 작품을 기계화로 인한 인간의 왜소화를 다룬 상투적 작품으로 평가하고, 소설의 주인공이 항상 여럿이라는 이 작가의 특성대

---

38) T. W.아도르노, 홍승용 역,『미학이론』, 문학과지성사, 1984, 403쪽.
39) 김동립,「'대중관리' 후기」,『한국전후문제작품집』, 432면
40) 천이두,「메카니즘, 그 병리적 양상」,『현대한국문학전집』, 14집, 신구문화사, 1967, 519쪽.

로 이 작품에도 이계장과 창수가 병행한 주인공 역할을 하고 있음을 지적하였다.[41] 하지만 이러한 평가에서도 오히려 작품분석의 실마리를 제공받을 수 있다.

이 작품의 형식적 특징은 서술의 초점이 주인공인 이계장과 그의 처남 창수에게 번갈아 맞춰지면서, 근대에 적응하는 두 가지 방식의 인간 유형을 제시하고, 두 이야기의 긴장관계를 통해 주제를 표현하는 것이다. 여기서 초점이란 세계를 관찰하는 눈을 의미하며, 행동에 있어서는 주체가, 문장서술에 있어서는 주어가 된다. 초점이 교차됨에 따라 근대적 삶에 대한 접근 각도와 거리도 다르게 나타나며 각자의 삶의 결론도 상이하게 나타난다.

다음에서는 작품의 서사구조를 요약 정리하면서 각 단계에서의 초점이 누구에게 맞춰지는가를 알아본 후에 이계장과 창수 각각의 관점에 유의하여 작품을 분석해 본다.

S1 (이계장) ─이계장과 창수의 출근길
　　　　　　　아주양행건을 둘러싼 과장과의 신경전
S2 (창수) ─관리부장과의 공장시찰
S3 (이계장) ─오후의 단상
S4 (창수) ─관리부장의 브리핑 : 작업표-여직공 H의 실례
S5 (이계장) ─아주양행건으로 인한 내적 갈등과 졸도
S6 (창수) ─관리부장의 브리핑 : 작업분담표
S7 (이계장) ─의식을 찾은 이계장이 집으로 돌아옴
S8 (창수) ─퇴근한 창수. 붓을 들고 싶은 충동을 느낌
S9 (이계장) ─(열흘후)심장내과를 찾아감. 병원에서 관리부장을 만남
S10 (창수) ─관리부장의 브리핑 : 동작연구
S11 (이계장) ─(보름후) 이계장의 불안신경
S12 (창수) ─창수의 불면. 회사를 그만두고 그림을 그리기로 결심함
S13 (이계장) ─담장을 높이는 문제가 발단이 되어 창수와 다툼
　　　　(창수) ─집을 나가면서 자형을 동정.

---

41) 김현, 「한국인의 고뇌」, 위의 책, 496쪽.

     (이계장) —이십일만에 출근했으나 반나절을 못 견딤
S14 (이계장) —정신병원에서 원장의 치료를 받음
     (창수) —자형과 병원을 나서다 관리부장을 만나 충격을 받음

S1에서 S8까지는 불과 하루 사이에 벌어지는 일을 짧은 단위로 끊어서 교차시키면서 한 인물에의 집중을 막고 있다. 그러나 실제로 서사적 전개는 대부분 관리사회에서의 성공을 향한 야망과 좌절을 동시에 경험하는 이계장의 눈을 통해 이루어지며, 창수의 경우는 특별한 서사적 발전이 없이 산업사회에 대한 비판적 묘사와 내적 갈등 및 또다른 인물인 관리부장의 브리핑을 전달하는 역만 담당한다. 전자가 이 작품의 서사적 축을 담당한다면 후자가 나머지 역할을 담당하면서 작품의 구조를 완성한다. 이러한 복수적 시점은 근대성을 바라보는 상반된 시각을 드러내어 근대화에의 긍정과 부정의 역설적 결합이라는 근대성의 특성을 적절하게 부각시키는 기능을 수행한다.

1) 일상 속에서의 발전의 욕망과 불안

근대적 일상의 가장 큰 특징의 하나는 그 반복성에 있다. 인간 각자에게 맡겨진 사회적 역할의 분화로 자신들의 삶을 총체적으로 바라보지 못하는 가운데 반복은 무의미한 것으로 받아들여진다. 등장인물이 급속도로 변화하는 세계에 적응하는 것을 마침내 포기할 때 허무주의적 경향으로 빠지게 되고, 세계에 대한 집착을 버리지 못하고 전전긍긍할 때 불안의 형태로 나타난다.

이계장은 성공을 향해 위태위태하게 달려오던 삶을 아무 회의 없이 연속시켜 간다. 작품의 시작인 아침 출근 장면은 매일 반복되는 일상의 시작이기도 하다. 자형인 이계장의 힘으로 취직된 창수 역시 이제 그와 같은 일상에 편입되려는 시점에 있다.

　　9시 출근. 5시 퇴근. 9시 출근. 5시 퇴근.
　　개미 쳇바퀴 돌듯 맨날같이 되풀이하는 李係長의 일과였다. 뻐스나
전차에 흔들리든, 합승 한쪽 구석에 비비대고 앉든, 맨날같이 무수한
시선 속에서 혼자 묵묵히 앉아 있어야 한다. 어떻게 자신이 객관화
될 때마다 점점 위축(萎縮)되어 가는 자기 위치를 깨달아야 한다.
　　또 그런대로 이튿날 그 이튿날로 마치 내일 아침이면 틀림없이 동
쪽에서 해 떠오르듯 이어갔다. ……중략…… 李係長은 그의 사무실
이 있는 삘딩 앞에서 내렸다. 昌洙에게 부디 열심히 일을 배우라고
다시 한번 당부하고는 가슴을 쭉 폈다.42)

　50년대 문학에 등장하는 불안이 전후 혼란에 따른 실존적 성격을 갖
고 있다면, 이과장의 불안은 관리사회에서의 불안과, 자신의 야망이 좌
절되거나 남몰래 축적해 온 재산을 빼앗기는 데 대한 두려움에서 온 것
이다. 그에게 불안을 주는 대상은 같은 과의 과장이나 부하직원 미스터
박을 비롯해서 가상의 도둑까지 포함한다. 또 자꾸만 높아져가는 담장과
가시철조망은 자신의 영역을 침범하는 것들로부터 보호받기 위해 설치
한 상징적 장치이다.

　따라서 작품에서 주인공의 갑작스러운 실신과 정신 이상은 돌발적인
것은 아니다. 표면적으로 드러나지 않던 그 무엇인가가 이전부터 주인공
을 위축시키고 억누르던 것이 마침내 표면으로 부상한 것이다. 정신병원
의사는 이러한 증상을 현대인 모두의 병으로 규정하면서, 미리 증상을
알고 있었던 듯 보편적 원인만을 유창하게 설명해 줄 뿐이다. 병원을
나서면서 마주친 관리부장의 등장을 통해 근대화의 병리적 현상은 근대
화 프로그램에 적극적으로 동참하는 성공인에게도 예외가 통하지 않는
다는 사실이 확인된다.

　이 작품의 서사적 결말에서 이계장의 전직이나 창수의 사직은, 이계장
의 노이로제나 창수의 갈등에 대한 개인적이고 일시적인 해결책은 될
수 있어도, 근대화의 병리적 현상에 대한 궁극적인 해결책은 찾을 수

---

42) 김동립, 「관리사회」, 『한국전후문제작품집』, 신구문화사, 1960, 336쪽.

없다는 것이 작가가 전달하는 메시지이다.

2) 관리사회의 운영원리와 예술가의 의미

　다음에는 이 작품을 창수를 중심으로 읽어본다. 자형의 주선으로 같은 회사에 첫 출근한 창수의 공장견학 형식으로 한일피복산업주식회사의 근대적 장관이 공개된다. 근대화의 핵심적 공간이라고 할 공장의 모습은 미대 졸업생 창수의 예리한 눈을 통해 일반 독자들에게도 생경한 충격으로 다가오도록 묘사되고 있다.

> 　베의 부피가 20센치나 될 높이를 두대의 자동전기재단기가 양쪽에서 재단하고 있었다. 昌洙는 나사(羅紗) 점에서의 가위를 생각했다. 소매, 등판의 한벌감을 자르는 가위. 자동재단기는 수십벌의 등판 소매 감을 단번에 재단해 냈다. ……(중략)……
> 　창수는 그가 시키는 대로 그들의 동작에 주의했다. 재단기에서 떨어져 나오는 한 뭉텡이의 부분을 조수의 손에 덜렁 나꿔고, 조수는 왼발을 한발자욱 뒤로 물러서며 뒤의 배열대에 붙은 번호의 9 앞에다 놓는다. 그리고 그 다음이 10의 번호. 거의 틀림없고 빈틈없이 째인 기계와 같은 동작에 의하여 1에서부터 순차적으로 배열된다. ……(중략)…… 표를 받은 재단부 조수는 전표의 번호를 힐끗 확인한다. 그리고는 배열대의 1번 감 뭉텡이를 창문으로 덜렁 내민다. 다음 파란 유니폼 해사한 얼굴은 2번, 그다음 유니폼은 3번. 4번. 5번. 21번까지의 배열대 뭉텡이가 다 나갈 때는 스물 하나의 유니폼이 나타났다가는 사라졌다.[43]

　위의 인용문은 자동전기재단기와 가위와의 대비를 통해 근대화와 과학기술상의 진보가 전통적 생산형태를 어떻게 대치했는가를 보여주고 있다. 인간의 손을 전기기계가 대신하게 되면서 자본주의적 생산공정의

---

43) 김동립, 앞의 책, 339쪽.

갖게 된 엄청난 생산속도와 생산량에 주목하게 만드는 대목이다. 마치 기계와 같은 동작을 반복해야 하는 여공들의 작업과정은 노동자의 부품화에 대한 비판적 묘사이다. 이는 주체의 소외로 연결된다. 풍요한 생산의 현장에서 노동자들은 그 생산물로부터만 아니라 생산과정으로부터도 소외된다. 그들은 배열대와 전표의 '번호'로서 대치되며, 개성을 상실한 '파란 유니폼'이라는 이름으로 획일화된다. '쇠붙이'같이 굳어진 여공들의 얼굴은 '수인(囚人)'처럼 돌아간다. 작가는 아무 감정없이 사물의 동작을 묘사하는 어투로 인간의 작업과정을 묘사하며, 여공들은 종종 숫자와 획일화된 제복으로 지시된다. 이와 같이 작가의 근대 비판은 문체와 어휘라는 언어적 측면에 대한 관심과 연결된다.44)

한편 사회가 어떻게 공장과 같은 원리에 의해 운영되는가를 상징적으로 보여주려면 작업 현장만이 아니라 산업사회의 운영 원리를 암시해주어야 하겠다. 다음 인용문에서는 관리사회의 특성이 좀더 구체적으로 제시된다. 공장이 직공들의 생활을 어떻게까지 지배 통제하는가를 초 단위까지 세분화된 작업표에서 확인할 수 있다.

> 作業表—여직공 H의 실례가 도표화되어 있다.
> ― 작업내용, <소매 만들기>
> 二 한 건의 소요시간, 5분 30초
> 三 하루의 작업시간, 7시간 10분
>> (이 작업시간은 아침 8시부터 오후 6시 퇴근할 때까지 점심시간 한시간과 오전 10시에서 15분, 오후 3시에서 15분, 합계 30분간의 휴식시간에다가 재봉틀에 기름 주는 시간과 변소에 가는 시간을 합한 20분을 빼고난, 순전히 작업에만 소요하는 시간

---

44) 언어 문제에 관해 덧붙이자면 작품 곳곳에 나타난 일반인에게 생소한 외래어, 특히 영어의 빈번한 사용이 주목된다. 이는 전세계적 근대화 과정에서 영어라는 언어가 행사하는 권력과 연관하여 검토해보면 흥미롭다. 1950년대 소설에서의 영어의 돌출은 미국문화가 한국 풍토에서 갖는 것만큼이나 돌출적이며 강압적이다. 1930년대 모더니즘 소설에 나오는 근대화의 산물과 일본어, 특히 일본식 영어와 이를 대비해 볼 수 있겠다.

을 말함).
四 따라서 H가 생산하는 하루의 생산량은 <소매 만들기> 78개
五 잉여시간, 5초[45]

　기계의 놀라운 발전이 인간을 돕고 있으나 실제 기계를 조작하는 인간의 동작이 불규칙적이고 비과학적이기 때문에 불필요한 시간 낭비와 생산저하를 가져온다는 주장을 반복하는 관리부장의 브리핑 자료에서 인용한 부분이다. 일반적인 소설에서는 찾아보기 힘든 작업표의 형식을 직접인용함으로써 독자들에게 낯설게하기의 효과를 가져오면서, '타임스타디'와 '모오숀 스타디'에 의한 비인간적인 관리방식에 대한 놀라움과 두려움을 극대화시킨다. 또한 작업분담표(343면), 동작연구(347면), 신경안정제 광고(348면)에서도 도표나 광고 문안을 작품에 그대로 노출시킴으로써 1930년대 박태원 소설에서부터 시작된 모더니즘 소설의 형식적 기법의 하나를 계승하고 있다.

　한편 이 작품은 산업 현장을 다루는 소설이면서도 예외적으로 노동자가 아닌 중간관리자의 시선을 택하고 있다는 점이 특징이다. 노동자는 기계와 마찬가지로 묘사의 대상으로 등장하면서, 근대화의 주체로서가 아니라 객체로서의 성격만이 드러난다. 이는 작가 의식의 측면에서 바라볼 것만이 아니라 1950년대 노동현실의 실상을 사실적으로 반영한 결과로 이해해야 할 것이다. 작가는 대안을 모색하기보다는 노동자의 작업현실에 대한 세밀한 묘사에 그치고, 자본가의 입장 역시 같은 중간관리자인 관리부장의 브리핑을 통해 대변한다. 그렇지만 반드시 노동자가 근대화의 주체가 되어야 한다는 주문까지 강요하지는 않더라도, 능동적인 입장에서 자본주의적 근대화를 주도하는 자본가의 입장과 근대화과정에 수동적으로 편입되어 가는 노동자의 상황을 균형 있게 관계시킴으로써, 다양한 주체들이 근대화 과정에 어떤 방식으로 참여하는가 하는 양상을 제시해야 한다는 것이 독자가 작가에게 요구하는 주문이다.

---

45) 김동립, 앞의 책, 341쪽.

이제는 창수가 관찰한 세계가 아니라 창수 자신의 문제로 돌아가보자. 관리부장, 이계장을 지원자로 삼는 창수의 근대화에의 동참은 창수 자신이 끝까지 냉정한 관찰자로 남으면서 성공하지 못한다. 그러나 창수 자신은 이를 좌절로 생각지 않는다. 대학시절 전공한 미술을 다시 시작함으로써 자신이 경험한 근대성의 양상들과 그에 대한 자신의 감정과 갈등들을 예술이라는 탈출구를 통해 해소하려는 것이다.

기계의 놀라운 발전만을 강조하는 관리부장을 보며, 창수 역시 기계의 역사를 인간 역사의 개가로 인정할 수밖에 없었지만, 한편으로는 "예술적 감동의 근원이 되는 예술적 분야를 과학이란 이름으로 얼마나 좁혀 놓았는가" 하는 의문에 빠진다. 그는 구체음악, 자기 녹음(磁氣錄音)을 전재로한 전자음악의 등장과 더불어 기계와 음악, 과학과 예술이 막다른 골목에 들어선 것이 아닌가 생각한다. 기계 예술의 등장은 기존 예술의 위기를 뜻한다. 귀로 듣는 희곡, 스크린에 비친 아름다운 그림, 눈으로 보는 문학……. 과학은 편리한 기계의 예술을 얼마든지 발달시키겠지만 이제 무슨 이유로 글로 쓰고 붓으로 그릴 것인가 하는 심각한 고민에 빠진다.

우리 예술가들에게 있어 기계 예술의 충격이 본격적으로 가해지기 시작하는 첫단계인 1950년대에 작가가 이미 위기를 직감하고, 기계 시대에서의 예술의 의미를 물었다는 것 자체가 의미있는 문제제기라고 보인다. 그러나 창수의 내적 갈등 형식으로 위장한 작가의 거의 직설적인 설명과 달리 독자가 기대하는 해답은 분명하게 제시되어 있지 않다. 해답이 없다는 것만이 문제가 아니다. 먼저 기계문명시대의 예술의 의미를 묻는다면 기계예술의 등장을 거부하지만 말고 일단 기계예술의 예술적 가능성 문제를 검토해야 한다. 문제 제기란 곧바로 부정하자는 의미는 아니다. 기계문명시대에 예술가의 아우라는 어떻게 표현되는가, 왜 기계예술이 아닌가 하는 데 대한 고민이 본격적으로 다루어지지 않는다면 이는 예술의 위기가 아니라 예술가의 위기가 될 것이다. 이 점에서 작자의 문제 제기가 갖는 또다른 한계가 드러난다.

　예술가인 등장인물이 기계문명에 직접 부딪쳐, 이에 적응해보려는 주체적인 노력을 다해보지도 못하고, 결국은 관찰자의 역할로 물러나고마는 창수의 이야기이지만 작품을 구성하는 두 개의 서사의 축의 하나로서 중요한 의미를 지닌다. 창수 중심의 서사는 이계장 중심의 읽기에 가려 기계문명이라는 배경을 제시하는 부차적인 역할에 만족하는 것처럼 보인다. 작품 중반부까지 창수는 어떠한 주체적인 행동도 보여주지 못하고, 단지 독자에게 자신의 눈만을 빌려주며, 공장견학을 대행하는 것 이외의 의미는 갖지 못한다. 그러나 후반부에서 창수가 회사를 그만두고 다시 그림을 택함으로써 비판적 거리를 회복하며 작가의 입장을 대변하게 된다.

　물론 앞에서 제기한 기계예술시대의 예술의 정체성 문제에 대한 직접적인 해답은 없다. 그러나 예술의 위기가 수반하는 온갖 회의에도 불구하고 창수가 다시 예술을 택한다는 것 자체가 간접적인 해답, 또는 해답은 아니라도 작가의 입장 표명은 될 것이다. 이는 기계예술을 포함한 기계문명 전체라는 문제적 상황에 대한 비판이 된다. "그러면서도 이상하게스리 그림을 그리고 싶다. 빨간 물감으로 한일피복회사를 그리고 그 위로 무수한 톱니바퀴를 새까맣게 그려넣고 싶다."는 창수의 공상이 그것이다.

　창수가 왜 다시 붓을 잡게 되는가. 이유는 명확하지 않은 채 다시 그리고 싶다는 말만 반복된다. 도대체 '이상하게스리'라고 설명된 이면의 그 무엇이 창수로 하여금 다시 붓을 잡게 하는가. '무수한 톱니바퀴'에서 실마리를 찾을 수밖에 없다. 톱니바퀴를 '새까맣게' 그리고 싶다는 사실은 '톱니바퀴'에 대한 창수의 입장을 암시한다. 그런데 왜 하필 하고많은 기계중에 '톱니바퀴'인가. 톱니바퀴는 단순히 기계의 묘사가 아니라 인간의 기계化를 상징하기 때문이다. 이 대목에서 창수의 군시절의 숨겨진 상처가 소개된다. 아군이 설치한 부비추렙에 정찰대의 안중사가 폭사한 사건이다. 인간까지 기계화되는 상황에서 어느 기계를 믿을 것인가.

> (결국 우리들은 우리 스스로가 만든 인간에게 시달리게 되는군요)
> 독일의, 괴테의, 악마 <메피스타휘리즈>의 말이 열달아 떠올랐다.
> 昌洙는 잠자리에서 벌떡 일어났다.
> 그는 윗방으로 갔다. 방문 앞에서 이미 잠들은 누님을 깨웠다. 마
> 치 메피스타휘리즈에게나 홀린 것처럼 행동하는 것이었다.
> 누님에게 사정을 했다. 내일부터 회사에 안나가겠다고, 평생 소원
> 이니 그림 그릴 재료를 사 달라고, 그때 자형이 덧문을 열고 넋잃은
> 표정으로 건너보고 있었다.46)

창수가 메피스토의 유혹을 받는다면 이는 파우스트적 존재로서의 자신의 발견을 의미한다. 이는 끊임없는 지적 탐구와 인간 세계에 대한 관심에 그치지 않는다. 창수의 예술적 욕구는 개인적 욕망을 넘어서는 곳에서 메피스토의 유혹에 접한다. '스스로가 만든 인간에게 시달리게' 되는 상황이 창수를 벌떡 일으켜 세운다. 마샬 버만은 괴테의 『파우스트』에서 '발전의 욕망'이라고 부르는 충동을 찾아내고 파우스트를 인간 세계의 비극적인 개발자이자 현대적 영웅의 원형으로 제시하는 색다른 해석을 하고 있다.47) 예술가 창수는 파우스트와 같은 개발자로서의 능력과 의지를 결여하고 있고, 근대화에 주체적으로 참여하지도 않아 비교의 대상으로 잡기는 힘들겠지만 근대화에 있어 인간의 문제에 초점을 맞췄다는 공통점은 존재한다. 한 쪽이 신에 대해서 인간 중심적 비전을 내세운다면, 한 쪽은 기계에 대해서 다시 인간 중심적 비전의 회복을 주장하는 것이다. 창수가 메피스토의 유혹을 강하게 느낀다는 것은 결국 인간의 기계화와 소외상황으로부터 위축된 자신 내부의 아우라의 회복을 열망한다는 의미가 될 것이다.

---

46) 김동립, 앞의 책, 349-350쪽.
47) 마샬 버만, 앞의 책, 제 1 장 참조

5. 맺음말

1950년대 소설에 나타난 근대성의 '본질'이 아닌 근대성의 '경험'이라는 이 제목에서도 암시되듯이 이 글의 최종적 목적은 근대성이 무엇이냐 보다는 근대성이 어떻게 경험되는가 하는 물음에 대한 해답을 얻는 데 있다. 이 물음은 일차적으로 작중인물에 대한, 궁극적으로는 작가를 향한 질문이 될 것이다.

위의 추식, 김광식, 김동립의 작품들은 모두 1950년대 서울을 배경으로 하고 있다. 근대성의 산실인 도시를 공간적 배경으로 한 작품들은 많겠지만, 그중에서도 모더니즘적 소설의 범주에서 자본주의적 근대화의 충격과 그 내적 수용과정을 설명할 수 작품들을 선택한 것이다.

이 글에서 분석한 세 작품중 먼저 추식의 「모오든 나는 오라」에서는 근대성을 경험하는 주체의 자각과정을 주인공의 자아의 분열 및 실종 체험으로서 다루었으며, 주인공이 접한 일상성의 세계는 상품성을 가질 때만 가치를 획득한다. 다음으로 김광식의 「213호 주택」의 주인공은 자본가의 이익추구와 근대화의 발전속도에 적응하지 못한 결과 자기 소외에 빠지게 되며, 작가는 일터와 가정이라는 도시의 두 공간을 대비시키며 도시인의 일상을 해부한다. 끝으로 김동립의 「대중관리」에서는 근대화 과정에 힘겹게 동참하여 자기발전을 꾀하는 한 주인공과 근대화를 관리하는 기계의 비인간성으로부터 탈출하여 자신이 원하는 예술활동에서 자기발전을 꾀하는 또 하나의 주인공의 삶을 대비적으로 보여주고 있다.

이러한 결론은 그것이 과연 근대성의 경험인가 근대화의 경험인가하는 의심을 갖게 만든다. 이는 머리말에서도 언급한 바 이 글이 전제한 버먼의 근대성 개념이 어떤 추상적인 체계가 아니라 근대화 과정에서 생겨난 온갖 경험의 실체들에 의지하고 있다는 사실과 동궤에 놓인다 할 것이다.

결국 "모더니즘의 두 지주가 현대사회의 병리적 증후나 산업문명적 감성을 예술에 수용하는 것과 기존의 사회제도와 관습에 반발하는 태도"라는 점에서 50년대 한국 사회 분위기와 모더니즘과의 결합가능성을 논의[48]한다고 할 때 모더니즘 소설사에서의 세 작품이 갖는 의미를 확인할 수 있다. 그러나 다시 버먼의 처음 논의로 돌아가 보면 본론에서 분석한 세 작품에서 공통적 한계를 지적할 수 있다. 버먼이 스스로 자신의 작업을 모더니즘과 근대화의 변증법에 관한 연구라고 평가했듯이 근대성의 경험의 핵심은 모더니즘이라는 문화적 비전과 근대화라는 사회적 과정의 변증법이 작용하는 지점을 발견하는 데서 찾을 수 있다. 도시의 거리를 둘러싸고 전개된 모더니즘의 역사적 변화에 대한 고찰에 따르면 모더니즘의 가장 근원적인 추동력은 근대 생활의 모순과 투쟁하는 인간 자신의 창조적 능력이다. 그것은 근대화의 진전을 위한 투신의 형태로든, 근대화의 상처를 치유하려는 저항의 형태로든 인간의 주체적인 작용을 그것의 중요한 동기로 포함하는 것이다.[49] 위의 세 작품을 보면 근대화는 분명히 이루어지고 있는데 대부분의 등장인물들에게 그것은 생경한 삶의 양태로는 받아들여지지만 그들은 결코 이에 적극적으로 투신하지 않으며, 그들은 상처를 입었으나 저항하지 못한다.

또한 "견고한 모든 것은 대기 속에 녹아 버린다"는 전통과의 과감한 결별 역시 부각되어 있지 않다. 그렇다고 근대화의 충격에 위축되어 전근대로 복귀하고 마치 이전의 시대가 탈근대적 대안인 것처럼 착각하는 오류는 보이지 않는다. 다만 그들은 근대화의 엄청난 진행속도에 적응하지 못하고 자신의 내면으로 후퇴할 뿐이다. 이러한 사실들은 버먼이 제시한 근대성의 조건에 상당히 미달한 것이다. 그러나 근대성의 서구적 조건들이 상대적으로 저개발국가였던 러시아의 경우에 다르게 나타났듯

---

48) 최유찬, 앞의 책, 14쪽.
　　따옴표안의 인용문은 스티븐 스펜더, 유종호 역, 「모더니스트 운동에의 조사」(문학예술, 1955.11)의 내용.
49) 황종연, 앞의 책, 216쪽 참조

이 우리와 같은 제 3 세계에서는 또다른 양상으로 드러날 가능성도 존재한다. 이러한 서구중심적 근대성의 논의를 보편적 규범처럼 1950년대 한국의 현실에 직접 적용할 때의 한계에 대한 질문은 이제부터가 시작이 될 것이다. 그리고 그 한계를 넘어 독자가 기대하는 문학은 '근대화의 경험'을 넘어 진정한 '근대성의 경험'을 보여주는 문학이라는 사실일 것이다.

▶ 참고문헌

김　현, 「한국인의 고뇌」, 『현대한국문학전집』 14집, 신구문화사, 1967.

김우종, 「현대문학과 인간의 고독(김광식)」, 『현대소설의 이해』, 이우, 1978., 3판

나병철, 『근대성과 근대문학』, 문예출판사, 1995.

마샬 버만, 윤호병·이만식 역, 『현대성의 경험』, 현대미학사, 1994.

마이크 새비지·알랜 와드, 김완배·박세훈 역, 『자본주의 도시와 근대성』, 한울, 1996.

백낙청, 「문학과 예술에서의 근대성 문제」, 『창작과 비평』, 1993년 겨울호

앙리 르페브르, 『현대 세계의 일상성』, 세계일보사, 1992.

이진경, 『근대적 시공간의 탄생』, 푸른숲, 1997.

＿＿＿, 『근대적 주거공간의 탄생』, 소명출판, 2000.

임기현, 「김광식 도시소설 연구」, 『개신어문연구』 17집, 2000.

정창범, 「인격상실의 드라마」, 『현대한국문학전집』 9집, 신구문화사, 1966.

조동일, 「기술자의 좌절을 제시-213호 주택」, 『한국현대문학전집』 6집, 신구문화사, 1969.

채수영, 「휴머니즘, 그 거리」, 『한국문학의 거리론』, 시인의 집, 1987.

천이두, 「메카니즘, 그 병리적 양상」, 『현대한국문학전집』 14집, 신구문화사, 1967.

천상병, 「욕구불만의 인텔리-왜가리」, 『현대한국문학전집』 9집, 신구문화사, 1966.

최병두·한지연 편역, 『자본주의 도시화와 도시계획』, 한울 아카데미, 1989.

최유찬, 「1950년대 비평 연구(1)」, 한국문학연구회 편, 『1950년대 남북한 문학』, 평민사, 1991.

최혜실, 「실존주의 문학론」, 구인환 외 『한국 전후문학연구』, 삼지원, 1995.

페리 앤더슨, 김영희·유재덕 역, 「근대성과 혁명」, 『창작과 비평』, 1993년 여름호.

한수영, 「1950년대 한국소설 연구;남한편」, 한국문학연구회 편, 『1950년대 남북한 문학』, 평민사, 1991.

김승옥 소설과 일상성의 경험

1. 감수성의 혁명과 일상성의 세계

김승옥의 문학에 대한 가장 널리 알려진 수식어는 '감수성의 혁명'이다. 작품을 대하는 독자마다 저절로 빠져들게 만드는 저 매혹의 감수성의 실체는 무엇인가. 유종호는 "새로운 감수성이란 요컨대 이 언어재능이 성취한 혁신의 다른 이름에 지나지 않는다"면서 "세상을 도회인의 눈으로 바라보고 현대 도회인의 과도히 긴장된 신경으로 외부인상에 반응한다는 점에서 도회인의 감수성이다"라고 결론짓는다.[1] 도회적 감성과 언어감각이 김승옥 문학의 핵심이라는 이러한 지적은 이후 쏟아져 나온 수많은 평론과 연구논문에서 다양한 모습으로 반복 재생산되고 있다. 문학사에서는 이러한 새로운 감수성을 4·19 체험 이후 등장한 『산문시대』 동인의 정신과 연결시키며 그 저변에 존재하는 자유와 환상의 혼재를 지적[2]하거나, 1960년대 문학의 독자적 성격을 강조하면서 김승옥을 개인의 감성에 의해 포착되는 현실의 문제를 치밀하게 묘사함으로써 전

---

1) 유종호, 「감수성의 혁명」, 『유종호 전집 1 : 비순수의 선언』, 민음사, 1995.
2) 김윤식·정호웅, 『한국소설사』, 예하, 1993, 355-360쪽.

후소설이 지니지 못했던 독특한 문체의 감각을 산문속에 살려놓은 스타일리스트, 감성의 작가라고 규정[3]하고, 그의 작품을 도시화와 이로 인한 생활 양식의 새로운 변화양상과 밀접한 연관성을 지니는 도시소설[4]의 범주에서 다루는 등 대개 세 방향에서 접근해 왔다. 4·19가 추구했던 근대적 이념, 개인의 감수성에 의한 미적 자각과 더불어 60년대 이후 출현한 새로운 삶의 양식과 그 문학적 형상화야말로 근대성이라는 주제로 김승옥을 다시 읽는 기초가 된다.

이 글은 김승옥 소설의 세계를 일상성의 세계로 이해하려 한다. 르페브르의 말대로 일상성과 근대성은 오늘날 시대정신의 두 측면이다. 무의미의 집합체인 일상에 의미의 집합체인 근대성이 답을 한다. 일상을 다루는 것은 결국 일상성을 생산하는 사회, 우리가 그 안에서 살고 있는 그 사회의 성격을 규정짓는 것이다. 겉보기에는 무의미한 사실들 속에서 중요한 어떤 것을 잡아내고 그 사실들을 잘 정돈함으로써 이 사회의 정의를 내리고, 이 사회의 변화와 전망을 정의해야만 한다.[5] 한 작가가 작품에서 일상을 다루는 것과 일상성을 인식, 형상화하는 것은 분명히 다르다. 김승옥이라는 1960년대 작가가, '날마다 지내는 평소의 생활'이라는 '일상'의 사전적 의미를 넘어, 근대적 삶의 본질적 양상으로서의 '일상성'의 개념을 이해하고 있었다고 보기는 힘들다. 그러나 추상적 개념을 통해서야 인식이 가능해진다면 문학의 할일은 없어지는 것이다. 김승옥 역시 1960년대라는 구체적인 일상성의 세계에서 생활했고, 이를 미적으로 인식·형상화하는 작업을 자신의 도시적 작품세계속에서 충분히 수행할 수 있었다는 것을 이 글은 전제로 삼고 있다.

'감수성의 혁명'으로 요약되는 김승옥의 작업을 일상성의 관점에서 재인식하기 위해 먼저 새로운 주체의 자각이 일상속에서 차지하는 의미부터 따져야 한다. 주체는 하이데거의 용어를 빌면 일상성속에 매몰되어서

---

3) 권영민, 『한국현대문학사』, 민음사, 1993, 205쪽.
4) 이재선, 『현대한국소설사』, 민음사, 1991.
5) 앙리 르페브르, 박정자 역, 『현대세계의 일상성』, 세계일보사, 1990, 58, 63쪽.

자기를 상실하고 있는 비본래적 존재방식으로부터 본래적 존재방식 즉 자기 존재를 실현한 주체성을 확보한 존재방식을 모색한다. 그런데 일상에 대한 주체의 대응에 있어 김승옥의 인물들은 자기 상황을 내적인 조작을 통해 수락하는 소위 '자기세계를 가진 사람'[6]으로 설명되어왔다. 여기서 일상성의 의미를 인간의 존재론적 상황과 연결시키는 것만으로는 왜 근대 자본주의 도시의 일상이야말로 자의식의 문학이 등장하는 조건이 되는가를 설명할 수 없다. 따라서 일상의 시대적 성격을 동시에 고려할 때에만 식민지 자본주의하 1930년대 모더니즘에서 시험되었던 이 같은 유형의 문학이 1960년대 한국의 근대화를 배경으로한 다양한 형태의 도시소설에서 재등장하게 된 문학사적 원인이 밝혀질 것이다.

작가는 「산문시대 이야기」[7]라는 수필에서 "1960년 나는 전남 순천고등학교를 졸업하고 서울대학교 문리대 불문과에 입학했다. 대학생활과 서울생활이라는 두 가지 낯선 생활이 한꺼번에 시작된 것이다. '낯설다'는 말은 그리 단순한 뜻이 아니었다."는 말로 대학시절을 회고한다. 그에게 서울생활은 세상에 태어나서 물질적으로 완전한 독립의 시작이었고, 그것은 확실히 낯선 것이었다. 특히 '지방출신', '서울출신'이라는 이질감은 4·19에 의하여 동질의 의식으로 동년배 사이의 감각의 차이를 무시할 수 있게 되기까지 그의 의식을 지배한다. 그해 10월, 굳이 신춘문예 응모보다는 지독히도 힘겨운 '서울 생활을 청산하는 기념품'을 남기려는 목적에서 소설을 시작한다. "처음엔 내 서울 생활의 리포트를 써보자고 시작하였는데 이렇게 써보나 저렇게 써보나 내 마지막의 비밀을 아무런 흥미도 갖지 않은 사람 앞에서 털어놓는 것은 주착없어 보이기만 하였다"는 이유에서 깨끗이 단념하고, 물건 하나 만드는 기분으로 한 편 쓴 것이 「생명연습」이었다. 하지만 이때 중단한 첫 작품이야말로 작가의 창작세계의 원형이 될 것이다. 그후 작가가 「서울 1964년 겨울」을 거쳐 「서울의 달빛 0장」에 이르기까지 서울에서의 삶의 문제에 대한 집

---

6) 김현, 「구원의 문학과 개인주의」, 『사회와 윤리』, 일지사, 1974, 240쪽.
7) 김승옥, 「산문시대 이야기」, 『뜬세상에 살기에』, 지식산업사, 1977.

요한 탐구를 벌인 이면에는 이와 같은 개인적 체험의 충격이 잠재되어 있는 것이다.

이 글에서는 먼저 김승옥이 도시적 일상속에서의 자아의 문제를 어떠한 양상으로 다루고 있는가를 초기작 「역사」와 대표작 「서울 1964년 겨울」을 분석하면서 살펴본다. 그리고 작품속의 인물들이 이러한 일상성의 세계로부터 어떻게 탈출하려 하였고, 이러한 시도가 어떻게 번번이 좌절되고 있는가를 「무진기행」을 비롯한 몇 작품을 통해 간략하게 살펴봄으로써 작가의 일상성에 대한 태도를 결론지으려 한다.

2. 근대적 일상과 자아
　-「역사」

「역사」(『문학춘추』4, 1964.7)는 1962년 한국일보 신춘문예에 「생명연습」으로 등단한 이래 한동안 「산문시대」라는 소그룹의 동인 활동에 머무르던 작가가 본격적인 문예지에 처음으로 발표한 작품이면서 이후 다양한 경향으로 전개되는 작가의 도시소설의 원형이 된다.8)

액자소설인 「역사」에는 두 명의 화자가 등장하는데, 외화의 화자는

---

8) 이재선 교수는 앞의 책에서 1960년대 도시소설을 ① 도시입성형 경험소설, ② 노년학적 소설, ③ 생태학적 도시소설, ④ 분열형 도시소설, ⑤ 이미지 소설 내지 유동상태의 소설, ⑥총람형 도시소설이라는 여섯 유형으로 분류하며, 김승옥의 「서울, 1964년 겨울」은 ①의 유형, 「무진기행」은 ⑤의 유형의 예로 제시된다. 이 분류에 따르자면 이밖에도 「서울의 달빛 0장」은 ④의 유형, 『60년대식』은 ⑥의 유형에 해당된다. 그런데 「역사」의 경우는 창신동 빈민가와 양옥집이라는 특정 지역단위의 특유의 생활양식을 생태학적으로 묘사하고 특히 하숙방이라는 최소의 인위적 배경 상황에서의 대조적 관계와 빈/부 지역이라는 대조적인 세계의 대비, 집단과 개인간의 분절 등을 다룬다는 점에서 ③,④의 경향에 있으면서 아울러 ①,⑤의 요소도 포함하고 있다.

작가 자신이고, 내화에 등장하는 젊은이는 '나'라는 또 하나의 화자이자 주인공이다. 두 화자는 독자의 입장에선 한 사람의 일인칭 체험적 화자로 인식해도 무방할 정도로 동일성을 지닌다. 그렇다면 외화의 '나'의 존재 이유는 무엇인가. 외화의 화자 자신은 단순히 전달자에 불과하다는 태도로 일정한 거리를 두고 작품밖으로 물러나려고만 한다. 이것은 내화에 삽입된 양옥집 식구의 왜곡된 삶이 갖는 과장된 모습이나 서씨라는 숨은 역사의 비현실성에 대한 책임회피처럼도 보인다. 이때 액자는 현실과 허구 사이의 완충공간을 형성하여 설득력을 높이는 장치로서의 기능을 한다.9) 한편 작중 현실에 직접 개입하지 않는 의도는 작가의 자전으로 보이기를 거부하는 것일 수도 있다. 그렇다면 「역사」야말로 앞서 중단된 첫 작품을 재생시킨 것으로 추측해볼 수 있다. 작가의 '서울 생활 리포트'를 이렇게 작위적인 액자소설의 형식으로 탈바꿈한 것은 습작기의 미숙성이라기보다는 자기고백적 요소를 지우기 위한 위장술이다. 한편 내화의 일인칭 주인공은 서울이라는 도시 환경에 대한 내적 반응을 주요 내용으로 하는 작품 성격을 살리는데 중요한 역할을 한다. 사실 하숙집 식구들을 둘러싼 삽화를 제외하고는 작품 중반까지 특별한 서사적 전개는 없다. 작가의 주된 관심은 창신동 빈민가 식구들과 새로 이사간 양옥집 식구들을 대비시키면서 겪는 서로 다른 생활방식에 대한 심리적 반응에 맞춰져 있으며, 이는 특히 주인공의 심리적 부적응 상태를 암시해주는 하숙방에 대한 세부묘사에 잘 나타나 있다.

> 아무리 그렇지만 1주일이 방 하나와 친밀해지는데는 충분한 시간이라고 나 역시 생각한다. 낮잠에서 깨어났을 때 내가 약 1주일 전에 이사 온 방에서 상당한 시간 동안 생소함을 느꼈던 것은 그 1주일이란 시간보다도 더 길게 나를 따라다니는 어떤 심리적인 원인이 아니었을까?10)

---

9) 나병철, 『문학의 이해』, 문예출판사, 1994, 416-421쪽 참조.
10) 김승옥, 「역사」, 『서울, 1964년 겨울』, 1966, 창우사, 148쪽.

어느 날 깨어보니 자신을 둘러싼 현실이 갑자기 낯설어보일 때가 있다. 나의 방이 타인의 방처럼 느껴질 때, 평범한 일상이 낯선 충격으로 경험되면서 자신의 삶에 대한 본질적인 성찰에 들어가게 되고, 외계 및 타인과 구별된 자아로서 자기를 의식한다. 김승옥의 소설이 주체의 자각을 다룬다는 것은 바로 이러한 자기 의식이 소설의 주제가 된다는 뜻이며, 이 과정에서 그의 언어는 이성적 인식의 도구이기보다는 감수성이라는 형태로 기능하면서 심리적 반응을 예리하게 포착한다. 작품 초반에 묘사된 낯선 방의 이미지와 이에 대비되는 창신동 빈민가와의 단절을 작가는 '간격의 저쪽'이란 말을 사용하여 표현하고 있다. 일주일이란 시간에도 불구하고 여전히 갖게 되는 그 서먹서먹함의 원인을 화자는 "그 측량할 길 없는 간격을 내가 아무런 준비도 하지 못한 채 갑자기 건너뛰었기 때문이 아니었을까"라고 파악하고 있다.

작가에 의하면 「역사」의 실제 창작 시기는 1962년 여름으로 작품중에 한 구절의 풍경묘사로 삽입된 오래전의 메모 한 장이 모티브가 되었다고 한다.[11] "빈민가에 저녁이 오면 공기는 더욱 탁해진다. 멀리 도시 중심부에 우뚝우뚝 솟은 빌딩들이 몸뚱이의 한편으로는 저녁 햇빛을 받고 다른 한편으로는 짙은 푸른색의 그림자를 길게길게 누인다. 빈민가는 그 어두운 빌딩 그림자 속에서 숨쉬고 있었다."[12]가 그 내용이다. 도시의 빌딩과 그 그림자속에 공존하는 빈민가의 모습이 작품의 배경으로 대비되는 가운데 빈민가의 무질서하고 퇴폐적인 생활과 질서가 잡히고 규칙적인 또 한쪽의 생활과의 비교는 작품속에서는 주인공의 이사 이유가 되면서 작가에게는 작품의 창작동기가 된다.

창신동 하숙과 양옥집간의 가장 큰 차이는 질서의 유무이다. 그러나 '규칙적인 생활제일주의'라는 그 질서에서는 양옥집이라는 물질적 환경에 어울리는 근대적 합리성보다는 차라리 가장의 권위에 기초해 여전히

---

11) 김승옥, 「자작해설」, 『뜬 세상에 살기에』, 171쪽.
12) 김승옥, 「역사」, 앞의 책, 158쪽.

기승을 부리는 봉건적 제도가 강조된다. 할아버지가 재건한 '가풍'의 실체는 인간관계의 회복이 아니라 인간본성의 포기였다. 여기에 '유교적 위계질서와 자본주의의 개인 윤리가 이상야릇하게 접합된 서울'[13]의 모순이 있다. 이 문화적인 양옥집 가족의 계획성있는 움직임과 전진적 태도, 무엇인가 창조해내고 있다는 자부심에 대해 "이 사람들의 태도야말로 자신들은 걷고 있다고 믿으면서 사실은 매일매일 제자리걸음을 하고 있는 바로 그것이 아닐까. 빈민가에 살던 사람들의 그 끝없는 공전 같아 보이는 생활이 이곳보다는 오히려 더 알찬 것이 아니었을까."[14]라고 의문을 제기하면서 창신동 빈민가와 양옥집간의 거리는 사라져버린다. 더구나 목적지의 존재여부와 별문제로 추구과정에서의 억압이 정당화되지 못한다면 그 목표의 의미 역시 부정될 것이다. 결국 주인공이 맞이하는 새로운 일상이란 근대적 합리성과 봉건적 권위의 모순적 결합에 의해 지배받는다는 점에서, 급속한 산업화 과정에서 물질적으로는 진보하지만 정신적으로는 답보상태에 있던 당대 사회의 성격이 일상의 영역을 어떻게 왜곡시키고 있는가를 보여주는 축도가 된다.

이러한 빈껍데기의 생활, 방향이 틀린 생활, 습관적인 생활 앞에서 근본적인 변화까지는 기대하지 않지만 무엇인가 해야한다는 의무감으로 음료수에 홍분제를 집어넣는 결말은 마치 서씨라는 역사가 선조로부터 물려 받은 유일한 가보였던 그 힘을 숨긴 채 밤이면 동대문의 돌을 은밀히 바꾸어놓는 행위를 반복하는 것처럼, 감추어진 욕망을 분출할 최소한의 통로라도 마련하고자했다는 점에 의미가 있다. 그 질서가 가장의 권위에서 기인하든 아니든 그가 거부하고 파괴하려한 것은 양옥집의 질서 그 자체였다는 점에서 일단 독자는 주인공의 행위를 근대적 일상에 대한 소극적인 저항으로 해석할 수 있다.

그런데 과연 주인공의 행위는 양옥집의 위선적인 안정을 파괴하고 창

---

13) 정과리, 「유혹, 그리고 공포」, 『문학, 존재의 변증법』, 문학과지성사, 1985, 108쪽.
14) 김승옥, 「역사」, 앞의 책, 152쪽.

신동 빈민가의 거짓없는 삶으로 복귀하겠다는 선언으로 해석해도 좋은 것인가. 주인공은 자신이 식구들의 음료수에 가루약을 타지 않고 지금 바로 빈민가로 돌아간다면 거기서 무슨 행동을 할 것인가를 생각해 낼 수 없었다. 그는 자신이 결코 그곳으로 돌아가지는 않으리라는 걸 잘 알고 있었기 때문이다. 그는 이미 안주할 결심이 되어 있었다. 자꾸만 창신동 빈민가를 되돌아보게 하는 건, 그리하여 식구들의 음료수에 약을 타게 되는 것은 '빈민가에 대하여 요 며칠 동안 지니고 있던 죄의식 비슷한 것'이며, 일종의 '비겁한 보상행위'15)이다. 독자들 역시 이야기가 전개되면서 희화적일 정도로 규칙적인 양옥의 생활에 쉽게 환멸을 느끼고, 창신동 빈민가의 꾸밈없는 삶에 심리적으로 동조하게 되지만 그렇다고 빈민가로 되돌아가는 것이 대안이 아님에 동의할 것이다. 권태와 혐오보다 깊은 곳에 자리한 저 꿈틀거리는 안주에의 동경을 부정할 수 없기 때문이다. 그렇다면 주인공의 행위의 의미는 도시적 일상에 대한 저항이 아니라 이에 합류하려는 욕망과 동경에서 찾아야 한다는 역설에 도달하게 된다. 주인공의 적응을 방해하는 것은 새로운 환경에 대한 거부감에서만 오는 것이 아니라 오히려 과감히 자신의 생활을 전환시키지 못하도록 주인공을 잡아끄는 이전 생활방식과의 단절과정에서 오는 갈등이기도 하다. 따라서 이러한 갈등을 고백함으로써 자신을 억누르는 부담감으로부터 해방되고자 하는 정신적 보상 행위, 이전의 생활방식을 부정하고 새로운 세계로 편입해 들어가는 과정에서의 일종의 청산적 행위라고 풀이할 수 있다.

김승옥의 인물들은 자신의 일상을 낯설게 바라보고, 거기에 익숙해지도록 곧바로 자신을 순응시키기보다는 일상으로부터 자신을 소외시킴으로써 일상과 자아와의 관계에 대한 성찰에 들어간다. 이러한 자기소외16)

---

15) 김치수는 김승옥의 소설은 우리를 지배하고 있는 이념들이 우리 자신 속에 얼마나 뿌리깊게 자리잡고 있으며 동시에 그 이념에 훈련된 우리 자신이 언제든지 지배당하고 싶어하는 모순 속에 빠질 가능성이 있음을 드러내준다고 지적했다.
김치수, 「김승옥론」, 김승옥, 『무진기행』, 범우사, 1979, 중판, 13쪽.

는 앞서 말한 주인공의 양가적 감정을 해명해준다. 양옥집의 질서로 상
징되는 근대적 일상이란 낯선 하숙방처럼 서먹서먹하지만 그럼에도 불
구하고 빈민가로 되돌아가지는 않는다는 사실은 결국은 근대적 일상에
자신을 편입시키리라는 예상을 가능케한다. 어떻게 보면 근대적 일상에
대한 주인공 내적 욕망을 외화시키면서 주인공은 철저히 자기소외적일
수 있었다.

　이와 같이 작가는 창신동 빈민가와 양옥집의 교묘한 대비로 두 생활
이 바로 곁에 공존하고 있다는 사실과 함께 '이질적인 사실을 한 눈에
동시에 보아버리는 데서 생긴 무리'를 묘사했다. 주인공은 시종 일관 관
찰자의 입장에서 양쪽의 생활을 소개하고 있지만 작가가 전달하려는 것
은 흔해빠진 빈민가의 세태나 과장되고 왜곡된 중산층에 대한 관찰이
아닌 주체의 반응이다. 그러나 하나의 생활방식에서 떠난 지 일주일, 새
로운 생활방식에 들어온 지 일주일이라는 짧은 시기의 혼란을 새 하숙
방에 대한 심리적 부적응에서 포착해낸 작가의 '감수성'은 자신의 생활
방식을 어떻게 주체적으로 변화시킬 것인가보다는 생활의 변화에 어떻
게 적응해나가는가로 제한된다. 간격의 저쪽과 이쪽, 그 거리와 간격을
넘어서는 주체의 반응이 「역사」가 다루는 핵심이다.

3. 일상세계의 구성원리
　-「서울 1964년 겨울」

　「서울, 1964년 겨울」(『사상계』147, 1965.6)은 1960년대 서울이라는 도

---

16) 자기소외란 '어떤 존재가 자기속에 있는 자기의 본질적인 것을 바깥으로 이끌어내
　　어 외화하고, 그것을 타자로 삼아 자기와 대립하는 남처럼 서먹서먹하며, 자기와 거
　　리가 멀고 서로 배치되는 것으로 보는 것'으로 정의된다. (『철학대사전』, 학원사,
　　1963, 921쪽.)

시의 자본주의적 일상을 묘사한 대표작이다. '서울은 모든 욕망의 집결지'라는 말처럼 대중사회라는 조건과 자본의 논리가 어떻게 인간들의 욕망과 존재방식을 결정하는지 드러난다. 이 작품에서 다루는 일상성의 세계는 도시적 인간관계의 묘사로 집약된다. 이는 주체들 사이의 관계이며, 하나의 주체는 다른 주체의 대상이 되는 동시에 일상세계를 함께 살아가는 주체가 된다. 관계는 매개를 필요로 한다. 언어는 역시 이 세계의 일차적 매개 역할을 하지만 일상성의 세계는 주체간의 언어 사용 방식에 변화를 가져온다. 또한 자본주의적 일상에서는 '돈'이라는 또다른 매개의 역할이 지배적인 수준에 이른다.

인간관계는 주로 언어를 통해서 매개된다는 점에서 여기서는 특히 주인공 '나'와 '안' 사이의 대화에 나타난 언어소통의 문제에 주목한다. 먼저 자기 소개 이다. 자기 소개란 앞서 말한 익명적 만남을 넘어 타인과 새로운 관계를 형성하는 기초가 된다. 작가는 다른 대화의 내용은 구체적으로 소개하면서도 이 부분에서는 "뭐 그렇고 그런 자기 소개"가 끝났다는 식으로 처리한다. 이러한 처리는 대중사회 인간관계의 일회적이고 피상적인 성격을 반영한다. 고유명사를 사용하지 않는 작가에 의해 인물들은 김형, 안형, 아저씨와 같이 익명으로 등장한다. 대중사회의 인간은 익명적 존재이며, 익명의 인간이란 교체가능한 인간이다. 기술시대가 부품간의 호환성을 높여가듯이 자본주의 사회의 유지 발전을 위하여 표준화된 부품처럼 비슷비슷한 인간형이 양산되는 것이다. 이때 자신의 정체성을 확인하기 위한 반발은 때로는 작품속의 '나'와 '안'이 '자신만의 것'에 집착하는 형태로 표현된다.

이어서 한 문장만으로는 거의 무의미해보이는 파편적인 대화를 통해 작가의 메시지를 읽어내야 한다. 가령 "꿈틀거리는 것을 사랑하십니까"라는 질문에 이어지는 대화속에서는 어떤 생명력에의 갈망을 간파해낼 수 있다. 그러나 '안'은 배운자들의 특성대로 '꿈틀거린다'와 '오르내린다'를 구별하면서, '김'이 사용한 어휘의 타당성 문제로 논의의 본질을 흐려놓는다. 애초에 '김'이 '꿈틀거린다'라는 언어를 사용하면서 말하고

자 했던 바는 관심밖으로 밀려나고 만다. '안'이 '김'이 말한 오르내림도 꿈틀거림의 일종으로 인정하면서 대화는 간신히 재개된다.

> "그렇죠?" 나는 즐거워졌다. "그것은 틀림없이 꿈틀거림입니다. 난 여자의 아랫배를 가장 사랑합니다. 안형은 어떤 꿈틀거림을 사랑합니까?"
> "어떤 꿈틀거림이 아닙니다. 그냥 꿈틀거리는 거죠. 그냥 말입니다. 예를 들면…… 데모도…….."
> "데모가? 데모를? 그러니까 데모…….."
> "서울은 모든 욕망의 집결지입니다. 아시겠습니까?"
> "모르겠습니다"라고 나는 할 수 있는 한 깨끗한 음성을 지어서 대답했다.17)

"어떤 꿈틀거림을 사랑합니까"라는 질문에서 앞선 대화에서 개념의 성격과 관계 규명에 집착하던 '안'의 태도와 본능적으로 그러한 태도를 거부하던 '김'의 대화방식이 역전된다. '어떤'은 안의 태도이고 '그냥'이 김의 태도였던 것이다. 김이 특정한 '꿈틀거림'을 묻자 안은 '꿈틀거림' 그 자체를 사랑한다고 답한다. 김은 안이 보여준 분석능력은 없지만 "데모가 (꿈틀거리는 건가요)? (어떻게) 데모를? 그러니까 데모(도 꿈틀거린다는 얘긴데 난 잘 이해가 되지 않는데요)?"라는 반문으로 사례의 적절성을 따진다. 안은 직접적인 대답은 피한 채 앞의 문맥과 단절된 "서울은 모든 욕망의 집결지입니다."라는 결론을 내림으로써 '꿈틀거림' 또는 '데모'와 같은 것을 헌 미디로 '욕망'으로 정리한다. 그러나 대화라기보다 각각의 발언을 교차시키고 자신만의 생각에 몰두하면서, 김은 상대방의 의중을 읽어낼만한 능력을 결여하고 "아시겠습니까"라는 안의 질문에 정직하게 "모르겠습니다"라는 대답으로 일축한다. 그런데 다시 한번 '할 수 있는 한 깨끗한 음성을 지어서' 대답했다는 사실은 다만 이해하지 못하겠다는 것만이 아니라 안과 같은 현학적인 자세에는 동조하지

---

17) 김승옥, 「서울 1964년 겨울」, 『서울 1964년 겨울』, 257-258쪽.

않는다든지 심각한 얘기에는 관심없다는 태도로 읽게 만든다. 안이 어떠한 언어에 대해 그 의미의 적확성을 끝없이 질문하고 어떠한 현상을 개념화하려고 한다면, 김은 개념화 단계 이전의 그 무엇을 공유할 상대를 찾고 있지만 둘은 또다시 실패하고 대화는 단절된다. 반복되는 침묵은 화제의 고갈만이 아니라 두 인물간의 언어사용방식의 차이에 기인한다. 작품속의 침묵은 의도적인 장치로서, 사람과 사람 사이의 단절에 대한 언어적 표현이라는 점에서 명문화된 문자에 못지않은 비중을 지닌다. 마치 악보에서 쉼표가 차지하는 역할처럼 그것의 배치 역시 계산된 것이다.

"결국 그렇고 그렇다. 또 한번 확인된 것에 지나지 않다고 생각하면서 '자, 그럼 다음에 또……'라고 말할까, '재미있었습니다'라고 말할까, 궁리하고 있는데"라는 다음 구절에서 작가는 소통불가능성의 재확인과 함께 우리말의 상투적 언어사용법이 가진 허위성을 날카롭게 풍자 한다. '다음에 또'라고 하지만 다시 만날 기약이 없음을, 그리고 아마 이번이 마지막임을 서로 익히 알고 있다. '재미있었습니다'라는 구절도 대화내용의 질적판단에 근거한 것이 아니라 상투적인 친교적 언어일 뿐이다. 도회의 속물적 인간관계와 그 위선적 어법에 대한 보다 상세한 분석은 작가의 다른 작품에서도 종종 확인된다[18]. 그러나 이를 의도적인 기만이라고 비난할 수만은 없는 것은 이러한 언어 행위가 단절의 충격을 최소화시키거나 적당한 선에서 미루어버리는 일종의 완곡어법으로서, 고립을 인정하면서도 최소한의 관계를 유지해야하는 대중사회의 불가피한 처세술이기 때문이다.

그러나 김이 '자기의 음성을 자기가 들을 수 있는 취한 사람의 특권을 맛보고 싶어서' 즉 대화가 아니라 독백의 심정으로 "평화시장 앞에 줄지어 선 가로등들 중에서 동쪽으로부터 여덟 번째 등은 불이 켜 있지

---

18) 「차나 한잔」이 대표적이다. 실직하고 나오는 주인공이 "요즘 재미가 좋으시다더군요"라는 터무니없는 인사를 받는다거나, "어딜 그렇게 급히 가세요?"라고 묻고는 대답도 듣지않고 "다음에 좀 봅시다"라는 식으로 헤어지는 장면을 '서울식의 인사', '도회의 어법'으로 비판한다.

않습니다"와 같은 자기만이 아는 사실들을 털어놓기 시작면서부터 둘의 대화는 전혀 새로운 양상으로 전개된다. 일상에 대한 피상적 관찰을 통해 자기만의 비밀을 소유하는 놀이를 상대방이 알고 있다는 사실에서 그들은 비로소 공감대를 찾는 데 성공한다. 소유가 존재를 확인시킨다는 생각이 일반화된 시대답게, 왜소한 개인은 세계속에서 자신만의 비밀을 소유함으로써 자신의 존재를 재확인한다. 이 역시 김승옥식의 용어로는 자기세계를 형성하는 것이다.

한편 '안'은 밤거리는 '뭔가 풍부해지는 느낌', '生' 또는 '해방감'을 주며, 낮엔 그저 스쳐지나가던 모든 것이 밤이 되면 벌거벗은 모습을 송두리째 드러내놓는다고 고백한다. 특히 '사물의 틈에 끼여서가 아니라 사물을 멀리 두고 바라보'는 안의 태도는 서울이라는 자본주의적 도시의 일상을 관찰하는 거리의 산책자로서의 등장인물의 성격을 잘 설명해준다. 낮에는 불가능한 경험들이 밤이 되어 대상과 주체간의 거리를 회복함으로써 가능해지고, 따라서 일상의 본질이 인식되기 시작한다는 말이다. 이어서 둘이 함께 낮의 일상에서 벗어난 밤의 새로운 세상을 경험하기 위해 작은 모험에 나서면서 대화로만 이어지던 작품이 새로운 국면에 접어든다. 여기에 뒤늦게 옆자리의 사내가 합류한다. "미안하지만 제가 함께 가도 괜찮을까요? 제게 돈은 얼마든지 있읍니다만……"이라고 힘없는 음성을 건네왔던 것이다. 이는 인간과 인간의 관계가 '화폐에 의한 교환의 관계'19)로 타락했음을 시사한다. 사내는 아내의 시체를 팔아 뜻하지 않게 생긴 돈을 함께 처분할 동행을 구하고 있었던 것이다. 돈이 없어질 때까지 함께 있어달라는 사내의 주문에 안과 대학원생이 동참하면서 작품 후반부는 돈의 처리 과정을 중심으로 진행된다.

이제 주목할 것은 그들의 눈에 비친 밤거리의 피상적 묘사가 아니다. 사내는 죽은 아내와 그리고 주검과 바꾸어진 돈에 대하여 누구에라도

---

19) 정과리는 이 장면에 주목하면서, 이 작품은 자본주의가 그 단초에 깔고 있는 화폐의 의미와 거기서 파생된 소외의 의미를 적절하게 보여준다고 지적했다.
정과리, 앞의 글, 179쪽.

애기하지 않을 수 없었다. 그 돈으로 중국집에서 천원 어치 저녁을 먹고, 사내는 "내 아내가 사주는 거야"라는 말을 덧붙이며 양품점에서 알록달록한 넥타이를 사주며 육백원을 지불하고, "아내는 귤을 좋아했다."는 외침과 함께 삼백원 어치 귤을 산다. 불자동차를 쫓아가는데 택시비 삼십원을 지불하니 나머지는 천구백원하고 동전이 몇 개, 십원 짜리가 몇 장. 불속에서 아내의 환영을 본 사내가 남은 돈을 다 불길에 던짐으로써 마침내 모든 돈을 다 쓰고 만다. 그리고 그 사내는 다음날 시체로 발견된다. 존재의 소멸이 돈과 바꾸어지는 자본주의 도시의 비정함이 극대화되는 가운데 안과 대학원생은 황급히 자리를 떠난다.

  이제 작품의 후반부를 온전히 해석하기 위해서는 '돈'과 '죽음'의 의미를 묻지 않을 수 없게 된다. 아내의 주검이 몇 천원의 돈으로 교환된다는 사실은 지극히 자본주의적이다. '교환'이야말로 자본주의를 유지하는 중심 원리이다. 그리고 인간의 생명마저 교환가치를 지닌다는 생각은 지독한 풍자이지만 동시에 그것이 현실임을 인정해야 한다. 돈의 출처가 밝혀지면서 독자들이 연민과 동시에 짙은 허무감에 빠지는 것은 이러한 자본주의의 집요한 손길이 일상의 구석구석까지 침투하여 마침내 인간의 죽음까지 지배한다는 사실을 인식하게 하기 때문이다. 역설적으로 작가는 주검의 대가가 물질로 교환되는 과정을 일상적 행위처럼 그려나갔고, 끝까지 견디지 못한 사내가 남은 돈을 불길속에 던짐으로써 이러한 교환의 종말과 사내의 파멸을 냉정하게 묘사한다. 물건을 사고 돈을 지불하는 지극히 일상적인 행위를 통해 자본주의 도시의 일상성의 성격이 차차 감추어진 모습을 드러내면서, 자본주의 교환구조라는 상층의 원리가 일상생활에까지 침투하여 지배해가는 과정[20]을 산업화 초기의 김승옥 소설에서 확인할 수 있다.

  한편 '내 아내가 사주는 거야', '아내는 귤을 좋아했다'와 같은 말이나

---

20) 페르낭 브로델은 현실을 세 개의 층위로 나누고, 일상의 영역인 물질생활과 자본주의라는 상층의 영역을 구분했다(페르낭 브로델, 『물질문명과 자본주의 Ⅰ-1, 일상생활의 구조 上』, 까치, 1995.).

불길속에서 아내의 환상을 보는 사내의 모습에서, 절망이란 것이 있다면 바로 이런 것이라고 할 수 있을 정도로, 아내의 죽음으로 인한 사내의 커다란 절망이 독자에게 전달된다. 또한 이러한 사내의 집착이 아내에 대한 사랑에서만 기인한 것은 아니며, 아내로 상징되는 사내의 과거와 현재, 미래가 이제 완전 파괴되었다는 것, 소시민의 행복이 어떻게 일순 간에 붕괴되는가 하는 것이 암시된다. 그런데 냉정함으로 말하자면 '돈' 에 못지 않은 것이 바로 '나'와 '안'과 같은 등장인물의 태도이다. 오늘 밤만 함께 있어달라는 사내의 간청에서 자살을 예감하면서도 그들은 각 각의 방에 들었고, 사내의 죽음을 외면하고 일상의 자리로 돌아간다. 자 본주의적 인간관계에서 하룻밤 동행이란 이렇게 무의미하다. "혼자 두면 죽지 않을 줄 알았습니다. 그게 내가 생각해낸 최선의 그리고 유일한 방법이었습니다."는 '안'의 변명이나 "난 그 양반이 죽으리라곤 짐작도 못 했다니까요. 씨팔 것…"이라는 '나'의 푸념은 공동체적 연대가 해체 되고, 각 개인이 철저히 고립된 존재로, 타인에 대해서는 철저한 방관자 로 살아가는 현실을 대변한다. 그들은 사내의 절망을 이해하지 못했다. 아니 이해하려고도 하지 않는다. 틈속에 끼지 않고 철저히 바깥에 머물 려는 태도, 즉 산책자의 태도이다.

여기서 작가가 강조하는 것은 이들 산책자의 비인간적인 무정함만은 아니다. 그들이 주어진 상황에 대응하는 태도가 문제가 되는 것이다. '안'과 '나'를 소설의 중심에 놓을 때, '사내'는 '그 자체가 인물이며 동 시에 상황'[21]으로 설정되면서 두 주인공의 삶을 돌아보는 계기로서 작 용한다. 헤어지면서 '안'은 "김형, 우리는 분명히 스물다섯 살 짜리죠?" 라는 질문을 던지며, "우리가 너무 늙어 버린 것 같지 않습니까?"라는 생각과 함께 두려움을 고백한다. 그리고 차창밖의 '안'이 눈을 맞으며 무언지 곰곰이 생각하고 서 있는 것으로 작품은 마무리 된다. '너무 늙

---

21) 김주연, 「취락주의로부터의 탈피」, 김승옥, 『김승옥 소설집』, 샘터사, 1975, 428쪽 참조

어버렸다'는 것은 결국 이 도시에, 특히 도회적 인간관계에 너무 익숙해
졌다는 것이다. 전반부에서 '나'와 '안' 사이에 깊은 단절을 경험하며 각
자의 소유인 비밀들을 인정함으로써 부분적으로 회복됐던 유대감이란
것이, 후반부에서 사내와 그 아내의 연이은 죽음이란 상황을 접하면서
얼마나 무력하고, 허위적인 것인지를 확인하게 만든다. 혼자이기를 거부
하는 사람을 냉정하게 뿌리치면서 결국은 혼자로 남아 방황하는 소외된
인물들이 바로 1964년 겨울의 인물들이다.

4. 일상과 비일상의 넘어서기
　－「무진기행」

　주어진 일상에 쉽게 적응 못하고 방황하는 인물들은 김승옥의 작품세
계 전반에서 발견된다. 「무진기행」(『사상계』139, 1964.10)의 주인공 역
시 삭막한 도시생활에서 벗어나 고향으로, 시간적으로도 현재의 세계로
부터 과거의 세계로 도피하는 것으로 지적되곤 했다. 따라서 작품속에는
도시와 고향, 현재와 과거라는 시공간적 대립이 존재한다. 하지만 도시에
서 출발하여 고향에 잠시 머물다가 결국은 다시 도시로 돌아오는 「무진
기행」은 귀향소설은 아니다. 이 소설의 종점은 도시요 일상이기 때문이
다. 일상성과의 거리두기를 위해 탈출하지만 결국 일상속으로 회귀한다.
　「무진기행」은 '무진 Mujin 10Km'라는 이정비에서부터 시작하여 '당신
은 무진읍을 떠나고 있습니다. 안녕히 가십시오'라는 팻말에서 끝난다.
작품 저변에서 서울과 무진이라는 두 개의 공간, 두 가지 삶의 방식이
대립하고 있음에도 불구하고, 서울의 모습은 끝끝내 전면에 드러나지 않
는 채 무진에서의 행적만이 시작에서 끝까지를 차지하고 있다.
　그러면 작품의 배경이 되는 무진의 의미는 무엇인가. 김훈이 지적했듯

'무진'은 사람들의 일상성의 배후, 안개에 휩싸인 채 도사리고 있는 음험한 상상의 공간이며, 일상에 빠져듦으로써 상처를 잊으려는 사람들에게 상처를 강요하는 이 삶이란 도대체 무엇인가를 끊임없이 묻고 있는 괴로운 도시이다.[22]

> 안개는 마치 이승에 한이 있어서 매일 밤 찾아오는 여귀가 뿜어내 놓은 입김과 같았다. 해가 떠오르고, 바람이 바다쪽에서 바람을 바꾸어 불어오기 전에는 사람들의 힘으로써는 그것을 헤쳐버릴 수가 없었다. 손으로 잡을 수 없으면서도 그것은 뚜렷이 존재했고 사람들을 둘러싸았고 먼 곳에 있는 것으로부터 사람들을 떼어놓았다. 안개, 무진의 안개, 무진의 아침에 사람들이 만나는 안개, 사람들로 하여금 해를, 바람을 간절히 부르게 하는 무진의 안개, 그것이 무진의 명산물이 아닐 수 있을까![23]

> 바람은 무수히 작은 입자로 되어 있고 그 입자들은 할 수 있는 한 욕심껏 수면제를 품고 있는 것처럼 내게는 생각되었다. 그 바람속에는, 신선한 햇볕과 아직 사람들의 땀에 밴 살갗을 스쳐보지 않았다는 천진스러운 저온, 그리고 지금 버스가 달리고 있는 길을 에워싸며 뻐스를 향하여 달려오고 있는 산줄기의 저편에 바다가 있다는 것을 알리는 소금끼, 그런 것들이 이상스레 한데 어울리면서 녹아 있었다.[24]

무진의 의미는 무진의 '안개'가 상징하는 의미를 밝히는 데서 시작된다. 아니 안개만이 아니라 '바람'과 '햇볕'도 함께 생각해야 한다. 먼저 안개는 무진의 사람들을 포위하고, 주변 세상에서 고립시킨다. 안개로 하여 무진은 현실세계에서 분리된 공간으로 탄생하는 것이다. 주인공 윤희중 역시 일상의 공간에서 벗어나 무진을 찾는다. '무진으로 가는 버

---

22) 김훈, 『문학기행』, 한국일보사, 1987, 26쪽.
23) 김승옥, 「무진기행」, 『서울 1964년 겨울』, 66-67쪽.
24) 김승옥, 앞의 책, 67쪽.

스'는 비일상으로의 진입과정을 묘사한다. 그러나 이러한 진입은 자의로
만 되는 것이 아니다. 그것은 '이승에 한이 있어서 매일 밤 찾아오는 여
귀'처럼 인간의 의지를 넘어 저 무의식의 세계로부터 끊임없이 자극받
는 것이다. 주인공의 무진행은 언제나 서울에서의 실패로부터 도망해야
할 때거나 하여튼 무언가 새출발이 필요한 때에 치르는 통과의례와 같
은 것이다. 대회생제약회사의 전무로 내정된 채 아내에게 떠밀리다시피
다시 찾은 이번의 무진행도 마찬가지였다. 무진에 가면 새로운 용기라든
가 새로운 계획이 술술나오는 것도 아니었지만 여귀의 입김과 같은 무
진의 안개속에는 그를 끌어들이는 어떤 인력이 숨겨져 있는 듯했다. 그
인력은 결국 인간 내부에서 기인한 것이다.

　손으로 잡을 수 없으면서도 뚜렷이 존재하는 그것을 사람들은 인정해
야만 했다. 그것은 사람들의 힘으로는 헤쳐버릴 수 없는 어떤 것이었다.
그리하여 사람들은 해를 부르고 바람을 부른다. 그러나 그 햇볕과 바람
은 수면제를 만들어내고 사람들은 그 수면에 취한다. "나는 소년 시절에
이 흙담에 내려쬐는 햇볕을 보면 늘 사람들이 지상에 세운 모든 것들이
햇볕에 의해 몽롱하게 풀리고 증발되어 안개처럼 허공을 흘러다니는 것
같은 상상에 시달렸다"25)라고 작가는 회고한다. 사람들이 지상에 세운
모든 것들이 증발하여 허공을 흘러다닌다는 상상은 "견고한 모든 것은
대기속에 녹아버린다"는 마샬 버먼의 '현대성의 경험'을 연상케 하는 표
현이다. 주인공 역시 서울에서 구축한 나름대로의 견고한 삶이 무진에
와서 한꺼번에 증발하는 경험을 한다. 무진에 왔기 때문에 그렇게 된
것이 아니라 사실은 그러한 상태에 빠지려고 스스로 찾아왔는지도 모른
다. 끈질기게 찾아오는 여귀는 오히려 가슴속에 있었고, 주인공은 결국
자신의 손에 이끌려 무진을 찾은　셈이다.

　그렇다면 다시 무진은 어떤 곳인가. '고향'이자 '과거'로서의 그곳은
작가의 주인공들이 「역사」, 「서울 1964년 겨울」을 거치며 연령적으로

---

25) 김훈, 앞의 책, 29쪽.

성숙하여, 마침내 이 작품의 주인공 윤희중에 의해 가장 성공적이며 또한 속물적인 서울 생활로 진입하기 이전의 세계에 대한 그리움을 담고 있다. 그것은 「생명연습」의 세계, 더 거슬러 올라가 「건」의 세계에 연결된다. 따라서 안개가 수면제처럼 모든 것을 녹이는 무진은 일상 이전의 세계에 대한 인간의 본원적인 향수를 간직한 공간인 것이다. 위선과 피로로 구축된 견고한 일상마저 녹여주기를 기대하고 찾게되는 이러한 일상밖의 공간은 단순한 고향의 의미를 넘어, 생에 대한 근본적인 반성의 순간에 찾아가는 영원한 공간이다. 삶의 총체적인 의미는 그 시간과 장소의 일상성에다 비일상적인 다른 의미가 부여된 때 비로소 완성된다는 말에서 일상밖의 영역의 중요성을 확인할 수 있다.[26] 그러나 현실적으로 무진은 출세지향적인 '조'의 속물근성이나 서울로 탈출하려는 하인숙의 욕망에서 확인할 수 있듯이 일상 세계의 집요한 침투와 유혹에 의해 변질되고 있었다.

　일상속의 인물들을 다시 불러들이는 무진의 안개의 힘과 일상속의 세계로 끊임없이 사람들을 죄다 끌어모으는 도시의 위력이 정반대의 방향에서 작용하고 있다. 무진의 하인숙과 서울의 윤희중이 만나는 지점이다. 시골 학교 음악교사 하인숙에게서 그는 폐병을 앓으며 골방에 처박혀 있던 지난날 자신의 분신을 발견한다. 서울에 자리잡고 무진을 다시 찾은 윤희중과 그에게 서울로 불러달라고 간청하는 하인숙. 주인공에게 있어 인숙은 무진의 안개와 같은 존재이며, 하인숙에게 있어 희중은 도시의 유혹과 같은 존재였다. 그래서 인숙은 희중과 정사를 치룬 후 "서울에 가고 싶어요, 단지 그거뿐예요."라는 첫 마디를 던졌고, 희중은 편지에서 "사랑하고 있읍니다. 왜냐하면 당신은 제 자신이기 때문에 적어도 제가 어렴풋이나마 사랑하고 있는 옛날의 저의 모습이기 때문입니다."라고 고백한다. 그러나 "저는 옛날의 저를 오늘의 저로 끌어다 놓기 위하여 갖은 노력을 다하였듯이 당신을 햇볕속으로 끌어놓기 위하여 있

---

26) 정진홍, 『종교학 서설』, 전망사, 1980, 48쪽.

는 힘을 다할 작정입니다. 저를 믿어주십시오."라고 적은 그 편지를 찢어버리고 주인공은 떠나버린다.

날이 새면 여귀가 물러가듯이 그 역시 무진에 마냥 머물 수는 없었던 것이다. 안개를 몰아낼 햇볕은 어디에 있었던가. 무진을 떠나는 데는 안개의 흡인력을 능가하는 더 큰 인력이 작용했다. '27일회의참석필요, 급상경바람 영.'이라는 아내의 전보에 굴복하여 버스에 오르는 그에게 무진의 안개보다는, 아내라는 이름의 현실, 서울의 흡인력이 보다 강했던 탓이리라. 무진의 안개속에서도 그가 서울로부터 자유로울 수 없음을, 그는 이미 서울에 소속되어 있고 서울의 지배를 받고 있다는 사실을 한 줄 전보가 깨우쳐준 것이다. 잠시 일탈했었지만 결국은 곧 현실로 복귀해야 할 운명임을 전보는 뚜렷이 상기시킨다.

이제 무진을 이야기하기 위해서는 서울을 함께 이야기해야 하는 이유를 알 수 있다. 전보라는 매체를 통해서 서울의 삶이 다시 간섭해오기 시작하고, 주인공의 몽롱했던 의식이 이를 계기로 분명해지면서 그의 내부에서는 격렬한 갈등이 일어난다. 작품에서는 이를 전보와의 언쟁으로 표현한다. 오랫동안 다툰 끝에 전보와 '나'는 타협안을 만들었다.

> 한 번만, 마지막으로 한 번만 이 무진을, 안개를, 외롭게 미쳐가는 것을, 유행가를, 술집 여자의 자살을, 배반을, 무책임을 긍정하기로 하자. 마지막으로 한 번만이다. 꼭 한 번만. 그리고 나는 내게 주어진 한정된 책임속에서만 살기로 약속한다.[27]

무진과 서울간의 대립구조를 생각할 때, 무진을 긍정하는 것은 서울을 부정하는 것이다. 그렇다면 주인공은 '모든 욕망의 집결지'로서의 서울을 버림으로써, 현실의 굴레, 욕망의 굴레를 벗고, 자신의 잠재의식 저편에 안개처럼 자리하고 있는 무진의 세계로 돌아온 것인가. 여기서 '한 번만'의 의미에 주의해야 한다. 그가 무진을 긍정하는 것은 이번이 마지

---

27) 김승옥, 앞의 책, 98쪽.

막이다. 따라서 주인공의 무진행은 이제 이전의 자신의 생활을 완전히 청산하고 새롭게 자리잡은 서울의 일상세계로 편입해들어가는 통과의례와 같은 성격을 갖게 된다. 하나의 세계에서 다른 세계로 넘어가기 위해서는 일종의 통과제의가 요청된다. 거기에는 하나의 제물이 필요하고, 그 제물을 통해 자신의 행로가 반복되거나 예행된다. 자신의 과거인 하인숙이야말로 그 적절한 대상이 된다. 이러한 희생양은 일찍이 「건」의 어린 주인공이 형과 친구들의 음모에 동참하여 함정에 빠뜨린 이웃의 윤희누나 가 시초이며, 이러한 행위는 앞서 「역사」의 주인공이 벌였던 해프닝과도 동일한 정신적 의미를 지닌다. 그것은 자신의 이기적 욕망에서 오는 부끄러움을 상쇄시키기 위한 일종의 포즈에 불과하다.

그러나 주인공은 욕망 대신에 '한정된 책임'이라는 말을 쓰면서 일상적 규범의 세계로 복귀한다. 그 세계는 이미 주체의 끝없는 욕망을 실현하는 장소로서의 가능성을 상실하고, 주체의 책임만을 묻는 곳이라는 사실을 체험했기 때문이다. 그 책임이란 그 세계에 편입되기 위해서 치루어야할 대가인 것이다. 일상을 긍정도 부정도 아닌 인정해야한다는 것, 그것이 압도적인 일상성의 논리 아래 이 작가가 외적으로 취할 수 있는 유일한 태도이다. 이제 '당신은 무진을 떠나고 있습니다'라는 이정표는 마침내 그가 치뤄여할 통과제의가 끝났음을 알려주는 것이다. 그러나 주인공은 만족 대신에 부끄러움을 느낀다. 자신이 이기적 욕망에 대한 양심, 자기 자신의 위선과 무기력에 대한 부끄러움, 탈출의 실패에 대한 좌절감이 겹쳐진다. 그렇다면 탈출은 끝났는가. 좀더 나중 시기의 작품으로 눈을 돌려 보자.

5. 탈출의 두 가지 방식
-「육십년대식」, 「야행」

　작가가 주로 대중소설 창작에 몰두하던 육십년대 중반 이후로는 『육
십년대식』(『주간여성』, 1969.7.9–12.3)이 여전히 문제성을 갖는 작품이다.
'여느날의 몇 갑절을 살아버린 하루'라는 표현에서 알 수 있듯 이는 일
상의 기록이 아니라 일상으로부터의 탈출을 전제로 한다. 일상성은 현대
인들이 가장 지겨워하면서도 동시에 그것을 놓칠까봐 전전긍긍해하는
것으로서, 일상성에서 벗어나는 것은 자신의 사회적 존재를 상실하는 것
을 의미한다. 그러면서도 사람들은 부단히 일상성으로부터 벗어나려고
애쓴다. "아아 답답하다. 지금 누군가 죽어야 한다. 그것은 바로 나다.
이 시대가 답답하여 견딜 수 없는 모든 사람을 대신하여 나는 죽으려
한다. 누군가가 우리들을 답답하게 만들고 있다. 그 사람에게 우리의 답
답함을 알려주기 위해서 나는 죽으려 한다."라는 유서와 함께 주인공 도
인은 일상에서의 존재의 의미를 묻기 위해 스스로의 존재를 소멸시키려
한다.

　주인공이 이틀 동안 '일상생활의 궤도에서 외출'했을 때, 반복되는 일
상속에 파묻혀 있을 때는 보이지 않던 것들이 일상에서 벗어나 거리를
두자 비로소 제 모습을 드러낸다. 그 제 모습이란 도인의 눈에 포착된
'육십년대식' 서울 풍속이 아니라 일상에 묻혀 '역사'로부터 소외된 자
신의 초라한 모습이었다. 일상을 피상적으로 묘사하는 것과 일상성을 본
격적으로 재현하는 것이 차이가 있다면 이는 주체와 일상 사이의 팽팽
한 긴장에 있을 터인데, 주체가 일상에 일방적으로 함몰되었을 때 더이
상의 문제의식은 사라져버린다. 그런데 "그는 그가 염려하고 있던 대상
의 중심에는커녕 그 근처에도 가보지 못한 채 엉뚱한 변두리에서만 빙
빙 돌고 있는 것이다. 그렇다. 역사는 그의 손이 미치지 않는 곳에서 셔
터를 굳게 내리고 있는 것이다. 그는 다만 한 여인과 그 여인 덕분에

알게 된 사람에게서 역사의 배설물이 풍기는 냄새를 맡아 볼 수 있었을 뿐이며, 그리고 그 나름으로 완성돼 버린 역사를 책에서나 읽을 뿐이다."28)라는 결말을 보면 이 작가의 의도가 단순히 세태속에 함몰된 인물을 묘사하는 데 그치지 않고, 1960년대라는 시기의 성격을 구체화시키는 주체들의 존재 양식과 조건을 탐색하는 데 있었음을 확인할 수 있다. 작품속의 '대상의 중심' 또는 '역사'라고 표현된 삶의 '총체성'에 대한 접근이 불가능해진 시대에 남는 것은 '일상성'이다. 그리고 이러한 상황이야말로 '육십년대식'이라는 표제의 진정한 의미가 될 것이다. 총체성을 추구하는 양식으로 알려진 장편소설로서 이 작품의 약점은 필연적인 것이었다. 그러나 역사성의 인식은 세계인식을 요구하지만, 일상성의 경험에서는 자기인식을 추구한다고 할 때 이 역시 작가의 일관된 탐색의 또다른 성과라고 평가할 수 있다.

한편 「야행」(『월간중앙』10, 1969.1)의 주인공 현주는 밤거리에서 자신을 유혹하는 사내들의 행위 속에 "대낮의 생활로부터 이 도시로부터, 자기의 예정된 생활로부터, 자기가 싫증이 날 지경으로 잘 알고 있는 자기 자신으로부터 도망해보고 싶은 욕구"가 움직이고 있음을 발견한다. 그리고 자신속에도 '이곳'이 아닌 다른 곳, 더 나은 곳인지 아닌 지는 몰라도 적어도 '이곳'이 아닌 곳을 향해 울타리를 넘어보고 싶다는 강렬한 욕망이 있음을 시인한다. 그러나 사내들의 탈출욕이 조건부라는 깨달았다. "사내들은 영원히 '이곳'을 떠날 의도는 없어 보였다. 그들은 잠깐 울타리를 뚫고 밖으로 나가 본다. 그러나 아침이 되면 얼른 제자리로 돌아온다. 아니 미처 그것도 아니다. 울타리 안에서 울타리를 반시작거리며 생각만 한없이 되풀이하고 있는 것이다."29) 이러한 욕구의 결말이 파멸이라는 것을 알면서도, 현주는 그 파멸이 구원이 되길 바라는 것이다.

김승옥 소설에서의 성행위는 종종 '자기세계'를 추구하는 방법의 하나

---

28) 김승옥, 『육십년대식』, 서음출판사, 1976, 185-186쪽.
29) 김승옥, 「야행」, 『야행』, 정음사, 1977, 225쪽.

로 이용되는데, 「야행」에서의 성적 일탈 역시 일상에서의 탈출을 꾀하는 상징적 행위로 이해해야할 것이다. 따라서 등장인물의 도덕성을 논하기에 앞서 그 강렬한 일탈의 욕망을 감지해야할 것이다. 또한 작품을 균형있게 읽기 위해서는 주인공 현주에만 초점을 맞출 것이 아니라 그 대척점에 있는 '사내들'에게도 주의해야한다. 도처에 깔린 유혹에서 그 많은 사람들의 잠재된 욕망을 발견하지만 결국은 쉽게 포기하고 일상으로 돌아간다는 현실에서 일상의 강력한 구속력을 실감케 된다. 따라서 작품에서는 욕망과 일상 사이의 반복되는 갈등과, 일상을 현실로 부르며 굴복하는 사내들과 갑갑하고 평범한 일상에 저항하는 주인공 사이의 팽팽한 긴장이 감돈다. 그러나 성적 일탈이 가진 사회적 의미가 타락하였을 때 그 결과는 『강변부인』과 같은 작품으로 흐를 수밖에 없다.30) 이후의 그의 작품 세계는 70년대 『강변부인』류에서 볼 수 있듯 속물적인 사회를 속물적인 형식으로 재구성하다가 「서울의 달빛 0장」을 사실상 끝으로 마침내 기나긴 절필상태로 들어간다.

6. 맺음말

이 글은 1960년대 서울이라는 도시를 감수성의 문체로 그려나갔던 김승옥의 작품들을 일상성의 경험이라는 측면을 염두에 두고 재독하였다. 이 때의 감수성의 문체란 외계에 대해 민감하게 반응하는 것이면서 동시에 이를 민감하게 표현하는 것이다. 여기서 감수성이란 것이 개인의 고유한 능력이었다면 작가가 파악한 세계는 보편적으로는 인식불가능한

---

30) 여기서의 '타락'이란 『강변부인』의 성묘사가 도덕적 의미에서 타락했다는 뜻이나, 작품속의 성행위는 반드시 해방적 의미를 지녀야한다는 뜻이 아니다. 「야행」의 주인공은 성적 일탈을 통해 일상속에서 주체의 의미를 회복하려하지만, 『강변부인』의 주인공은 이미 만연된 불륜과 탈선에 순응하여 주체를 상실한다.

것이거나 전달불가능한 것으로서 1960년대 당대에나 또 그 이후에나 독자들이 공감하지 못했을 것이다. 따라서 감수성이란 개인의 탁월한 능력이라기보다는 현실을 인식하고 현실에 대처하는 하나의 방식으로 이해해야 한다. 여기서 감수성이란 '외계의 자극으로부터 받은 강한 인상에 의해 행동이 좌우되기 쉬운 성질 또는 감성'이라는 정의를 재음미한다면, 감수성이란 현실에 대한 이성적 인식이 아니라 감성적 경험이라는, 현실에 대한 주체의 의식적인 대응이 아니라 자동적인 반응이라는 결론에 이르게 된다. 이는 일상성의 경험을 다루는 소설이 감수성에 의존할 수밖에 없는 이유를 설명해준다. 「역사」가 일상성 자체를 적극적으로 인식하기보다는 일상성에 수동적으로 반응하는 인물을 다루고 있다는 느낌을 주는 것도 이와 관계가 있다. 일상의 경험을 통해 주체는 자신의 위치를 자각하지만 일상성의 세계와 정면으로 대결하기 보다는 저항의 포즈만을 취한 채 곧 일상을 인정하고 그 속에 함몰된다. 「서울 1964년 겨울」은 돈과 죽음의 교환을 통해 일상성의 세계의 구성원리를 보여주면서도 그 세계속에서 각각의 주체는 인간보다는 일상을 선택한다. 「무진기행」에서는 일상밖의 공간으로 탈출하지만 주인공의 무진행은 자신이 이미 일상의 소유가 되었음을 인정하기 위한 통과제의로서의 역할에 머문 채 황급히 일상의 부름에 응답하며 복귀한다. 일상을 인정하고, 일상으로 회귀하는 이러한 결말 자체를 두고 작가의 한계로만 단정할 것은 아니다. 물론 그것은 작가가 파악한 일상성의 세계의 논리를 그대로 표현한 것이자, 감수성이라는 방법이 가진 근본적인 취약성이다. 그러나 우리가 작가에게 기대하는 것은, 등장인물이 대상을 어떻게 경험하고 인식하는가에 머물지 않고 작품의 서사구조속에서 주체적으로 대결하려는 작가의식이다. 결말에서 등장인물이 항상 패배한다는 것은 사실 중요한 것이 아니다. 『육십년대식』이나 「야행」에 이르기까지도 포기하지 않고 끊임없는 탈출을 시도하는 작가에게서 우리는 결코 일상에 그대로 굴복하지 않겠다는 건강한 작가 정신을 확인할 수 있는 것이다.

김승옥 소설과 감수성의 글쓰기

1. 머리말

　김승옥 소설의 미적 특질을 설명하기 위해서는 작가의 감수성의 본질을 규명하는 것이 최우선 과제이다. 김승옥의 감수성에 관한 논의는 한편으로는 작품에 드러난 60년대적 감수성의 실체를 밝히는 쪽으로 다른 한편으로는 언어의식과 문체적 특징이라는 측면으로 확장되고 왔다. 특히 도회적 감성과 언어감각이 김승옥 문학의 본질이라는 유종호의 지적은 '감수성의 혁명'[1]이라는 수식어를 남기며, 후학들에 의해 반복 재생산되고 있다. 김윤식[2]은 『산문시대』 나타난 환상적 정신구조가 60년대 감수성의 실상이자 허상이라고 비판했고, 정현기[3]는 「무진 기행」 분석에서 추출한 안개와 수군거림을 60년대 문학의 특징으로 해석했다. 한편 새로운 세대의 문학의 가장 표면적인 특징이 소설의 문체에 있다고 지적한 김현 이래로 '젊은 세대의 신선한 언어 감각과 그 감각의 상업화

---

1) 유종호, 「감수성의 혁명」, 『유종호 전집 1-비순수의 선언』, 민음사, 1995.
2) 김윤식, 「60년대 문학의 특질 - 김승옥론」, 『김윤식 평론문학선』, 문학사상사, 1991.
3) 정현기, 「안개와 수군거림과 애욕의 시대를 지켜본 작가」, 『이상문학상 수상작가 대표작품선7』, 문학사상사, 1986.

가능성'4)을 동시에 지닌 김승옥의 문체가 한국 현대소설사에서 차지하는 위치 역시 지속적인 연구 대상이 된다.5) 그 외에도 김승옥에서 신경숙, 최윤, 윤대녕으로 이어지는 감성소설의 계보를 구성한 이혜원6)의 평론은 감수성에 초점을 맞춰 김승옥 소설의 영향관계를 고찰한 의미 있는 작업이다.

그런데 이상의 논의에서 다루는 '감수성'의 개념은 인상주의적인 것이거나 60년대적 특징을 감수성이라는 말로 바꾸었을 뿐 '감수성'을 하나의 문학적 개념으로서 본격적으로 다루고 있지 않다. 또한 문체적 측면에 치중하여 실제 작품의 서사구조 전체의 분석에 밑바탕을 두고 있지 못한 문제점도 드러난다. 문체와 서사구조는 내용과 형식의 관련 속에서 살펴야 하며, 감수성이라는 개념은 김승옥의 문학에서 내용과 형식을 연결하는 고리가 된다. 따라서 본론에서 본격적인 작품 분석에 들어가기 전에 다음 장에서는 논의의 기초가 되는 감수성의 개념을 보다 깊이 천착하여, 서구 문학에서의 감수성의 개념에 대한 통시적 고찰과 함께 이 작가에 이를 적용하여 얻어지는 가능성 등을 먼저 모색하여 보겠다.

김승옥의 감수성은 같은 한글세대인 『산문시대』 동인들의 언어의식을 대표한다. 이는 모국어에 대한 애착의 측면뿐만 아니라 문학적 언어에 대한 탐구와 실험정신라는 측면에서 바라보아야 한다. "언어실험실로서의 『산문시대』 창간호는 한국어를 보석처럼 갈아낸 이상에게 마땅히 바쳐야 했다."7)는 김승옥의 설명은 산문시대 동인들의 지향점을 잘 대변해준다. 산문시대 동인들은 이상이 추구했던 모더니즘적 실험을 계승하

---

4) 홍정선, 「작가와 언어의식」, 『해방 40년:민족 지성의 회고와 전망』, 문학과지성사, 1985.
5) 장영우, 「4 · 19 세대의 문체 의식」, 『작가연구』 6호, 1998.6
   황호덕, 「60년대식 자기세계와 그 문체」, 『문학사상』, 1999.7.
   최인자, 「김승옥 소설 문체의 사회시학적 연구」, 『현대소설연구』 10호, 1999.6
6) 이혜원, 「경계인들의 초상」, 『작가연구』 6호, 새미, 1998.6.
7) 김승옥, 「산문시대 이야기」, 『뜬 세상에 살기에』, 지식산업사, 1977, 237쪽.

기 위한 시도의 하나로서 '시정신(詩精神)에 의한 산문'을 추구한다.[8] 본론에서는 「누이를 이해하기 위해서」와 「염소는 힘이 세다」의 분석을 통해 이와 같은 언어 실험과 '시적 산문'의 추구가 구체적인 작품에서 어떻게 실현되었는가를 알아보겠다. 한편 작품의 서정적 분위기 역시 소설과 시의 경계선을 모호하게 만드는 요소 중 하나로 들 수 있다. 작가의 시적 특성은 언어의 정서적 측면을 강조하는 동시에 감각적 체험을 통해서 구체성이 확보된다고 믿었던 낭만주의 시인들과의 유사성에서도 발견된다. 이러한 특성은 김승옥 문체에서 특히 감각적 이미지의 구사와 안개와 같은 상징적 이미지를 통해 구체화된다. 본론에서는 이에 기초하여 「무진기행」을 비롯한 여러 작품을 분석하여 감각적 사고와 미적 세계관과의 관계를 조망해 볼 것이다.

2. '감수성' 개념의 통시적 고찰과 적용

'감수성(感受性)'은 예술뿐만 아니라 철학[9], 심리학 등 인문과학 전반에서 사용되어 오던 개념이다. 문학에서 감수성(Sensibility)은 감성, 즉 이성에 대립되는 개념으로 정서적 의식 성향[10]으로 정의된다.

감수성이 18세기 초 영국에서 문학용어로 쓰이기 시작할 때는 '사랑, 동정심, 연민과 같은 부드러운 감정을 잘 느낄 수 있는 성격'을 뜻했으나, 그 후 '아름다운 것에 민감한 반응을 보이는 성격'으로 의미가 전화

---

8) 김승옥, 앞의 책, 233쪽.
9) 철학에서 감수성(感受性, Receptivity)은 일반적으로 심리학적 감성의 뜻으로 쓰인다. 주어진 자극에 대하여 그 감각을 받아들이는 수용성으로, 지각 능력은 특히 변화하는 상황에 대한 적응력을 높여 주고, 나아가 창조적 행동으로 이어진다는 점에서 미적 능력과 밀접한 관계를 맺는다.
10) 김용직, 『문예비평용어사전』, 탐구당, 1985, 3-5쪽.

된다. 영문학사에서 이른 바 '감수성의 시대'로 부르는 이 시기는 신고전주의로부터 낭만주의로 이어지는 가교로서, 감정에 좌우되지 않는 의지와 이성을 미덕의 유일한 동기로서 강조한 17세기 스토아 철학의 도덕률에 대한 반발에서 촉발된 감성의 문학이 18세기의 특수한 문화적 현상으로 등장한다. 그 결과 도덕적 경험의 중심에는 동정과 타인의 불행에 대한 민감한 반응이 있으며, 감수성은 자연이건 예술이건, 그 속에서 부드러움으로 표시되는 미와 고상함에 대한 강한 감정적 반응을 뜻하게 된다. 물론 18세기 영국소설이 추구했던 감수성의 의미를 한국 근대소설에 적용하는 데는 무리가 따르지만 한 가지 중요한 사실은 감수성이라는 개념이 전시대의 경직된 도덕률에 대한 반발에서 유래했듯이, 김승옥을 비롯한 산문시대 동인들의 출발점에도 기존 전통에 대한 강한 저항 정신이 자리하고 있다는 점이다. 이는 김승옥이 도덕적 세계관에서 미적 세계관으로의 전환을 추구했다는 지적과도 결부된다.

감수성의 현대적 의미를 예견한 보들레르는 감수성이 예민하다는 것은 "사물에 대해서 아주 사소하게 보이는 것까지에도 생생하게 흥미를 느낄 수 있는 능력"으로 본다. 이는 사물에 대한 체험이 오관을 통해서 생생하게 이루어짐으로써 형성된다. 이 개념의 철학적 배경을 제공한 T.E.흄은 소리와 색깔의 지각이 정서적 자각, 즉 '내적 생활의 미세한 움직임'에 대한 지각과 밀접하게 결합되어 있으며, 지적인 것과는 완전히 독립되어 있다는 가설을 받아들인다. 이와 같이 감수성이란 본래 어떤 대상에 대해서 지적 판단을 가하기보다 감정적 반응을 나타내는 것이다. '사소함의 사소하지 않음'을 지각하는 김승옥 역시 1960년대 자본주의적 일상성에 대한 지적 판단보다는 일상성을 경험하는 인물들의 내면을 구체적 이미지로 형상화했으며, 감수성 있는 문장으로 독자의 정서를 환기시켜서 그 체험을 생생하게 재현하였다.

그러나 감수성은 다시 엘리어트에 이르러 사상과 감각의 통합개념으로 이해된다. 감수성의 개념을 감성적 지각과 이성적 사고의 결합으로 설명한 엘리어트는 시인의 감각적 · 지적 · 감정적 경험들의 형식 사이에 일어난 분열을 '감수성의 분열'(Dissosiation of Sensibility)이라고 강하게 비판한다. '감수성의 혁명'이라는 유종호의 수사도 엘리어트에게서 차용한 것이지만, '감수성의 분열'이라는 엘리어트의 발상 역시 감수성을 감성적 영역 내로 제한하는 한국 근대소설 논의에 적용해 볼 필요가 있다. 한국문학사에서 감수성의 개념을 잡을 때 감성적 측면만 부각시킨다면 나머지 한 측면, 즉 이성적 측면을 간과하게 된다. 따라서 '사소한 것의 사소하지 않음'에 대한 김승옥의 인식이 다만 감성적 능력에 제한되는지 아니면 마찬가지로 이성적 사고의 산물인지를 규명하고, 나아가 '김승옥의 감수성은 분열된 것인가, 통일된 것인가'라는 질문을 통해 그의 작품에서 감성과 이성이 어떻게 상호작용 하는가를 귀납적으로 확인하는 작업은 작가 연구의 중요한 과제가 된다. 김승옥의 소설이 과연 '감수성의 분열'이 아닌 '감수성의 혁명'으로서의 가치나 가능성을 지니고 있는가 하는 물음은 작품 자체의 평가뿐만 아니라 1950년대 장용학류의 관념적 소설과 손창섭류의 정서적 체험간의 소설사적 분리를 이 작가의 감수성이 과연 통합할 수 있는가 하는 문학사적 위치와도 관련되는 문제이다.

여기서 떠오르는 질문의 하나는 과연 이성적 능력처럼 감성을 통한 사고가 가능한가 하는 것이다. 그 실마리는 아른하임의 '시각적 사고(Visual Thinking)'11)라는 개념에서 찾을 수 있다. 사고와 심상과의 관계를 중시한 아른하임은 '사고의 이미지'에 관한 설명에 주력한다. 특히 예술은 인지과정으로서만이 아니라 심상을 구체화시키는 과정으로서의 성격을 갖는데 이는 특히 미술지각을 통해 길 드러난다. 심상은 여러 가지로 정의되는데 외부의 사물들을 마치 그림이나 사진처럼 기억에 표상해 둔 것, 더 구체적으로는 대상 물체에 대해 유발된 내적 표상 가운데 그 대상에 상응하는 구조적 동일성을 가진 표상이 심상이다. 언어를 사용하는 의사소통체계가 인습적인 사고방식을 강조한다면, 비언어적 심

---

11) 루돌프 아른하임, 김정오 역 , 『시각적 사고』, 이화여자 대학교 출판부, 1982.

상들은 그러한 사고방식에서 벗어나 가장 독창적인 아이디어를 발전시
킬 계기를 만들어준다. 이는 원래 언어보다는 미술적 재능에서 출발한
이 작가의 독창성의 기원을 암시해 준다. 작가로 성장한 김승옥이 언어
를 통해 대상을 이미지화할 때에 대상을 사진처럼 재현할 뿐만 아니라
이미지를 통해 구조화하는 것도 그 사고의 감각적 특성과 관련이 깊다.

이상의 통시적인 고찰을 통해 감수성이라는 개념은 18세기 이래 보들
레르, 엘리어트 등을 거치며 다양하게 발전되었음을 확인했다. 본고에서
는 이를 종합하여 감수성이란 '사물을 구체적인 지각을 통해 인식하고
미적으로 형상화하는 능력'이라는 전제 하에, 구체적인 작품 분석을 통
해 귀납적으로 김승옥 소설의 감수성의 본질에 접근해 나가려고 한다.

3. 감수성의 실험성과 서정성

1) 언어의 자각과 소설적 실험

김승옥을 비롯한 『산문시대』 동인의 출발점은 '언어의 자각'이다. 창
간호에서는 신의 인간 창조가 카오스적 어두움을 제거한 것처럼 언어
창조를 통한 어두움의 제거를 자신들의 사명이라고 밝히고 있다. 창조가
혼돈으로부터 질서로 나아가는 것이라면, '언어의 난무'로부터 언어의
새 질서를 창조하는 것이 그들에게 주어진 과제였다.

창간호 서문에서는 한편으로는 권위주의적 언어와 그 권위에 영합하
는 교묘한 화법을 비판하고, 다른 한편으로는 어두움을 인식하지 못하는
안이함과 절망적 탈출이 없는 죽어버린 언어와의 결별을 주장한다. 기존
언어로는 더 이상 내부의 욕망을 처리할 수 없는 상황에서, 탕자의 심

정에 비유되는 자신들의 절망을 새로운 언어를 향한 의지로 승화시킨 것이 『산문시대』 창간이다.

이들 동인의 지향점은 "슬프게 살다간 李箱에게 이 책을 드림"이라는 표지의 헌사가 잘 대변해준다. 권위에 도전하고 권태와 싸워야 했던 선구자 이상의 절망이 기교를 낳았다면, 4·19 세대의 절망 역시 언어에 대한 관심으로 이어진다. 절망의 언어에서 탈출의 언어로 나아가려는 그들의 글쓰기 행위는 간접적으로 시대적 어두움에 대한 이들 동인들의 현실인식을 반영하는 것이면서, 동시에 보다 직접적으로는 권위와 나타에 함몰된 기성 문단에 대한 새 세대의 저항이라는 의미를 지닌다. 전자는 흔히 4·19 세대라고 부르는 산문시대 동인의 역사적 세대로서의 자기인식을 의미하며, 후자는 스스로를 대학생 문단이라 부름으로써 기성 문인들과 차별화시키는 문단 내부에서의 세대의식과 관계된다. 산문시대 동인들이 자신들을 기성 문인과 차별화하는 근거이자 명분은 언어의식이었다. 이는 당연히 구호가 아닌 작품으로 뒷받침되어야 할 성격의 것이었고, 김승옥의 작품으로 현실화된 이후에야 문학사의 전환점으로서의 의미를 부여받게 되었다.

'언어실험실'이라는 말이 내포하듯이 『산문시대』는 창간호부터 대학생 문인 특유의 실험성 강한 작품을 수록하였다. "同人誌 - 뭐니뭐니해도 우선 새로운 것을 쓸 수 있는 장소가 아닙니까? 一種의 實驗室이지요 粗製品도 속여가며 파는 商店이 아니라 製品의 質向上을 꾸준히 圖謀하는 곳이지요. 때로는 엉뚱한 實驗反應이 나오기도 하겠읍니다만 質向上에는 항상 더하기입니다."12)라는 말처럼 전통과의 결별을 통해 정체성을 확립하려고 하였던 산문시대 동인들의 작품 경향은 전후 기성 문단보다는 오히려 식민지 시대 모더니즘의 전통에 새로 수입된 서구의 실존적 사조를 결합한 인상을 준다. 『산문시대』 1집에 실린 다섯 편의 단편 중 특히 김현의 작품은 그들이 표방했던 실험성의 실체와 한계를 잘

---

12) 『산문시대』 4호, 편집후기, 가림출판사, 1963.6.

보여준다. 반면 김승옥의 경우는 신춘문예 당선작을 재수록한 「생명연습」이나 유년기의 추체험을 다룬 「건」이나 상대적으로 전통적인 방법을 고수했으며, 4집에 수록된 「누이를 이해하기 위해서」와 5집의 「사디리아시스」(부제-확인해 본 열 다섯 개의 고정 관념)에 가서야 자신의 언어 실험을 본격화했다.

「누이를 이해하기 위해서」[13)의 파격적 형식은 당시 작가의 정신적 상황과 관련이 있다. "도대체 條理整然한 모든 것은 나하고 아무 관계가 없어 보였다. 조리를 갖춘 소설 역시 詐欺같았다. 그런 상태에서는 이런 형식의 작품 이상으로 조리 있는 작품이란 씌어지지 않았다."[14)는 작가의 고백은 실연이라는 개인적 체험을 계기로 인식하게 된 세상의 부조리를 작품의 형식에 반영시켰다는 의미로 해석할 수 있다. 그러나 동시에 같은 『산문시대』 4집에 이오네스코의 「대머리 여가수」가 번역된 것에서도 알 수 있듯이 산문시대 동인들의 부조리에 대한 관심과 통하는 것이기도 하다.

누이에게 출산 축하전보 보내며 오빠가 겪은 도시 체험 내력을 소개하는 이 소설은 특별한 서사적 줄거리보다는 부제 그대로 '소묘' 수준의 내용을 갖고 있지만, 형식적 측면에서는 오히려 전통 부정과 언어 창조라는 산문시대의 실험 정신에 부합하는, 한 마디로 가장 산문시대적인 작품이다.

먼저 전체 구성을 보면, 일련번호가 있는 총 여섯 개의 장으로 이루어진 이 작품은 '축전(祝電)'이라는 소제목이 붙은 첫 장과 마지막 장을 대칭적으로 배치하고, 내부에 있는 각 장의 서술 시간과 서술 방식 및 화자를 교체하여 전통적 소설형식에 도전한다. '나'라는 일인칭화자를 중심으로 서술되는 나머지 장과 달리 2장에서는 그 '나'를 김형이라고

---

13) 흔히 「누이를 이해하기 위하여」로 알려진 이 작품의 원제는 '누이를 이해하기 위해서'로서 1963년 여름 『산문시대』 4호에 '또는 어떤 癡漢 素描 習作'이라는 부제와 함께 발표되었다.
14) 김승옥, 작품해설, 『한국단편문학전집 18권: 야행』, 정음사, 1977(중판), 379쪽.

부르는 또 다른 화자가 관찰한 주인공에 대한 '프로필'을 삽입해 놓고 있다. 3장은 누이의 귀향을 계기로 상경을 결심했던 과거의 '나'의 독백이다. 10줄 정도에 불과한 4장은 상처를 극복한 누이의 출산 소식을 통해 시간의 경과를 암시해주는 과거와 현재의 연결부 역할을 한다. 5장은 '일지초'라는 형식을 통해 현재의 '나'를 내면과 도시 생활을 보여준다. 끝으로 6장에서는 전보를 보내는 처음 시점으로 돌아와 소설의 시작과 끝을 일치시킨다.

작가의 소설적 실험은 독특한 시점 설정과 전통적 서사의 흐름을 파괴한 작품 구성에서 찾아볼 수 있다.

첫째, 시점의 특징은 일인칭 주인공 화자를 외부에서 바라보는 또 다른 일인칭 관찰자를 등장시켜 두 화자의 시각차를 통해 소설적 긴장을 가져온다는 점이다. 이는 일반적인 액자소설에서처럼 단순히 복수의 화자가 존재한다는 의미가 아니다. 일인칭 주인공 화자를 서술 대상으로 삼는 또다른 화자의 등장으로 원래 화자의 신뢰성이 의심을 받게 되며, 두 화자 사이의 긴장 속에 서술 대상인 화자를 내부와 외부에서 바라보는 두 개의 시각이 존재하게 된다. 제2화자는 '나'(제1화자)를 도저히 이해할 수 없으며, 이는 그의 어조에서 잘 드러난다. 이와 같은 제2화자가 쓴 프로필에서 주인공 '나'는 소설가 앞에 '자칭'이라는 수식어를 뒤집어 쓴 치한이자 촌놈에 불과하다. 그러나 작가는 제2화자를 일인칭 주인공 화자의 허구성을 폭로하는 장치로만 등장시키는 것이 아니라, 또 하나의 주관적인 시각을 대립시키며 인물간의 소통의 어려움을 보여준다. 두 화자간의 거리는 일차적으로 출신지의 상이함에서 비롯된 의식의 차이에서 발생한다. 작가의 진의는 도시인인 제2화자의 눈에 비친 시골뜨기 치한을 풍자하기보다는 오히려 '나'가 도시에서 겪게 된 절망의 근원을 묻고, 한 인물의 외부에서는 알 수 없는 내면의 주관적 진실을 이해하자는 데에 있는 것이다.

둘째, 작가의 실험정신은 서사적 흐름의 파괴에서도 찾을 수 있다. '처음-중간 -끝'이라는 전통적 서사구조를 파괴한 채 느닷없는 전보 한

장으로 소설의 첫머리를 시작하고, 중간 중간에 프로필과 일기초를 삽입한 후 또다시 전보로 마무리하고 있다. 또한 회상과 현재를 뒤섞어 놓아 독자의 입장에서 서술 시점과 시간 경과를 한번에 이해할 수 없게 만든다. 시간적으로 볼 때 가장 앞선 3장에서는 현재 주인공의 도시 이야기를 설명하기 위해 과거 누이의 귀환 이야기로 돌아간다. 화자가 도시로 떠나온 이유는 작품 제목 그대로 '누이를 이해하기 위해서'라고 요약할 수 있다. 4장 '누이의 결혼'은 과거와 현재를 연결시켜주는 부분으로, 상처를 극복하고 결혼한 누이의 출산 소식을 통해 상당한 시간의 경과를 암시해준다. 서두의 전보가 바로 그 출산 소식에 대한 답장이므로, 이제 주인공은 누이가 돌아오고 반대로 자신이 출발을 결심했던 과거의 시간으로부터 현재의 시간으로 넘어온다. 또한 이제는 누이가 도시에, 자신이 고향에 있는 것이 아니라 정반대로 자신이 도시에서 누이의 소식을 받는 위치로 바뀌었음을 보여주는 역할도 맡고 있다. 이어지는 5장은 일기가 아니고 일지초라고 부른 것처럼 서사적 내용의 대부분을 에피소드와 에피그램의 나열로 구성한다. 글자 그대로 파편화된 상태로 파편화된 자신의 도시생활을 소개하는 부분이다. 이와 같이 각각 독립된 형식을 지닌 이야기를 결합시켜 놓은 이 작품은 기존의 서사문법을 파괴한 파편화된 형식으로 파편화된 도시인의 삶을 그려냈다는 점에서 내용과 형식간에 일종의 상동구조를 유지하고 있다.

　이러한 낯설고 파격적인 형식 때문에 독자는 주인공의 인생편력 자체를 자연스럽게 쫓아가기보다는 소설의 연결부마다 잠시 멈춰서 이를 꿰어 맞추는 노력을 할 수밖에 없다. 특히 5장에서는 일기 초록의 형식으로 파편화된 주인공의 도시 체험수기를 독자들이 직접 연결하는 수고를 해야 한다. 앞서 살펴보았듯이 서술주체의 교체 때문에, 독자들은 이야기 전개를 일관된 관점에서 바라보며 수용하지 못하고, 소설가인 '나'와 치한인 '나' 사이에서 주인공과 그를 둘러싼 현실을 보다 깊이 이해하기 위해 서로 다른 시각의 충돌과 조정과정을 거쳐야 한다.

　따라서 '누이를 이해하기 위해서'라는 제목의 이 소설이 사실은 누이의 길을 반복하지 않으려고 몸부림쳤던 화자인 '나'가 '자신을 이해 받기 위해서' 기록한 이야기가 된다. 서두와 마지막에서 축전을 치는 화자가 감정을 담을 수 없는 부호를 통한 의사전달에 대한 회의를 반복적으로 표현하는 것은 소설 언어라는 기호를 통한 인간의 소통 가능성에 대한 질문으로서의 의미를 지니게 되는 것이다.

2) 산문시 또는 시정신에 의한 산문

『산문시대』의 실험 정신을 유지하고 있는 또 하나의 작품인 「염소는 힘이 세다」는 감수성의 문체가 가진 서정성을 잘 드러내고 있다. 작가는 산문시를 써보고 싶다는 자신의 욕망을 「염소는 힘이 세다」에서 처음 시도해 보았으나 단순한 단편소설로 끝나버린 것 같다고 스스로 실패를 인정한다.[15] 그러나 이를 통해 작가가 생각하는 산문시의 형태를 미루어 볼 수 있다는 점에서 그 시도의 의미 자체는 퇴색되지 않는다.

여기서 작가가 말하는 '산문시'는 시의 형태를 자유시, 정형시, 산문시로 삼분할 때의 용어의 개념과는 구별되는 것으로, 작가는 시와 산문 사이의 새로운 장르를 생각한 것으로 보인다. 시와 산문의 결합은 작가가 이미 산문시대 동인시절부터 의식하던 것이었다. 『산문시대』는 그 제호에서도 알 수 있듯 시를 제외하는 것으로 편집방향을 정하였다. 그러나 최하림, 김현은 이 동인지를 통하여 시정신(詩精神)에 의한 산문을 써보려고 하였으며[16], 그것이 비록 과거에 소설이라고 부르는 것과 같지 않다 하더라도 동인지라는 실험실에서는 한번 시도해 볼만한 한국어 작업으로 생각하였다. 이러한 '시정신에 의한 산문'은 계속해서 『산문시대』의 주제 역할을 하게 된다.[17]

---

15) 김승옥, 「자작 해설」, 『뜬 세상에 살기에』, 169쪽.
16) 『산문시대』 창간호에 김현은 단편소설 「人間序說」, 「잃어버린 處容의 노래」를, 최하림은 단편 「여름 詩集」과 희곡 「城」을 발표했다.

작가의 말을 그대로 받아들인다면 동인들은 산문이라는 표현 양식을 사용하면서, 그 내용에 있어서는 오히려 '산문정신'이 아니라 '시정신'을 추구했던 것이다. 그러나 시가 정신의 응축 활동의 문장이라면 산문은 분산 활동의 문장[18]이라는 점에서 상반된 정신 활동에 기원란 이 둘의 결합은 원칙적으로 불가능하다. 요컨대 내용과 형식의 상관성을 고려할 때 그들의 시도는 본래부터 성공하기 힘든 것이었다. 그 결과 김현과 최하림의 작품는 그야말로 실험적 의의를 갖는데 그치고 말았으며, 김승옥의 「건」과 「생명연습」은 오히려 전통적 수법에 의존하여 작품의 완성도를 높일 수밖에 없었다. 그러나 「염소는 힘이 세다」 해설에서 작가 스스로 '산문시'에 대한 욕망을 또다시 언급한 것은 이러한 문제의식이 여전히 살아있었다는 사실을 입증해 준다.

가난과 폭력에 대한 경험의 서정적 묘사라고 할 「염소는 힘이 세다」는 1966년 4월 『자유공론』 창간호에 실린 작품이다. 이 짧은 단편은 소제목이나 일련번호는 붙이지 않았지만 한 행씩 띄어씀으로써 10개의 장으로 다시 구분되는데, 각 장의 짧은 분량을 고려한다면 시에서의 연 정도에 해당될 것이다. 독립된 짧은 에피소드로 구성된 각 장을 구별해 주는 표지는 열 개의 장이 모두 "염소는 힘이 세다."라는 한 문장으로 시작한다는 점이다. 그러나 "염소는 힘이 세다"로 시작된 각 장의 도입 단락은 단순 반복되지 않고, 약간의 변주를 통해 리듬감을 주면서 점층적으로 의미를 강화해 나간다.

특히 '염소는 힘이 세다'라는 구절의 반복은 작품에서 시적 리듬감을 자아낸다. 이상의 「날개」에서 반복되는 외출이 자아의 의식 성장을 돕듯이, 염소가 죽은 후 벌어지는 일련의 사건들은 일종의 패턴을 이루면서 아이의 의식을 점차적으로 성숙시켜 간다. 염소의 죽음이라는 한 사건이 주인공의 가정을 어떻게 변모시켜 가는가를 염소가 '오늘 아침에', '며칠 전에', '보름쯤 전에' 죽었다는 시간의 경과와 함께 제시하고 있다.

---

17) 김승옥, 「산문시대 이야기」, 앞의 책, 233쪽.
18) 김용직, 『문학비평용어사전』, 112쪽.

염소의 상징적 이미지가 반복되면서 작품 전체는 통일성을 획득하게 된다. 작가는 생명력의 상징인 염소가 오늘 아침에 죽음으로써 갖게 되는 상실감과 염소는 죽어서도 힘이 세다는 역설을 교차시키면서 비극을 심화시킨다. 뿐만 아니라 염소 때문에 관계하게 된 사람들의 모습을 통해 더 이상 염소가 지켜주지 못하는 힘없는 아이의 가정과 힘있는 바깥사람들을 대비시킨다. 아이의 눈에 비치는 염소의 본원적인 생명력과 인간들의 횡포가 비교되면서 아이는 세계에 눈떠간다. 여기에 이 작품의 비극성이 있다.

한편 이 작품과 30년대 이효석의 서정소설 「돈」과의 사이에서 드러나는 유사성에 주목할 필요가 있다. 「돈」에서는 새끼 돼지를 길러 그동안 꿈꿔 왔던 소망을 단번에 이루려던 주인공의 기대가 근대문명의 상징물인 기차에 의해 한 순간에 사라진다. 이때 돼지는 순박한 주인공의 꿈을 이루어 줄 수 있던 힘과 희망의 상징이다. 마찬가지로 「염소는 힘이 세다」의 주인공 역시 염소에서 힘을 느낀다. 전자가 돼지에 의지하여 희망을 구하는 무력한 청년을 다룬다면, 후자에서도 염소의 힘이 강조되면 될수록 소년을 비롯한 집안에 있는 존재들의 연약함과 무력함이 강조된다. 그리고 「돈」에서는 돼지의 죽음과 함께 허망한 결말로 소설이 끝난다면, 「염소는 힘이 세다」는 염소의 죽음과 함께 소설이 시작된다는 점이 작품의 특징이다.

4. 감각의 문학과 시각적 이미지

1) 감각적 사고와 미의식의 기원

김승옥의 문체적 특성이 감각적인 문장에 있다고 했을 때, 그 감각성은 특히 시각적 이미지에 의한 묘사를 통해 드러난다. 그러나 감수성의 글쓰기는 감각적 문체만 의미하는 것이 아니라 감각적 사고로부터 유래한다. 여기서 감각적 사고란 작가에게만 해당되는 것이 아니라 등장인물의 성격에서 드러나는 것이어야 한다. 다음은 '감각의 세대'로서의 인물 특성을 직설적으로 서술한 「누이를 이해하기 위해서」의 일부분이다.

> 온 들에 황혼(黃昏)이 내리고 있었다. 들이 아스라니 끝나는 곳에는 바다가 장식처럼 붙어 보였다. 그 바다가 황혼녘엔 좀 높아 보였다. 들을 건너서 해풍(海風)이 불어오고 있었지만 해풍에는 아무런 이야기가 실려있지 않았다. 짠 냄새뿐 말하자면 감각(感覺)만이 우리에게 자신을 떠맡기고 지나갈 뿐이었다. 우리는 모두 그것에 만족하고 있었지만 그래서 오히려 우리들은 좀 신경이 날카로워져 있었던 것일까. 설화(說話)가 없어서 우리는 좀 우둔했고 판단하기를 싫어하는 사람들이 누구나 그렇듯이 세상을 느끼고만 싶어했다. 그리고 그들이 항상 종말엔 패배를 느끼고 말듯이 우리도 그러했다.[19]

인용문에서 '우리들'은 감각을 통해 세계를 인식한다. 등장인물의 성격은 창작 방법까지 규정한다. 해풍은 이야기를 전해주는 대신 감각을 떠맡긴다. 설화가 없다는 말 그대로 그의 소설 역시 서사라기보다는 이미지의 나열로 이루어진다. 따라서 이야기가 없다는 화자의 말은 씨니피에가 아닌 씨니피앙 자체에 대한 몰입으로 이어진다. 이렇게 작가의 언어적 감수성 한편에는 서사의 부재가 뒤따른다. 작가는 세상을 판단하기보다는 느끼고 싶어했고, 따라서 그의 소설창작법도 서사성의 문학이 아닌 감각의 문학을 선택하게 된다.

「무진 기행」으로 대표되는 '안개의 감수성'이 작가의 창작원리가 된 배경에는 황혼과 해풍을 배경으로 성장한 이들만의 고유한 세계인식법이 작용한다. 이러한 인물군은 이 작품이나 「환상수첩」 등 『산문시대』 초기작뿐만 아니라 「무진 기행」을 거쳐 장편 『내가 훔친 여름』에 이르

---

19) 김승옥, 「누이를 이해하기 위해서」, 『산문시대』 4집, 1963.6, 398쪽.

기까지 작가의 작품에 지속적으로 출현한다. 작품은 이들을 감각에 따라 부유하면서도 영원을 희구했고, 정착할 곳을 찾지 못한 채 패배한 인물로 묘사하고 있다. 황혼과 해풍만 있는 고향 바닷가에서 자신들의 이상과 욕망을 실현할 가능성을 찾지 못한 젊은이들은 「서울, 1964년 겨울」에 나오는 표현대로 '모든 욕망의 집결지'인 서울로 향한다. 그러나 하나 둘 도시로 떠난 그들은 결국 주인공의 누이처럼 처참한 패배를 맞으면 또다시 고향을 찾는다. 고향의 황혼과 해풍을 마주하면서 거기서 자연현상을 넘어 인생의 의미를 깨닫게 된다.

여기서 작가는 등장인물에게서 어떻게 자연현상이 인생과 세계에 대한 인식으로 바뀌는가를 구체적으로 제시하지 않는다. 다만 황혼녘 해풍에 녹아드는 듯한 분위기 속에서 그것을 이미지의 형태로 독자에게 전달할 뿐이다. 요컨대 이야기 대신 감각에 의지하는 작품 속의 인물들처럼 작가 역시 같은 방법을 통해 독자에게 접근하고 또 그것을 자연스럽게 받아들이도록 요구하는 것이다.

「누이를 이해하기 위해서」의 주인공에게 절망은 논리도, 지성도, 감정도 아닌 마구 쓰리기만 한 '감촉의 시간'으로 경험된다. 이 젊은이들은 자신들의 절망에 대한 이성적 인식 대신에 다만 육체적 감각으로 전이되는 그 고통만을 온 몸으로 견디고 있다. 이성보다 감각이 우선하는 것이 바로 '감각의 세대'의 특성이다.

주인공은 누이를 향한 전보에서 "도시에 가서 침묵을 배워왔던 네가, 도시에서 조리에 맞지 않는 감정의 기교만을 배운 나보다 얼마나 훌륭했던가."라고 고백하면서도 고향 대신 서울의 변두리를 찾는다. 그런데 갑자기 그 앞에 「무진 기행」에서 개구리들이 울고 있는 장면과 유사한 상황이 전개된다. "별도 보이지 않는 밤에, 고향의 논두럭이 그리워서 중량교쪽에 가서 서다. 개구리들이, 거꾸러져라 거꾸러져라 거꾸러져라 거꾸러져라, 고 내게 외쳐대다."라는 구절에서, 개굴개굴 하는 울음이 '거꾸러져라'라는 외침으로 들리는 것은 제대로 일어서기 위해 서울에 올라온 자신도 이제는 거꾸러질 때가 되었다는 주인공의 자의식 때문이다. 이와 같이 인물들의 사고는 감각을 매개로 이루어진다.

감각적 이미지를 통해 자신을 표현하는 작가의 감수성은 작가의 세계 인식과 관련되며, 나아가 이미지는 서사적 전개마저 대신한다. 「건」에서 주인공은 자신이 바라보는 세계를 자신만의 색채와 구도로 다음과 같이 묘사한다.

> 내가 몸을 돌렸을 때 두어 발짝 저편에 벽돌이 쌓여있는 더미의 강열한 색깔이 나의 눈을 쏘았다. 엉뚱하게도 나는 거기에서야 비로소 무시 무시한 의지(意志)를 보는 듯 싶었다. 적갈색(赤褐色)과 자주색(紫珠色)이 엉겨서 꺼끌 꺼끌한 촉감의 피부를 가진 괴물이, 밤중에 한 사람이 몸을 비틀며 또는 고통을 목구멍으로 토하며 죽어가는 것을 바로 곁에서 묵묵히 보고 있다가 그 사람이 드디어 추잡한 시체가 되고 그리고 아침이 와서 시체를 구경하러 사람들이 몰려 들었을 때, 나는 모든 걸 다 보았지, 하며 구경꾼들 뒤에서 만족한 웃음을 웃고 있었다. 나는 고개를 얼른 돌려버렸다.
>
> 다시 시체가 있었다. 그리고 그 시체가 누은 거기에서 풀밭이 시작되었고 풀밭이 끝나는 곳에는 벽돌 만드는 흙을 파내오는 주황빛 언덕이 있었고 그리고 그 언덕에서부터 까만색 「레일」이 잡초를 헤치고 뱀처럼 흐늘거리며 이 쪽으로 뻗어오고 있었다. 아무래도 설명할 수 없는 감정을 던져주는 구도였다. 방금 잠깐 쑤시고 간 그 강렬한 색채들 때문에 나의 눈은 눈물이 나도록 쓰리었다. 나는 한 손으로 이마를 두드려 어지로움이 가시게 하며 휘청 휘청 학교로 돌아왔다.[20]

현실을 감각적인 형식으로 수용하는 김승옥의 감수성은 주인공의 세계인식을 미적인 구도와 색채 및 질감으로 처리한다. 먼저 여기서 주목할 것은 '조그만 시체'와 적갈색과 자주색이 엉겨서 꺼끌꺼끌한 촉감의 피부를 가진 '괴물'의 대비이다. 주인공의 눈에 처음으로 목격된 시체의 모습은 어른들에게 주워듣고 상상했던 그런 '탱크를 닮은 괴물'도 '신념

---

20) 김승옥, 「건」, 『산문시대』 1집, 1962, 42쪽.

덩어리'도 아닌 그야말로 '거지의 꼬락서니'를 하고 있다.[21] 오히려 괴물의 정체는 시체를 둘러싸고 있는 벽돌더미였고, 주인공은 거기에서야 비로소 '무시무시한 의지'를 발견한다. 적갈색과 자주색이라는 색깔로 지각된, 차갑고 단단하고 꺼끌꺼끌한 벽돌로 상징되는 이념이 힘없는 인간의 고통과 죽음을 지켜보고 있는 이 장면에서 적에 대한 적개심은 연민으로 바뀌고, 인간의 왜소함과 이념의 냉혹함이 극명하게 대비된다. 자신의 눈으로 직접 목격한 현실이 어른들에 의해 주입된 설명과 일치하지 않는 데서 온 내적 혼란이 주인공의 감각에 어지러움을 일으키고, 쉽게 설명될 수 없는 현실은 미적 구도로 전환되어 인식된다.

그 미적 구도란 시체에서 시작되는 풀밭과, 풀밭이 끝나는 곳에서 시작되는 주황빛 언덕을 까만색 레일이 뱀처럼 뻗어오는 구도이다. 청색과 적색을 검정색이 구분 짓는 이 구도의 한복판에 이 분지의, 나아가 한반도의 역사적 비극을 상징하는 듯이 시체 한 구가 누워 있다. 어른들의 흑백논리가 만들어 놓은 구도로는 눈앞에 직면한 상황과 자신의 감정을 도저히 설명할 수 없던 주인공은 위와 같이 한 폭의 그림과 같은 구도로 이를 바라보고 있다.

작가의 이런 독특한 회화적 감수성의 기원은 어디에 있는가. 작가는 자신의 관찰력과 치밀한 문체는 문학이 아니라 미술에서 왔다고 말한다. 작가의 수필 「색채와 나」[22]에는 일찍부터 그림에 특별한 관심과 재능을 보인 작가의 어린시절 회고가 나온다.

초등학교 입학 전부터 집에서 굴러다니던 파레트에 딱딱하게 굳어버린 수채화물감을 물붓으로 마구 문질러 그림을 그리기 시작한 작가가 그림을 정식으로 배운 것은 초등학교 4학년 때였다. 일본에서 미대를 나오고 사상 관계로 고향인 제주도를 떠나 친구가 교장으로 있는 학교로 온 신경청(申敬淸)이라는 미술교사에게 석고 데생에서부터 보색, 색의 명도, 인상파의 이론까지 배울 수 있었다. 무진의 안개와 햇빛 묘사에서

---

21) 앞의 글, 40쪽.
22) 김승옥, 「색채와 나」, 『뜬 세상에 살기에』, 지식산업사, 1977.

보이는 탁월한 관찰력과 그 문체의 치밀함은 문학이 아니라 미술에서부
터 시작된 것이다. 일본 유학 경험이나 사상 문제 연루라는 전력의 유
사성 때문에 돌아가신 부친을 대신해 주는 듯한 선생님이 "검은 색하고
흰색을 써선 안된다. 색을 만들어 써라"면서 잡아주던 구도의 풍경을 수
채로 그리곤 했던 경험이 그대로 문학으로 이어진 것이다.

> 어느 때는 황토 언덕의 그 얼핏 봐서는 주황색 하나뿐인 듯하나
> 자세히 보면 자주색 ·갈색·보라색·붉은색 등등 갖가지 색채로
> 이루어진 풍경을 앞에 놓고 그 색채들을 제대로 켄트지 위에 나타내
> 는 데 하루를 몽땅 바쳐버리기도 했다.
> 내가 물감이 나타내는 색채의 세계로 들어간 것은 이 무렵부터였
> 다. 현실의 모든 색채는 붓끝에서 물감에 의하여 발가벗겨지고 분해
> 되고 재구성되었으며 그렇게 하여 이루어진 색채의 세계 ― 그림은
> 이미 다른 현실, 현실보다 더 아름다운 경이(驚異)의 다른 세계였다.
> ……중략…… 그렇다. 색채의 아름다움에 눈이 길들어진 사람들은
> 알리라. 이제 막 페인트 칠을 끝낸 깨끗하고 질서정연하고 살기 편리
> 해 보이는 고급 주택가에서보다도 녹슨 함석지붕이 너덜대고 얼룩덜
> 룩 썩은 판자벽 군데군데 지저분한 물웅덩이가 패어 있고 집들이 제
> 멋대로 들쭝날쭝, 갖가지 빨래들이 널려 있는 빈민가의 풍경 속에서
> 나는 더 아름다움을 느끼는 것이다. 전동차(電動車)가 달리는 깨끗한
> 지하철에서보다 잡초가 우거지고 녹슨 레일이 꾸불꾸불 버려져 있고
> 검은 침목(枕木) 더미가 쌓여 있는 황폐한 폐역(廢驛)에서 더 아름다
> 운 세계를 만나 감동하는 것이다.
> 이상한 일이다. 부패와 무질서 속에서 색채들은 더 풍요하고, 색채
> 가 펼치는 깊은 감동의 세계를 알아보는 눈을 가진 자에게는 단조로
> 운 질서가 오히려 추악해 보인다는 것은 참으로 이상한 일이다.
> 나는 때때로 내가 남들의 눈에는 아무렇지 않거나 역겨워 보이는
> 풍경에서도 아름답게 분해되어 재구성되는 경이적인 풍경을 볼 수
> 있는 풍요한 삶을 얻는 대신 사회인으로서 도덕적인 분노의 능력은
> 마비되는 것이 아닌가 스스로 염려한다. 미의 세계를 얻은 대신 도덕
> 의 세계를 잃어버렸다면 결코 풍요한 삶은 아닐 것이다.[23]

여기서 「건」에 나오는 구도, 주황빛 언덕으로부터 까만 색 레일이 뱀처럼 꾸불꾸불 뻗어오는 구도의 기원과 그 구도가 상징하는 의미를 발견할 수 있다. 그리고 작가의 또다른 작품 「역사」에 나오는 양옥집의 질서와 창신동 빈민가가 보여 주는 대조의 모티브 역시 여기서 찾을 수 있다. 황폐한 현실 너머에서 발견한 아름다움이 주는 감각적 자극이 일으킨 혼란과 어지러움에서 예술이 탄생한다. 이념이니 도덕이니 논리니 하는, 아이로서는 도저히 이해할 수 없는 것 대신에 아이는 미적 감각을 통해 현실을 인식한다.

또한 작가는 현실이 흑백의 이념처럼 단조로운 것이 아니라 다양한 색채를 가지고 있는 것처럼 글을 통해 세상의 다면체적 진실을 표현하려고 한다. 더불어 인용문의 마지막 구절은 나아가 미적 세계관이 도덕적 세계관에 우선적으로 나타나는 작가의 특성을 스스로도 인식하고 있음을 확인시켜준다.

시각적 이미지가 표현의 차원을 넘어 미적 세계관과 관련됨을 보여주는 또 하나의 사례를 「환상수첩」에서도 발견할 수 있다. 고향으로 내려가는 기차간에서 주인공은 귀향 이후의 자신의 모습을 상상하며 무기력한 아버지의 모습을 떠올려본다. 생활력이란 전혀 없으면서도 유유자적하고, 때때로 술주정을 빌어 자신의 외로움을 토로하는 자기 아버지의 내부에 숨겨진 남다른 미의식을 다음과 같이 묘사한다.

> 다른 것은 모르지만, 아버지의 연두색에 관한 심미안은 엄청난 것이었다.
> 화분에 심겨진 어린 난초에서 볼 수 있는 연두색과 가을 오동잎의 갈색 저편에서 은은히 비쳐오는 연두색은 얼른 보기에는 아주 동떨어진 것 같지만 기실은 연두색 세계의 쌍벽으로서, 환희와 비애라고 상징할 수도 있고 어쩌면 만날 것이 없어서 먼 곳에서 서로 손짓만 하며 슬픈 사랑을 하는 한 젊은이와 처녀라고. 이건 엉뚱한 동화까지

---

23) 김승옥, 앞의 책, 106-107쪽.

만들어 내기도 하는 것이었다. 내가 보기엔 아무래도 푸르거나 기껏 옥색이기만 한 먼 하늘가에서 연두색을 가려내는 정도였으니, 연두색 제련사(製鍊士)라고나 할가 아니면 모든 것이 연두색으로 밖에 보이지 않는 색맹이라고나 할가 어머니도 집에 있을 때만은 반드시 연두색 저고리에 하얀 치마를 입어야 했고 어머니가 이고 다니는 비단 보퉁이 속에도 연두색 옷감이 유난히 많이 들어 있었다. 아버지의 권유때문이었는데 말하자면 한복(韓服)의 아름다움은 아무래도 연두와 하양의 「컴비네이숀」에서 그 극치가 생긴다는 미학(美學)이었다.24)

주인공의 아버지는 난초와 오동잎의 연두색을 구별하는 탁월한 미감에도 불구하고 모든 것을 연두색으로만 보는 색맹이기도 하다. 그런데 문과대학생으로 자신이 가졌던 환상 역시 현실의 색깔로 세계를 보지 못하고 환상에 축을 두고 접하고 있다는 점에서는 마찬가지였다. 이렇듯 연두색에 대한 아버지의 심미안과 그 아버지를 묘사하는 아들의 심미안은 결국 동일한 기원을 갖는다. 또 한 가지 주목할 것은 무슨 색깔이냐 뿐만 아니라 현실의 모든 색채가 붓끝에서 재구성된다는 점과 그림에서 현실보다 더 아름다운 경이를 보았다는 점에 있다. 그것은 바로 아버지가 소유한 미의식의 비밀이요, 색채의 환상으로 도피하여 연두빛 자기세계를 구축하는 아버지의 생존방식이 갖는 환상성을 보여주는 것이다.

2) 상상력의 원천으로서의 안개 이미지

작가 김승옥의 정신구조가 '시적'이고, '환상적'이라는 사실을 보여주는 것이 그의 작품 세계를 지배하는 바다와 죽음의 이미지이다. 이를 구체화시킨 안개의 상징적 이미지는 「건」에서 비롯되어 「환상수첩」과 대표작 「무진기행」에 이르러 작가의 감수성을 표현하는 핵심적인 요소로 부각된다.

---

24) 김승옥, 「환상수첩」, 『산문시대』 2집, 1962.10, 130쪽.

　　……유월의 바람이 나를 반수면상태로 끌어넣었기 때문에 나는 힘을 주고 있을 수가 없었다. 바람은 무수히 작은 입자(粒子)로 되어 있고 그 입자들은 할 수 있는 한 욕심껏 수면제(睡眠劑)를 품고 있는 것처럼 내게는 생각되었다. 그 바람속에는, 신선한 햇볕과 아직 사람들의 땀에 밴 살갗을 스쳐보지 않았다는 천진스러운 저온(低溫), 그리고 지금 버스가 달리고 있는 길을 에워싸며 뻐스를 향하여 달려오고 있는 산줄기의 저편에 바다가 있다는 것을 알리는 소금끼, 그런 것들이 이상스레 한데 어울리면서 녹아 있었다. 햇볕의 신선한 밝음과 살갗의 탄력을 주는 정도의 공기의 저온 그리고 해풍(海風)에 섞여있는 정도의 소금끼, 이 세가지만 합성(合成)해서 수면제를 만들어낼 수 있다면 ……중략…… 그런 생각을 하자 나는 쓴 웃음이 나왔다. 동시에, 무진이 가까웠다는 것이 더욱 실감되었다. 무진에 오기만 하면 내가 하는 생각이란 항상 그렇게 엉뚱한 공상(空想)들이었고 뒤죽박죽이었던 것이다. 다른 어느 곳에서도 하지 않았던 엉뚱한 생각을, 나는, 무진에서는 아무런 부끄럼 없이 거침 없이 해내곤 했었던 것이다. 아니 무진에서는 내가 무엇을 생각하고 어쩌고 하는게 아니라 어떤 생각들이 나의 밖에서 제 멋대로 이루어진 뒤 나의 머리 속으로 밀고 들어오는듯 했었다.[25]

　　고향 무진을 찾은 제약회사 중역 윤희중은 유월의 바람 속에 반수면의 몽상에 잠긴다. 그 몽상이란 바람이 햇볕과 저온의 공기와 소금기라는 무수히 작은 입자로 수면제를 만들어낸다는 것이다. 작가는 "금곡동의 토담 골목에 내려 쬐는 대낮의 햇볕 또는 대대포의 망망한 갯벌에 내려쬐는 햇볕의 이미지에 의해 '안개'와 '수면제'를 만들어낼 수 있었다. 나는 소년 시절에 이 흙담에 내려쬐는 햇볕을 보면 늘 사람들이 지상에 세운 모든 것들이 햇볕에 의해 몽롱하게 풀리고 증발되어 안개처럼 허공을 흘러 다니는 것 같은 상상에 시달렸다"[26]고 말한다. 무진의 안개는 작가의 고향 순천의 '안개에 대한 기억'의 산물이 아니라 '안개

---

25) 김승옥, 「무진기행」, 『사상계』 139호, 1964.10, 330-331쪽.
26) 김훈, 『문학기행』, 한국일보사, 1987, 29쪽.

로 인한 상상'의 산물이다. 주인공 윤희중 자신이 무엇을 생각해낸 것이
아니라 어떤 생각들이 밖에서 이루어진 뒤 머리 속으로 밀고 들어오는
듯했다는 마지막 문장처럼, 작가는 상상을 '했다'는 표현 대신에 상상에
'시달렸다'고 표현을 선택한다. 이는 안개가 촉발시키는 상상력을 강조
한 것이다.

또 하나 주목할 것은 사람들이 지상에 세운 모든 것들이 증발하여 허
공을 흘러 다닌다는 상상의 내용이다. 이와 같은 체험은 단지 자연현상
에 대한 지각을 넘어서 "견고한 모든 것은 대기 속에 녹아버린다"는 모
더니스트의 '용해적 비전'27)처럼 현대성을 경험하는 내면적 충격과 자아
파괴를 의미한다.

「무진기행」의 주인공 역시 자신이 서울에서 어렵게 구축한 견고한 삶
이 무진에 와서 한꺼번에 증발하는 경험을 한다. 이는 흔들리는 내면에
비친 흔들리는 세계 안에서는 어떤 것도 굳건한 것은 없으며, 모든 것
이 불투명한 대기 속으로 사라진다는 '흔들림'의 감각이 60년대 단편의
특성28)이라는 설명과 통한다. 「무진기행」의 안개 역시 도시의 삶을 감
싸는 불투명한 유동의 공간을 연상케 하는 것으로, 안개는 사람들의 시
야를 가리며 사람들을 서로 떼어놓고, 가두어버리며 또한 모든 것을 녹
이고 삼키면서, 어디서 시작되었는지 알 수 없는 어지러운 유동에 몸을
맡기게 한다고 해석된다.

한편 이전에 수립된 견고함의 붕괴와 모든 것이 증발되는 듯한 어지
러움의 인식은 거슬러 올라가 「건」의 어린 화자가 빨치산 시체 앞에서
성인세계의 허위성을 발견한 직후 겪었던 어지러움과도 닿아 있다. 이는
어린 시절에는 안개와 증발의 이미지처럼 막연한 모습으로 나타났던 이
념적 현실에 대한 혼란스런 감정을 성인이 된 작가가 좀더 분명히 인식
하면서 작중 어린 주인공에게 소급시켜 상징적으로 암시한 것이다.

그러면 안개의 상상력은 구체적으로 작품에 어떻게 드러나는가를 밝

---

27) 마샬 버만, 윤호병 외 역, 『현대성의 경험』, 현대미학사, 1995(개정판), 108쪽.
28) 신형기, 『변화와 운명』, 평민사, 1997, 258 쪽.

힐 차례이다. 이 작가에게 있어 모든 상상력의 출발점은 몽상이다. 무진에 오기만 하면 '엉뚱한 공상'을 하게 된다는 말은 작품의 비밀을 푸는 열쇠가 된다. 즉 이 말은 바람 속에 포함된 세 원소를 이용한 수면제 제조법만이 아니라 앞으로 무진에서 전개될 사건들 역시 공상의 일부일 수 있다는 사실을 암시한다.

안개의 이미지가 여귀로 연결되고, 그것이 다시 시체와 하인숙으로 연결되는 스토리는 연상의 논리를 이미지의 연속이라는 창작원리로 바꾸는 과정에서 탄생한다. 시간과 삶을 안개처럼 증발시켜버리는 그 눈부신 햇볕 속에서 개 두 마리가 혀를 빼물고 교미하는 장면은 주인공 윤희중과 음악교사 하인숙과의 정사를 예고해준다.

버스를 타고 무진을 찾아 왔다가 다시 버스를 타고 무진을 떠나는 사이에 있을 법한 공상, 일상에서 막 탈출한 여행자들이라면 버스 속에서 한번쯤 기대해 볼 법한 로맨스를 '아무 부끄럼 없이 거침없이' 상상할 수 있었던 까닭을 작가는 이러한 공상이 자기 자신이 아니라 '밖에서' 이루어진 뒤 밀고 들어온 탓으로 해명한다. 작가의 논리에 따르자면 결국 다양한 이미지를 끝말 이어가기처럼 병렬시키는 이 작품의 구성 역시 작가의 머리에서 나온 것이 아니라 작가의 밖에서, 무진의 안개로부터 나온 것이 된다. 그렇다면 작가가 말하는 안개의 상상력의 비밀이란 결국 안개와 같은 몽상에서 촉발된 이미지의 결합으로 설명할 수밖에 없다는 결론에 이르게 된다.

5. 맺음말

김승옥의 감수성의 출발점은 '언어의 자각'에 있다. '언어실험실'이라는 말로 대변되는 『산문시대』 동인들의 언어의식은 김승옥의 작품으로 현실화됨으로서 문학사적 전환점으로서의 의미를 부여받게 된다. 전통부정과 새로운 언어창조라는『산문시대』의 정신에 가장 잘 어울리는 실험작「누이를 이해하기 위해서」는 각 장의 서술시간과 서술방식, 화자의 교체로 전통적 소설 형식에 저항한다. 작가는 복수 화자 사이의 긴장과 서사적 흐름 파괴라는 형식을 통해 소설을 통한 인간의 소통 가능성에 대한 질문을 던진다. 시적 산문의 형식을 실험한「염소는 힘이 세다」에서는 염소라는 상징적 이미지가 반복되면서 작품 전체에 통일성과 시적 리듬감을 가져온다.

감수성의 글쓰기는 단순히 감각적 문체에 머물지 않고, 감각적 사고를 하는 인물 설정으로 이어진다. 감각은 세계를 인식하는 방법이자 작품의 창작원리가 된다. 현실을 감각적인 형식으로 수용하는 김승옥의 감수성은「건」에서처럼 주인공의 세계인식을 미적인 구도와 색채 및 질감으로 처리한다. 미술에서 기원한 작가의 독특한 회화적 감수성은 이 작가에게서 미적 세계관이 도덕적 세계관에 우선적으로 나타나는 실마리를 제공한다. 또한 초기작을 지배하는 바다와 죽음의 이미지는 작가의 정신구조가 '시적'이고, '환상적'임을 보여준다. 특히「무진기행」에서 '안개'라는 상징은 절망과 허무의 산물이면서, 동시에 이 작가의 상상력의 원천이 된다.

이와 같이 김승옥이 보여준 언어의 자각과 실험정신 저변에는 작가의 감각적 사고가 자리하고 있으며, 자아의 발견과 일상성에 대한 내적 경험을 탁월한 미적 감수성으로 이미지화 하였다는 데서 이 작가의 문학사적 의의를 찾을 수 있다.

▶ 참고문헌

『산문시대』1집–5집, 가림출판사, 1962-1963.
김승옥,『서울 1964년 겨울』, 창우사, 1966.
김승옥,『뜬 세상에 살기에』, 지식산업사, 1977.

정대현 외,『감성의 철학』, 민음사. 1996.

최유찬,『문예사조의 이해』, 실천문학사, 1995(1997,2쇄).

루돌프 아른하임, 김정오 역,『시각적 사고』, 이화여자대학교 출판부, 1991(4쇄).

마샬 버만, 윤호병 외 역,『현대성의 경험』, 현대미학사, 1995(개정판).

메를로 퐁티, 오병남 편역,『현상학과 예술』, 서광사, 1983.

모니카 M. 랭어, 서우석 외 역,『메를로 퐁티의 지각의 현상학』, 청하, 1992.

Jerome Mcgann, The Poetics of Sencibility, Oxford University Press, 1996.

Ann Jessie Van Sant, Eighteenth-centry sencibility and the novel, Cambridge Press, 1993.

제 2 부

1930년대 모더니즘 작가의 문학적 도정

박태원의 단편소설 연구

1. 문학 의식과 문장의 특질

이 글은 작가 박태원의 단편소설, 특히 『소설가 구보씨의 일일』과 『박태원 단편집』에 수록된 작품을 중심으로 그의 초기작에서 해방 직후의 단편까지를 그 연구대상으로 한다. 박태원의 작품은 단편소설만도 60여 편에 이르는데, 이 글에서는 작품에서 다루는 소재나 인물, 창작 방법의 변화를 기준으로 하여 대상작을 크게 다섯으로 분류하여 살펴보겠다. 각 시기의 전반적 성격이 개별작품에서 어떻게 드러나는가를 알아보고, 작품 자체의 내적 원리로부터 작가의 단편소설의 미학을 탐구하는 것을 하나의 방법론으로 삼는다.

이 장에서는 본격적인 작품 분석에 앞서 직가의 문학 의식과 문장의 특질을 먼저 살펴보려고 한다. 작가 박태원의 문학 의식, 특히 이 논문의 주요 대상으로 삼은 1930년대 단편소설을 낳은 문학관 및 소설창작법을 연구하려면 구인회의 문학적 성격에서 출발해야 한다. 그리고 구인회의 문학적 입장을 모더니즘이라 할 때, 30년대 모더니즘의 한국적 양상을 고찰해야 할 것이다. 모더니즘 운동은 1930년대 전반 프로문학의 대체문학 이념으로 정착한다. 그러나 그 대체 이념은 식민지 현실의 제

반 모순과 정체되어 가는 전반적인 보수화 체계 속으로 순응해 들어감
으로써 자기 현실의 내용과는 거리를 둔 채 운동의 힘을 얻는다.[1]

이와 같은 문학적 배경 하에서 박태원은 당시 프로문학의 내용 위주
문학에 자신의 문장 중심의 문학론으로 간접적인 비판을 가한다.

> 문장에 대하야 무관심하기 조선사람만 한 者 ㅣ 없을 것이요, 문장
> 에 대한 수련을 게을리하기 조선작가만한 者 ㅣ 또한 없을 것이다. 이
> 것에는 주견없는 어린 작가들에게도 허물이 잇거니와, 그들의 작품을
> 평함에 잇서 一에도 '내용' 二에도 '내용'하고 전혀 문장 그 표현에
> 관한 논란은 할 줄 몰랐든 '이른바' 평론가들에게 더욱이 그 죄의 큰
> 者가 있을 것이다[2]

박태원은 '이른바' 내용이라는 것이 무엇이냐고 묻고, 한 개의 우수한
내용이 오직 그것만으로 한 개의 예술 작품이 될 수 있는가 의문을 제
기한다. 그는 1934년 『조선중앙일보』 3월 창작평[3]에서 '문예 감상은 문
장의 감상'임을 평자의 태도로 밝힌 후에, 이제까지의 월평이 거의 모두
'형식'이나 '문장' 같은 것보다 '이데올로기'에만 중점을 두고 뜻 모를
말만 늘어놓았다고 비판한다. 그는 내용만이, 이데올로기만이 전부가 된
다면 작자는 그토록 문장도에 고심하지 않아도 좋을 것이라고 말하고,
독자 편에서 보아도 '무엇'이 쓰여 있나 하는 것에 흥미를 느끼는 것은
저급한 독자의 마음이라고 한다. 그리고 진보된 독자는 '무엇'과 함께,
혹은 보다도 '어떻게' 썼나 하는 것에서 감상의 대상을 구한다고 하며,
다시 한 번 '문예감상'이란 '문장의 감상'임을 지적한다. 그는 '내용' 중
심의 평에 대하여 내용 자체의 옳고 틀린 것을 지적하기보다는 문장이
라는 측면에서 비판을 가하는데, 이 점은 그의 특징이자 마찬가지로 한

---

1) 강은교, 「1930년대 김기림의 모더니즘 연구」, 연세대 박사논문, 1987.
2) 박태원, 「주로 창작에서 본 1934년의 조선문단」, 『중앙』, 1934.12.
3) 박태원, 「3월 창작평」, 『조선중앙일보』, 1934.3.26-3.31.

계라고 본다.

이러한 그의 문학관에서 볼 때는 카프 작가의 소설은 좋은 평가를 받을 수 없었다. 그는 이기영을 '카프진영 내에서 승인할 수 있는 오직 한 명의 작가'[4]라고 꼽고, 그의 태도에는 여유가 있고, 그의 문장에는 노련한 품이 보인다고 평가한다. 그러나 그가 작품 속에서 종종 사회 기구, 경제 이론을 독자들에게 생경하게 강의하려는 점에서는 진정한 소설가의 태도일 수 없다고 본다. 하여튼 그는 농촌을 제재로 하여 성공한 작가라고 했다.

박태원은 소설이란 제재만 가지고 결코 예술일 수 없다고 보았고, 소설 속에 등장하는 인물에 대해서도 자기가 그리고 있는 룸펜 인텔리가 '투사'나 '주의자'는 아니지만 그들보다 훨씬 '책임감'을 가지고 있는 사람들[5]이라고 하는데, 여기서 '책임감'이란 현실성이 있다는 뜻으로 보인다.

박태원의 문학 의식 및 문장론에 대한 자료로는 '창작 여록—표현·묘사·기교'[6]가 필수적이다. 이 글에서 그는 표현·묘사·기교에 관하여 한 개의 컴마, 된소리, 여인의 회화, 문체에 관하여, 이중 노출 등의 항목으로 나누어 설명한다.

첫 번째 항목에서 그는 '어조'와 '문장부호'의 중요성을 다음과 같이 강조한다.

> '말'에 잇서 그 내용의 분기점이 이미 그 '어조'에 잇스매, 우리는 그것을 '글'로 표현함에 잇서, 모름즉이 그 '어조'를 방불케 할 방도를 취하여야 할 것이다

> 왼갖 문장부호의 효과적 사용은 사물의 표현 묘사를 좀더 정확하게, 좀더 완전하게 하여 놀 것이다. 그리고 이러한 시험은 작품 중에서도 특히 회화에 잇서 중대한 실의를 갖는다.

---

4) 박태원, 「주로 창작에서 본 1934년의 조선문단」, 『중앙』, 1934.12.
5) 박태원, 「내 예술에 대한 항변-작품과 비평가의 책임」, 『조선일보』, 1937.10.21-23.
6) 박태원, 「창작 여론 - 표현·묘사·기교」, 『조선중앙일보』, 1934.12.17-31.

뒤이어서 그는 된소리의 적절한 사용을 통해서도 어조의 표현이 가능함을 보인다.

한편 남성의 말은 직선적이고 여성의 말은 곡선적이라고 하면서, 여성의 대화는 그 어조를 나타내기 위해 표현에 고심해야 한다고 했다.

문체에 관하여는 다른 글에서와 마찬가지로 문예 감상이란 문장인 감상인 까닭에, 만약 어느 작품이 문장으로서 오직 내용에 있어 전체적 관념을 표현할 뿐이요, 그 음향으로는 그 의미 이외의 분위기를 빚어내지 못한다면, 그 작품에 흥미를 가질 수 없다고 한다.

'단편의 결말'이라는 항목에서는 단편소설이란 원래가 예술적 세련이 없이는 애초부터 성립되지 못하는 것이요, 그 종결이 비기교적이라면 실패작이라고 했다. 그는 '기교'라는 것은 단편소설 제작에 있어 지극히 중요한 문제요, 따라서 탁월한 단편작가들은 동시에 그렇게도 우수한 기교가였다고 한다. 결말의 중요성을 고려하여 나온 수법이 '경이'인데, 그 의미는 '그 작품 내용의 가장 중요한 부분을 될 수 있는 한도로 최후까지 보류하여 두었다가, 비로소 공개하는 수법'인데. 기교적이고 효과적이나, 그런 기교를 자유롭고 솜씨 있게 구사해야지 그 기교에 지배를 받아서는 안 된다고 했다.

그는 '심경소설'이라는 특이한 용어를 사용했는데, 그 자신이 '사소설'·'신변소설'과 같은 의미로 사용했다. 본격소설이 취재 범위가 광범위하고, 내용이 다양하며, 큰 세계를 가지고 있음에 비해 심경소설은 취재 범위가 소규모이지만 '깊이'가 있다고 하며, 무엇보다도 자신의 신변, '아름답지 안흔 발가숭이'를 그대로 내놓을 수 있다는 태도 자체를 의미한다고 보았다.

그는 소설 등장 인물의 '인명'에까지 신경을 썼는데, 인명의 발음을 통해 성격, 교양, 취미까지를 암시하기 위해 받침의 유무가 중요하며, 이광수와 염상섭의 이름을 예로 들어 자신의 작품에서 호의를 가질 수 있는 인물에게 언제나 그 아랫 자에 받침이 없는 이름을 사용하기로 한다.

마지막 회의 '이중 노출'이란 항목에서 그가 영화예술에 관심을 가졌고, 특히 '오우버랩' 수법에 흥미가 있음을 밝히고, 현재와 과거의 교섭, 환상의 교착, 그러한 것을 기교적으로 또 효과적으로 표현함에 이 수법은 분명히 필요하다고 하면서 「소설가 구보씨의 일일」을 인용함으로써 연재를 마친다.

이상에서 작가 박태원의 문학 의식 및 문장에 관한 견해들을 그의 평론문 몇 편을 통해 알아보았다.

2. 초기의 서정적 단편소설

박태원은 1930년 10월 「수염」을 발표하여 문단에 본격적으로 등장한다.[7] 이후 33년 중반 까지 「꿈」, 「회개한 죄인」, 「옆집 색씨」, 「방랑아 쭈리앙」, 「사흘 굶은 봄달」, 「피로」, 「누이」, 「오월의 훈풍」 등을 발표한다. 그 중 몇 작품을 간단히 살펴봄으로써 이 시기 박태원 단편의 특질을 밝혀 보려 한다.

「수염」은 제목에서 알 수 있는 바와 같이 수염에 관한 신변잡기이다. 1인칭 화자인 주인공 '나'는 수염을 기르려고 하지만 친구들의 반응은 냉랭하다. 그러나 어느 날 이발소에서 자신의 얼굴을 곰곰이 들여다 본 끝에 수염을 기르기로 결심한다. 친구들과 가족들 모두 수염을 기르는 데 비난과 조소를 보낸다. 더구나 수염은 더 이상 잘 자라주지 않고 보기 흉한 그대로 있을 뿐이다. 그러나 '나'는 인내하고 또 인내한 끝에 결국 '감숭'한 그 수염이 '깜숭'하게 자라 멋지게 변해있는 모습을 발견한다. 주인공에게 그것은 기적 같은 일이었다. 그러나 그것은 아마도 모

---

7) 박태원은 이전에도 「해하의 일야」(동아일보 1929.11.17–24), 「적멸」(동아일보, 1930. 2.5– 3.11)을 발표하였고, 후에 『박태원 단편집』에 수록된 「최후의 모욕」은 1928년 12월 13일에 지은 것으로 되어 있으나, 습작품 꽁트에 지난지 않아 작자 자신이 처녀작으로 보는 「수염」을 데뷔작으로 보겠다.

든 이로부터의 비난과 조롱에도 불구하고 끝까지 결심을 무너뜨리지 않고 결행한 나의 노력. 나의 고심, 나의 인내의 당연한 결과이리라는 내용으로 끝을 맺고 있다. '수염'이 무엇의 상징이나 수염을 기르는 일이 특별한 의미를 갖기보다는 갓 수염을 기르는 또래의 청년의 심리를 수염을 소재로 다루었을 뿐이다.

「옆집 색씨」(『신가정』 1933.2)는 주인공 철수의 고독을 옆집 색씨를 등장시켜 입체화시킨 작품이다. 작품은 주인공 철수가 옆집 색씨에 대한 소문에 관심을 갖고 있던 차에 피서지인 원산 바닷가에서 뜻밖에 그녀를 만나 가까이 하려다 실패한 뒤 '이십 팔년간의 고독'을 느낀다는 내용이다. 이 작품에서 이미 작가의 심리적 접근법은 작품 속의 사건과 대등한 위치에서 취급되고 있다. 외부 사건보다 주인공의 심리변화가 작가의 표현 대상이자 의도인 것이다.

> 밤눈이라(그리고 또 그것도 순간에 흘낏 본 것이라) 그다지 믿을 수는 없는 측정이나, 하여튼 옆집 색씨의 키가 바로 몇 주일 전, 아 즉까지도 숙명여고의 교표를 가슴에 차고 다녔을 쩍에 비하여, 한 치 닷 푼은 분명히 커 보였던 까닭이다.[8]

옆집 색씨의 키가 커보인다는 사실은 철수가 그녀에게 성숙한 여인으로서의 관심을 갖기 시작했음을 암시한다. 처음엔 이 감정을 부인하느라 '밤눈'으로 '흘낏' 본 것이라는 구실을 댄다. 이와 같은 설명으로 만족할 수 없던 철수는 잠시 후 그것이 오로지 뒷굽이 뾰족하고 높은 숙녀화를 신은 까닭이었음에 틀림없다고 깨닫고 스스로 감탄하기까지 한다. 그러나 그것은 색씨에 대한 관심을 단순히 키에 대한 관심으로 축소시킴으로써 자신의 감정을 감추기 위한 변명에 불과하다.

이 작품에서는 작자의 전지적 해설에만 의존하지 않고, 등장인물의 대화를 통해 상황을 제시·설명하는 기술이 돋보인다. 오빠인 철수와 누

---

8) 박태원, 「옆집 색씨」, 『소설가 구보씨의 일일』, 문장사, 1939, 19쪽.

이동생과의 대화를 통해 철수의 현재 처지가 드러난다.

“오빠는 웨 늘 늦게 일어날까?”
“밤에 늦게 자니까 그렇지”
“오빠는 웨 밤에 늦게 잘까?”
“아츰에 늦게 일어나니까 자연히 그렇지.”
“아니야.”
“아니야? 그럼 웨 그럴꾸.”
“오빠는 말이야. 게을러서 그래.”
“누가 그런 말을 하던?”
“인제 첩 있으면 일즉 자고 일즉 일어나고 하게 된대.”
“누가 그런 말을 하던?”
“저어 인제 회사에 다니구 장가 가구 그러면, 퍽 부지런해진대.”
“회사에 다니구 장가 가구 그러면 말이지, 따는…….”
“오빠는 웨 참 장가 안 갈까?”
“웨 안 가긴……. 인제 가지.”
“사내가 늦두룩 장가 안 가는 거나, 저어 여자가 늦두룩 시집 안
가는 거나, 다아 걱정이래.”
“누가 그런 말을 하던?”
“어머니가? ……어머니가 누구보구 그러시던?”
“누구보구 그러셨겠수?”
“몰라.”
“할멈.”9)

누이의 눈에 비친 오빠는 룸펜 인텔리이자 노총각이다. 그러나 누이
스스로 그런 사실을 이해하기에는 어린 나이이다. ‘누가 그런 말을 하
던?’하는 세 차례의 추궁 끝에 그것이 어머니와 할멈과의 대화 중에 들
은 것임이 밝혀진다. 어린 누이는 그저 전달자일 뿐이다. 누이에게 있어
오빠는 단순히 아침에 늦게 일어나는 사람으로 비친다. 그러나 누이의
말 속에서 어머니와 할멈에게 비친 오빠의 모습이 암시된다. 그것은 게

---

9) 박태원, 앞의 책, 20-22쪽.

을러서 그렇다는 것이다. 여기까지는 누이도 이해할 수 있는 부분이다. 결혼을 통해 한 남자로서 책임감을 느끼게 되고 부지런해질 수 있다는 상식선상의 사고는 누이보다는 어머니와 할멈 수준의 것이다. 누이의 말을 통해 간접적으로 작품 속의 다른 등장 인물, 어머니와 할멈의 생각이 드러난다. 그러나 현실 속에서 주인공의 실직과 좌절은 그 결혼으로 극복할 수 있는 것 이상의 원인을 갖고 있다. 작자도 그 사실을 알고 있지만, 그것을 표면에 부각시키지 않는다. 만약 이 장면에서 화제가 그 곳에까지 미치기에는 등장인물에게 어울리지 않는다고 생각했을 것이다. 대화의 내용과 깊이는 등장인물의 수준에 맞아야 한다. 주인공을 서둘러 결혼시켜야 한다는 생각은 어머니와 할멈이 주인공에게 해주고 싶어하는 말이라고 할 수 있다. 그러나 작품 속에서는 그것이 직접적으로 전달되고 있지 않다. 오히려 그런 얘기를 입에 담는 것 자체가 전혀 어울리지 않는 누이의 입을 통해 간접적으로 전달되고 있을 뿐이다. 한편 주인공은 결혼이 문제의 해결이 될 수 없음을 충분히 인식하고 있겠지만, 그러한 견해를 피력하기보다는―대화상대가 누이이므로 그런 설명 자체를 부자연스러운 것으로 만들어 놓았다―대화 자체를 즐기고 있다는 인상을 준다. 그런 가운데 작자는 문제해결을 미완성 상태로 유보하고 있다.

옆집에서 들리는 풍금 연주가 그 집 큰딸이 치는 것이라는 할멈의 이야기를 듣고 나서 철수는 전보다 풍금소리에 더 귀기울인다. 그녀는 작년 가을 약혼까지 하고 졸업만 기다리다가 무슨 연고인지 올 봄에 파혼을 하고 풍금만 치고 있다. 철수는 그 때 '저 색씨는 한평생 저렇게 풍금만 치고 지낼 생각인지도 알 수 없지' 하며 그것이 색씨에게는 행복일지도 모를 일이라고 생각하면서, 혹시 옆집 색씨 역시 자기 걱정을 하고 있지나 않을까 하며 쓴웃음이 입가에 떠오른다.

그러나 뒤뜰에서 빨래를 너는 할멈에겐 풍금만 치는 옆집 색씨나 대낮이나 되어 자리에서 일어나는 서방님이나 똑같이 딱하게 보였다. 박태원의 단편소설에는 인간관계의 회복에 대한 갈망이 자주 주제로 등장하는데, 그것은 다시 말하면 고독의 문제이다.

"옆집에서는 매일같이 큰딸이 풍금을 쳤다. 취직도 않고 장가도 안드는 철수는 날마다 늦잠만 잤다.[10] 시간의 흐름과 함께 고독의 심화과정이 옆집 사이로 '풍금'과 '늦잠'의 습관을 통해 대조적으로 부각되고 있다. 그 풍금 소리는 고독을 잊기 위한 몸부림이며, 누군가를 애타게 부르는 소리이기도 하다. 그런 그 둘이기에 해수욕장에서 갑자기 마주쳤을 때, '서로 몇 해를 두고 그리고, 찾고, 하던 사이나 되는 듯이 가장 정다웁게 고개 숙여 인사'를 하게 되는 것은 당연했다. 철수는 그녀와 함께 하기 위해 같이 온 두 친구가 먼저 서울로 가버렸으면 했지만, 정작 그날 밤 밤차로 돌아간 것은 옆집 색씨였다. 남겨진 철수는 '그러나 그렇게까지 하여 그 여자와 자기와의 사이를 가까웁게 만들면 무엇하노?'라는 혼잣말로 자신을 달랜다.

박태원 단편의 특징은 갈등이 자아와 세계와의 외적 갈등보다는 자아의 내적 갈등의 형식으로 표출된다는 점에 있다. 따라서 갈등의 해결에 있어서도 외부 또는 타자와의 관계가 아닌 스스로의 내면에서의 초탈을 꾀한다. 그러한 해결 방식은 소극적 합리화로 추락할 위험을 내포하게 된다.

박태원 초기 단편의 또 한 가지 특징은 소설의 서사적 전개에 주안점을 두었다기보다는 고독이라는 하나의 관념을 축으로 장면 장면마다에서 서정적인 인상과 이미지 전달을 꾀한다는 점이다. 이 소설에 등장하는 주인공은 자아와 세계와의 갈등 과정에서 이야기를 전달한다기보다는 시에서 말하는 서정적 자아에 가까운 서정직 주인공이다. 이러한 경향은 초기의 대표적 단편 소설인 「오월의 훈풍」, 「사흘 굶은 봄달」 등에서도 추구된다.

「오월의 훈풍」은 철수라는 주인공이 거리를 돌아다니다가 갑자기 십오년전 자신의 잘못으로 이마에 상처가 난 기순이를 생각해 내는 데서

---

10) 박태원, 앞의 책, 26쪽.

시작한다. 철수는 그 상처 때문에 기순이가 시집도 좋은 곳으로 가지 못하고 불행한 생활을 하고 있지나 dsg을 까 하고 은근히 마음이 아프기조차 하였다. 그때 마침 같은 전차 안에서 젊은 아낙네가 된 기순이와 그의 어린 아들의 행복한 모습을 확인하고 웃음 짓게 된다는 줄거리이다.

> 토요일 오후 —
> 멋 없도록이나 맑게 개인 날이다.
> 누구나 그대로 집안에 붓박혀 있지 못할 날이다.[11]

작품 서두 부분으로부터 파악할 수 있는 바와 같이 구절마다 별행으로 옮겨보는 일종의 간결체 문장을 시험[12]하면서 마치 시를 쓰듯이 행을 나눠 갔다.[13] 문장만 시적인 것이 아니다. 작품 자체가 특별한 서사적 구조를 가지고 한 사건을 서술해 나간 것이라기보다는 서정적인 이미지 전달에 주력했다는 느낌을 준다. 거리를 방황하던 중 특별한 이유 없이 갑자기 종로 네거리에서 십오년 전 함게 골목에서 놀이를 했던 기순이를 생각한다는 것은 쉽게 설명되지 않으며, 더구나 우연히 같은 전차 속에서 방금 생각하고 있던 기순이를 만나게 되는 장면은 작품 내에서 그 필연성을 충분히 획득하고 있지 못하다.

이것은 플롯을 진행시키기 위해서 조직화된 작중인물들을 통해 외면적 행동이 삼단논법식으로 발전되어, 때로는 보편적 통찰을 할 수 있게 해 주는 결정적 결말 부분에서 클라이맥스에 달하며, 편리할 정도로 수수한 산문, 사실의 언어로 표현되는 대부분의 단편소설의 특징과는 부합되지 않는다. 이것은 또 다른 계열의 단편소설 즉 내적인 변화나 분위기, 감정에만 중심을 두고, 정서 자체의 형태에 좌우되는 다양한 구조적

---

11) 박태원, 「오월의 훈풍」, 『소설가 구보씨의 일일』, 33쪽..
12) 백철, 『신문학사조사』, 신구문화사, 1968, 438쪽.
13) 백철, 「구인회와 구보의 모더니티」, 『백철문학전집』 3권, 신구문화사, 1968, 99쪽.

정형을 사용하며, 대붑분이 그 성과를 개방적 결말에 의존하고, 응축되어 있고 환기적이며 흔히 수사적인 언어로 표현되는 형식에 보다 가깝다고 할 수 있다. 단편소설이 '서사적(epical)'이라고 할 수 있는 대집단적 설화 형식과 '서정적(lyrical)'이라고 부를 수 잇는 소집단적 설화형식으로 구분14)될 수 있다면 「오월의 훈풍」, 「옆집 색씨」, 「사홀 굶은 봄달」 등의 그의 초기 작품들에는 '서정적' 특징이 짙게 깔려 있다고 볼 수 있다.

이러한 서정적 단편소설의 특징이라 작품의 효과가 시적이며, 더욱 정확히 말한다면 서정시적이며, 독자의 관심을 불러일으키는 것은 플롯의 전개가 아니다. 독자는 시인의 기분에 '감염'되는 경험을 하게 된다. 이러한 현상은 단편소설의 핵심이었던 '처음-중간-끝'이라는 플롯의 전형에 대한 집착으로부터 벗어나 의식적으로 언어를 개발하여 rkawjddml 상태와 미묘한 정서를 보다 예민하게 표현하려는 노력에서 온 것이다. 작가는 오묘하고 은밀한 정서의 변화를 제재로 선택하여 시인이 사용하는 어법과 리듬을 가지고 정교화한다. 그리하여 표현대상이 외적 행동으로부터 내적인 정신상태로 옮아가게 되며 원인과 결과라는 합리적인 인과성의 논리구조 추구와는 달리 복잡한 정서를 끝까지 추적하는 것 자체에 의미가 있다.

한편 이와 같은 소설에서는 배경의 용이주도한 사용도 시적 효과의 중요한 원천이 된다. 그 방법으로는 장면과 분위기를 교체시켜 그 효과를 증대시키며 사실적인 세부묘사와 서정적 소설이 요하는 미묘한 암시성과의 균형을 이루게 한다. 미학적 거리를 교묘히 다루고 인간의 감징의 뉘앙스를 정학하게 포착할 수 있는 방법을 어조(tone)의 세심한 통어에서 찾는다. 주인고의 깊은 내면에서의 복잡한 감정 생활을 밝혀내는 한편, 그것을 풍부한 감각적 상세와 자질구레한 에피소드로 에워싸 놓는

---

14) 아일린 볼데쉬와일러, 「서정적 단편소설」, 찰스 E. 메이 편, 최상규 역, 『단편소설의 이론』, 정음사, 312-313쪽.

다. 각 상황에 주의를 집중하고 그 상황 속에 우수의 빛을 골고루 스며들게 한다. 「사흘 굶은 봄달」(신동아, 1933.4)은 동경거리의 한 개 보잘 것 없는 룸펜 성춘삼의 굶주림을 소재로 했다. 꼬박 이틀 동안을 굶고 있는 춘삼이에게는 밥생각밖에는 없다. 그는 공원벤치에 앉아 음식 생각만 하고 있었다. 공원이라는 박품 배경은 주인공의 굶주림을 더욱 극적으로 부각시켜 준다.

> 춘삼이는 선하품을 하고 뻰취에서 일어났다. 오줌이 마려왔던 까닭
> 다. 그러나 그는 잠깐
> 망살거렸다. 가뜩이나 텅비인 창자 속에서 그나마 오줌까지 뽑아버
> 리고 만다면…….15)

그러나 춘삼이는 그러한 굶주림 속에서도 사회 구조의 모순에 대한 질문은 없다. 그는 자신이 있는 공원의 수많은 사람들은 자기들의 술과 계집과 오락을 구하기에 바쁠 뿐, 같은 공원 안에 여섯 끼나 굶은 놈이 있음을 알고나 있는 것인지 알고도 태연히 있는 것인지에 생각이 미치다가도 '만약 그들로서 사람 본래의 따뜻한 맘을 가졌다 하면, 그에게 한 끼 밥쯤 먹이기는' 하고 보편적 휴머니즘에 기대를 버리지 못하는 인물을 내세운다. 결말에 가서도 어머니의 '시루팟떡'에 대한 기억으로 끝맺는다. 당시 시대 풍조이던 프롤레타리아니즘·룸페니즘16)을 같은 소재로 하면서도 갈등 해소에 있어 휴머니즘에의 기대가 그 특징이 된다.

이와 같은 결말은 이 작품 역시 서정소설적 범주에서 벗어나지 않음을 말해준다. 박태원의 초기 작품 속에 위와 같은 서정소설적 특징이 짙게 나타나는 것은 그가 초기에 많은 시를 발표했고, 서정소곡 및 순정소설의 창작으로 습작기를 보냈다는 사실과도 관련이 있다고 생각하며, 그의 서정적 눈길이 자신의 심리해부 깊숙이 파고 들어간 이후의

---

15) 박태원, 「사흘 굶은 봄달」, 앞의 책, 59쪽.
16) 백철, 「구인회와 구보의 모더니즘」, 앞의 책, 96쪽.

작품 경향과 서민들의 잡다한 인정세태에 대한 카메라적 관찰이라는 또다른 경향의 작품들의 원형이 이미 배태되어 있었음을 이 시기 작품의 연구를 통해서 알 수 있다.

3. 모더니즘소설과 심리 해부

박태원의 「소설가 구보씨의 일일」은 1934년 8월 1일부터 9월 19일까지 조선중앙일보에 연재된 작품이다. 이 작품은 『천변풍경』과 함께 작가의 대표작으로서 지식인 소설, 도시 소설, 모더니즘 소설이라는 평가와 함께, 시점 및 문체상의 특징과 시간론·공간론적 측면에서도 관심의 대상이 되어 왔다.

이 작품은 지식인인 소설가 구보씨가 집을 나와 서울 거리를 방황하며 사람들과 부딪치고, 벗을 만나 차와 술을 함께 하며 옛일을 회상하기도 하여, 고독에서 벗어나 행복을 찾아 헤메이다가 새벽 두 시에 집으로 돌아오는 이야기이다. 작품 속의 구보는 작가 자신으로 볼 수 있다. 26세의 동경유학생 출신 인텔리인 소설가는 1909년 생으로, 1934년에 26세가 되는 구보 자신의 이력과 동일하며, 그 때까지 미혼이었으며, 시력이 좋지 않았다는 사실과도 부합된다. 따라서 이 작품은 작가 자신이 작품의 주인공으로서 스스로에 의하여 관찰되는 특이한 형식을 취하고 있다.

이 작품을 지식인 소설의 관점에서 바라본 대표적 평가로 이재선은 "실직한 인텔리인 소설가의 도시에서의 무료한 하루의 일상을 순차적으로 제시하고 있는 중편소설이다. 이 점에서 도회적 감각을 지닌 이 작품은 일종의 지식인 소설의 면모를 가지고 있는 것이다."[17]라고 했다.

---

17) 이재선, 『한국현대소설사』, 홍성사, 1979, 117-118쪽.

'지식인'이라는 개념 자체가 여러 가지 수준에서 논의될 수 있는 것처럼 '지식인 소설'이라는 말도 단지 지식인의 등장만으로 성립할 수 없다는 점에서 먼저 '지식인 소설'이라는 개념이 무엇이며, 이 작품이 과연 그러한 개념에 합당한지 따져보고 작품분석에 들어가야 한다.

'지식인 소설(intellectual roman)'[18]이란 지식인이 주요 인물로 등장하면서 또 중심 사건으로 지식인의 삶의 방법, 지식인 특유의 문제 제기나 해결과정이 다루어질 때 성립된다. 주인공 구보는 지식인이다. 그가 가진 현실적 욕구와 이상은 무엇이며, 그 갈등 양상이 어떻게 전개되었는가. 작품의 표면에 나타난 그의 욕구는 고독에서 벗어나는 것이요, 행복을 찾는 것이다.

> 일찌기 그는 고독을 사랑한 일이 있었다. 그러나 고독을 사랑한다는 것은 그의 심경의 바른 표현이 못 될 께다. 그는 결코 고독을 사랑하지 않았는지도 모른다. 아니 도리어 그는 그것을 그지없이 무서워하였는지도 모른다. 그러나 그는 고독과 힘을 겨누어, 결코 그것을 이겨내지 못하였다. 그런 때 구보는 차라리 고독에게 몸을 떠맡기어 버리고, 그리고 스스로 자기는 고독을 사랑하고 있는 것이라고 꾸며왔는지도 모를 일이다. ……[19]

구보가 가진 고독의 기원은 어디인가? 알맞은 일자리가 없고, 적당한 신부감이 없으며, 편지해주는 벗이 없기 때문만은 아니다. 오랜만에 만난 초라한 동창생이 자신을 피할 때, 황금광 시대의 속물들을 피하는 자신, 어정쩡한 사이가 되어 만나면 불편함을 주기도 하는 수많은 도회지식 인간관계에서 오는 인간성의 결핍도 이유가 될 수 있다. 이런 일상의 무료함과 적막감이 어디에서 연유하는가에 대해 작가는 작품의 어

---

18) 조남현은 지식인 소설의 요건을 대략 세 가지로 정리했다. 첫째, 지식인이 주요 인물로 나타날 것, 둘째, 대체로 현실적 욕구와 이상 사이의 갈등이 메인 플롯이 되어야 할 것, 셋째, 지식인의 본질과 기능 등에 관한 사유와 각성이 포함되어야 할 것. 조남현, 『한국 지식인 소설 연구』, 일지사, 1984, 11-12쪽.

19) 박태원, 「소설가 구보씨의 일일」, 233쪽.

디에도 분명한 해명을 보류하고 있다. 이런 현상은 식민지 치하에서 생활의 정신화를 위주로 하는 지식인의 자기소외적인 징후와 밀접한 관계를 갖는다는 지적[20]에서처럼 그것은 구보 자신의 세계와 자신과의 관계를 차단시키는 정신적 차단 장치로서 고독이라는 관념을 강조하고 있는 것으로 해석된다.

이 고독에서 어떻게 벗어날 것인가. 구보는 거리를 방황한다. 그러나 눈앞에 보이는 사람들의 모습, 화신상회에서 바라보았던 어느 단란한 가정, 젊은 연인들 등은 그의 고독을 심화시킬 뿐이다. 경성역 대합실로 들어가 보았지만 고독은 오히려 군중 속에 있었다. 그러나 그의 방황은 계속된다. 그는 행복을 찾아야 하기 때문이다.

> 구보는 다시 밖으로 나오며, 자기는 어데가 행복을 찾을가 생각한다. 발 가는 대로, 그는 어느틈엔다 안전 지대에 가 서서 자기의 두 손을 나려다 보았다. 한 손의 단장과 또 한 손의 공책과 ― 물론 구보는 거기에서 행복을 찾을 수는 없다.[21]

> 그러나 여자는―. 여자는 능히 자기를 행복되게 하여 줄 것인가. 구보는 자기가 알고 있는 왼갖 여자를 차례로 생각하여 보고, 그리고 가만이 한숨 지었다.[22]

구보는 거리에서 행복을 찾아다니지만 발견하지 못한다. 여자에게서도, 돈에도, 다만 벗에게서 다소 위안을 얻을 뿐이다. 벗어날 수 없는 고독과 도달할 수 없는 행복이라는 갈등 양상은 꽉 짜여진 플롯 속에서 심화·해결되는 구조는 아니지만, 각 에피소드에 걸쳐 내재해 있으며, 마지막 장에서 일종의 해결을 본다.

---

20) 이재선은 이를 시대적인 아노미 현상과 연결시킨다.
　　이재선, 앞의 책, 118쪽.
21) 박태원, 앞의 책, 232쪽.
22) 박태원, 앞의 책, 239쪽.

구보는, 벗이, 그럼 또 내일 만납시다. 그렇게 말하였어도, 거의 그
것을 알아듣지 못하였다. 이제 나는 생활을 가지리라 생활을 가지리
라. 내게는 한 개의 생활을, 어머니에게는 편한 잠을―. 평안이 가
주무시요. 벗이 또 한번 말했다. 구보는 비로소 그를 돌아보고, 말없
이 고개를 끄덕 하였다. 내일 밤에 또 만납시다. 그러나, 구보는 잠간
주저하고, 내일 내일부터, 나 집에 있겠오, 창작하겠오―.23)

이 작품이 한 식민지 지식인의 일상을 묘사했다고 하지만 이날만큼은
구보에게 있어 의미있는 하루가 된다. 특별한 사건이 있었던 것은 아니
지만, 구보는 이날을 계기로 하여 다음날부터는 '생활을 가지리라'고 결
단을 하는 것이다. 그러면 이 결단으로 그의 갈등은 완전히 해소되었는
가 하면 그렇지 못하다. 이러한 해결은 진정한 의미의 해결이 아니다.
'제 자신의 행복보다도 어머니의 행복'을 위한 그 결단은 지식인의 본질
과 기능에 관한 사유 및 각성과는 거리가 있는 것이다. 즉 문제를 해결
하는데 있어서 문제의 근원인 현실로 접근하는 것이 아니라, 어머니에
대한 연민이나 친구를 보고 싶다는 생각 등 보편적 휴머니즘을 통해 해
소시키는 쪽으로 나아가고 있다. 구보의 고독이나 무기력은 단절된 인간
관계에서 비롯된 것이고, 구보가 단절된 인간 관계에 놓이게 된 것은
현실의 모순에서 기인된 것인데, 구보는 그것을 인식하는 방향으로 접근
하지 못하고, 현실적 문제를 관념적이고 보편적인 행복을 찾는 문제로
환원시킨다. 이는 문제의 본질에 대한 근원적 해결이 아니라, 부분적 현
상에 대한 일시적 해소이기 때문에 잠정적이고 개인적인 해결방식으로
볼 수 있다. 따라서 여전히 해결되지 않고 남아 있는 문제를 마치 갈등
이 모두 무마된 것처럼 보여주기 때문에 오히려 문제성을 희석시키고
현실의 모순을 은폐시킬 수 있는 것이다.24)
다음에는 이 작품의 주인공을 비롯한 등장인물을 인물의 성격, 특히
전형의 문제와 관련시켜 생각해 본다. 주인공 구보 씨를 작가는 나름대

---

23) 박태원, 앞의 책, 305쪽.
24) 나병철, 「박태원의 모더니즘적 소설 연구」, 『연세어문학』 21호, 1988.12, 69-70쪽.

로 지식인의 전형으로 내세우고 있다. 식민지 시대의 인텔리는 어떠한 인물들인가. 작가는 자신의 작품 속에 등장하는 룸펜 인텔리가 어느 '주의자'나 '투사'보다도 훨씬 책임감을 가지고 있다고 주장한다.[25]

작가가 말하는 책임감을 어떻게 해석해야 할까. 소위 '주의자'나 '투사'와 현실과는 유리된 관념적 존재이며, 그것보다는 보다 현실에서 많이 발견할 수 있는 인물군이 현실 반영에 있어 솔직한 것이라는 생각일 것이다. 여기에는 자가가 자신의 세계관도 관련되었고, 현실의 피상적 관찰과 묘사를 단순히 세세하게 독자에게 전달하고, 작품 속에 특별한 사건을 설정하고, 그 갈등을 풀어나가기보다는 내면으로만 피해버린다는 느낌을 주는 그의 작품 속에서는 리얼리즘에서 말하는 전형[26]과는 거리가 있는 등장인물이 부동한다. 그가 생각하는 전형의 개념이 카프 계통의 프로문학의 전형과 서로 대립적이라는 사실은 구인회가 카프에 대하여 가지는 성격과 동일하다 하겠다. 어쨌든 작품 속의 구보 씨는 현실과의 상호 작용을 꾀하는 적극적인 인물이라기보다는, 현실의 압박 속에서 고통을 느낄 뿐인 피동적인 인물로서 그를 주인공으로 내세운 이 작품을 일제 식민지라는 시대 상황을 극명하게 드러내며 그러한 체제하의 지식인의 위상을 또한 드러내는 전형을 제시하는 데 실패하고 만다. 이 점에서 이 작품은 지식인 소설로서의 한계를 지닌다.

다음은 모더니즘적 소설로서 이 작품을 구체적으로 검토하면 작품의 서술방식이나 심리묘사에서 '의식의 흐름'적 기법을 사용했다는 점이 눈에 띤다. '의식의 흐름'은 소설적 인물의 의식이 중단되지 않은 채로 외부로부터의 자극을 계속 받아들이고 그에 반응하면서 연속되는 것을 말

---

25) 박태원, 「내 예술에 대한 항변」- 작품과 비평가의 책임, 『조선일보』, 1937.10.21~23.
26) '전형'은 단순히 일상적·평균적 인물이 아니다. 어떤 구체적인 인간들의 운명 속에 그들이 속해 있는 특정 시대와 국가와 계급을 가장 잘 표출하는 어떤 역사적 상황의 가장 중요한 특징들이 구현되어야 한다. 그것이 드러내는 '내포적 총체성'은 '인간의 총체성의 깊이'로서 여기서 말하는 인간이란 자신의 사회·역사적 환경의 적절한 요소들과 충분한 상호작용을 해나가고 있는 인간을 일컫는다.
B. 키랄리활비, 김태경 역, 『루카치 미학비평』, 한밭출판사, 1984. 93-102쪽.

한다. 생각, 기억 특히 비논리적이고 예측할 수 없는 연상이 때로는 추
상적이고 논리적인 단편적 사고와 뒤섞여 흐르는 것이다. '내적 독백
(interior monologue)'은 '의식의 흐름'의 또 다른 명칭이기도 하지만 의식
의 흐름을 나타내기 위한 수법의 일환이다. 심리소설에서 외부 행동은
심리적 동기를 설명하기 위한 것이 아니면 언급되지 않으며, 자연히 인
상, 회상, 기억, 반성, 사색과 같은 심적 경험이 소설의 큰 소재가 된다.
자연주의자들이 인생의 단면을 그대로 보여준다고 주장한 것처럼 의식
의 흐름을 보여주는 일종의 심리적 자연주의자라 할 수 있다.27)

　이러한 모더니즘의 한국적 수용 형태와 특수성을 살펴보기 위해서는
임화가 말한 '내성소설'28)의 개념과 비교해서 살펴보아야 한다. 임화가
말한 내성소설은 인물과 환경의 교호 작용에 있어 주체의 힘이 현실의
모순에 압도당한 결과 나타난 것으로, 내성소설에서는 주체의 무기력이
흔히 주인공의 행동적 무기력으로 나타나며, 이런 상태에서 주인공은 환
경과 교호작용을 하기보다는 환경으로부터 등을 돌려 자신의 내면의식
쪽으로 향하게 된다. 따라서 내성소설에서는 세태소설과 마찬가지로 행
동적 플롯이 분명하게 부각되지 않으며, 그 대신 주인공의 내면의식 제
시에 비중이 주어진다. 그러나 현실이 반드시 무매개적으로 파편적 현상
의 차원에서 그려지는 것이 아니라, 현실의 본질적 국면을 암시하기도
한다. 여기에 30년대 내성소설의 특수성이 있다. 내성소설이 내면의식
제시에 주력한다는 점에서 외견상 의식의 흐름 류의 서구 모더니즘에
가까워진 특징을 나타내면서도 서구의 모더니즘과는 상이한 것이다.29)
'의식이 흐름' 경향에서는 내면의식이 묘사의 유력한 수법이 될 뿐만 아
니라 플롯 해체라는 소설 기법과도 관련 있다.

　플롯은 소설의 3요소 중의 하나로서 작가의 미적 계획을 구사하는 수
단이다. 그런데 작가가 의식의 흐름에 따라 소설을 기술함으로써 그것이

---

27) 이상섭, 『문학비평용어사전』, 민음사, 1980(4판), 228-230쪽.
28) 임화, 「세태소설론」, 『문학의 논리』, 학예사, 1940, 341-364쪽.
29) 나병철, 앞의 책, 61쪽.

무너진다. 주인공의 행동 사이에 개입된 내면의식은 스토리 자체의 진행을 방해·압도한다. 사건의 비연속성은 독자에게 혼란을 야기하고, 현실과 기억의 교차는 그 구분을 모호하게 만들기도 한다. 여기서 작가가 사전에 치밀한 플롯을 설계하고 그 과정을 비밀로 감추는 전통적인 소설 창작론에서의 일탈이 있다. 그것이 바로 '고현학'30)의 방법론으로서의 소설 제작 과정의 드러내기를 말한다. 완결된 구조물로서의 작품뿐만 아니라 소설이 제작되는 과정 자체의 미학과 관련된 문제이다.「소설가 구보씨의 일일」에서 구보가 대학노트를 들고 산책하는 것 자체가 소설이 된다. 그러니까 구보는 거리를 산책한 것이 아니라 소설 쓰는 과정을 보여주고 있는 것이다. 소설이란 무엇인가라고 묻는다면, 구보는 자신이 아침에 집을 나와 새벽 2시에 집으로 돌아가기까지가 소설이라고 대답할 것이다. 소설가가 가는 길 자체가 곧 소설 자체를 이룬 것이 박태원이 개발한 미학이 된다.

구보가 움직이는 동안 30년대 서울의 거리와 그 길을 걷는 사람들의 표정이 작품 속에 옮겨진다. 구보가 이동한 공간은 다음과 같다.

> 집에서 나옴 → 다리 이에서 어디로 갈까 망설임 → 종로 네거리 → 화신상회 → 백화점 내부 → 전차 속 → 조흥은행 앞 하차→ 오후 2시의 다방 → 골동품점 → 서울역 대합실 → 조선은행 앞 → 다방 → 다시 종로 네거리 → 친구의 다료 → 황토마루→ 광화문통 → 다방 → 조선호텔 앞 → 술집 → 오전 2시의 종로 네거리

그런데 이 도시 공간은 개인적 의식의 환경이 된다. 도시적 삶의 형태가 주는 인간적 고독·소외감이 바로 여기서 기인한다. 그런데 구보는 그 도시 공간 내에서 멈추어 있지 않고 무언가를 찾아다닌다. 그리하여 이 작품의 구조를 '여로형 회귀구조'31)라고 부르기도 한다. 즉「소설가

---

30) 고현학(考現學, modernologie)이란 현대인의 생활을 조직적으로 조사 연구하여 현대의 풍속을 분석·해설하는 학문을 말한다.
　　김윤식,「고현학의 방법론」,『한국문학의 리얼리즘과 모더니즘』, 민음사, 1989. 130쪽.

구보씨의 일일」은 일상적 모험 또는 여행 여로를 통한 회귀성 소설이다. 여로형 소설에서는 혼의 방황이 어떤 의미를 추구하고 있는가와 회귀성이 또한 어떤 의미를 드러내는가가 중요하다. 구보 씨는 일상 속에서 그가 추구하는 행복을 찾아 길을 떠난 셈이고, 서울의 거리에서 또는 다방에서 여러 사람들과 만나는 동안 그 행복의 정체를 붙잡는 대신 고독을 만나도 그러한 고독을 떨쳐내려는 노력을 하면 할수록 행복은 멀리 달아나 버리면서, 남는 것은 절망과 패배감이요, 이러한 끝없는 혼의 방황이 귀착할 수 있는 곳이 집 곧 어머니이다.

그런데 이 작품에서 나타난 공간은 서울의 거리라는 외부적 공간 이외에 거기서 자극 받아 연상되는 내부적 공간이 있다. 거리에서 관찰한 사건과 구보의 그에 대한 생각과 회상이 얽혀서 계속된다.

> 그이 앞에 외국부인이 빙그레 웃으며 서 있었던 까닭이다. 구보의 영어교사는 남녀를 번갈아보고, 새로이 의미 심장한 웃음을 웃고, 오늘 행복을 비오, 그리고 제길을 걸었다. 그것에는 혹은 30독신녀의 젊은 남녀에 대한 빈정거림이 있었는지도 모른다. 구보는 소년과 같이 이마와 코잔등이에 무수한 땀방울을 깨달았다. 그래 구보는 바지 주머니에서 수건을 끄내어 그것을 씻지 않으면 안 되었다. 여름 저녁에 먹은 한그릇의 설렁탕은 그렇게도 더웠다.[32]

벗과 마주하여 설렁탕을 먹는 자리에서 그의 생각은 동경유학 시절 만났던 여인을 생각한다. 그녀와 함께 있음을 목격한 자신의 영어교사 앞에서 진땀을 흘리고 있던 모습을 생가하는 동안 현실에서는 여름날 저녁에 먹는 설렁탕 때문에 더워서 땀을 흘리게 되는데, 이 둘이 교묘한 조화를 이루고 있다. 이러한 양상은 공간 이동만이 아니라 시간 기법과 더불어 설명해야 한다. 현재와 과거가 자유로이 왕래하는 것이다. '뜨거운 설렁탕에 땀을 흘리는 것'과 '함께 택시에서 내리다가, 영어교사

---

31) 김중하, 「박태원론 시고」, 『세계의 문학』 49호, 1988 겨울.
32) 박태원, 앞의 책, 271쪽.

와 맞딱드림' 사이의 공통점인 '긴장'이 이 장면에서 과거와 현재를 이어주는 '긴밀성의 장치'가 되는 것이다. 그리고 이러한 수법은 영화촬영 기법의 하나인 '오우버랩'이 소설 기법으로서 수용된 것이다. 시간의 관점에서도 빈번한 시간의 역전과 정지·연상 기법이 사용되는 것이 이 작품의 특징이다.

지금가지 「소설가 구보씨의 일일」의 경우만 살펴보았는데, 이 시기의 모더니즘적 심리묘사 작품으로는 이상을 모델로 한 「애욕」, 「딱한 사람들」, 「거리」 등이 더 있으나, 위의 작품 분석으로 대신했다. 이 시기의 더 보충할 것은 「거리」, 「비랑」, 「방란장 주인」 등에서 사용된 그의 장거리 문체의 특성이다.

> 그야 주인의 직업이 직업이라 결코 팔리지 않는 유화 나부랭이는 제법 넉넉하게 사면 벽에 가 걸려 있어도, 소위 실내장식이라고는 오직 그뿐으로, 원래가 삼백원 남줏한 돈을 가지고 시작한 장사라, 무어 찻집다웁게 꾸며 볼려야 꾸며질 턱도 없이, ……(중략)…… 방란장의 젊은 주인은 좀더 오래 머물러 있지 못하고, 거의 달음질을 쳐서 그곳을 떠나며, 문득 황혼의 가을 벌판 우에서 자기 혼자로는 아무렇게도 할 수 없는 고독을 그는, 그의 전신에 느꼈다…….

위의 인용은 「방란장 주인」(『시와 소설』, 1936.3)의 제일 앞 부분과 맨 끝부분인데, 작품 한 편이 '콤머'로 연결되면서 오직 한 개의 문장으로 이루어져 있다. 이러한 문체의 실험이 모더니즘적 실험정신과의 관계에서 바라볼 수 있다면, 서기에 한 가지 덧붙일 것은 이 문체가 구보의 창작법과 내용, 사물 하나 하나를 주의 깊게 관찰하고, 묘사하고, 그것으로 내용을 이루는 특정한 사건 위주의 구성이 아닌 묘사— 그것이 배경이든, 성격이든 —에만 치중하는 작품 특성과 관련이 있다고 생각된다. 이태준은 박태원의 문장을 다음과 같이 평한다.

> 더구나 구보는 누구보다도 선각한 스타일리스트다. 그의 독특한 끈

기 있는 치렁치렁한 장거리문장, 심리고 사건이고 무어던 한 번 이
문장에 걸리기만 하면 일사를 가리지 못하고 적나라하게 노출이 된
다.33)

그밖에 이 시기의 소설의 모더니즘적 특성을 나타내는 것은 작품의
소제목을 '5-2=2+1'34)과 같이 수식으로 표현하거나 신문광고를 그대로
옮겨 실어 놓은 것35)으로 이제까지의소설에서는 발견할 수 없는 파격적
인 형식 실험이라고 볼 수 있다.

4. 사실주의적 관심의 확대와 한계

작가 박태원은 1936년 8월부터 『조광』지에 『천변풍경』을 연재하기
시작한다. 그 이후로 그는 '세태소설'의 성격이 두드러진 작품들을 창작
한다. 여기서 문제가 되는 점은 이때의 '사실주의'란 개념이 어떤 의미
로 쓴 것인가, 장편인 『천변풍경』으로 단편소설의 흐름에서의 한 분기
점을 삼는 것이 가능한가 하는 점과, 이전 시기와의 관계는 어떻게 설
정될 수 있는가 하는 점이다. 필자는 임화의 「세태소설론」을 고찰하면
서 위에서 지적된 문제점을 뒤에서부터 풀어 올라가려 한다.
임화는 「소설가 구보씨의 일일」을 쓴 심리주의자 박태원이 『천변풍경』
을 쓴 리얼리스트 박태원-그것이 어떤 리얼리즘이든간에-으로 변하는
데 어떤 정신적 이유가 따랐는가에 관하여 자신은 「소설가 구보씨의 일
일」과 『천변풍경』과의 사이에는 박태원의 정신적 변모란 없으며, 똑같
은 정신적 입장에서 씌어진 두 개의 작품이라고 보는 게 가장 타당한

---

33) 이태준, 『소설가 구보씨의 일일』 발문, 299쪽.
34) 박태원, 「딱한 사람들」, 앞의 책, 90쪽.
35) 박태원, 앞의 책, 82쪽.

관찰이라고 보았다.[36)

임화는 또 세태묘사는 내성의 소설과 유기적인 대척관계를 가졌을 뿐만 아니라, 양자가 한꺼번에 두각을 나타내었다는 데 의미가 있으며, 다시 말해 외향과 내성이 본래 대립되는 방향임에 불구하고, 한 시대에 두 경향이 한 가지로 발생하는 때는 그 종자들을 배태하는 어떤 기초에 단일성이 있다고 본다.[37)

그리하여 「소설가 구보씨의 일일」에는 지저분한 현실 가운데서 시체가 되어 가는 자기의 하루생활이 내성적으로 술회되었다면, 『천변풍경』 가운데는 자기를 산송장으로 만든 지저분한 현실의 여러 단면이 정밀하게 묘사되었다고 본다. 임화는 부정적인 측면에 치우쳐 바라보았지만, 내성소설과 세태소설의 이데올로기가 동일하다는 지적은 정확하다고 생각된다. 그 둘은 모두 현실의 올바른 반영이 아니기 때문이다. 극단적 주관주의, 즉 일상적 현실로부터 고립된 개인이라든지, 일상성 속에 함몰되어 버리고, 흐려진 모순, 지리멸렬한 사건들, 평균적인 인간[38) 모두 현실의 올바른 반영과는 거리가 있다.

그러면 두 번째 문제로 들어가 『천변풍경』이 다른 단편 세태소설과 어떻게 관련지을 수 있는가 하는 점이다. 임화는 세태소설에서의 세부묘사는 소설의 구조를 시추에이션의 집합물로 분리시키기 때문에, 『천변풍경』·『탁류』등은 장편소설이지만, 사실 자세히 분석해보면 작품 자체가 단편의 집합임을 지적한다.[39) 즉 세태소설에는 그 구조에 있어 내적 필연성이 결여되어 있다. 세태소설의 특징인 묘사되는 현실의 양적 풍다성이 작품의 가치를 보증해 주는 것이 아니라는 점에서 단편으로 이루어진 세태소설도 같은 차원에서 논의될 수 있다고 본다.

끝으로 여기서 의미하는 '사실주의'의 개념은 무엇인가 하는 점이다.

---

36) 임 화, 세태소설론, 『문학의 논리』, 학예사, 1940, 350쪽.
37) 임 화, 앞의 책, 345쪽.
38) B. 키랄리활비, 『루카치 미학비평』, 한밭, 1984, 94-95쪽.
39) 임 화, 앞의 책, 361-364쪽.

사실주의란 살아 있는 개념이요, 발전해 가는 개념이다. 사물을 있는 그대로 묘사해야 한다는 소박한 묘사론에서 시작하여 '리얼리즘이란 디테일의 충실성으로 보기보다 전형적 상황에 있어서의 전형적인 인물의 진실한 재현'이라는 정의에 이르기까지 다양한 수준의 사실주의가 주장되고 있다. 세태소설의 경우에는 어떻게 파악될 수 있을까. 세태소설이 현실에서 벌어지는 많은 자잘한 사건들과 세태를 치밀하게 묘사하면서도 빠질 수 있는 함정은, 현실의 일부분에 대한 객관적 묘사는 현실 전체에 대한 주관적 강조가 될 수 있고, 사물의 일부분에 대한 부정확한 과장이 될 수 있다는 점에 허점이 있다. 그러나 반대로 작품은 작가의 세계관의 산물이 아니라, 그 세계관과 마찬가지로 사회적 현실의 산물이라는 관점에서 현실모순의 예술적 반영이 이루어져 나올 가능성도 있다. 그러므로 세태소설은 그 생활에의 몰입과 치밀한 묘사만큼의 사실주의적 여건은 갖고 있으며, 남은 문제는 직접 작가의 작품을 살펴보면서 알아보아야 할 것이다.

「성탄제」(『여성』, 1937.12)는 소설작품 속에서의 대화의 기능을 특색 있게 살려낸 작품이다. 이 작품에서는 영이와 순이라는 자매를 끌어들여 그 둘간의 대화 또는 각자의 독백을 통해 이야기가 진행되는 사건 전개를 꾀했다. 이 작품은 5개 부분으로 나뉘어 지는데, 그 중 앞의 1, 2장에는 뒤에 전개될 내용이 압축되어 나타나 있다.

> (A) 영이와 순이ㅡ. 이 두 형제는 사이가 좋지 못했다.
> 그야 나이가 네 살이나 그 밖에 틀리지 않는 계집애 형제란 흔히 사이가 좋을 수는 없다. 그러나 영이 형제는 그저 그만한 정도로 사이가 나쁜 것이 아니다.
> (B) 순이는, 우선, 제 형 영이의 직업이 불쾌하여 견딜 수 없었다.
> (C) 그러면, 물론 영이라고 가만히 듣고만 있지는 않는다. 말을 하자면, 오히려 영이 쪽이 할 말은 더 많을지도 모른다.

위의 (A), (B), (C)에서 나타난 것처럼, 작가는 중간에 서서 요약적 서술을 잠시 진행하다가, (B)에서 순이의 입장에 서본다. 뒤이어 (C)에서는 영이의 입장에서 바라본다.

그런데 작품 속에서의 등장인물들의 관계는 소설이 진행됨에 따라 역전된다. 가난한 집안의 딸이지만, 왜 하필 카페의 여급이 되었는가, 따지면 순이가 '그만 학교가 시들하여진 모양'으로 몸을 파는 처지로 전락하고, 영이는 임신을 하고 나서부터 삶의 태도가 바뀌어, 집에서 삯바느질을 하다가 순이가 오면 자리를 피해주는 입장이 된다.

늬가 그렇게 바루 거드럭거리구 고등학교까지 다니는 게, 그래 뉘덕인 줄 아느냐.40)
홍! 나는 널더러 월사금을 해 달라진 않았다. 아니야, 호옥 어머니가 집세 말이래두 했는지 모르지. 그러냐? 순이야……41)

위의 인용문을 보면 결국 순이네가 생계를 이어가는 방법이란 두 딸 중 하나의 몸을 파는 것으로 유지되어온 사실을 알 수 있다. 박태원의 소설의 무대는 이제 룸펜 인텔리뿐만 아니라 가난한 서민들의 세계로 옮기어 가고 있으며, 길 위를 걸으며 노트에 기록하는 파편적인 현실이, 그간에 축적된 예술적 역량과 더불어, 현실의 궁핍 뒤에 있는 원리, 삶의 진실까지 작중인물의 대화와 심리적 반응 뒤에서 발견해내는 것이다.

이어서 「골목 안」(『문장』, 1939.7)과 「최노인전 초록」(『문장』, 1939.7)을 살펴보겠다. 임화는 박태원이 「골목 안」에서 볼 수 있듯『천변풍경』의 세계를 파들어 가면서 「최노인전 초록」에 이르러 몰락해 가는 것에 대한 비애의 정을 그렸다고 지적하고, 이는『천변풍경』 때부터 작가가 즐겨 그리는 낡은 서울 민가의 만화경을 보는 데 대한 애착이 그러한 일면을 노출할 수 있는 것으로 「골목 안」에서 그것은 구체화되고, 「최노인전 초록」에서 명백해졌다고 했다.42) 그러나 이는 이태준 문학의 오

---

40) 박태원, 『성탄제』, 8쪽.
41) 박태원, 앞의 책, 15쪽.
42) 임 화, 「중견작가 13인론」, 『문학의 논리』, 323-324쪽.

랫동안 침체되었던 그 세계가 아닌가 하면서, 「골목 안」에서 집주름으로 등장하는 순이 아버지를 상허의 「복덕방」이나 「영월영감」과 조금도 다른 인물이 아니라고 비교한다.[43]

「골목 안」은 순이네 식구를 중심으로 골목 안에서 벌어지는 사건들, 순이의 미완의 사랑 이야기, 순이 아버지의 꿈과 거짓말을 내용으로 하고 있다. 이전 시기의 박태원의 단편이 거리를 지나치면서 얻은 스케치 또는 방안에서의 자기탐구였다면, 이 작품에서는 초점을 어느 골목에 집중시킨다. '어려운 사람들이 모여 사는 곳'인 이 골목 안 '막다른 집'에 순이네 식구가 살고 있다. 순이 아버지는 집주름 영감으로 신수는 좋아도 복덕방의 세월은 말이 아니다. 온종일 싸전가게 어두컴컴한 방에서 신문이나 들척인다. 그곳에서 장기를 두던 동관과의 대화는 잡담에 불과하나, 그것을 통해 영감의 막내아들이 신체검사 때문에 중학교시험에 떨어져 고등소학교에 들어간 사정을 전달해 준다.

> "거기래두-아, 이 사람이 부러 이러나? 웨 이래? 어딨던 차가 이리 오는 게야? 여깃었지? 게 있었나?-거기래두 들어간 게 다행이지. 그나마 못 들어갔었더면……"
>
> "거기두 못 들어가서야 으떡허게? 허지만 들어갔대야, 그게 어디 학문에 진보가 있는 게 아니란 말이야. 고등소학을 졸업 맡으려구, 그래 들어간게 아니라, 결국은 내년에 다시 중학교 시험을 뵐려구, 그 준비루 들어간 게니, 남보다 일년 밋지기야 매한가지 아닌가?"
>
> "흥! 졸이 또 올라오신다? 이건 덮어 놓구 올라만 오면 젤인가? 자아 또 장 받구-, 아아니, 그런데 효섭이 놈이 밤낮 우등 첫찌만 했다며, 어째 그렇게 중학교서 떨어진 게야? 역시, 시험 보는 애들이 원체 많아 놔서, 그래 그랬나?[44]

동관은 장기를 두면서 동시에 순이 아버지와 이야기를 나누는 것이다.

---

43) 임 화: 7월 창작평(2)-역작 「골목 안」의 가치, 「조선일보」 1939.7.21.
44) 박태원, 『박태원단편집』, 10-11쪽.

중간 중간에 '-'을 사용하여 그것을 연결시킨다. 구체성 있는 대화를 통해 묘사만으로는 전달할 수 없는 내용을 전달함과 동시에, 전달자의 성격을 드러내 주고 있다. 순이 아버지와 이야기를 하고 있는 사람은 이 작품에서 중요한 의미를 가지고 있는 사람은 아니지만, 골목주변인의 삶을 엿볼 수 있게 해주는 구실을 한다. 장기 중간 중간에 한 마디씩 던지는 것은 남의 일에 갖게 되는 적당한 호기심과 의례적 인사인 것이다. 이런 대화가 상당히 자연스럽게 이루어지고 있다. 자연스럽다는 것은 그 등장인물의 성별과 교육수준과 계층, 직업사회생활에 걸맞게 자연스럽게 표현되었다는 뜻이다. 이런 대화는 소설의 플롯을 발전시킬 뿐만 아니라, 작품의 문체와도 관련이 있다. 대화의 문장과 작가의 문체는 일치한다. 대화를 이루고 있는 문장의 문체와 이를 제외한 여타 문장의 문체와의 지나친 불일치는 부조화를 초래한다. 이미 살펴본 바와 같이, 박태원의 문체적 특성인 만연체 문장은 등장인물간의 대화 속에서도 실현되고 있다. 문장을 확대할 때 즐겨 이용하던 콤머의 사용에 추가된 것은 '-'을 통해 한 구문 속에서 대화의 대상을 바꾸어 나가는 기법의 습득이다.

그들의 대화의 마지막 부분에서 동관은 말한다.

> "허지만, 이 사람아. 자넨 딸이 아들 외딴치게 돈을 잘 벌어들이니까, 그만만 해두 다행이지. 시체 딸년들, 모두 저 잘될 궁리만 했지, 어디 제가 벌어다 부모 공양허구, 오라비 공부시키구, 그러는 년 있다든가? 자넨 딸을 잘 둬서……"45)

라는 구절에서 알 수 있듯이, 큰딸 정이는 카페 여급이다. 말은 부모봉양 잘한다고 했지만, 같은 골목에 사는 사람도 그가 하는 일을 보는 눈이 안 좋다. 골목에서 입이 험하기로 유명한 갑득이 어미는 길에서 똥을 누던 그 집 셋째 병득이가 정이로부터 '아이, 더러. 온 자식새끼두 더럽게두 길르지?'라는 말들 듣자, '병득이 똥이 더러워, 더러워두 제 행

---

45) 박태원, 앞의 책, 13쪽.

실버덤은 정하겠지'라고 싸움판을 벌인 적도 있다. 임화는 그녀를 '낡은 세계의 희생자로서의 여자'46)로 말이 여급이지 기생에 가깝다고 한다. 이는 여급이나 기생에 항용 볼 수 있는 비극적 신원이다. 그 동생의 연애 역시 여급이나 기생을 누이로 갖게 된 여자의 흔히 당할 수 있는 결과다. 그러므로 이 작품에서 '골목 안' 사람들의 비극을 가장 전형적으로 재현한 사람은 역시 그의 아버지 집주릅 영감이다. 그는 막내의 학교 학부형회에 보인 유복한 부형들을 상대로 그가 꿈꾸었던 행복의 유토피아를 거짓말을 빌려 이야기한다. 그가 말하는 것은 실은 그가 들은 다른 사람의 이야기였던 것이다. 자기의 모든 희망을 거짓말을 빌려 이야기하는 노인의 심정을 임화는 '엘레지-'47)라고 부른다. 「최노인전 초록」은 이 「골목 안」의 부산물에 불과하다.

이상에서 살핀 바와 같이 박태원의 단편에서 관념의 영역이 넓어지고, 그들의 삶의 양상에 대한 탐구가 가장 진지하게 이루어진 것이 바로 1930년대 후반이다.

5. 가장으로서의 작가의 자화상

30년대 말 「골목 안」·「최노인전 초록」 등의 세태소설을 통하여 주변 서민들의 인정세태에 대한 관심을 표현하던 박태원은, 그 관심의 대상을 자기 가정이라는 극히 한정된 곳으로 옮기면서 무기력한 지식인으로서의 한 작가가 자신의 가정에서 벌어지는 갖가지 집안일을 그대로 작품의 소재로 받아들이며, 그에 대한 자신의 대응양식, 특히 심리적 반응에 관심을 집중시킨다.

---

46) 임 화, 「현대소설의 귀추」, 『문학의 논리』, 437쪽.
47) 임 화, 앞의 책, 436쪽.

아내와 자녀들의 모습을 바로 곁에서 지켜보면서 인간다움을 잃어 가는 세상 속에서 비록 계속 피해를 보면서도 가족들과의 작은 행복으로 만족하고픈 소극적인 작가의 모습을 보여주고 있는 것이다. 이러한 것이 잘 드러난 작품으로 1940년 말에서 1941년 중엽까지 발표된 자화상 3부작 「음우」(『조광』, 1940.10), 「투도」(『조광』, 1941.1), 「채가」(『문장』, 1941.4)와 「재운」(『춘추』, 1941.8) 등을 살펴보려고 한다.

「음우」는 새로 지어 갓 이사한 집에서 장마를 치르던 이야기이다. 집 안에서 벌어진 일 자체가 줄거리를 형성하면서 특별한 사건보다는 가족 각 구성원들의 생동방식과 그에 대한 작가의 관찰과 심리적 반응이 그 내용을 이루며, 그 기록과정 속에서 이 시기 그의 창작방법의 한 측면을 볼 수 있다.

> '온, 도대체 무슨 놈의 비가……'
> 하고, 나는 그러지 않아도 가뜩이나 자고난 입 속의 쓴 침을 좀더 크게 삼키며, 그때그때 마음 속에 일른 감정의 토막을 그 즉시 마음 속에서 한 토막의 글로 표현하여 보는 것은, 이미 나의 중학시대부터의 오랜 버릇으로, 이때도 곧,
> '그러나 비도 그처럼 연일 줄기차게 오고 보니. 그는 이제는……'
> 하고, '나'를 '그'라고까지 고치어, 화를 낼 생각도 없어졌다는 뜻을 달리 좀 더 적절하게 표현될 도리는 없을까 하고 그러한 것을 잠깐 궁리하여 보았던 것이나, 문득 건너방에서 안해가 몇 번인가 혀를 차며, 대아에다 묻초가 된 걸레를 쥐어짜는 소리를 듣고는
> '온, 그래, 이놈의 비가……'
> 하고, 역시 저주하는 생각을 금할 도리가 없었다.[48]

'똑 오늘까지 스무아흐레째 나리는 비'가 작가에게 일으키는 감정을 그는 문장으로 옮기면서 '나'를 '그'로 바꾼다. 그의 소설은 그것이 1인

---

48) 「음우」, 『조광』 1941.10.

칭주인공 시점이든 3인칭이든 자신의 체험과 감상에서 기인한 연구가 많은데. 지식인을 등장인물로 하는 초기작에서 특히 그러하다. 이러한 소설을 자신은 '심경소설'이라 부르며 강조했음을 이미 앞에서 살펴보았다. 그는 새로 지은 집이 장마에 어처구니없이 비가 새는 과정을 매우 상세히 묘사하고 있는데, 주목할 것은 그것에 대처하는 가족들의 반응이다.

서재로 사용하고 있던 건넌방의 바람벽 위로 빗물이 줄줄 흘러내리는 것을 보고, 그는 '에이 모르겠다'하고 그냥 돌아온다. 눈치를 살핀 아내가 젖어 가는 책을 옮기는 기척에도 그는 '이왕 버린 걸, 날이나 밝건 하지 않구……'하며 담배만 '뻐억 뻑'빨고 있다.

> 「아, 올러와서 이것 좀 욍겨놔요!」
> 안해의 쇠된 소리가 또 한 번 들렸다. 나는 역시 그 말에는 대답없이, 잠깐 문간방의 기척을 살피다가, 마침내
> 「할머-엄!」
> 하고 불렀다. 기다려도 대답이 없었으나, 나는 상관 않고 다시 한 번 불렀다.
> 「할머-엄!」
> 역시 대답은 안 들리고, 대신에 안해가
> 「아이 깨요! 왜 자는 사람은 불루?」
> 하고 톡 쏘는 소리가 들렸다.
> 그러나 하는 할멈이 자지 않고 있을 것을 꽉 믿고 있었다.
> 바로 조금 전에 기침소리를 들었던 까닭만이 아니다. 잠귀가 밝다는 것은 그의 평소의 자랑이었다.[49]

하나의 장면 속에서 작자와 아내·할멈의 성격이 잘 드러나고 있다. 짜증스럽고 복잡한 일에 부딪치면 미루어버리고 싶어하는 작자와 현실 저인 아내의 대조적인 모습이 보인다. 아내의 '쇠된 소리'에는 이러한 남편에 대한 불만이 담겨 있다. 그러나 남편은 아랑곳하지 않고 할멈을 부른다. 평소에 잠귀가 밝고 방금 전 콜록콜록 기침까지 한 할멈은 계

---

49)「음우」, 306-307쪽

속 자고 있는 체한다. 남의 집에서 일하는 사람의 눈치 빠르고 게으른 성격을 잘 드러내는 것이다. 가장으로서 명령만 내릴 줄 알지 직접 팔을 걷어 부치고 나서지 않는 주인, 고용되어 일하는 자의 속성이 풍자적으로 비교된다. 그런데 아내가 불만인 것은 자기 혼자하기에는 힘에 벅찬 일 때문만이 아니라, 매사에 빠져나가려고만 하는 남편에 대한 것이다. 그래서 아내는 자는 사람을 깨우려는 것이 아니라 남편을 부르는 것이다.

아내와 할멈이 책을 나르는 동안, 그는 다만 기와장이와 청부업자를 섬돌 아래에 꿀려 놓고, 할멈을 시켜 볼기를 치는 꿈만 꾸고 있다. 그는 이러한 봉건적인 사상을 근래 되풀이 읽은 「林巨正」에서 말미암은 것인지도 모른다고 생각한다. 그렇지만 현실의 그는 막상 이날 밤 늦게 청부업자가 찾아왔을 때 변변히 따져보지도 못하고 만다. 그는 속으로 그가 그렇게 갑자기 나타났을 때, 나는 그를 대하여 당당히 논의할 수 있는 충분한 정신적 준비가 없었다고 변명한다. 불리하였던 것은 마침 그때 마루에 누워 어린 일영이를 배 위에 올려놓고 장난을 하고 있었고, '그러한 현장을 발각당한 직후에도 능히 투쟁적이기는 나처럼 마음 약한 사람 아니라도 좀 어려웠을 것'이라고 생각한다. 아내는 이런 남편이 답답하기만 하다.

> "온, 숭겁기도 허우. 따진다느니, 보니까, 말 한마디 변변히 못허데.
> 꾀애니 집안에서만 기승을 부리구……, 정작 남허구 따져야 할 경우
> 엔 말 한마디 못허구……"50)

남편도 그 사실을 잘 알고 있다. 그러기에 그는 남았거든 소주나 한 잔 달라고 한다. 이미 세 어린 것의 어머니로 소녀의 순진과 정열을 잃은 아내 앞에는 '오직 진지한 생활문제만이 가루놓여 있을 뿐'이라고 생각하며 자신을 돌아본다.

---

50) 「음우」, 314쪽.

'허지만 안해만이 아니다. 나도 이미 청춘과 결별한 지 오래 아니
냐? ……(중략)……나는 문득 그러한 것에 생각이 미치고, 스스로
당황하여 하였으나, 스스로 그것을 '아니라!'할 용기도 자신도 상실하
고 있었다. 연애는 오히려 아무래도 좋았다. 일찌기, 나의 일생을 걸
려 하였던 문학에, 나는 정열을 상실하고 있은 지가 오랜지도 모를
일이다.51)

이 고백을 통해서 이 시기의 박태원의 정신적 상황이 직접적으로 서
술되고 있다. 그 동안 그의 문학적 경향은 초기의 서정적 단편에서 출
발하여 모더니즘적 기법의 실험과 깊이 있는 심리탐구, 「천변풍경」을
비롯한 세태에 대한 사실주의적인 관심의 확장 등으로 전개되어 오다가
마침내 이 시기에 와서 한계를 드러내고 만다. 그는 새로운 돌파구를
찾아야 했다. 단지 생활을 위해 신문·잡지에 연재하였던 통속소설은
그의 문학적 정열과는 관련이 없는 것이다. 이러한 정신적 좌절감을 어
떻게 극복할 것인가의 문제는 박태원뿐만 아니라, 40년대 초 우리 문학
인 모두가 가질 수 있었던 것이었다. 사회적 압박으로 참다운 소설을
쓰지 못하고, 자의든 타의든 친일적 내용을 담은 소설 한두 편쯤 남기
지 않을 수 없었던 그 시대에 기법의 세련만으로 문학을 추진시킬 수는
없는 일이었다.

새로운 활로가 되어주지 않을까 하던 모더니즘도 실패로 돌아가고, 사
회에 대한 총체적 조망을 추구하고 가능케 하는, 그리고 그것으로 인해
굳건해져갈 전망도 찾을 길 없을 때, 무기력한 작가에게는 극복보다는
위안이라도 받을 곳이 필요했고, 박태원에게 있어 그 위안처가 될 곳은
가정뿐이었다. 거리를 헤매고 돌아온 고독한 자아탐구의 문학은 골목의
문학으로 잠시 확장되다가, 이제 와서 가정의 문학으로 다시 좁아져 들
어간 것이다.

그는 다음과 같이 작품을 마무리짓는다.

---

51) 「음우」, 316쪽.

　　안해가 나에게 원하는 것은, 혹은 값 높은 예술작품이 아니었는지
도 모른다. 작품이야 되었든 안되었든, 그가 지금 탐내고 있는 것은
약간의 고료이었을지고 모른다.
　　그러나 나는 이루 그러한 것을 캐어 알고싶지 않았다. 안해는 내가
이 자리에 앉아 원고를 쓰기를 바라고, 나는 그의 원하는 바를 기꺼
이 들어주고 싶었다.
　　'나는 이제 좋은 작품을 하나 쓰리라……'[52]

　　자화상의 두 번째 이야기인 「투도」는 앞서 「음우」에서의 장마비가
계속 되는 어느 날 밤, 도적이 들어 작가의 옷과 약간의 돈을 가져간
사건을 소재로 한다. 이 작품에서 흥미를 주는 것은 도둑맞기 전의 작
가와 도둑맞은 후의 작자의 심리 및 태도의 변화, 그리고 도둑맞은 사
실 자체를 부끄럽게 여기는 작자와 대조적으로 그것을 신고하고 이웃들
에게 떠벌이는 할멈과 아내의 모습이다.
　　처음 집 짓고 나서부터도 담이 낮아, 유리 조각이라도 박아 놓으라는
방문객들에게 '그러한 담들은, 오직, 밤의 어둠을 타서 집안을 노리려는
도적에게 대하여서만 방어의 자세를 취하는 것이 아니라, 아무런 악의도
가지지 않은 대낮의 통행인에게 향하여서까지 적개심을 품고 있는 듯'
생각된다고 대답했다.
　　개라도 한 마리 기르라는 권유에도 다음과 같이 응수한다.

　　그러나 나는 본래 개라는 짐승에게 호의를 가질 수가 없었다. 저를
돌보아 주는 주인 한 사람에게만 기하게 보이려고 애쓰고, 그 이외의
모든 사람에게 끈임없는 혐의와 적개심을 품고 있는 이 동물을, 나는
거의 증오하기조차 한다.[53]

　　작가가 개를 싫어하는 까닭은 개 자체보다는 개주인에 관한 문제다.
집안에 약간의 재물을 감추고 그 마음에 불안이 없을 수 없어 가장 의

---

52) 「음우」, 317쪽.
53) 「투도」, 478쪽.

혹 많고, 가장 잘 짖고, 가장 잘 무는 개를 대문 안에 감추어 두는 것에
대한 연민의 정과 함께 일종의 분노를 느끼지 않을 수가 없다고 한다.[54]

이러한 작가의 생각을 작품 속에 끼워 놓은 것은 물질의 추구와 보존
을 위해 조바심하는 세상사람들 속에서 나름대로 인간다움을 지켜 나가
려는 작가의 모습을 보여 주는 것이라고 하겠다.

그는 도둑을 맞고 나서도 이미 잃은 물건에 대한 집착을 포기하려 한
다. 그러나 아내의 독촉에 할 수 없이 신고를 하게 되지만, 그것도 역시
직접 나서기보다는 할멈을 대신 보낸다. 도둑맞은 사실에 대해 남에게
알리는 것도 꺼려하는 작자에 비해 아내와 할멈의 태도는 대조적이다.

> "참 도적이 들어왔었다구, 뭐, 아무나 보고 말할건 없수. 남보기에
> 어리석기만 허니……"
> 그러나 할멈은 완강하게 반대하였다.
> "어리석긴 왜 어리석어요? ……(중략)……이런 일일수록 동네다가
> 소문을 퍼뜨려 놔야만 허죠. 그래야 서루 조심들을 해서 도적이 얼씬
> 을 못헐게 아녜요?"
> 나는 아무 대꾸 안하였으나, 안해는 즉석에서 그 말에 찬동하였다.
> "그두 그래. 우리만 단속을 잘허드래두 동네에 도적이 들었다면 역
> 시 불안할 꺼니까……"
> "아, 불안허다 마다요."
> "옆집이단 벌써 얘길 헌 모양이더군?"
> "아까 그 집 밥 짓는 이보고 얘길 했죠."
> "아주, 저 위에 사는 사람들한테두 말을 해두지."
> "다아, 했죠. 움물에서 얘길 했으니까 다아들 알죠. 그런건 소문은
> 내야만 헙닌다."
> 할멈은 딴때없이 수다스러히 떠들고는, 다시 우산을 받고 밖으로
> 나갔다.[55]

아내와 할멈의 대화를 통해 여성의 특징이 사실적으로 잘 드러나고

---

54) 박태원, 「축견무용의 변」, 『문장』, 1939.5.
55) 「투도」, 353쪽.

있다. 특히 할멈의 '딴때없이' 떠벌이는 모습을 묘사하면서, 그러한 태도를 작가는 교묘하게 풍자하는 동시에, 역시 그것을 말리지 못하는 자신을 나타내고 있다. 겉으로는 위로해 주는 척하면서 그보다는 호기심 때문에 찾아온 동네 여편네들의 잔소리를 짜증스러워하는 동안, 눈치 빠른 아이들 또한 가만 있지 않다. 작자의 두 딸, 설영이와 소영이의 대화를 인용한다.

> "너 도둑놈이 들어왔어,"
> "어디?"
> "어디는 무슨 어디야? 거는방으로 들어왔지."
> "거는방으로 웨 들어와?"
> ……(중략)……
> 이제 네 살 먹은 소영이는 그제야 비로소 사태의 중대함을 깨달을 듯 싶어, 갑자기 눈을 등잔만 하게 뜨고 방으로 뛰어 들어오며
> "아빠아, 아빠. 양복 없수? 도둑놈이 죄다 가져갔수?"
> 하고, 묻는 것을 우리가 미쳐 무엇이라 대답할 수 있기 전에, 설영이가
> "소영아, 소영아"
> 하고 아우를 급히 밖으로 불어 내며, 좀더 적은 목소리로
> "아빠한테 그런 말 말어. 엄마한테두 말구……"
> "말하면 야단하니?"
> 소영이도 갑자기 말소리가 적어지더니, 다음에 어린 것들은 우리에게 들리지 않게 얼마동안 공론이 많은 모양이다.56)

순진한 어린아이들 사이에서도 이런 일일수록 관심이 많은 법이다. 더구나 설영이가 그래도 맏이라고 동생에게 아빠한테는 말하지 말라는 딴에는 속깊은 모습이 재미있다.

이렇게 하루를 보낸 그날 밤 이제는 이미 가져갈 것은 가져간 일이라고 일부러라도 분합문을 잠그지 말자고 하던 작자도 결국은 이런저런

---

56) 「투도」, 359쪽.

부시럭거리는 소리에도 신경이 쓰여 차마 잠들지 못하다가, 결국은 아내가 잠을 깨지 않도록 조심스러운 걸음으로 마루를 향하는데, 아내는 염려말고 주무시기나 하라고, 분합은 아까 자기가 닫았다고 말한다.

작자는 다시 생각하며, 처음에 그 도적에게 약간의 동정조차 가졌던 사실을 후회하기 시작한다. 결국 인간다움이라든지 어떤 관념적인 가치를 추구하려던 한 서민이 생활 속에 부대끼면서 섞여져 들어가는 심리적 변화과정을 자신의 직접적 체험을 소재로 하여 세밀하게 추구해 들어간 작품이라 하겠다.

자화상의 세 번째 작품 「채가」에서는 무리하게 집을 짓느라고 끌어쓴 빚 때문에 고생하는 내용으로, 더구나 돈에 관한 일에 밝지 못한 작자가 브로커인 애꾸눈 최씨에게 사기를 당하고 두 달 치 이자를 떼어먹히고, 내용증명까지 받고 나서 저당 잡힌 집을 처분하겠다는 엄포에 주인을 찾아가 사정하는 이야기이다. 이를 때마침 유치원에 입학하려고 옷을 맞추고 면접시험 준비를 하던 큰딸 설영이와 대비시켜, 결국은 피곤한 삶 속에서도 아이들의 자라나는 모습을 보며 힘을 얻어 살아간다는 것을 말하고 있다. 경제적인 문제 같은 것을 정면으로 다루기보다는 그 배경으로만 깔아 놓고 문제성으로부터 가정 안으로 도피하여, 그 속에서나마 위안을 얻으려는 무기력한 작가의 모습과 이런 어려움 속에서도 어느새 유치원까지 들어가는 큰딸을 보며 희망을 느끼는 장면이 묘사되어 있다.

작품 「재운」은 '자화상' 4부라고 되어 있지는 않으나 내용상으로 그 후속편임을 쉽게 알 수 있다. 이 작품에서는 집안 구성원에 약간의 변화가 보인다. 할멈 대신에 지난 겨울부터 어린애들을 돌봐 주기 위해 고용한 계집아이가 등장하고, 행랑채에 부부와 아이가 새로 들어온다. 그들은 재혼인데 각각 전에 결혼한 적이 있다. 그 집 아이인 길성이도 행랑아범의 성씨인 '신'가가 아닌 '김'가이다.

어느 날 작가는 '요새 우리가 재수가 없는게, 그게, 모두 그 때문이지……정녕코 그 탓이에요. 그 탓!'하는 아내의 불평을 듣게 된다. 행랑채에서 주인댁에도 없는 터주를 모셨기 때문이란다. 작자는 소위 고등교육을 받은 안해의57) 입에서 그러한 종류의 말을 듣는 것을 불쾌해 한다.

> "우리가 정작 터주를 모셔 놓면, 저의걸 눌룰 수 있다는데……"
> 하고 말하였을 때, 나는 이미 좀더 너그러울 수는 없었다.
> "듣기 싫여! 원, 그, 무슨 어리석은 수작이지?"
> 안해는 순간에 얼굴을 붉혔으나 그래도 한마디 하였다.
> 남편을 설득할 길이 없음을 깨닫자, 아내는 '어디, 그거 해놓구 얼
> 마나 잘 되나, 좀 두구 봐야지.'라고 중얼거리기까지 한다.58)

행랑채에 대하여 더욱 관심을 갖게 된 작자의 관찰을 통해 그들의 복잡한 가족관계가 드러나게 된다. 어느 날 찾아온 그 집 큰 아들의 남양제 파이프를 길거리에 내다 팔아 입에 풀칠하고 살던 그들은, 경찰의 단속으로 따귀를 맞고 들어오고, 마침내 그 동안 자기가 비싸게 주고 산 물건을 함부로 들고 나가 헐값에 팔아버린다고 투덜거리던 아들이 남은 물뿌리를 상자째 들고 나간다. 그리고 2, 3일이 못 가 어멈은 이제껏 오랜 동안을 정성을 쏟아오던 그것을 제 손으로 없애버린다. 그리하여 조금씩 상승되어 가는 듯하던 그들의 삶은 단번에 하강된다.

행랑채에 모신 터주를 소재로 작가는 자신의 가족이라기보다는 이웃에 대한 관찰의 초점을 가난한 행랑채 사람들에게 맞추어, 그들의 불안정한 삶을 특색 있게 묘사했으며, 함께 생활하는 사람들 사이에서의 시기와 반목을 곁들여 그들의 더불어 사는 삶의 진실을 추구하려 했다. 이 작품도 결말을 '나도 이제부터 우리들의 생활을 위하여 부지런히 노력을 하여야만 한다'고 자신의 가정에 충실할 것으로 끝맺지만, 앞서의 세 작품보다 관심의 폭을 확장하여 당대 도시 서민들의 삶을 실감나게 반영했다는 점에서 의의를 찾을 수 있다.

---

57) 박태원의 아내는 숙명여고를 마치고 여자사범 연습과를 나온 여교원으로, 처녀 적에 3년간 시골 보통학교에서 교원노릇을 하였다고 한다. (박태원, 「결혼 5년의 감상」, 『여성』12호, 1939.2.)
58) 「채가」, 208쪽.

6. 해방 직후의 역사소설

작가 박태원은 1930년대에 「천변풍경」과 「소설가 구보씨의 일일」 등 주로 도시를 배경으로 한 세태소설 혹은 모더니즘계열의 소설작품들을 창작하였다. 그는 월북 후 경향을 달리하여 「리순신장군」, 장편소설 『계명산천을 밝았느냐』, 3부작 『갑오농민전쟁』 등 역사물로 전환한다. 이러한 돌연한 변화의 원인을 월북 후 그가 놓여진 정치적 상황 속에서 찾는 것보다는, 그의 정신적 변모과정 및 작품세계 자체를 면밀히 살피는 데서 그 실마리를 찾는 것이 좋겠다.

그는 이 시기, 즉 1945년에서 1950년 사이에 7편의 소설을 썼는데, 그 모두 역사적인 사실을 취급한 역사소설이다. 즉 그가 해방 전까지 개인의 문제, 지식층의 문제, 현재의 문제에 치중했다면, 후기로 갈수록 집단의 문제, 민중적 다수의 문제, 과거의 문제로의 회귀로 변모해가며,[59] 이 사실을 고려할 때 그의 창작상의 변화는 당연한 것으로 받아들여질 수 있겠다. 한 작가가 어떻게 하여 묘사에 치중한 세세한 현실의 나열과 내성적인 관심, 한 작가 속에 나타난 자연주의적 경향과 모더니즘적 경향의 괴리현상으로부터 변모하여, 파편적 현실이 아닌 역사에 대한 총체적 조망으로 나아가는 과정을 살피는 작업은 흥미롭기도 하거니와, 문학의 본질적인 문제를 추구하는 것이기도 하다. 그것은 괴리의 극복일 수도 있고, 단순한 관심의 변화일 수도 있으나, 현재 필자로서는 그것을 '자연주의와 모더니즘의 극복으로서의 리얼리즘'이라는 도식으로 정리해보려 한다. 그리고 이 작가에게 있어서는 그 결론으로서 역사소설을 택했다는 것을 또 하나의 특성으로 지적할 수 있다.

여기서는 해방 직후에서 월북 전까지 박태원이 남긴 역사소설 일곱 편[60] 중 「춘보」를 고찰하겠다.

---

59) 박남철, 「박태원소설연구」, 『한양어문연구』(4), 1986.10. 234쪽.
60) 박태원이 해방 직후에 발표한 7편의 소설은 모두 역사소설이다. 그 목록은 다음과

「춘보」는 1946년 8월 『신문학』 3호에 발표된 작품이다. 지게꾼 춘보는 임신한 아내와 두 딸을 두고 있다. 그는 모시조개 넣고 냉이국이나 한 번 끓여먹는 것이 소원인 아내를 위해 '오늘은 사게 되려나'하기를 벌써 보름이 되었다.

> 서슬이 푸르던 안동 김씨의 세도가 대원군이 나선 뒤러 아주 전만 못하여졌다니까 과연 지금도 그런지는 모를 일이나, 한참 당년에 혜당댁 나귀는 약식을 잘 자시고, 호판댁 큰 말은 약과를 아니 잡숫는다고-그것은 누구나 다 알고 있는 이야기이었다.
> (제-길 헐……한 돈 오푼……)
> 쌀 팔면 그만인 돈이었다.
> (약과두 말구……약식두 말구……)
> 모시조개-모시조개였다.[61]

춘보의 아내는 임신 8개월의 몸으로 '배는 바로 맹꽁이를 연상하게 하고, 죽은깨가 무섭게 솟은 조막막한 얼골'로 동네 빨래감을 얻어 일 나가야 하는데, 이러한 가난한 민중의 삶과 세도가의 사치스러운 삶이 극명하게 대조되고 있다. 현진건의 「운수 좋은 날」에서 인력거꾼 김첨지가 병든 아내에게 먹일 설렁탕 한 그릇을 위해 이리저리 손님을 태우고 다니듯, 짐을 지고 걷던 춘보는 어느 대관의 행차에 밀려 내동댕이쳐진다. 더구나 집에 와서는 새로 경복궁 대궐에 큰 역사가 벌어지는데, 그렇게 되면 그 부역도 부역이거니와, 대궐 담 밑에 사는 집들은 모조

같다.
「한양성」, 『여성문화』, 1945.12.
「약탈자」, 『조선주보』, 1946.1
「춘보」, 『신문학』, 1946.8
「태평성대」, 『경향신문』, 1946.11-12.
「귀의 비극」, 『신천지』, 1948.8
「임진왜란」, 『서울신문』, 1949.1-12
「군상」, 『조선일보』, 1949.6-1950.2.
61) 박태원, 「춘보」, 『신문학』3, 1946.8, 76-77쪽

리 헐리우고 말리라는 것이었다. 그는 '없는 눔이 집마저 헐리고 쫓겨나면, 그래 갈 데가 어딘구?⋯⋯'하고 한숨을 내쉰다. 며칠을 앓고 일을 못 나간 춘보는 술고래로 소문난 미장이 신서방을 따라 일을 나가기로 한다. 그러나 아내는 맹서방이란 이가 경복궁 대궐 역사에 대해 함부로 말하다가 포도청에 끌려갔다는 이야기를 하고, 술만 취하면 아주 딴사람이 되어버리는 남편에게 부디 술 많이 먹지 말라고 당부한다.

그러나 이튿날 저녁 춘보는 오라를 지고 좌포청으로 끌려간다. 주막에서 술에 취해 '그래 동관대궐이면 족하지, 나라에 둔두 없다며 월남전입네 부역입네 허구 만백성의 등골을 뽑아가며 경복궁 대궐을 또 뭣허러 짓는 게야?'라고 떠들다가, 포교의 오랏줄에 묶인다. 그러나 작품의 결말에서 이것이 꿈이었음이 밝혀지고, 춘보는 술 먹지 말고 일찍 들어오라는 아내의 말에 염려마라고 대답하고 집을 나선다.

이 작품에서 다루고 있는 '가난'의 문제는 주인공춘보의 성격과 관련해서 살펴볼 수 있는 춘보는 사람들로부터 '임잔 너무 순해! 사람이 너무 곧아요'하는 소리를 듣는다. 그 말에 고개를 끄덕이면서도, 그는 속으로 '날보고 곧으니 순허니 그러지만, 내가 실상은 주변머리가 없구 삶이 좀 변변치가 못하거니⋯⋯'하고 스스로를 생각한다. 그러한 그는 자신의 가난에 대해서도 '모든 게 팔자소관'이라고 말한다.

> (모든 게 팔자소관⋯⋯)
> 어려운 사람들 불행한 사람들은 단렴하는 것에 익숙하다. 죽도록 일을 하고 또 하여도 밤낮 굶주리고 헐벗으며, 그래도 춘보는 모든 것을 팔자소관으로 돌렸다. 양반들에게 돈 가졌다는 무리들에게 가진 압제, 가진 수모를 다 받으면서도, 그도 모다 내 팔자소관이러니 한다. 춘보의 생각은 옳았다. 모다 제가 타고나 팔짜다. 누가 쌍놈으로 태어나랬더냐? 원망을 하려거든 쌍놈의 집안 어렵고 천한 집안으로 점지를 하여준 삼신할머니에게나 대고 하여라.62)

---

62) 박태원, 앞의 책, 84-85쪽.

춘보의 운명론에 대하여 작품 속에 개입한 작자는 불행한 사람들은 단념하는 데 익숙하다고 평가하고, 춘보의 생각에 찬동하는 듯이 보이지만, 이것이 반어적 표현이라는 것은 쉽게 알 수 있다. 작가가 춘보의 운명론을 비판하지 않는 이유는 또하나 있다. 그것은 춘보도 이미 알 것은 다 알고 있기 때문이다. 다만 말할 처지에 있지 못하기 때문이다. 그렇지만 술과 취하면 아주 딴사람이 된다. '평소에 도무지 말이라고는 없는 위인이 도리어 그렇기 때문에 한번 술만 들어가고 보면 된 소리 안된 소리 지질더분하게 늘어 놓는 사설이 참말 가관이었다.'[63]고 말하고 있지만, 술취한 상태에서 평소에 말하지 못했던 '바른 소리'를 하게 된다.

> "뭐라구? 이눔아!……그래 내가 글른 소리 했니? 난 바른소리 밖엔 안했다! 운현대감이 아무리 상감님 아버지래두 잘못하는 거야 잘못 헌다지, 그럼 뭐래야 네 직성이 풀리겠니? 그걸 이눔아! 늬가 중뿔나게 나설게 뭐 있느냐 그 말이다!"[64]

춘보가 포교인 '딱부리눈'에게 호통치는 내용이다. 그러면 왜 작가는 그에게 술을 먹이고야 이런 '바른소리'를 하게 하고, 그것마저 현실이 아니라 꿈속의 사건으로 설정했을까? 그것은 등장인물의 현실성 때문이라고 생각한다. '꿈속의 사건'으로 둘러댄 작가의 수법이 현실에서 정면으로 다루지 못한 한계를 보인 것이 아니라, 작품 속에 등장하는 인물이 과연 그가 속한 시대 및 사회 속에서 어떻게 행동할 수 있었을까가 고려되어야 한다. 역사소설도 여기서 예외가 아니다. 역사소설은 역사를 작가의 역사의식에 따라 재해석하되, 역사적 사실에 충실을 기하고, 그 시대 생활풍습을 재구현하는데 있어 고증에 치밀해야 함이 선결요건이며, 당대 역사가 가지고 있던 최대의 가능치와 한계를 보여주는 데 충실해야 한다. 이 작품이 결말에서 그 시대 민중의 각성을 변혁으로 연

---

63) 박태원, 앞의 책, 94쪽.
64) 박태원, 앞의 책, 95쪽.

결시킬 수 있는 구체적인 행동 및 전체적인 전망을 제대로 보여주고 있
지 못하고 있는 점에서는 일정한 한계를 갖고 있지만, 그것을 작품의
탓으로 돌릴 수만은 없다. 이 작품의 경우 19C 후반기에 가난한 민중이
가질 수 있는 불만, 그들이 의식할 수 있는 수준의 현실인식 및 해결방
법만을 요구해야 하는 것이다.

7. 맺음말

이상에서 살펴본 바와 같이 박태원의 단편소설의 특질을 작가의 전기
적 사실 및 작품성격의 변화를 기준으로 크게 다섯 개의 시기로 나누어
고찰해 보았다.

박태원의 초기의 서정적 단편소설들은 1933년 말 작가가 구인회에 가
입하기 전까지의 작품이다. 그는 처녀작 「수염」에서 심리추구의 문학으
로 나아갈 것을 암시해 주며, 「옆집 색씨」는 초기작 중 심리묘사가 가
장 뛰어나고, 대화를 통한 상황의 제시를 통해 지식인의 우울과 고독이
라는 주제전달에 성공한다. 그는 「사흘 굶은 봄달」에서와 같이 정신적
인 고독이 아닌 룸펜의 굶주림도 제재로 택했는데, 모순의 원인 천착보
다는 휴머니즘적 해결기대라는 작가의 결말 처리방식이 원용된 작품이
다. 그의 초기작은 이후 제재 및 기법에 있어 분화되어 가는 30년대의
본격적인 단편들의 원형이며, 그 자체로도 훌륭한 예술성을 갖는다.

'모더니즘적 소설과 심리해부'로 요약될 수 있는 30년대 중반의 단편
들은 이때 작가가 활동했던 단체인 '구인회'의 성격과 깊은 관련을 갖고
있으며, 현실을 정면에서 다루기보다는 내성적 관심과 기법의 실험에 골
몰했던 시기이다. 지식인소설의 대표적이라는 「소설가 구보씨의 일일」
은 원형개념과 관련지어 생각할 때 그 한계점이 지적되었고, 소설 자체

의 구조가 소설창작과정과 동일성을 가진다는 점, 모더니즘적 수법들을 고찰하고, 이 시기 또다른 작품들을 통해서는 박태원 문체의 특질을 구체적으로 따져보았다. '사실주의적 관심의 확대와 한계'라고 붙인 1930년대 후반은 장편『천변풍경』의 등장과도 관련이 있다. 「성탄제」에서는 카페의 여급이라는 이 작가가 즐겨 사용하는 인물이 등장하여, 이전의 지식인 일변도로부터 벗어나고자 한다. 작가의 세계에 대한 관심의 영역은 「골목 안」에서 더욱 확장되며, 다루는 인물도 도시 서민 일반으로 확대된다.

'작가로서의 작가의 자화상'이라고 요약되는 1940년대 초의 신변소설들은 작가가 '천변'으로 확대되고, '골목' 깊숙이 파고들던 인간세계의 진실에 대한 추구로부터 다시 '집안'으로 움추려들은 형국이다.

해방 직후의 역사소설은 작가가 월북 후 보여준 획기적이니 변화를 설명하는 실마리가 된다. 단편 「춘보」를 통해 민중이 주인공으로 부각되고, 지배층에게 현실적으로는 대항을 아직 못하지만 현실의 잘못을 스스로 알고 있으며, 꿈이라는 장치를 통해 그것을 비판하기도 한다.

작가 박태원의 이렇듯 다양한 성격의 작품들을 내놓았다. 그러므로 그의 작품을 모더니즘소설 또는 세태소설이라는 어느 한쪽으로 치우쳐 강조해서는 안 되며, 30년대 우리의 소설사를 여러 방면에서 풍부하게 해준 탁월한 작가로 자리매김을 해주어야 한다.

박태원의 역사의식과
『계명산천은 밝아오느냐』

1. 작가 박태원의 변모와 연구사의 반성

　1930년대에 『천변풍경』과 「소설가 구보씨의 일일」등 세태소설 혹은 모더니즘소설 작가로 활약하던 박태원이 월북 후 이와는 정반대인 소위 사회주의적 사실주의 역사소설의 대표작『갑오농민전쟁』의 작가로 돌변하게 된 까닭은 무엇일까. 모더니즘과 리얼리즘의 양분 구도 속에서만 이해한다면 두 경향 사이의 거리는 세월로는 설명하기 어려운 것이 사실이다. 따라서 이 의문에 대해 당시의 정치적 상황과 북한 문단의 흐름에 따른 불가피한 선택이라는 입장에서부터 모더니즘과 리얼리즘을 넘어서는 가능성을 발견해보려는 입장까지 다양한 해석이 나오게 되었다.

　우선 전자의 경우, 과연 작품 경향의 커다란 변화를 뒷받침할 만큼 작가의 정신적 변모를 곧이곧대로 인정할 수 있겠느냐는 의문이 들 정도로 해방 이전의 그의 성향이 비정치적이었다는 점과 우리에게 전해지는 그의 월북과정 또한 사상적인 이유에서의 선택이라고 보기에는 적극적이지 못했다는 점을 고려해야 한다. 카프 출신이나 이태준의 경우와는 달리 남쪽에서 계속 활동하다가 뒤늦게 6·25 동란 중에 월북한 후, 평양 문학대학 교수로 재직하며, 국립고전예술극장 전속작가로 조운과 함께 『조선창극집』을 출간했던 그는 한때 남로당 계열로 몰려 함경도 벽지 교장으로 좌천되었다가 1960년에야 작가로 복귀하고 이후 1963년 '혁명적 대창작 그루빠'의 통제 아래 『계명산천은 밝아오느냐』를 집필한 것으로 알려져 있다.[1] 그러나 성급했던 정치적 선택을 뒷감당하며 작가로서의 자신의 생명을 존속시키려는 어느 불행한 작가의 마지막 안간힘으로만 이해하기에는 작품이 거둔 성과가 만만치 않음을 느끼게 된다. 여기서 '왜 역사소설인가'라는 물음에 대해서는 6·25 후 소위 전후복구과정중 자신들의 역사를 새로이 정리할 필요성을 느낀 북한이 역사학뿐만 아니라 문학 분야에서도 근대 이후의 우리 민족사에 대한 정리를 시도했던 사실과 연결지어 생각해 볼 수 있다.[2]

후자의 경우를 대표하는 것은 '모더니즘적 현실주의'라는 개념을 통해 이 문제를 해명하려는 김윤식의 입장이다[3]. 박태원이 일제말의 중국고전 번역, 이른바 '글쓰기'를 통해 친일문학에 나아가지 않고, 글쓰는 자의 임무에 충실할 수 있었다는 점과 '글쓰기'에서 '소설쓰기'로 되돌아간 첫 작품인 『임진왜란』(서울신문, 1949.1—1949.12)에 실패한 작가가 『군상』(조선일보, 1949.6—1950.2)과 『계명산천은 밝아오는냐』를 거쳐 『갑오농민전쟁』으로 발전해간다는 것이 그 요지이다.

이에 대해 이상경[4]은 같은 시기 박태원의 『아세아의 여명』 같은 친일소설과 일제말 총독부 기관지 매일신보에 마지막으로 연재한 소설 『원구』(1945.5.18-8.14) 역시 일본이 원의 군대를 물리친 사건을 그리려다가 본격적인 친일문학으로 나아가기 전 해방으로 인해 중단된 점을 실증적으로 지적하면서 고전번역을 현실도피의 방책이라기보다 역사소설 창작

---

1) 「박태원 생애 연보」 참조, 『박태원 소설연구』, 깊은샘, 1995.
2) 좌담, 「남북한 역사소설에 대하여」, 『오늘의 소설』, 현암사, 1987.7.
3) 김윤식, 「박태원론」, 『한국 현대 현실주의 소설 연구』, 문학과지성사, 1990.
4) 이상경, 「박태원의 역사소설」, 정현숙 편, 『박태원』, 새미, 1995, 164-165쪽.

연습 정도로 평가한다. 나아가 이미향[5]은 박태원의 일제말 번역문학과 친일문학, 해방 공간의 역사소설에 대한 상관관계를 분석함으로써 박태원 역사소설의 특징을 찾았다. 반면 김종욱[6]은 번역작업을 통해 이전의 일상성의 세계로부터 역사성의 세계로 비약한 것은 일제 말기라는 특수 상황에서 박태원이 취할 수 있었던 또 하나의 길이었다고 인정하고 있다. 고전번역이 '글쓰기'에 나아갈 수 있는 최선의 길이라는 주장은 이 때의 '글쓰기'란 막연한 개념이 갖는 의미의 모호성과 관련해서도 강한 의문을 낳는다. '소설쓰기'를 '현실을 어느 시각에서 편드는 행위'로 규정하고 그 반대편에 '무방향성에 놓인 영점지대'로서의 '글쓰기'를 분리 설정한 것 자체가 '글쓰기' 행위가 일반적으로 가진 담론적 성격을 제한한 것이다.

한편 현실주의 대 모더니즘의 대립선상에 '모더니즘적 현실주의'라는 개념을 도입하면서 『갑오농민전쟁』을 역사소설의 새로운 유형으로 설정한 것은 문제적 성격을 갖는다. 그동안 '리얼리즘과 모더니즘의 넘어서기'라는 문제가 한국문학사의 중요 과제라는 연구자의 의욕 때문에, 그 추상적 가능성만을 구호처럼 제시하며 이를 실증할 작품만을 찾지 못하던 상황에서, 최고의 사실주의 작품이라는 북쪽의 평가를 비판없이 수용하며 『갑오농민전쟁』을 과대평가해 오지 않았는가 하는 반성을 하게 된다. 사실 작품 자체에서 리얼리즘과 모더니즘이 어떻게 결합되었는가 살피기보다는 박태원의 문학적 여정을 이러한 맥락에서 해석함으로써 그 주장을 합리화했다는 생각이 든다. 필자 역시 박태원의 단편소설의 전개 과정을 묘사에 치중한 세세한 현실의 나열과 내성적인 관심, 한 작가 속에 나타난 자연주의적 경향과 모더니즘적 경향의 괴리현상으로부터 변모하여, 파편적인 현실이 아닌 역사에 대한 총체적 조망으로 나아가는 과정으로 요약하고, 이를 단순한 관심의 변화가 아닌 '자연주의와 모더니즘의 극복으로서의 리얼리즘'의 가능성으로 해석한 바 있다.[7] 결론을

---

5) 이미향, 「박태원 역사소설의 특징」, 강진호 외, 『박태원 소설연구』, 깊은샘, 1995.
6) 김종욱, 「일상성과 역사성의 만남」, 강진호 외, 앞의 책, 245쪽.

미리 정해놓고 과정을 풀이한 것이 아니었나 하는 생각이 뒤늦게 든다. 귀납적 결론에서 도출되었다는 과학적 정리 역시 연구자에 의해 선택된 방법과 과정을 통해 영향을 받는다. 심지어 여론 조사 같은 경우도 단순히 조사 결과를 귀납적으로 공개하기만 하는 것이 아니라 조사자의 의도를 연역적으로 관철시킬 수 있다는 점에서 객관성을 의심받을 수 있다면, 문학 연구에서도 '연구자'[8]의 선의의 기대가 오히려 연구 결과의 객관성을 방해할 수도 있다는 것이다. 이 언급은 결론을 통째로 부인하자는 것이 아니라 이를 입증하는 과정에서 허술한 부분이 많았음을 인정하자는 것이다. 이런 점에서 월북후의 역사소설을 리얼리즘의 완성[9]으로 논의를 종결하는 식의 태도보다는 그 속에 여전히 잠재된 모더니즘적 성격을 구체적으로 지적하며, 박태원의 작품세계 전체를 모더니즘이라는 일관성 속에서 해명하려고 노력한 의미는 크다. 그러나 '모더니즘적 현실주의'의 역사소설이라는 유형을 설정하면서도 모더니스트 박태원의 최대의 재능이 드러난 곳, 정작 역사소설로 그의 장기가 유감 없이 드러났고 또 그 때문에 역사소설이 생기를 띨 수 있었던 것은 서울 거리의 풍속묘사라는 설명은 작가 박태원의 한계와 동시에 이러한 접근 방식의 한계를 드러내며 '모더니즘적 현실주의'라는 개념의 존재 의의마저 의심케 한다. 아울러 『계명산천은 밝아오느냐』의 의미를 부각시킨 점은 연구사적 의의가 있다. 여기서 『계명산천은 밝아오느냐』는 『갑오농민전쟁』의 전사로서만이 아니라 『군상』에서 적용된 흥미중심의 모더

---

7) 김명석, 「박태원의 단편소설 연구」, 연세대 석사논문, 1989.
8) 한국 근대문학연구자라면 누구나 리얼리즘과 모더니즘의 양분구도에서 자유롭지 못하면서도 동시에 이를 지양한 근대문학사의 수립을 과제로 생각해보았을 것이다. 따라서 이는 연구자의 개인적 의도만을 말하는 것이 아니라 연구자가 속해있는 시대적 제약이나 요청과도 연결된다. 필자가 박태원을 처음 연구하던 1980년대 후반은 가히 '리얼리즘의 시대'였고, 월북작가의 작품이 합법적으로 공개되기 시작했으며, 북한바로알기 운동이 대학뿐만 아니라 사회 전반으로 확장되던 시기였다.
9) 북한 최고의 역사소설이라는 『갑오농민전쟁』 작품의 가치 평가라기보다는 작가 박태원 개인의 문학적 여정에 있어 도달점으로서의 의미를 뜻한다.

니즘 기법이 어떤 경로를 거쳐 리얼리즘의 수준으로 진입하는가를 밝힐 수 있는 '징검다리'라는 점에서 중요성을 인정받는다.

작가 박태원이 역사물 소재에 몰두한 것은 그의 작품 세계를 초기부터 총체적으로 조명해본다면 변모라기보다는, 오히려 일관성 속에서 해명된다. 한편 세계관보다는 주로 문체나 기법상의 측면이지만 모더니즘적 성향의 연속성도 밝혀지고 있다. 따라서 필자는 작가의 역사의식을 따져봄으로써 정신적 변모과정을 추적하려 한다. 그런데 그 결론이 진정한 변모이든 아니든 이러한 접근은 몇 시기의 작품간의 비교를 통해, 가령,『군상』,『계명산천은 밝아오느냐』,『갑오농민전쟁』에 나타난 역사적 이해를 대조10)해 봄으로써 소기의 성과를 얻을 수 있겠지만 현재의 연구 수준은 서둘러 비교를 논하기보다는 개별 작품에 대한 보다 면밀한 분석이 선행되어야 할 단계라고 본다. 따라서 이 글에서는 우선 해방 직후의 역사소설과『갑오농민전쟁』사이에서 한번도 독립적으로 분석 대상이 되지 못한11)『계명산천은 밝아오느냐』를 특히 작가의 역사의식에 초점을 맞춰 분석함으로써 앞으로의 작업의 시론으로 삼고자 한다.

---

10) 이들 세 작품은 각각 1854년, 1861-1862년 농민항쟁 시기, 1894년 농민전쟁 시기를 배경으로 하는 연속성을 가지면서, 해방 직후, 60년대 초반, 1970·80년대라는 상이한 상황속에서의 작가의 대응방식을 살필 수 있게 해준다.

11)『갑오농민전쟁』과 달리 독립 논문은 없으나 앞에 소개한 김윤식, 이상경의 논문 및 아래 논문에서 비교적 상세히 다루고 있다.

이정옥,「역사적 사실과 허구적 인물의 상징적 형상화」, 한국문학연구회,『다시 읽는 역사문학』, 평민사, 1995.

정현숙,『박태원 문학연구』, 국학자료원, 1993.

한편 북한에서 나온 논의는 이상경의 논문 180쪽 각주에 나온 목록을 참고할 것.

2. 역사의식과 역사적 시기

1) '역사의식'의 의미

본격적인 작품 분석에 앞서 먼저 연구의 전제로 삼고 있는 '역사의식'이라는 개념에 대해 고찰해 보자. 작가의 역사의식이란 "과거의 역사를 현재의 시각에서 재해석하여 이를 문학적으로 형상화해 내는데 밑거름이 되게 하는 정신적 역량"[12]이라고 정의된다. 이는 "역사소설의 史實性과 虛構性의 진정한 조화는 역사소설가가 역사적인 기록이나 증거를 토대로 하여 상상력을 발휘하여 작품에서 요구되는 역사적 진실성과 예술성을 함께 확보할 수 있을 때 이루어지는 것으로써 이 때 작용하는 중간매체를 우리는 작가의 역사의식이라 부를 수 있다."[13]라는 견해에서 도출된 것이다. 정의가 만들어진 배경적 논의가 생략되면 이러한 '역사의식'의 문제가 너무 기능적인 차원에서만 처리될 수 있기에 '역사'에 및 '역사소설'의 기능과 관련하여 논의를 진전시켜 본다.

역사소설의 존립에는 상반된 두 개의 근거가 작용한다. 첫째는 작가 당대의 지배적 이데올로기를 정당화하기 위해 역사적 사실을 재해석하고, 상상력을 발휘하여 이를 허구적으로 형상화하여 전파하는데 기여하는 것이다. 작가 역시 그 지배 이데올로기의 내부에 있기 때문에 이 작업은 무의식적으로 이루어지기도 하고, 때로는 작가의 의도적인 역사왜곡으로 이어지기도 한다. 그러나 '역사적 서술' 역시 허구에 불과하다는 '역사'에 대한 새로운 인식이 대두하면서 역사소설에 대해서도 역시 새로운 이해가 가능해 진다.[14] 특히 우리 문학사에서 역사소설은 "왜곡된

---

12) 윤정헌, 「역사적 사건의 계급적 형상화」, 강진호 외, 앞의 책, 410쪽.
13) 이용남, 「역사소설의 평가문제」, 『한국문학사의 쟁점』, 집문당, 1989, 690쪽.
14) 이에 대해 한국문학연구회 편, 『현대문학의 연구 5 - 다시 읽는 역사문학』(평민사, 1995)의 총론격인 송근호의 「루카치의 『역사소설론』과 역사소설의 문제」에서 소상히 다루고 있다.

역사를 극복하기 위한 노력이 봉쇄 당하는 시기에 그러한 왜곡된 역사를 대신하여 문학이라는 이름으로 공식적 역사에 대항"[15]하면서 독자들의 역사적 진실에 대한 욕구를 충족시켜 왔으며, 이는 역사는 늘 새롭게 쓰는 것이며, 그 자체가 한 시대의 시대적 요구의 반영이라는 명제를 상기시킨다. 이러한 입장은 서로 상반되는 것 같지만 결국은 양쪽 모두 이데올로기적 이라는 사실을 부인할 수 없다. 다만 한쪽은 현재의 지배 이데올로기의 위치를 고수하려하고, 다른 쪽은 이를 비판하고 자신들의 새로운 이데올로기를 세우려는 입장에 서는 것이다. 오히려 후자야말로 이데올로기적이라는 비판을 받게 되는 현실을 『태백산맥』 논쟁에서 확인할 수 있다. 따라서 이 가운데에서 어느 한쪽을 지지하지 않고, 기회주의적인 양비론에도 빠지지 않으면서 객관성을 유지할 수 있는 입지는 좁다. 역사소설가로서의 박태원이 가진 고민도 여기에 있다. 그 역시 자신의 소설에서, 자료수집 대상으로 삼았던 소위 '정사'가 범하고 있는 왜곡 또는 이데올로기적 한계를 극복하고자 했으나 이는 또다시 북한 체제의 지배 이데올로기에 봉사하는 역사서술로 전락할 수 있는 함정에 빠지게 되는 것이다. 이 새로운 문제에 대해 박태원은 어떻게 대응할 수 있었을까. 이 질문에 답하기 위해서는 작가가 작품을 쓴 시기와 작품에서 다루는 시기에 대한 보다 면밀한 검토가 필요하겠다.

2) 작품에서 다루는 시기와 작가가 작품을 쓴 시기

역사소설을 분석할 때 범할 수 있는 흔한 오류의 하나는 '작품에서 다루고 있는 시기'에 대한 집착에서 온다. 작가가 창작 과정에서 역사적 사실의 재구에만 몰두할 때 오류를 범할 수 있는 것과 같은 맥락에서 연구자 역시 작품이 다루는 시기에 대한 자료들을 총동원하여 자신이

---

15) 송근호, 앞의 글, 11쪽.

정리한 역사적 사실과 작가가 서술한 역사적 사실이 얼마만큼 일치하고 또 어떻게 다른가를 고증하는 것이다. 이는 크게는 우리의 실증주의적인 학문 태도에 기인한 것이며, 작게는 역사의식의 문제를 소홀히 한 결과이다. 그렇다고 학문적 태도에 있어 사실의 중요성을 폄하하려는 것이 아니고 이를 기본으로 하되 역사소설 연구자는 동시에, 오히려 '작가가 작품을 쓴 시기'부터 관심을 가져야 한다. 물론 일반적으로 모든 소설 연구에서 다 적용되는 말이겠지만, 특히 역사소설에서는 역사의식의 문제가 핵심이 되기 때문이다.

그러나 실제로 박태원이라는 작가가 『계명산천은 밝아오느냐』라는 작품을 쓴 시기, 즉 작품의 생산조건을 살피기 위해 동원될 수 있는 그 시기의 북한과, 북한의 역사관, 그리고 북한 문단의 전반적 상황과 그 속에서의 작가의 위치를 밝힐 수 있는 정보는 극히 제한되어 있다. 일반적 논의로 문제를 확대시키는 것은 필자의 능력에도 벅차거니와 이 짧은 논문을 완성시키는 데 신속한 도움이 되지 않으므로 여기서는 우선 작가 자신이 밝힌 창작 동기 및 배경과 작품에서 다루고 있는 시기에 대한 북한의 역사서술 방향을 연결지어 살피고자 한다.

박태원은 『계명산천은 밝아오느냐』가 발표된 후 한 토론회에서 다음과 같은 창작 구상을 밝힌다.

나는 역사 문헌을 섭렵할 때마다 언제나 세종대왕과 이순신 장군, 그리고 갑오농민전쟁에 대한 작품을 쓰고 싶은 생각이 들군 하였다. 그래서 이와 관련한 자료들에 대하여서는 늘 특별한 관심을 가지고 대하였다.

그런데 오늘 독자들을 확고한 계급투쟁과 열렬한 애국주의 정신으로 교양하기 위해서는 이 세 가지 가운데서도 우선 맨마지막 것에 대한 작품을 쓰는 것이 더 현실적 의의가 있다고 생각하였다.

갑오농민전쟁 당시의 조선 현실은 얼마나 복잡다단하였던가.

외래 침략자들과 국내의 반동 통치배들을 반대하는 인민들의 투쟁은 앙양될 때로 앙양되었을 때다. 이 농민들의 고통스러운 생활과 투쟁을 재현한다면 그것은 오늘 우리 인민들에게도 교훈이 되는 점이 많을 것이다.

　그런데 갑오농민전쟁을 진실하게 형상화하기 위해서는 그 당시의 사회현실만 취급해가지고서는 불가능하였다. 그것은 갑오농민전쟁이 장기간에 걸쳐 쌓이고 쌓인 리조 봉건 사회의 모순이기 때문이다. 그래서 나는 1860년대 부터를 취급하게 되었다.[16]

　이러한 창작 목적은 "인민들의 투쟁과 창조의 역사를 연구하여 이를 근로대중에게 널리 선전해야 한다"는 북한의 역사연구의 대전제와 일치된 관점에서 이를 문학을 통해 형상화하려는 것이다. '주체사관'에 의거한 북한 역사계는 '자주성'을 위한 투쟁의 역사를 강조하기 위해 봉건지배계급에 반대하는 농민항쟁 연구에 특별한 관심을 기울인다. 『계명산천은 밝아오느냐』가 쓰여진 1960년대 초반이라는 시점은 소위 주체시대가 확립되기보다는 이전 시기이기에 작품의 밑바탕을 이루고 있는 농민들의 주체적 자각이 이러한 '주체사관'의 직접적 반영이라고 보기에는 시기적으로 몇 년 앞서는 것이 사실이다. 그러나 작가가 반드시 완성된 사관을 기계적으로 작품에 반영하는 것만이 아니며, 작가 역시 시대적 흐름에 맞추어 자신을 귀속시킬 뿐만 아니라 그것을 미리 포착하고 그 흐름을 만들어갈 수 있다는 사실을 동서양의 문학사를 통해 상기해 낼 수 있다. 이 과정에서 물론 문학 쪽이 역사학계보다 발빠르게 대응할 수도 있다. 사실 시기의 선후 문제는 중요한 논란거리는 아니다. 식민통치가 종식되기 이전에도 해방을 열망하는 시가 쓰여질 수 있으며, 민주화가 이루어지기 이전에도 민주화를 열망하는 소설이 쓰여진다. 따라서 당시의 작품에서 급격하게 변화하는 북한사회의 모습을 미리 읽어낼 수 있으면 되는 것이다. 우리에게 중요한 것은 작품의 소재 선택이 이러한 배경 하에 이루어졌다는 사실이며, 이 작품이 북한 역사학의 과제와 밀

---

16)「암흑의 왕국을 부시는 투쟁의 력사」,『문학신문』, 1965.11.16, 이상경의 앞의 글 176쪽에서 재인용.

접한 관련을 가진다는 점이다.

그러나 『계명산천은 밝아오느냐』는 이러한 '자주성'의 두 축이라 할 반봉건의 문제는 다루면서도 반외세의 문제는 충분히 언급하지 않으며, 이는 1970년대 이후 쓰인 『갑오농민전쟁』에 가서야 구체화된다. 물론 이 점은 창작시기의 작가의 역사이해 수준만의 문제는 아니고, 작품이 다루는 1860년대라는 시기가 후자의 관점을 드러내기에는 부적절했던 것이 앞선 요인이다. 『계명산천은 밝아오느냐』와 비슷한 시기에 나온 『임진조국전쟁』만 보아도 주체사관을 재빨리 흡수하여 '조국방위전쟁'에 준하는 개념으로서 임진왜란을 재인식하고, 해방 직후에 쓴 『임진왜란』 이란 제목 역시 『임진조국전쟁』으로 바꿔 쓴다는 사실에서 이 시기 작가의 역사의식의 수준과 순발력을 가늠할 수 있다.

한편 작품에 반영된 작가의 역사의식에서 또 한가지 지적할 것은 북한의 최근 역사연구에서는 농업생산력의 발전을 농민들의 자연의 구속으로부터 벗어나려는 투쟁임과 동시에 무궁무진한 창조성의 발현이라는 시각에서 강조하지만 이 작품에서는 이에 대해 언급하지 않는다. 세도정치와 지주의 횡포 아래에서의 농민의 고통과 울분만 강조할 뿐으로, 자본주의적 생산관계의 발생문제에 대해서 명확한 해답을 내리지 못한 채 계급투쟁만 선전하는 초기 북한 역사학의 수준에 머문다는 점이다. 그래서 "위태로운 시기에 통치계급들은 오직 자기 일신의 안락을 위하여 조국도 인민도 다 버리고 천추에 잊지 못할 매국 역적의 짓을 서슴없이 감행하였는바 나는 이들의 죄악상을 낱낱이 드러내놓고 폭로 비판하려고 한다"는 작가의 의도와, "나라의 존망이 경각에 달린 이 때에 인민들은 가만히 앉아 있지 않고 꿋꿋하게 일어나 싸웠다. 그들은 일곱번 넘어지면 여덟번 일어나 간고한 싸움을 계속하였다. 이러한 줄기찬 투쟁의 련속이 결국 갑오농민전쟁을 불러온 것"이라는 작가의 역사의식은 더큰 투쟁을 위한 배경사는 되지만, 투쟁 주체 이상의 역사변혁의 동력으로서의 농민들의 모습을 광범위한 물적 토대 위에서, 즉, '구체적 개인들과 상호작용하는 구체적 역사 상황의 복잡한 상호작용'이라 할 '역사적 필연성'속에서, 작품 내에 충분히 실현시키지 못함으로써 에피소드의 나열과 낭만적 주인공이라는 지적을 완전히 떨쳐버릴 수 없는 것이다. 따라서 이는 작품의 구성상의 문제나 인물형상화 문제 이전에 역사의식의 문제라고 할 수 있으며, 사회주의적 사실주의의 최고의 역사소설이라는 평가는 상대적인 찬사가 될 수밖에 없다.

그러나 '역사적 필연성'이라는 이름 아래 우리는 작가에게 너무 과도한 요구를 하고 있는 것이 아닐까 생각하게 된다. 루카치 역시 속류적인 법칙성, 기계적 맑시즘의 단계론적 사고와는 구분되는 '역사적 필연성'이란 개념은 초역사적인 규준들에 의해서 과거사가 재단되는 것이 아니라 당대의 구체적인 상(像)에 도달하는 것을 목표로 하며, 구체적인 역사적 사실로부터 도출되는 것이라고 했다. 따라서 역사소설에서 형상화되는 인물의 행위나 사건 전개의 필연성은 '결과'이지 '전제'가 아니다.17) 그렇다면 이 논문은 결과물인 작품자체를 제대로 논하기 전에 작가의 '전제'를 가지고 문제삼은 것일 수도 있다. 더구나 당대에 실제로 살았던 사람들에게 현재 우리가 갖고 있는 역사의식의 수준을 강요하는 것은 아닌가하는 점도 문제가 된다. 역사소설의 진실성이란 특정한 시대에 고유한 특질에 제약된 것이라고 했던 루카치에 비해 이 논문이 오히려 속류적인 입장으로 후퇴했는지도 모른다. 그러나 여기서 작가의 역사의식의 기능과 의미를 다시 한번 생각해보자. 역사소설은 작품에서 다루고 있는 사람들을 위한 것이 아니라 작품을 읽는 사람들을 위한 것이다. 바꾸어 말하자면 역사소설은 인식대상의 연대기가 아니라 인식주체의 산물이다. 물론 역사의 객관적 측면을 무시하고 인식주체의 주관성만 강조하는 것이어서는 곤란할 뿐만 아니라 위험하기조차 하다. 인식주체의 요구를 인식대상으로부터 발견하는 것이 역사라는 기본적 입장만 강조할 수는 없는 노릇이다. 여기에 모순이 있다. 역사소설에서는 이 모순을 어떻게 해결하는가. 하나의 해답을 찾을 수 있다면 그것 역시 루카치가

---

17) 송근호, 앞의 글, 22쪽.

제시하고 있는 '필수불가결한 시대착오'라는 개념이다. 이는 과거부터 이미 생생하게 활동하고 있었고 실제 역사적으로도 현재까지 이어진, 그러나 이후에는 명백해진 그 의미가 사건을 겪은 동시대인들에게는 미처 인식되지 못했던 그러한 경향들을 작가가 현재의 무게로 드러내는 방식이다. 즉 "역사적 과거는 현재의 작가에 의해서 변형될 수 있는데 그것은 과거가 현재의 전사로 그 의미가 완전히 파악될 수 있을 때에만 가능한 것"18)이다. 이 말은 두 가지를 시사한다. 하나는 작가는 자신이 속한 시대적 요구 속에서 기존의 정사(正史)를 해체하고 과거의 역사적 소재에 새로운 의미와 질서를 부여한다는 사실이다. 또 하나는 흔히 『갑오농민전쟁』을 현재의 전사(前史)라 하고, 『계명산천은 밝아오느냐』를 『갑오농민전쟁』의 전사 또는 '배경사'라고 할 때의 '전사'의 의미이다. 특히 후자와 같은 표현은 '배경'이라는 의미에서 잘못 쓰일 소지가 있다. 단순히 시대적 배경이 앞선다는 의미가 아니라 역사에 대한 명확한 인식을 전제로 만들어진 말이기 때문이다. 작가 박태원 역시 1860년대 농민항쟁의 형상화가 갑오농민전쟁의, 그리고 정확히 100년 후 작가가 자신의 소설을 창작하던 현재의 전사라는 인식이 명확했다면 이러한 인물형상화뿐만 아니라 사회적 관계에까지 이러한 '시대착오'를 작품 세계 속에서 보다 적극적으로 확장시킬 수 있었으리라고 생각된다.

3. 역사소설의 의의와 역사서술과의 관계

1) 역사소설 작가와 역사가

아리스토텔레스는 『시학』에서 역사와 문학을 다음과 같이 비교한다. 시인의 임무는 실제로 일어난 것을 말하는 점에 있는 것이 아니라, 일

---

18) 송근호, 앞의 글, 27쪽.

어날 지도 모르는 것, 즉 개연성과 필연성의 법칙에 따라 가능적인 것을 말하는 점에 있다. 역사가와 시인의 차이점은, 운문을 쓰느냐 혹은 산문을 쓰느냐 하는 점에 있는 것이 아니라, 1자는 실제로 일어난 것을 말하고 타자는 일어날 지도 모르는 것을 말하는 점에 있다. 따라서 시는 역사보다 더 철학적이고 중요하다. 왜냐하면 시는 보편적인 것을 말하는 경향이 많고, 역사는 개별적인 것을 말하기 때문이다.[19]

사실 시가 더 중요한가 역사가 더 중요한가를 따지는 것은 중요하지 않다. 중요한 것은 그 이유인데 시는 보편성을 추구하며, 역사는 개별성을 추구한다는 것이다. 따라서 이 구절은 양식의 중요성 비교가 아니라 보편성 추구의 의미를 강조한 것으로 해석된다. 그런데 시학에서 말하는 문학의 의미도 현대와는 차이가 있겠지만, 이보다 아리스토텔레스가 주장하는 역사의 개념이 개별성 추구의, 다시 말해 '역사적 사실'의 기록으로서의 역사에 머문다는 점에서 현대의 인식과 큰 격차를 보인다. 그렇다고 해서 이제 시학의 이 구절은 무용한가. 아리스토텔레스가 시인의 임무라고 했던 자리에, 운문을 쓰던 시인의 후예로서 역사가가 쓰던 산문을 사용하는 역사소설 작가의 임무를 대신한다면 어떨까. 그리고 나서 역사소설 작가와 현대의 역사가를 비교해보자. 비록 역사 역시 허구라는 수준은 아니더라도 자신이 개별성만 추구하는 존재임을 인정하지 않는 역사가라면 아리스토텔레스가 말한 필연성의 영역까지를 역사소설가와 공유하려할 것이다. 그러나 역사소설 작가는 필연성에 개연성을 함께 말한다. 역사소설 작가는 시대착오라는 이름 하에 역사적 사실에서 전사로서의 의미를 발견한다. 여기서의 '시대착오'는 존재하지 않은 것을 존재했던 것으로 착각하는 것이 아니라 존재하되 인식하지 못했던 것을 그려내는 것이며, '전사'라고 하는 것은 현재의 입장에서 과거를 재구성하고 새 질서를 부여하는 것이다. 이 점에서 역사소설 작가는 역사가보다 자유롭게 역사적 필연성의 서술에 도달할 수 있는 것이다.

---

19) 아리스토텔레스, 손명현 역, 『시학』, 1985(중판), 72쪽.

2) 북한의 역사서술 방향과 작가의 기본적 시각

다음은 구체적 작품분석에 있어 하나의 역사적 사실이 역사서술과 역사소설에서 어떻게 다르게 나타나는지를 살펴보면서 역사서술과 역사소설의 관계를 정립해보고, 역사소설이라는 장르적 존재 의의를 설명해보려고 한다. 이는 역사소설의 디테일의 구체성을 살펴보기 위해 작가가 재구한 '역사적 사실'의 신뢰성을 따져보는 작업과는 다른 성격의 것이다. 역사소설에서는 '역사적 사실'보다는 '역사서술'과의 비교를 통해 작가의 역사의식에 접근할 수 있다.

먼저 이 시기에 대한 북한의 '역사서술'의 방향을 간략히 정리해볼 필요가 있다. 작품이 다루는 1860년대 즉 19세기 중반의 사회적 성격을 북한학계의 시대구분에서는 여전히 봉건사회로 규정한다. 그들은 봉건사회의 사회관계의 기본은 양반과 상민, 지주와 농민 사이의 대립과 투쟁이었으며 이 적대적 계급들 사이의 계급투쟁이 사회발전의 추동력이라고 한다. 특히 18세기 후반기 이후 19세기에 이르는 기간에 촉진된 상품화폐경제의 발전과 봉건적 토지소유에서의 변화가 계급적 제도와 신분제도에 심각한 영향을 준 결과 봉건제도의 위기를 가져왔다는 주장을 편다. 즉 상품화폐관계의 발전으로 부분적으로 자본주의적 관계가 싹트면서 인간관계는 화폐관계로 바뀌고 신분적 속성이 약화되며, 해방을 요구하는 노비들이 농민폭동에 앞장섰다는 것이다. 이는 사회적 제관계에 대한 다소간의 이견이 있더라도 이 시기에 자본주의의 맹아가 자생적으로 등장하면서 피지배층의 의식의 각성과 함께 근대로의 발전과정에 들어선다는 남쪽의 시각과 비교될 수 있는 부분이다.

박태원 기본적 시각 역시 작품에서 양반 및 지주와 농민 사이의 대립을 인물설정과 서사전개의 핵심으로 삼는다는 점으로 보아 대체로 일치하지만, 봉건체제하의 엄격한 신분적 제약을 넘어서 농민들의 지배계층에 대해 저항정신이 가능해진 이유를 주로 지배계급의 지나친 억압과 그에 대한 분노 탓으로만 그리고 있어 자본주의가 물적 토대가 성립하는 과정에 소홀히 하고 말았다. 설사 당대 농민들의 의식 수준이 일정 수준에 미치지 못함에 따라 인물들의 대사나 행동에서는 그 이유를 충분히 보여줄 수 없다하더라도 작가는 화자의 개입이나 전체적인 서사구조를 통해 역사적 필연성을 암시할 수 있다. ‘필수불가결한 시대착오’를 통해 작가의 역사의식을 드러내어야 할 지점이다.

이제 작품의 서두부터 구체적으로 검토해보면 작가는 양반과 상민이라는 두 계급만으로 인물을 단순화시키지 않았다는 사실을 발견하게 된다. 첫 번째 등장인물인 몰락양반 이생원은 탄금대에서 찾은 피묻은 조약돌을 왕 앞에 던지며 “만약에 성상께서 조금이라도 태만하신다면 민심은 마침내 성상에게서 떠나가고, 천명은 드디어 달리 덕이 있는 이에게 옮겨지고 말 것입니다. 아아 구중궁궐이 비록 깊다고는 하오나 성상은 저 도탄 속에 허덕이는 백성들의 모양이 보이지 않으십니까? 저 악마구리 끓듯 하는 백성들의 원망이 들리지 않으십니까? 상감마마 위태하옵니다. 실로 위태하옵니다.”[20]라고 외친다. 이생원은 자신의 온전치 않은 정신으로 인해 온전한 사람들이 뒤에서만 몰래몰래 수군거리던 것을 임금앞 에서 겁없이 외칠 수 있었다. 그러나 이생원으로 대변되는 몰락양반층은 사상적 혼란 외중에서도 유교적 봉건질서에 대한 확신을 버리지 않았고, 나라의 부패와 외세 개입이라는 위기의 해결 역시 왕도정치의 복원에서 찾을 수밖에 없었으며, 이것이 불가능하다면 천심이 옮겨가서 역성혁명이 일어날 것이라는 역사인식의 한계를 드러낸다. 따라서 그 ‘온전치 않은’ 행위는 진정한 모순의 자각이라기보다는 위기의식 수준에 머무르며, 새로운 사회로의 변혁에 대한 요구라기보다는 과거 질서의 복원을 위한 무력한 해프닝으로 끝나고 만다.

그러나 이런 해결책은 역사의 수레바퀴를 뒤로 돌리는 것이며, 또한 이미 왕권은 이를 수습할 최소한의 힘마저 상실한 상황이었다. 강화도령에서 일약 일국의 왕으로 도약한 철종이 안동 김씨의 세도에 자신의 권

---

20) 박태원, 『계명산천은 밝아오느냐』 1권, 깊은샘, 1989. 147-148쪽.

력기반을 의존하며 명목뿐인 자리를 유지하고 있는 현실을 작품에서는
자신이 맡은 책임의 중압감으로부터 벗어나고자 하는 무능한 임금의 심
리적 갈등 묘사를 통해 다음과 같이 보여준다.

> 자기가 그렇게 말하면 결국은 죄인이 참을 당하고 말 줄 번연히
> 알면서도, 좋을대로 하라—그러한 얼른 듣기에 좀 모호한 듯한 표현
> 을 함으로써 장차 자기 마음에 실려질 짐을 조금이라도 덜어 볼 수
> 있을까 하고 생각하였던 것이 틀림없는 제 자신이 왕에게는 한동안
> 몹시 불쾌하게 느껴졌다. 그러나 그 감정은 결코 오래 지속되지 않았
> 다. ……(중략)…… 이날 아침 수라 뒤에 그는 궁녀를 몇 명 데리고
> 한동안 뜰을 거닐었고, 밤에는 바로 수일 전에 처음으로 '은총'을 내
> 린 궁인 신씨에게 또 시침을 명하였고, 이튿날 아침에는 여느 때보다
> 늦잠을 잤는데, 잠을 깨었을 때에는 그 실성한 죄인에 관한 일을 그
> 는 이미 완전히 잊고 있었다.21)

북한의 역사서술은 이러한 봉건체제의 위기의 첫 번째 요인을 세도정
치에서 찾는다. 세도정치는 봉건지배계급 내부의 모순과 알력에 의해 발
생한 개별 문벌의 집권형태로 봉건국가의 왕권을 약화시켰을 뿐만 아니
라 그 존재마저 위험에 빠뜨렸다는 것이다. 한편 뇌물과 아첨으로만 지
위와 권력을 유지할 수 있던 관료들은 최단기간에 자신들이 들인 밑천
을 빼내고 탐욕을 채우기 위해 수단과 방법을 다해 약탈과 횡포를 다하
였고, 밑으로 하부말단에 이르기까지 유례를 찾을 수 없는 부패한 관료
체제가 형성된다.

박태원 역시 이러한 시각을 작품 속에 일정하게 반영시킴으로써 작품
내에 나오는 모든 억압과 수탈의 이면에 직간접적으로 세도정치가 관계
함을 꼼꼼히 보여준다. 세도가의 손길은 지방 수령의 뒷편부터 심지어
국왕의 뒷편까지 뻗어있고, 공물짐을 훔쳐도 그것이 안동 김씨 세도가를
향한 것이요, 소 한 마리까지 훔쳐 가는 토호의 배후에도 세도가 김병

---

21) 박태원, 앞의 책 1권, 154-155쪽..

기가 자리하고 있다. 민중들은 당시의 상황을 "혜당댁 나귀는 약과를 잘 잡숫구 호판댁 큰 말은 약식을 안 잡순대"[22]라는 짤막한 노래에 담아 풍자한다.

총 60개의 독립된 장으로 나누어진 소설 구성과 수많은 등장인물은 천변풍경의 세계를 전라도 농촌에 옮겨놓은 듯 첫눈에 자칫 에피소드들을 산만하게 나열해 놓은 역사적 세태소설로 보이게 하지만, 이 작품은 익산민란 효수 장면이라는 주제적 사건과 주인공 오수동으로 대표되는 변혁주체의 성장을 통해 서사화에 성공한다. 개별적인 사건들이 보이지 않게 관계하면서 거대한 역사를 구축하듯, 이 작품에 묘사된 파편적 장면들은 작가의 보이지 않는 손을 거치며 거시적인 서사를 구축한다는 점에서 둘 사이에는 구조적 동질성이 있다. 이러한 역사소설의 작가는 자기 작품의 서사 속에 역사를 축약한다. 단 이 작품에서 작가의 보이지 않는 손길이 쉽게 느껴지지 않는다면 민족의 최근세사를 갑오농민전쟁을 중심으로 16부작으로 개관하려던 작가의 최초의 기획[23]과는 달리 작품의 중간부분 30년간이 미완성으로 처리된 사실 때문에, 파편적 사건과 인물들이 궁극적으로는 다음 작품인 『갑오농민전쟁』에 가서야 그 관계망이 분명해지는 까닭에 원인이 있다.

작가는 정참판집에서 초주검이 되어 나온 조만준을 둘러싼 농민들의 수군거림을 "이 눔의 세상에선 우리 상눔들은 버러지만두 못허다니까……", "엥이 그저 이런눔의 세상은 하루라도 빨리 망해버려야만 해"

---

22) 박태원, 앞의 책 1권, 83쪽.

23) 박태원은 원래 『갑오농민전쟁』을 3부작 총 16권으로 구상했다. 1부 '계명산천은 밝아오느냐'는 1861년에서 1873년까지의 사회상을 6권에, 2부 '밤은 더욱 깊어만 간다'는 1873년부터 1890년대까지 걸치는 시기를 같은 6권에, 3부 '보국의 기치 아래'는 1891년에 1895년을 4권에, 도합 16권으로 구성하면서 이 시기의 주요한 모든 사건과 실제 인물들을 총동원시키려 했다. 그러나 작가의 기획은 건강 악화와 북한 사회의 변화로 실패한다.
「암흑의 왕국을 부시는 투쟁의 력사」(『문학신문』, 1965.11.16) 참조라고 전하며 저항의 필연성과 분위기를 고조시킨다. 사리사욕에 눈이 어두운 세도양반들은 사소한 저항마저 모조리 진압하고 온갖 새로운 것을 부정말살하는 극도의 반동정치를 실시하여 봉건말기에 새로 싹트던 자본주의적 관계의 발전마저 가로막은 결과 도탄에 빠진 민중들의 증오와 저주의 대상으로 크고 작은 모든 농민폭동의 직접적인 투쟁대상이 된다는 역사서술에 맞춰 작품 속에도 농민항쟁이 등장한다.

3) 농민항쟁의 역사적 평가와 소설적 형상화

이 작품의 시대적 배경이 되는 1862년은 이러한 세도정치의 억압이 절정에 달했던 시기이면서 자연발생적인 농민항쟁이 연속적으로 일어나던 시기이기도 하다. 1862년 3월 27일 임치수의 지휘 아래 3000여명 농민이 궐기한 이 시기 대표적 농민항쟁인 임술민란은 그 자체적 한계와 작가의 편집의도에 따라 본격적인 서사 대상이 되지 못하고, 이후의 투쟁의 배경으로만 제시된다. 따라서 민란의 성립과 전개과정은 과감히 생략한다. 임술민란은 이 책에서 가장 큰 사건이고, 민란 자체의 숨가쁜 상황전개나 스펙터클한 봉기 장면 묘사가 포함된다면 독자들의 흥미는 한층 높아질 수 있었음에도 불구하고 작가의 이를 냉정히 외면한다. 대신 작가는 익산민란이 실패한 후 전주 감영에서의 민란 주동자 효수 장면을 어느 장면보다 열정적으로, 『계명산천은 밝아오느냐』와 『갑오농민전쟁』에 반복해 삽입시키면서 이 시기의 농민항쟁이 어떻게 그 한계를 극복하고 30년 후의 농민전쟁으로 이어질 수 있었는가에 대한 해답을 암시해준다. 작가의 관심은 이 책 안에서 자족하는 것이 아니라 궁극적으로 갑오농민전쟁을 향한다는 사실이 다시 한번 확인된다. 특히 봉건제도 자체의 비판에까지 나아가지 못하고 비조직적 분산 투쟁에 머물렀던 당시 농민항쟁의 역사적 한계를 민란의 수창자의 생생한 고백으로 전해듣는 것은 그 자리의 민중들에게나 책으로 읽는 독자들에게 무엇보다도 강력한 전달력을 갖는다.

> "너희놈들이 아무리 듣기 싫어헌대두 나는 헐말을 해야만 허겠다. 우리는 우리 백성들을 못살게 구는 군수 놈이나 담어내구, 또 토호질 해먹는 양반놈들이나 두들겨패서 버릇이나 고쳐 놓구 허면, 셈이 다 필 줄루만 알었었다. 그렇게 알구 있었던 우리가 참 어리석다. 우리 백성들이— 우리 상놈들이 못살기는 어느 골이나 일반이다. 전라도에서 익산골 하나만 그런 것이 아니란 말이다. 그러니 일어나려면 전라도 일판이 다 들구일어나서 바루 전주 감영을 들이쳐야하는 걸 그랫다. 허지만 언제구 그렇게 헐 날이 온다. 꼭 온다."[24]

> "여러분—나는 여러분한테, 죽기전에 꼭 당부헐 말이 있소. 만약에 앞으루 또 일을 허려거든 이번에 우리가 헌 것처럼 그 따위루 허지 말구, 아주 끝장을 볼 때까지 해야만 허우. 저 날도둑놈들은 일이 좀 급하게 되면 그저 속임수를 쓰기가 일쑨데, 불여우 겉은 놈들한테 한 번 속은 것두 분헌데 또 속아? 아니요, 다시는 속아선 안되우. 아무렴 저눔들한테 다시는 속아선 안되구 말구……"[25]

농민항쟁의 역사적 한계에 대해 북한의 역사는 이렇게 서술한다. 농민폭동은 사상의식의 제약성과 폭동의 자연발생성으로 하여 실패로 끝났다. 농민들은 자신들을 못살게 구는 화근이 국왕을 비롯한 봉건통치계급과 봉건착취관계에 있다는 것을 알지 못하고 그것이 몇몇 악질 관료배나 그들의 앞잡이인 서리들에게 있다고 생각하였으며 그자들을 처단하고 환자제도나 그 밖의 개별적 착취제도들을 없애거나 수정하면 자기들의 요구대로 모든 문제가 잘 되리라고 생각하였다. 그래서 농민들은 초보적인 승리에 만족하고 봉건정부의 양면술책에 기만당하여 투쟁을 중도에 포기하였다. 두 번째 인용한 장순복의 유언은 이를 당부하는 말이다.

한편 첫 번째 인용한 임치수의 유언에서는 승리에 대한 확신과 함께

---

24) 박태원, 앞의 책 1권, 310쪽.
25) 박태원, 앞의 책 1권, 314쪽.

민란이 비조직적으로 산만하게 진행된 데서 또 하나의 실패원인을 찾고 있다. 역사서술에서는 여러 지방 농민들의 봉기를 지휘할 단일한 지휘부를 형성하지 못한 탓이며, 보다 근본적으로는 봉건적인 분산성과 폐쇄성이 청산되지 못했기 때문으로 본다. 자급자족적 자연경제의 담장이 허물어지지 않고, 각 지방간의 경제적 연계를 통한 상호접촉이 미약했던 것이다. 임치수는 물론 이러한 사회경제적 토대의 문제까지 인식하지는 못한 것으로 보인다. 이는 작가가 당대 농민들의 역사의식의 수준을 고려한 것이다. 그러면 당대 인물들의 인식상의 한계 때문에 작가 자신의 역사의식을 과연 작품 안에서는 발견할 수 없는가.

이러한 역사적 한계가 충분히 인식되고 극복되었음은 무엇보다도 30년 뒤의 갑오농민전쟁을 통해 확인된다. 작가의 두 작품 사이에서 감추어진 30년은 공백이 아니라 철저한 준비기간이다. 극복할 것이 인식의 문제라면 작가는 정한순과 같은 선각자를 등장시켜 상황의 맥을 짚어주며, 극복할 것이 조직의 문제라면 너더리 주막 박첨지를 동학 괴수 이필제와 연대시킨다.26) 작품 안에서 이미 시작된 이러한 준비는 두 작품의 사이에서 은밀히 진행되다가 『갑오농민전쟁』에 이르러 엄청난 기세로 전주성에 입성하는 것이다. 그러나 무엇보다도 죄를 짓고도 당당한 민란주동자들의 당당한 모습에서 볼 수 있듯 민중들이 투쟁의 정당성을 깊이 인식하고 있다는 점과 작품 안의 오수동과 전봉준처럼 희생을 극복한 새로운 세대들이 성장하여 보다 철저한 인식과 조직을 건설할 수 있었다는 점에 작가가 강조점이 있음을 다음에서 확인할 수 있다.

"이제 우리를 죽이거든 우리들의 눈알을 모조리 뽑아다가 전주성 성문 우에 높다랗게 걸어 놔라! 앞으로 몇 해 뒤가 될지 몇 십 년 뒤가 될지 그건 모르겠다마는 우리 농군들이 모두 들구 일어나서 너희 놈들을 때려 잡으러 진주성으로 달려 들어오는 광경을 우리는 이 눈으로 기

---

26) 실존인물 이필재에 관한 기록은 우윤, 『전봉준과 갑오농민전쟁』, 창작과비평사, 1993, 98-99쪽 참조.

어이 보구야 말테다!"27)라는 임치수의 마지막 유언과 어딘지 떠돌아다닐 아들에게 "수동아, 너는 결단쿠 놈들의 손에 붙잡혀서는 안된다. 어떻게 든 살아야 해. 죽지 말구 꼭 살어야 헌다. 그리구 이 애비의 원수를 꼭 갚구. 갑돌이네 아저씨를 위시해서 여러 아저씨들의 하늘에 사무친 원한 을 꼭 풀어드려야만 한다."28)고 소리치는 오덕순의 마지막 원한을 그 자 리를 지킨 민중들은 가슴깊이 묻어두었다가 30년후 갑오농민전쟁에 이 르러 마침내 풀어준다. 이는 그 시대 민중전체의 원한이며 그것을 갚아 달라는 유언은 오덕순과 오수동 부자간의 개인적인 것이 아니라 역사의 다음 세대에 대한 유언이었다.29) 형장에서 아버지 전창혁의 손에 이끌려 이 장면을 목격한 여덟 살 소년 전봉준과 아버지와 함께 민란에 가담하 여 지명수배를 받아 멀리서 이 유언을 전해 들어야 했던 오수동에 의해 『갑오농민전쟁』에서 되풀이 묘사되는 이 장면은 역사의 변혁을 준비하 는 주체들이 탄생하는 순간으로 바로 이 장면을 통해 갑오농민전쟁은 나아가 모든 혁명은 이를 배태한 사회적 모순이 저절로 가져오는 것이 아니라 이를 극복할 주체들의 출현에 의해 촉발된다는 사실을 작가는 전달하고자 하는 것이다. 사실 농민항쟁의 원인과 역사적 한계를 극적으 로 형상화하기 위해 참고한 북한의 역사서술 못지 않게 농민항쟁의 의 의를 사람의 문제와 결부시킨다는 점이야말로 작가에 미친 주체사관이 영향력이 아닐까 생각되며, 소위 '혁명적 대창작 그루빠'의 지도를 의식 케 한다. 그러나 북한의 전반적인 문예정책 내에서 개인이 가질 수 있 는 자율성을 전혀 무시할 수는 없다.

---

27) 박태원, 앞의 책 1권, 310쪽.
28) 박태원, 앞의 책 2권, 18-19쪽.
29) 이상경, 앞의 글, 188쪽.

4) 역사의 주체로서의 농민 성장과 등장인물 설정

주인공 오수동은 익산민란 후 몸을 피한 무장 선운사에서 처음 등장
한다. '배꼽 속에 무슨 비결이 들어 있다는 돌부처' 앞에서, 박참봉이란
양반으로 가장하고 전국을 방랑중인 함평 민란의 주모자 정한순[30]은 당
시 널리 유포되었던 민중신앙인 미륵신앙 풀이를 이렇게 시작한다. "어
째서 사람들은·, 우선 이 애부터도 돌부처 배꼽 속에 비결이 들어 있다
고 믿는 것일까? 그리고 그것이 언제고 세상에 나올 날이 있으리라고
믿는 것일까? ……그건 아무 다른 까닭이 아니고 그 비결이 한번 나오
는 날에는 세상이 바뀐다는 말이 있기 때문일세그려. 즉, 사람들은 은근
히 세상이 바뀌기를 기다리고 있단 말일세."[31] 정한순으로부터 전해들은
미륵설화는 오수동에게 주어진 화두와 같은 구실을 하게 된다. 한편 미
륵불 배꼽의 비밀이 후에 『갑오농민전쟁』에까지 이어져서 그의 아들 오
상민의 손으로 마침내 밝혀지는 것[32]에서 두 작품의 긴밀한 연속성을
확인할 수 있다.

미륵하생신앙의 '미륵'은 현재 도솔천에 살고 있으나 약 56억 7천만년
후에 지상세계로 하생하여 현재의 석가모니불을 대신하여 중생을 구원
한다는 미래불이다. 삼국시대나 고려시대에 뚜렷한 종교적 사상적 형태
와는 달리 기층민중의 정서에 깊숙이 내재하면서 명맥을 유지하던 미륵
신앙은 19세기로 오면서 변혁적 민중사상과의 만남에 의해 새로운 전기
를 맞아, 갑오농민전쟁 때는 미륵출현을 바라는 기층민중을 동원하는 커
다란 힘으로 작용했다.[33] 북한의 역사서술에서도 일반적으로 비기, 참설
등의 종교적 신비설은 종교적 **환상**에 싸여 있으나 견딜 수 없는 고통
속에서 새것을 바라마지 않는 농민들에게 한가닥 희망과 용기를 돋구어

---

30) 함평민란의 주모자로 처형당한 실존인물. 망원한국사연구실, 『1864년 농민항쟁』, 동
　　녘, 1988, 273-286쪽 참조
31) 박태원, 앞의 책 1권, 209쪽.
32) 박태원, 『갑오농민전쟁』 4권, 깊은샘, 1989.
33) 우윤, 앞의 책, 114-116쪽.

주었으며, 중세기 조건에서는 농민들의 투쟁에서 종교적 형식을 취하지 않을 수 없었다고 그 의의를 평가하고 있다. 이에 비해 작가는 등장인물 정한순의 설명을 통해 미륵신앙이 내포하는 변혁에의 열망을 인정하여 역사서술과의 충돌을 피하면서도 그러나 변혁은 인간의 단결된 힘으로만 가능하다는 사실을 오수동의 입으로 재삼 강조한다.

'하느님까지 양반인데 대체 상놈들이 무슨 수로 살어간단 말이냐? 이눔의 세상이 그저 통째루 바꿔져야 헌다!' 하고는 속으로 부르짖었다. 그러자 그의 눈앞에 불현 듯이 무장 선운사 돌부처가 떠올랐다. 그리고 그와 함께 '담양 박참봉'이란 양반이 생각났다.
　수동이는 돌부처 앞에서 하던 그의 말을 한번 곰곰히 생각해 본다.
　앞산아 당겨라
　뒷산아 밀어라
　오금아 힘써라
　앞산이 당겨 준대도 소용이 없고, 뒷산이 밀어 준대도 소용이 없고, 오직 제 오금이 힘을 써야만 비로소 초군은 그 태산 같은 나뭇짐을 지고 일어날 수가 있느니라고-그 '별난 양반'은 말을 했다.
　……(중략)……
　다들 일어나야만 한다. 단지 한 고을에서 수천명만 일어났어도 기세가 그처럼 장했는데, 여러 고을에서 수만 명, 수 수십만 명이 일시에 들구 일어난다면 그 힘을 대체 누가 당해낼 것이냐? 아아 그러면 무장 선운사 돌부처 배꼽 속에서 그 무슨 '비결'이라나 하는 것이 나오지 않더라도 세상은 바뀔 밖에 없는 것이다. 상놈들도 기를 펴고 살 수 있는 세상으로……34)

아버지의 유언을 생각하던 수동은 이 장면에 와서 봉건제도의 신분질서 자체에 강한 회의를 느끼고 이러한 불합리한 질서가 근본적으로 바뀌어야 한다는 인식에 도달한다. 작가의 역사의식과 주인공의 의식수준이 작품의 내적 필연성 속에서 자연스럽게 합치된다. 이를 위해 작가는

---

34) 박태원, 앞의 책　2권, 127-129쪽.

정한순이라는 인물을 설정했고, 익산만란 주동자들의 처형장면을 통해
이를 뒷받침했다. 백성 앞에서의 죄인 효수는 나라에서의 의도와는 정반
대 되는 결과를 가져왔고, 이러한 역사적 경험을 통해 민중들은 스스로
변혁의 주체가 되어야 한다는 새 각오와 그 추진력은 어느 누구의 도움
도, 하늘의 도움도 아닌 자신들의 단결된 힘에서 온다는 사실을 깨닫는다.
   이와 같이 어느 한쪽에 기울지 않고 지배계급과 피지배계급을 두루
포괄함으로써 역사적 사실에 충실한 가운데 위대한 영웅의 이야기라기
보다는 이름없는 농민들의 의지가 소설을 이끌어 가면서 역사의 전면에
드러나지 않는 숱한 민중의 군상들이 살아 움직이며 역사의 주체로 성
장해간다. 이는 『갑오농민전쟁』의 주인공을 전봉준이 아닌 평범한 농민
오상민으로 선택한 점에서도 다시 한번 확인할 수 있다.
   그러므로 이 두 작품은 역사상의 실재인물과 동시대의 역사속에 살아
있었을 숨은 인물들을 대리하는 수많은 허구적인 인물들이 함께 등장하
고, 역사적인 상상력을 기반으로 실재했던 과거의 역사적인 사건을 재구
성하면서 19세기 역사에서의 농민의 전형을 형상화하였다는 점에서 문
학사적 의의를 찾을 수 있다.

4. 맺음말

   작가의 역사의식은 작품 속에서 화자의 목소리를 통한 작가의 개입으
로 또는 인물의 대사나 행동을 통해 극적 형상화로 드러난다. 역사적
서술이 사관에 따라 단일한 목소리를 내는 것과 달리 소설 속에서는 다
양한 목소리가 있고, 그것들끼리 서로 대화한다. 역사소설에는 화자의
역사의식뿐만 아니라 다양한 인물이 각각의 역사의식을 가지고 등장한
다. 그러나 등장인물의 수만큼 역사의식도 다양한 것은 아니다. 현실에

서 그러한 것처럼 박태원의 역사소설에서 등장인물의 역사의식은 일차
적으로 자신이 속한 계급에 의해 제약받는다. 같은 위기의식을 느끼면서
도 충주 이생원과 농민들간의 차이를 보이는 것이다. 그러나 농민들 역
시 역사의식으로 각성된 자와 그렇지 못한 자로 나뉜다. 이러한 인물은
고정된 것이 아니기에 주인공 오수동에게서 볼 수 있듯이 역사의식은
성장한다. 여기에는 정한순과 같은 선각자가 도움을 줄 수 있다. 반면
어떤 계급, 즉 세도가의 반동적 역사의식은 변화하지 않을 것처럼 보인
다. 또 그 기생세력들의 기회주의적 역사의식도 예측할 수 있다. 따라서
서사구조에서 차지하는 위치에 따라 어느 인물의 목소리가 작가를 대변
하는지 파악하는 것이 전부라면 그것은 단일한 목소리를 내는 역사서술
에 사람의 옷을 입히면 역사소설이 된다는 것과 같다. 역사소설의 작가
는 자신의 작품 속에 서로 다른 의식을 가진 다양한 목소리가 서로 대
립하고 대화하는 장을 마련하는데서 역사가와의 차별성을 획득한다.

한편 역사소설의 작가가 추구하는 것은 자신의 속한 시대의 전사가
되어야지 자신과 동떨어진 시대가 되어서는 안된다. 사실 모든 과거가
현재 속에 잠재되어 있다면 동떨어진 시대는 없다. 그러나 훌륭한 역사
소설의 작가는 두 시대 사이의 역사적 필연성을 발견해 독자에게 제시
할 수 있어야 한다. 이러한 역사적 필연성을 밝힌다는 점에서 그는 역
사가와 같은 임무를 가지며, 때로는 역사가가 사료에 매달려 답보상태에
있을 때 자신 있게 '필요불가결한 시대착오'를 범할 수 있다는 점에서
좀더 자유로우며, 바로 그 자유를 가능케 하는 것이 '작가의 역사의식'
이라는 것이 본 논문의 최종 결론이다.

필자는 본 논문을 쓰면서 두 마리 토끼를 함께 쫓았음을 고백한다. 본
논문은 『계명산천은 밝아오느냐』의 완결된 작품론이라기보다 작가의 역
사의식과 관련된 지적들을 구체적인 작품을 통해 확인하자는 의도에서
쓰여진 것이다. 이러한 접근은 작가의식의 변모과정이 아닌 한 시점에서
의 역사의식만을 다룰 수밖에 없다. 이 문제는 앞으로의 연구에서 특히
『군상』에서 『갑오농민전쟁』으로 이어지는 경로 또는 『임진왜란』과 『임

진조국전쟁』의 차이를 밝힘으로써 해결할 수 있다. 또 하나는 역사소설 연구의 방법론을 개발함에 있어 한 작가의 여러 역사소설을 시대적으로 살피거나 동시대에 대한 서로 다른 작가의 작품을 비교하는 전통적인 방법론에서 벗어나 일반적인 역사서술과 역사소설을 비교하여 역사소설이란 장르의 의의를 밝혀보려 한 것이다. 이 과정에서 북한의 역사서술 자체를 우리의 역사서술과 비교하며 비판하지 못했던 점도 아쉽다.

끝으로 북한자료를 대할 때 반드시 고려해야할 텍스트의 문제에 관련해 본 논문 역시 약점을 갖고 있기에 주의를 환기시키고 싶다. 주지하듯이 북한의 역사서술 역시 그들 사회의 내적 변모에 따라 시기마다 약간의 차이를 갖고 있다. 그러나 이 시기에 대한 북한의 역사서술 역시 현재로서는 남쪽에 공개된 자료를 근거로 살필 수밖에 없는데 이 역시 소위 주체시대 이후의 역사관에 의존한다는 한계 때문에 주의를 요한다. 한편 북한문학을 연구할 때도 텍스트 비판 없이 곧바로 들어갔을 때의 오류는 특히 1967년 주체문학의 성립 전과 후의 차이를 망각하는 결과로 나타난다.35) 이 1967년이라는 분수령은 『계명산천은 밝아오느냐』와 『갑오농민전쟁』의 중간에 위치하기 때문에 양자를 비교할 때는 반드시 따져 봐야할 문제지만 두 작품간의 비교는 다음 기회에 본격적으로 다루고자 한다.

---

35) 김재용, 앞의 책, 14-15쪽.
　　이 논문의 텍스트인 깊은샘 판,『전편 갑오농민전쟁—계명산천은 밝아오느냐』(1989) 역시 원전의 연도를 표기하지 않지만 1960년대 판본으로 추정된다. 이후 북에서의 개작 가능성도 무시할 수 없지만 박태원이 1960년대 초 '갑오농민전쟁'을 16부작으로 소설화하기로 최초에 구상할 때와는 달리 1977년『갑오농민전쟁』이 발간될 때 『계명산천은 밝아오느냐』를 제외시켰다는 점을 고려한다면 개작의 가능성은 줄어든다.

▶ 참고문헌

박태원, 『계명산천은 밝아오느냐』 1~3권, 깊은샘, 1989.

박태원, 『갑오농민전쟁』 1~6권, 깊은샘, 1989.

강진호 외, 『박태원 소설 연구』, 깊은샘, 1995.

김윤식, 『한국현대현실주의소설연구』, 문학과지성사, 1990.

김재용, 『북한소설의 역사적 이해』, 문학과지성사, 1994.

망원한국사연구실, 『1862년 농민항쟁』, 동녘, 1988.

우윤, 『전봉준과 갑오농민전쟁』, 창작과비평사, 1993.

정현숙, 『박태원 문학연구』, 국학자료원, 1993.

정현숙 편, 『박태원』, 새미, 1995.

단층파 모더니스트 유항림의
문학적 변모과정

1. 머리말

우리 문학사에서는 단층파 동인의 한 명이며, 심리주의적 경향의 작가 정도로 알려진 유항림(兪恒林, 1914~1980)은 1937년부터 『단층』동인으로 문단에 첫 등장한 이래 해방 전까지 「馬券」(『단층』 1호, 1937.4), 「區區」(『단층』 2호, 1937.10), 「符號」(『인문평론』 12호, 1940.10), 「弄談」(『문장』 23호, 1941.2) 등 4편의 단편과 「個性・作家・나」(『단층』 3호, 1938.3), 「小說의 創造性」(『단층』 4호, 1940.6) 이라는 2편의 평론을 발표하였다.

그러나 그는 해방 후에 재북작가로 평양에 있으면서 최명익과 함께 평양예술문화협회를 결성하여 작품활동을 재개하면서 단편 「휘날리는 태극기」(1945), 「개」(1946), 「고개」(1947), 「와샤」(1948), 「부득이」(1949), 「아들을 만나리」(1949), 「형제(1949), 「직맹반장」(1954), 「판자집 마을에서」(1958), 「열차안에서」(1960), 「축포」 등을 발표하였고, 장편 「대오에 서서」를 『조선문학』(1961.10-?)에 연재하였다. 작품집으로는 『유항림 단편집』(조선작가동맹출판사, 1958)과 중편소설 『성실성에 대한 이야기』(조선작가동맹출판사, 1958)가 있고, 그 외에 전투실화집 『고향으로 가는 길』(평양, 문예출판사, 1977)을 남겼다.

유항림에 대한 연구업적은 많지 않으며, 대부분 독립된 작가론이나 작품론이 아니라 단층파 연구의 일부로서 다루어진 것이다. 유항림 당대의 비평가들은 주로 심리주의라는 개념으로 그의 소설을 바라보고 있다. 먼저 최재서는 「단층파의 심리주의적 경향」이라는 글에서 단층파의 문학적 경향을 "社會的 良心과 理論은 가지면서도 그것을 信念에까지 論理化시킬 수 없는 인테리의 懷疑와 苦悶을 心理分析的으로 그리려는 것이 共通된 傾向"이라고 규정했다. 유항림의 「區區」 분석을 통해 시대의 중압으로 말미암아 생활 목표를 잃은 양심적 인텔리가 허무와 회의에서 자조와 향락으로 추락하는 것을 그려낸 작품의도를 지적하고, 작자가 마르크시즘과 프로이디즘의 종합을 기도하였지만 주인공 속에 있는 타협할 수 없는 두 경향의 불투명성 때문에 서로 조화되지 못하고 독자로 하여금 작자의 허구를 의심케 한다고 평했다.[1] 이 평론은 『단층』이 비록 지방에서 발행된 무명 신인들의 동인지였지만 일찍부터 중앙 문단의 주목을 받고 있음을 알려 주며, 이후 단층파 및 유항림을 평가하는 출발점이 되었다. 백철 역시 1930년대 후반의 문학적 양상의 하나로 '심리소설과 신변소설'을 들고, 『단층』 동인으로 참여한 문학인들의 작품 성격을 주로 심리주의적 경향으로 파악하면서 유항림의 「區區」를 인용하여 자의식 과잉으로 고민하고 퇴폐하는 작가의 모습을 지적한 바 있다.[2]

김윤식·정호웅의 소설사에서는 모더니즘 소설의 형성과 분화를 다루는 장에서 단층파와 지식인 문학, 전향문학과의 관계를 설명하기 위해 유항림의 「구구」와 「마권」을 인용하고 있다. 거기서는 생활도 갖지 못하고 이데올로기에 대한 확신도 갖지 못한 인텔리의 타락을 시대의 중압이라는 연막을 쳐, 그 위에 사회적 양심을 비추는 것이 단층파였다고

---

1) 최재서, 「단층파의 심리주의적 경향」, 『문학과 지성』, 인문사, 1937, 185~187쪽.
2) 백 철, 『신문학사조사』, 백철문학전집 4권, 신구문화사, 1968, 517-518쪽.

규정하고, 그들의 독자성으로 개성을 제시했던 유항림을 '단층파의 가장 뛰어난 작가'로 평가한다.[3] 이 책은 서울중심주의와 평양중심주의, 현대인의 내면풍경탐구를 통한 고현학의 방법론적 극복, 마르크시즘과 모더니즘의 상호침투 등의 의미있는 문제거리를 지적하고 있다.

작가 유항림에 대한 언급은 1930년대 모더니즘 또는 심리소설에 대한 연구논문[4]에서 단층파의 경향을 서술할 때 잠깐씩 나타나다가, 단층파에 대한 독립적인 논문과 학위논문[5]들이 등장하면서 본격적으로 연구되기 시작한다. 특히 단층파의 소설적 특징을 지성의 역설적 발현, 좌절과 극복의 원리로서의 알레고리, 생활세계에 대한 부정과 권태로 파악하면서 단층파의 비관주의적 집단의식을 밝히는데 주력한 신수정의 논문과 전반적인 심리주의적 경향속에서도 특히 전향 지식인의 양심의 문제에 초점을 맞춰 30년대 후반기 문학에서의 전향의 의미를 따져 나간 이상갑의 논문은 주목을 요한다. 물론 이러한 논문들은 단층파의 내면적 경향을 심리소설적 기법으로 살펴본 전대의 전통을 계승했든 비판했든 간에 단층파 전체의 일반적 특질을 발견하는데 목적이 있었으므로 유항림 소설만의 고유한 가치를 설명하기 위한 작업은 아니었다.

유항림에 대한 독립적인 작가론으로는 박덕은, 류보선, 유철상의 논문이 있다.[6] 박덕은은 유항림의 작품 세계가 대체로 심리주의적 경향을

---

3) 김윤식 · 정호웅, 『한국소설사』, 예하, 1993.
4) 이강언, 「단층파의 심리소설기법,『한사대 국어교육연구』제3집, 1980.
　　김진석, 「1930년대 한국심리소설연구」, 고려대 박사논문, 1989.
　　최혜실, 「1930년대 한국모더니즘소설연구」, 서울대 박사논문, 1991.
5) 홍성암, 「단층파의 소설연구」, 한양대 석사논문, 1983.
　　김애란, 「1930년대 심리소설연구-단층파를 중심으로」, 대구대 석사논문, 1996.
　　신수정, 「<단층>파 소설연구」, 서울대 석사논문, 1992.
　　이상갑, 「'단층파'소설연구」, 『한국학보』 66호, 1992 봄.
6) 박덕은, 「유항림의 작품세계」, 『해금작가작품론』, 새문사, 1991.
　　류보선, 「전환기적 현실과 환멸주의」, 『한국문학과 모더니즘』, 한양출판, 1994.
　　유철상, 「유항림 소설에 나타난 불안의식과 존재탐구」, 『운당 구인환교수 정년퇴임
　　　　기념논문집』, 1995.

띄고 있으며, 특히 인텔리층의 의식구조중 회의와 고민과 갈등 및 애정의 세계를 분석적으로 그려가면서 인간존재의 해명과 삶에 대한 구제의 길을 나름대로 모색했다고 보았다. 반면 생경하고 노골적인 서술, 관념적이고 사변적인 문체, 너무 잦은 시점 이동으로 인한 서술구조의 혼란과 작품의 사실구조의 혼란을 단점으로 지적하였다. 결론적으로 1930년대 단층파의 출현배경과 존재의 의미를 폭넓게 바라보기보다는 '이 땅에 애정심리를 나름대로 깊이 있게 다룬 작가'로서 극히 제한적으로 평가한 점이 아쉽지만 유항림에 대한 독립된 작가론으로는 처음이라는 점과 일제 시대의 네 작품 모두를 취급, 소개했다는 점에서 의미가 있다.

본격적인 연구성과로는 류보선의 1930년대 후반 문학을 바라보는 시론적 성격의 논문이 있다. 여기서는 당시의 파시즘적 시대상황에 대한 지식인들의 방향감각 상실이 극도의 환멸주의로 나아갔다고 전제하고, 「마권」이나 「구구」에서 현실에 대한 환멸을 상징의 힘으로 해결하는데 한계를 보였으나 이후의 소설에서 현실에 대한 관심의 회복과 자기반성이 나타난다고 평가했다. 결론에서 해방 후 문인들의 체제 선택 및 문학적 이념과 방법의 선택은 바로 1930년대 후반에 기존 문학에 대해 어떠한 반성과 모색의 길을 걸었는가 하는 점에서만 파악될 수 있다고 하여, 1930년대 후반과 해방직후 문학의 연속성을 설명하려 했다. 이는 해방 이후 유항림의 행로와 부합되기는 하지만, 원래부터 평양출신의 재북문인이며, 민족문학을 주장했던 임화나 프로문학을 주장했던 한설야와는 일정한 거리가 있었던 유항림을 사례로 결론의 주장을 증명하는 것은 다소 무리한 측면이 있다고 하겠다.

한편 유철상의 논문에서는 현대사회의 무의미한 일상적 삶에 대한 거부와 그 좌절에서 오는 불안의식이 모더니즘의 특질을 형성한다는 전제 아래 유항림의 작품을 해석하였다. 이는 기존의 협소한 문예사조적 접근

차혜영, 「자기부정을 통한 이념의 대상화와 모더니즘 글쓰기」, 『민족문학사연구』11호, 1997.10.

이나 사회사적 발생론에 귀착되어온 모더니즘 연구사의 단점을 극복하고 새로운 시각을 확보하려는 최근의 시도들 가운데 하나로 볼 수 있다.

이러한 연구성과를 기반으로 본 논문은 정보의 제한 때문에 작가론의 기본작업이면서도 소홀히 해온 작가 유항림의 생애를 재구하고, 현시점에서 구할 수 있는 해방이후의 그의 작품들에 대한 논의의 장을 마련하는데 그 일차적 목표를 둔다. 그리고 그간의 연구사에서 1930년대 후반의 유항림의 소설의 모더니즘적 특성을 단지 심리주의적 기법상의 혁신에 기댄 사조상의 문제로만 처리하지 않고, 자본주의 시장의 확대와 함께 밀어닥친 근대적 일상의 경험과 이에 대한 일정한 비판이라는 의미에서 확장된 개념으로 바라보려고 한다. 아울러 유항림이라는 한 작가의 운명을 통해 30년대 중반의 문학적 경향이 해방과 6·25를 거치면서 어떻게 변모되어 가는가를 고찰하고자 한다. 이는 분명 유항림 한 사람만의 문제가 아니라 재북 또는 월북이라는 경로를 통해 북한문학사로 편입해 들어간 최명익, 박태원, 허준 등과 같은 모더니스트들의 행로와 연결되는 것이며, 장차 우리문학사에서의 모더니즘의 계보를 구축하는데 있어 확인하고 넘어가야할 부분이기도 하다.

2. 초기 소설의 모더니즘적 성격

유항림은 1914년 평양에서 태어나 소학교를 마치고 이어 광성고보를 졸업하였다. 그동안 그의 약력은 단층파로 함께 활동했던 사람들과 관련하여 간접적으로 추측할 뿐이었다. 그는 같은 광성고보 선후배간으로 함께 『단층』지를 통해 동인 활동을 했던 김이석, 최정익, 김화청 등과 비슷한 연배였다. 이들 단층파는 동인 다수가 평양을 중심으로 활동했으며, 기독교 계통의 학교 교육을 받았다는 점, 그리고 서북 부르주아 집

안 출신이라는 공통점을 갖는다.7) "심리주의적 모더니즘의 작풍이 사치
한 남감리교계의 교풍과 아울러 생각할 때 흥미를 준다"8)는 당대의 지
적은 이들 동인의 성격을 잘 설명해준다.

그러나 북측 자료에서는 유항림이 노동자의 가정에서 태어나 중학교
졸업 후 고서점에서 일하면서 마르크스주의 서적들과 진보적인 소설책
들을 많이 읽고, 그 과정에서 사회 현실의 불합리성과 모순을 점차 인
식하고 문학창작으로 그것을 폭로하고, 항거할 생각을 갖게 되었다고 한
다. 이는 위에서 언급한 단층 동인에 대한 기존 평가와는 상당히 엇갈
리는 부분으로 성장 과정에서의 사상적 성향은 그의 초기작을 통해 판
단해 볼 수밖에 없다. 만약 사실이라면 해방 후 월남하지 않고 북쪽을
선택했던 이유와도 무관하지 않을 것이다.

유항림이 동인으로 참가했던 『단층』은 1937년 4월 평양에서 창간되어
9월에 제2호, 다음해 3월에 제3호, 그리고 1940년 6월에는 제4호가 서울
에서 발간되었으며, 시(9편), 소설(20편), 평론(4편) 등이 발표된 종합문예
지였다.9) 유항림은 이 동인지 1, 2호에 각각 데뷔작 「마권」과 「구구」를
발표하면서 문단에 등장한다.

1) 식민지 지식인의 무위의 일상과 글쓰기

유항림의 데뷔작 「마권」은 만성, 창세, 종서 등의 지식 청년들이 등장
하여 그들의 무위(無爲)한 일상적 삶과 사랑, 탈출을 다룬 작품으로 다
른 작가들의 경우에서도 찾아볼 수 있듯이 데뷔작에서의 작가의 문학적

---

7) 신수정, 「<단층>파 소설연구」, 서울대 석사논문, 1992. 64-72쪽 참조
8) 이석훈, 「문단풍토기:평양편」, 『인문평론』, 1940.8, 79쪽.
9) 그동안 존재여부에 대해 논의가 분분했던 『단층』 4호는 필자가 발굴 자료 전문을
　『현대문학의 연구』16호(한국문학연구학회 2001.2)에 수록하여 소개한 바 있고, 이후
　『한국 문학 연구의 새로운 가능성』(국학자료원, 2001)에도 수록되었다. 또한 자료 해
　제는 이 책 제3부의 「단층4호의 서지적 고찰」을 참고하면 된다.

의도가 이후의 작품세계에서도 확장되어 나타난다는 점에서 특별한 주목을 요한다. 「마권」의 구조는 주인공 만성의 무위한 일상으로부터의 탈출과정을 기본 줄거리로 종서와 혜경과의 연애담이 삽입되어 있는 구조이다. 이러한 지식인의 허무한 일상과 그로부터 탈출하려는 욕구간의 내적 갈등이 이 시기 유항림의 문학적 주된 테마이며, 이와 함께 남녀 등장인물간의 연애가 각 작품의 서사적 전개의 핵심을 이룬다. 그러므로 이 장에서는 데뷔작 「마권」의 분석을 통해 30년대 모더니즘 소설의 한 양상을 고찰해보기로 한다.

그러면 먼저 주인공 만성의 일상의 비밀을 밝혀내기 위해 작품의 첫 장면을 살펴보겠다.

> 「저 미안하게되었읍니다. 시간이밧버서 껨중도지만 실례하야겠는데 용서하십시요.」
> 「천만애요. 그리 밧부지않으면 가치 치시면 좋을텐데…」
> 「중도에 참 미안합니다. 다음에 또 짬이 있으면!」
> 그 사이에 료금을 치르고 말을 끝가지 맞추기전에 총총걸음으로 달리듯이 꼴프장을 나왔다.—그런즉 어데로 갈까. 萬成이는 아직도 밧분걸음을 늦잡지않은채 갈곳을 적어도 가도 좋을 곳을 찾노라기에 발보담도 머리가 분주히 도라감을 늣겼다. 인제는 찾어갈곳은 한박휘 돈셈이고—옳지 도서관이 있지않는가 (유항림, 「마권」, 『단층』 1호, 73-74쪽)

위의 인용문에 의하면 만성의 일상은 언뜻 매우 바쁜 것처럼 보이지만 사실은 정반대이며, 만성이 의도적으로 상대방에게, 또는 특정치 않은 세상 일반에, 또는 자기 자신에게 바쁘게 보이려고 애쓰고 있음을 암시하고 있다. 특히 "이것으로 삐삐꼴프 한번치는사이에 세번째 시간을 보는셈"이라는 만성의 행동묘사는 작가 특유의 섬세한 심리 묘사를 통해 엿볼 수 있는 표현이다. 그것은 단순히 현대인의 일상 생활의 분주함을 의미하는 것은 아니다. 갈 곳을 찾지 못하고 하는 일 없이 바쁜 일과에서 오는 무의식적 행동이 아니라 다분히 의도적인 행위이기 때문이다. 모더니즘 소설에서 근대 도시의 일상을 보여주는 카메라로서의 '산책자'의 역할을 맡게된 주인공 만성이 여타 산책자와 구별되는 곳도이 점이다. 그는 끝없이 두리번거리며 넝마주이처럼 버려진 현실의 조각 속에서 가끔씩 주워 올린 뜻밖의 횡재에 반가워하는 한가한 산책자가아니다. 그는 공간의 산책자라기 보다는 시간의 산책자이다. 목적지가있는 사람처럼 끊임없이 발길을 재촉해야 하는 만성의 행로는 근대적현실에 대한 어느 식민지 지식인의 부적응과 회의를 반어적으로 보여주고 있다.

작자는 등장인물의 이러한 행동과 내면심리의 양상을 주인공의 일기에 삽입해 놓았다. 이 부분은 일기의 형태로 서사 전개를 압축해 놓은부분이지만 사실 새로운 사건이 발생하고, 전개되는 부분이라기보다는이야기가 본격적으로 전개되기 전에 당대 지식인의 무위(無爲)의 일상을배경화 하려는 의도에서 주인공의 일기장을 빌어 작가가 거의 직접적인개입을 시도한 것이다. 이는 서사적 전개 중간에 다른 글의 일부를 직접 삽입시키는 형식적 파괴를 통해 작가의 의도를 관철하고자하는 모더니즘적 기법을 수용한 것이다. 이와 같이 일기장을 통한 독백은 등장인물의 내면 심리묘사뿐만 아니라 근대적 삶에의 적응에 대한 작가의 비판적 의식의 일단을 표출하고 있다.

> 九月二十八日 또낮잠, 하품, 글몇줄, 거리로—.
> 九月二十九日 또 그렇게.
> 九月三十日 또.
> 十月一日 또.
> 十月二日 또. 「또」가 거듭되니 분주한 것 같아도 보인다.
> (앞의 책, 76쪽)

위의 인용문에서 볼 수 있는 것처럼 그의 일과는 '무위'의 연속이다.이러한 현상은 만성의 일상에만 해당되는 것이 아니다. 도서관을 찾은 만성이 발견한 사람들의 모습 역시 유사한 인물군이다. 그들은 삽화를 오리는 중학생, 나체미술전집을 신청하는 자칭 변호사시험 준비생, 하던 공부를 집어치우고 산부인과책을 펴놓고 소리를 죽여 웃고 있는 중학생들이다. 열심히 독서중인 사람은 없다. 적어도 주인공의 시선을 빌어 작가가 포착하고 있는 사람들의 모습은 그렇다.

도서관이라는 공간은 독서와 사색의 공간이다. 거리의 '산책자'로부터 발길을 멈추고 잠시 정착할 공간으로서의 도서관은 독서행위가 이루어지는 곳이며, 이 독서행위는 또 다른 의미의 산책로이다. 근대적 풍경에 대한 고현학적 관찰에서 한차원 격상된 근대적 본질에의 개념적 인식의 가능성이 열린 곳이다.10) 그러나 유항림의 작품에 나오는 도서관의 모습은 근대의 산실로는 볼 수 없는 부정적 공간이다. 작품에 등장한 도서관에서의 독서 행위는 풍자적 대상으로 격하되고, '산책자'로서의 주인공 만성의 독서행위 역시 무위한 일상을 보내기 위한 휴게실일 뿐이다. 또한 등장인물들이 탐독하는 신문 삽화나 미술전집 속의 나체나 만성이 신청한 세스토프 전집이나 모두 근대적 인식과는 거리가 먼 소재들이다.11)

---

10) 진정석은 최명익의 「비오는 길」에서 주인공 병일이 정체성 위기를 극복하고 다시 공장과 집 사이를 왕복하며 무용한 독서와 사색을 일삼는 자신의 생활로 복귀하는 결말구조가 작가 최명익의 근대에 대한 반응양식을 드러낸다고 보았다. 작가는 생동하는 근대적 풍경에 대한 심리적 대응보다는 근대의 본질에 대한 개념적 인식에 기울어져 있으며, 병일의 독서행위는 단순한 교양습득의 차원을 넘어 '삶의 형식'으로까지 고양된다는 것이다.
진정석, 「최명익 소설에 나타난 근대성의 경험양상」, 『민족문학사연구』 8호, 1995.
11) 이러한 논리전개를 뒷받침하기 위해 다음 작품 「區區」의 한 구절을 인용한다.
지금 서포에서서 喧喧한 物議를 일으키고있는 지-드의 여행기를 읽고있지만 읽어서 소용없는 것은 누구보다도 저자신이 잘알고 있다. ……(중략)……
애써 책한권이라도 더읽고 조금이라도 더읽고 조금이라도 더 思索을 만지작거리면 더욱 사상의 深淵은 어지러워진다는 것은 알고 있다. 그리고 그것을 안다는 것이 또한 한갓지식이고 사실이지 아모런 倫理도되지않는다는 곳에 지식은 끄친다. 그것이곳 지식의 終點이라고 생각되었다. (「區區」, 『단층』 2호, 84-85쪽)

그렇다면 '무위의 일상'은 당대의 만연된 현상인가. 구보풍의 현실의 나열적 묘사로는 주인공의 이러한 무위의 근원은 밝히기 힘들다. 최재서도 이러한 주인공의 행위에 의문을 표하면서 "이 小說의 主人公은 自己의 無爲에 관하야 一種의 强迫觀念에 빠져있다. 그것이 프로레타리아的良心에서 오는 것인지 或은 單純한 孤獨恐怖症에서 오는지는 몰라도……"[12]라고 지적한 바 있다. 그러나 만성에게 있어서의 인식의 지평은 일기를 쓰는 행위를 통해 확장된다. 이러한 '쓰기'라는 삶의 형식은 「농담」에서의 영배의 수기나 「부초」에서 동규의 소설 호노리아로 이어지면서 유항림의 작품세계에서 중요한 의미를 갖는다. 유항림에게 있어 현실은 읽어지는 것이 아니라 쓰여지는 것이었다. 우리는 이 무위의 근원을 찾기 위해 작품외적 진단을 성급히 내리기 전에 다시 한 번 주인공의 일기장으로 되돌아 가야할 것이다.

2) 무위의 심리적 기원과 타인의 시선

十月七日 無爲의生活을 하는것은 자기에대한 자기의 일이다. 무위의생활을 하는것같이 보임은 세상에 대한 자기의일이다. 무위의생활로 보이는 때문에 나의생활이 더욱 무위하게 되는것아닌가 남이 머라든 나는 나대로 주때있는 생활을 하고있다는 자부심이 있었을때는 그것은 문제가 아니었다. 그러나 지금 그것을 용허할여유가 있는가 분주한척한다고 남을 속이는줏은 결코 아니다. 나를 특별히 한가한 인종으로 차별하기를 중지함은 공평한일이고 또 나의 당연한요구다. 注意 (1)큰거리로 여럿이 짝지어 단기지 않을것 (2)걸음발 빨리할것 (3)할것이 없으면 위선 그리 반갑지도않고 맞나야할일도 없는 동모들

유항림은 이와 같이 작품을 통해 지식의 한계를 비판하며, 지식에 대한 행위의 대립과 우위는 읽기에 대한 쓰기의 대립과 우위로 드러난다. 한편 도서관에서의 책읽기의 한계와 주인공의 시선을 빈 현실의 나열로 오는 세상 읽기의 한계가 서로 조응하게 된다.

12) 최재서, 앞의 책, 185쪽.

이라도 차례로 한번씩 찾어감도 무방(4)但, 한시간이상의 長坐는 禁
物. (앞의 책, 77쪽)

이 대목은 앞에서 나온 만성의 행동들이 그의 생활신조에서 나온 것
이라는 사실을 알려준다. 만성은 '무위의행위'와 '무위의생활을 하는것같
이 보임'을 구분짓고 있다. 전자는 '자기의 일로'로 후자는 '세상에 대한
자기의 일'로 규정한다. 스스로 자신의 일에 자부심을 갖고 있었을 때는
문제가 안되지만 지금은 그럴 형편이 아니다. 자신이 남들의 눈에 무위
의 생활을 하는 것같이 보임으로써 결국은 실제로 생활이 무위하게 되
지 않을까 두려워하는 것이다. 후자가 전자의 결과가 되어야 상식인데
현재의 상황이 정반대로 이해되고 있다. 왜냐하면 무위의 상태로부터 벗
어날 방법을 찾을 수 없는 상황이기 때문에 '특별히 한가한 인종'으로
차별 받지 않으려면 일부러 꾸며서라도 분주해 보여야 할 필요가 생긴다.

그렇다면 만성의 이러한 피해의식은 어디에서 생긴 것일까. 이는 타인
의 시선에 대한 끊임없는 의식 때문이다. 주인공의 자의식 속에서 타인
의 시선이 의심과 추궁을 의미하기 때문이다. 그것은 단순히 룸펜 지식
인이 갖는 무력감과 열등의식 이상의 것이다. 중학교 4학년때 독서회 사
건으로 검사국으로 넘어갔다가 요행히 기소유예로 석방되었던 만성의
과거가 이를 뒷받침 해준다.

이러한 타인의 시선에 대한 피해의식이 극대화는 다음 작품 「區區」에
서도 발견할 수 있다. 주인공 면우는 예상외로 자신의 공판이 2년 만에
끝나, 집행유예 4년을 선고받고 석방되었을 때, 함께 풀려난 근조와 P,
그리고 자신 중에 '그 사건을 판' 인물이 있다는 소문을 듣는다. 이는
서로를 불신하게 함으로써 세상과 격리시키고 나아가 학생 인텔리 전반
에 대한 불신을 조장시킴으로써 학생운동 일반을 고립화시키려는 이간
책이었다. 그 일이 있은 뒤에는 정치논문, 사회평론, 심지어는 소설에까
지 소시민에 대한 경멸이 더 심해진 것 같았다. 면우는 이러한 소문과
의심의 시선을 끊임없이 의식하며, 근조로부터 자백을 받아냄으로써 심

리적 해방감을 찾으려고 노력한다. 더구나 어머니를 찾아와 "이러이러한 일이 있으면 꼭 알려주어야지 그렇지않으면 이번에는 정말 큰일난다"고 위협하는 '츠근츠근한' 사내 역시 현실적인 감시의 시선이 된다. "학생으로서는 과감하게 학생운동이란 선을 뛰어넘어 지하의 손을 잡았든" 면우의 경력은 앞서 말한 만성의 경력과 유사성이 있으며, 보다 주목해야할 곳은 이들이 공통으로 느끼는 '타인의 시선'에 대한 의식에 있다. 이는 전향 지식인의 내면 의식에 대한 탁월한 묘사이다. 또한 이러한 타인의 시선에 대한 강박적 의식을 이해함으로써 앞에서 언급한 역설적 논리도 가능하다는 사실을 발견할 수 있다.

그런데 작가 유항림의 '타인의 시선'에 대한 통찰은 여기서 그치지 않는다. 그는 전향 지식인인 주인공 뿐만 아니라 작자 자신의 내면 속에 깊숙히 자리잡은 이러한 시선을 작품 곳곳에서 드러내고 있다. 주인공 만성이 아버지에게서 타낸 양복값으로 금융조합에 저금하러 가던 길에 친구 진규를 만나는 장면의 뒤에는 "그놈이 무슨 저금을 하고 밧부긴 무엇이 밧부댄다노 하고 의심하면서 우진 길로 나와 뒷모양을 바라보는" 아버지의 시선이 있다. 정전으로 컴컴해진 방에 단둘이 남아 있는 종서와 혜경의 방안으로 서술자는 '벽력'같이 길수어머니를 들여보내 의심의 눈길로 사건을 발전시키고 있다. 여기서 그치지 않고, 이미 주인공 만성과 창세로 하여금 이 현장을 염탐하러 보내기까지 한다.

타인의 시선을 의식한다는 사실은 자신도 남을 엿볼 수 있다는 사실과 상통한다. 만성은 도서관에서 사람들의 행동을 신문지 너머로 유심히 관찰하고 그들의 남모를 행위를 독자 앞에 폭로시킨다. 주인공의 내면을 탐구하는 시선, 주인공의 눈을 통해서나 관찰자적인 작중인물 배치(만성의 아버지, 종서의 어머니와 같은 주요 등장인물의 주변인물, 또는 길수어머니와 같은 존재)를 통해서 현대인의 행동심리를 탐구하는 작가의 서술방식에 주목해야 한다.

이러한 심층묘사란 당대의 표현에 의하면 심리소설로서 이는 모더니즘 소설의 한 유형인 고현학의 한계에 대한 방법론적 극복에 성공한 단충파의 존재 이유를 설명해 준다. "말하자면 박태원이 망원경을 들었다면 단충파들은 현미경을 갖추고 있었다"는 표현은 단충파 소설의 특징에 대한 적절한 비유이다.13) 그러나 이러한 평가가 가능해지려면 유항림의 소설을 모더니즘 소설사의 계보에 위치시켜야 하는데, 단순히 심충심리묘사만으로 모더니즘 작품으로 규정하기에는 무리가 따르며, 더구나 유항림의 작품은 의식의 흐름을 주류로 하는 서구의 정통 심리소설과는 차이가 크다. 1930년대 우리 심리소설의 특수성을 구별하여 "심리주의적 문학은 일언하여 현대 지식인의 자의식 문학인데 그 자의식이란 현실과 지식인의 이념과의 부조화, 불균형에서 온 불구적인·편향적인 표현, 말하자면 신체는 왜소한데 두뇌만이 거대한 기형아를 연상하는 병적인 경향"14)이라고 백철의 소설사관을 인정하고 유항림을 여기에 끼워 맞춘다고 해도 모더니즘과의 관계 여부에는 좀더 구체적인 고찰을 필요로 한다.

3) 단층 동인의 자본주의 경험과 모더니즘과의 관계

여기서 "근대성은 자본주의적 근대의 초기로부터 오늘날까지 일관되게 통용되는 개념이요, 근대인들이 공유하는 경험이며, 모더니즘은 이러한 개념을 수용하면서도 이에 주체적으로 대응하려는 근대의 온갖 예술과 사상을 통칭한다."는 버먼의 논리와 이러한 모더니즘을 가능케 하고 또 요구하는 것이 근대화 즉 본질적으로 경제적인 발전인 자본주의 세계시장의 등장과 확대에 따른 사회변동이라는 지직15)을 싱기해보자. 모더니즘과 자본주의적 경제양식과의 상관성16)을 고려한 후에 1930년대

---

13) 김윤식·정호웅, 앞의 책, 247-248쪽.
14) 백철, 『신문학발달사』, 박영사, 1975, 274쪽.
15) 백낙청, 「문학과 예술에서의 근대성 문제」, 『창작과비평』, 1993 겨울호.
16) 모더니즘은 과학과 합리성이 낳은 폐단에 의해 사물화라는 비인간적이고 반근대적인 현상이 발생하고 그러한 병리현상이 만성화된 현실에서 반근대성을 노출한 자본주의적 근대성에 저항한 것이다. 모더니즘의 또다른 특징은 근대적 반항이 대부분

한국 모더니즘을 조망해 볼 문제의식을 던져주는 주장이다. 이에 대해 최원식 교수는 30년대 모더니즘의 등장을 문학사적 필연으로 보고, 이 시기에 이르러 조선의 공업화가 새로운 수준에서 추진됨으로써 국내 농업적 질서를 급속히 해체하는 도시화의 물결 속에서 자본의 실감이 식민지 사회를 엄습했다고 보았다.[17] 한국 모더니즘의 출현에 대한 이와 같은 일반적인 배경 설명이 유항림의 경우에도 적용될 수 있는가가 새로운 문제가 제기된다.

그렇다면 단층 동인들의 계층적 기반과 삶에 대한 태도를 알아보기 위해서 평양자본가의 존재방식을 고찰한 신수정의 논문이 도움될 것이다. 이들 단층 동인의 활동의 중심지로서, 일찍부터 식민지경제의 파행성에도 불구하고 자본주의적 산업이라고 할 메리아쓰 공업과 고무 공업의 발달을 이룩해 온 평양은 여러 가지 측면에서 다른 지방과는 다른 독특한 특질을 보인다. 평양에서는 초기 중국과의 인삼교역으로 형성한 상업자본이 산업자본으로 전화되어 갔고, 이를 근거로 부르주아 계층이 확립될 수 있었다. 그러나 중일전쟁 이후 이들 자본은 거의 일본자본에 동화되고 마는데 그 역시 자신의 속성 속에 내재해 있던 예속적 측면의 표출이었다. 단층파의 대부분은 일찍이 기독교를 받아들인 개화한 부르주아 계층 출신으로 아버지 세대의 부의 원천과 이용방식은 평양의 다른 자본가계층과 그리 다르지 않은 것이다. 이들의 작품 속에 등장하는 아버지의 모습은 자본주의적인 삶의 전형이자, 속물로 파악되며, 부르조아 2세들인 이들은 아버지가 보여주는 유용성을 지향하는 삶은 비판하

미학적인 전략으로 이루어졌다는 점이며, 이는 모더니즘의 정치적 대항의 기반이 그리 확고하지 못했음을 의미한다. 자본주의의 모순이 훨씬 더 격화되었지만 그와 함께 체제 전복적인 힘을 제어하는 고도자본주의 구도가 형성되어 있던 서구에서 모더니즘은 이런 위기상황과 강한 방어력의 양면을 지닌 고도자본주의를 배경으로 나타나며, 모더니즘이 정치적 반항의 내용보다 미학적 저항의 방법을 선택한 것도 이 때문이다.

나병철,『근대성과 근대문학』, 문예출판사, 149-153쪽 참조

17) 최원식,「한국문학의 근대성을 다시 생각한다」,『창작과 비평』, 1994 겨울호.

면서 결과적으로 무용성, 사회적인 역할을 거부하는 지식인으로 자신들을 정립한다.[18]

이로써 유항림 문학이 등장하는 사회적 배경과 그의 문학이 갖는 모더니즘적 성격과의 관계도 어느 정도 설명이 가능하게 된다. 「마권」에 등장하는 만성이 부자간의 대화를 통해 자식에게 구십원이나 나가는 양복값을 단번에 지불해 줄 능력이 있으면서도 자신에게는 인색한 평양 자본가의 전형을 발견할 수 있다.

> 돈을 받아쥔이상 차언피언할게 아니라고 도라세나가는 아들의 뒷모양을 내다보며 의아스러운 듯이 「그것이 벌서 못닙게 됐겠다. 재작년에 한 것이 벌서」 하고는 십여년동안을 입고도 아직 몇해는 넉넉히 수명이있는 자기의 덧저고리를 딜어다본다. 소절수장을 덥어서 금고에 넣는길에 금고속에서 몇십년동안이나 쓴것인지 칼날이 칠분 이상 달엇다. 보기에도 흉측스레된 면도를 끄내 쥐고 거울을―이것도 면도와 동년대의것인지 뒷면 水銀이 군데군데 얽고 농이로 동여매이고한 거울을 딜어다보며 또 중얼거린다.―자식이 아니면 누가 그꼴을 본담」 (앞의 책, 85쪽)

만성의 부친이 '한닙돈에도 구들거리면서' 아들이 청구하는데는 아끼지 않는데는 만성이가 독서회 사건으로 검사국에 넘어갔다 기소유예로 석방시 "계모라고 하는데 사이가 어떳소 흔히 이런일에 참여하는 젊은 사람은 가정이 불행한 사람" 이라는 주의를 받았기 때문이다. 그래서 그는 옷값같은 것은 요구하는 대로 주지 않으면 안되겠다고 생각하는 것이다. 그런데 그런 돈으로 보여주는 만성의 기이한 행동은 일반적 상식으로는 쉽게 이해되지 않는다.

> 은행에서 소절수를 박구노라고 기달리는 사이에 문득 생각난 것은 어렸을적의 은행노리란것이었다. 지전을 만들어 저금하고 찾아내고하

---

18) 신수정, 앞의 논문, 68-71쪽.

며 놀든 거기서 힌트를얻어 특별당좌예금에 오십원을 저금하고 N금
융조합에 또 저금할려고 그리로 가든 길에 진규를 만났고 그의 아버
지도 그를 보앗든 것이다. 금융조합에 이십원을 처음으로 저금하고
그길로 우편소로갔어 이십원을 저금하고 새 통장을 받어넷다. 이렇게
구십원을 세곳에 널어놓았다.
　　그이튿날은 금융조합과 우편소에서 십원씩 끄내다 은행에 저금한
다. 또 그이튿날은 은행에서 육십원을 찾아내다 우편소와 금융조합에
저금한다. 늦잠을 자고나서 그세곳을 단겨오면 비용드는 일도없이 하
로해가 곳잘 지나갔다. 따라서 양복을 다지어놓고 기다릴 양복점에는
자연 발길을 하지않었다.(앞의 책, 36쪽)

　이러한 행동의 기저에는 우선 무위의 일상으로부터 시간을 때울 일을
찾던 만성의 고육지계가 있다. 그러나 이면에는 그 이상의 의미가 숨겨
져 있는데, 그것은 자본주의에 대한 역설적 비판이라는 점이다. 원래 모
더니즘은 근원적으로 유동하는 근대적 감수성의 탐닉과 함께 자본주의
를 경멸하는 일종의 고전적인 반근대지향을 동시에 가지고 있다.[19] 만성
은 가장 자본주의적인 산물이라고 할 은행을 이용하여 어린 시절에 하
였던 놀이라는 상징으로 자신의 성장배경이었던 자본주의의 구조를 풍
자하고 있다. 「마권」의 모더니즘적 성격이 부각되는 지점이다.

4) 근대적 인간관계와 연애의 문제

　그런데 작가의 반자본주의적 성격은 여기서 그치지 않고 주인공 만성
의 무위적 일상이라는 기본 줄거리 속에 삽입된 종서와 혜경과의 연애
담을 통해 다시 한번 심화되고 있다. 종서와 혜경의 교제는 이 작품 속
에서 단순히 독자의 흥미를 북돋우기 위한 연애담의 통속적 역할만을
담당하는 것이 아니라 근대적 인간관계의 문제점을 드러내주며, 나아가

---

19) 최원식, 앞의 글, 28쪽.

현실과 이론의 괴리상을 상징적으로 보여주는 장치이다. 주인공 만성에게서는 근대적 일상에의 부적응을 개인과 사회와의 엇갈림 속에서 보여주었다면 이 두 남녀의 만남은 실제 그 사회를 구성하는 개인과 개인간의 문제로 취급되었고, 만성과 종서, 창세간에 오가는 것과 같은 관념적 형태의 대화가 아니라 구체적 사건으로서 다루어지고 있다.

주인공 만성의 절친한 친구인 종서는 시대의 巨濤와 보조를 같이하는 세계관과 젊은 열정을 가지고 졸업했건만 세상은 벌써 혼미한 적막이 있을 뿐이고 졸업 후로 미루었던 포부를 살릴 길 없는 현실에 부딪쳐 이론으로서는 극복했다고 믿던 가정과 빵을 위하여 죽은 아버지의 친지를 찾아 이십오원의 초라한 밥자리에 매달려있다. 결국 '가정과 빵'을 위해 전향한 지식인이라는 것이다. '가정과 빵'이란 '생활'을 뜻하는 것이고, 다른 말로 하면 '현실'이다. 여기서 '이론'과 '현실'의 대립항을 설정할 수 있다. 이 최초의 대결에서 종서는 '이론'으로는 극복했다고 생각하던 '현실'앞에 일단 굴복했다는 의미로 해석할 수 있다.

이러한 종서에게 혜경과의 만남은 로맨틱한 아무도 것도 없는 '산문적 로맨쓰'였다. '산문적'이라는 의미는 혜경이에게서 이성을 본 순간 결혼을 생각했고, 경제적 보장이 없는 가정에 그녀를 맞아들일 자신이 없었기에 "저편에서 적극적으로 나선다면 몰으지만 그렇지도않는이상 될 수 있으면 성을 초월한 그 무엇이라 설명해버릴려는 노력을 잊지 않았기 때문"에 일부러 거리를 두게 되었고, 혜경 또한 같은 '위신의 경주'를 벌이며, 혜경은 종서를 일요일에, 종서는 화요일에 각기 방문하는 습관을 만들었다. 이러한 '위신' 때문에 이들은 아무 일 없이 정전된 방에서 함께 있었던 것이다.

그러나 그 사건으로 갑작스런 혼담이 나오자 종서는 이를 해명하고자 혜경을 불러내어 결혼이나 연애를 전연 생각지도 않았다고 마음에 없는 말을 하고 만다. 혜경도 같은 반응을 보인다. 이때 작가가 개입한다.

누구든지 하나가 나는 그대를 끝없이 사랑하고 결혼해주기를 바란

다는 이미의 말을 어떻게 서투른형식으로라도 밝히었다면 당장에 그
리고 즐거히 몸을 그의 가슴에 던지거나 혹은 힘차게 끌어안을만한
마음의 준비를 사년의 세월이 그들에게 주지않았다고 어떻게 단언할
수있을것인가, 그리고 그렇게되면 그것을 합리화할 이론이 그들의 리
지에 준비되여있지 않었을 것인가, 그러나 지금 그것은 한갓 공상에
속한다. (앞의 책, 90쪽)

다음 대목에서 혜경과 태홍의 갑작스런 약혼소식이 전해진다. "밥걱정
이나 없고 넉넉히 남편의 코를 잡을수 있어보이는데"를 선택한 것이다.
금융조합 부이사인 태홍의 관심사는 누구의 월급이 얼마라는 것뿐임은
이미 앞에서의 대화를 통해 밝혀져 있다. 종서의 조심스러운 '이론'은
이렇게 혜경의 변심이라는 분명한 '현실'앞에 또 한번 무릎꿇을 수밖에
없었다. 그런데 자세히 살펴보면 이는 종서의 무행동성에 대한 반발이라
는 사실을 발견할 수 있다. 평소 조심스럽던 혜경이 태홍을 만나서는
처음부터 술담배를 권하면서 '남자가 담배못먹어 어떻게 하는가'하는 식
으로 새로운 유형의 여인으로 변신한 것이 그것을 증명한다.

앞에서 인용한 것처럼 주인공이 사랑을 고백하지 못하고, 이를 부정함
으로써 현상을 유지시켜 나가려다가 파멸하는 내용은 유항림의 다음 소
설들에도 지속적으로 등장한다. 「구구」의 주인공 면우는 기생 록주를
사랑하면서도 이를 인정하지 않고 기둥서방 노릇에 머물고 있다가 최변
호사에게 록주를 빼앗길 위기에 처하고 만다. 「농담」에서는 주인공 영
배가 농담조로 친구에게 연애술을 코치해 준 대상이 그가 일기 속에서
만 사랑을 고백해 왔던 경희라는 사실이 드러난다. 다행히 정일이 이를
전해주어 이 사랑은 유일하게 해피엔딩으로 마무리되지만 이것 역시 주
인공의 주체적 행동이 아닌 우연과 타력을 빌린 것이었을 뿐이다. 진실
을 고백하지 못하는 이러한 '종서형' 인물에게 있어 글쓰기의 작업은 내
적으로 감추어진 사랑을 표현하는 유일한 방법이 된다.

5) 파시즘의 비극과 전향의 문제

다음으로 작품 「부호」를 살펴보면, 주인공 동규가 창작하고 있는 소설 속의 주인공 호노리아는 바로 자신을 배반한 애인 혜은의 분신이다. 그녀는 동규의 지성만 있고 행동이 없는 태도에 반발, 강한 현실지향적 사고와 행동력을 가진 성호와 결혼하지만 곧 파경에 이르고 만다. 이때 혜은의 행위는 데뷔작 「마권」에서의 혜경의 행위와 동궤에 놓인다.

이러한 애인의 행적이 밝혀짐에 따라 전개되는 소설 속의 주인공 호노리아의 삶 또한 마찬가지의 양상을 보인다. 한편, "이상에 피곤해졌을 땐 그것과 정반대로 하고 싶어지는 충동-불행할 줄 알면서 그리로 들어가는 현대의 비극"은 파시즘의 논리와 연결된다. 지식과 행동 또는 이성과 감정을 대립시키고, 지식과 이성의 무력함과 그에 따른 행동과 감정의 힘을 의미 있는 것으로 모색하던 단층파의 인식 구조와 맥을 같이 하면서, 유향림이 이성 또는 지성대신에 찾은 감정 또는 속물적인 생활력에 대한 집착은 파시즘의 논리로 다가설 위험성을 다분히 안고 있다.[20] 앞에서 말한 유향림 소설의 모더니즘적 가능성은 이 지점에서 다시 파시즘이라는 당대의 시대적 분위기와의 관련성 속에서 다시 점검할 필요가 있다. 혜경의 선택에 대해 비판적 해석을 내린다면, 이는 파시즘에 대한 비판의 논리가 될 것이다. 여기서 다시 「마권」의 주인공 만성에게로 돌아가 보자.

만성은 애인을 잃은 종서와 창세간의 언쟁을 들으며, '변증법적 유물론사가 될려다가 못된 무리'. '열정없는 청춘이여 어둠을 탄식하는 개구리'라고 마음속으로 고함치면서 혼자 달아난다. 그리고 밤새 고민한다.

> 「과거를 청산하는 것은 좋다. 그러나 새로운 출발점은 어떤것인가. 이렇게 묻는 말이겠지. 그것도 한 「제네레이숀」전의 일이다. 발전 가운데 과거를 청산하는 것은 내게는 유쾌한 고담소설의 이야기에 지

---

20) 류보선, 앞의 논문, 75-85쪽.

나지 못한다. 나는 단순히 버리는 것이다. 그것을 버린다면 자살이다. 나는 生活없는 形骸를 버릴뿐이다. 이것으로 나를 좀더 발전시킬수 있다면 횡재다 다행이다. 또 그렇기를 바란다. 여기 통용치못하는 「루불」지폐가 있다면 그리고 그것으로 馬券을 살 수 있다면 그것도 도박이라고 위험하다고 할 수 있겠나. 나는 요행을 바라고 마권을 산 것이다.」(「마권」, 96쪽)

　이러한 자기 고백을 남기고 만성은 동경으로 떠난다. 위의 결말을 만성의 도피적 여행으로 보는 견해[21]도 있으나, 무위한 삶의 굴레에서 벗어나기 위한 탈출시도로 보는 것이 옳을 것이다.

　그러면 여기서 만성이 향한 동경이라는 장소의 의미는 무엇인가. 동경역시 식민지 조선에서 이루지 못한 어떤 전망을 성취해 낼 수 있는 장소는 되어 줄 수는 없었다. 오히려 파시즘적 모순의 시발점인 그곳은 주인공을 향해 더 큰 절망을 감추고 있는 일시적 탈출구일 수도 있다. 그러나 그곳을 아무 희망이 없는 도피처라고만 볼 수는 없다. 주인공의 출발은 새로운 소설의 시작이지 종착지가 아니다. 오히려 모순의 한복판에서의 모험을 여는 서장인 것이다. 소설 제목 '마권'이 갖는 상징도 현실의 절망과 불투명한 미래에 대한 도박과 같은 모험적 선택이 아닌가. 이 점에서 이 소설이 작가가 계획하고 있는 더 큰 장편의 일부라는 사실을 염두에 두어야 할 것이다. 주인공의 이름과 그의 친구 창세의 이름이 갖는 역설[22]이 현실화될 날을 기대해 보아도 좋을 것이다.

　그러나 여전히 문제는 남는다. 과연 작품의 결말이 끝이 아니라 시작이라 해도, 이러한 결말이 제시하고 있는 전망의 내용에 대한 암시가 불충분하다는 비판에 대하여 작자는 어떻게 답해줄 수 있는가. 하지만 이와 같은 질문이 1930년대를 체험해 보지 못한 세대의 현 시점에서의 요구를 소급시킨 것이어서는 곤란하다. 낙관적 전망이 전혀 불가능한 시

---

21) 이상갑, 「단층파 소설연구」, 『한국학보』66호, 1992 봄.
22) 주인공 만성(萬成)의 이름은 '만사성취(萬事成就)'의 목적으로 지은 것이며, 그 친구 창세(昌世)의 이름 역시 세상을 번창(繁昌)케 하겠다는 의지를 보여준다.

대에서조차 '전망의 과장'이란 오류를 범했던 작가들을 우리는 기억하고 있다. 그러므로 이 작가가 답할 수 있는 부분 역시 제한적일 수밖에 없음을 인정해야 한다. 객관적 전망이 부재한 시대에는 주관적인 전망을 찾아야 하며, 그 도달점이 어딘지 몰라도 주인공은 출발해야 했다. 유항림의 작품에서 그것이 무엇인지는 불분명해도 그것은 생활과의 결별도 아니고, 이성의 포기도 아니라는 점에서 단순한 전향의 논리는 아니었다. 작가 자신이 소설 속에서 소시민에 대한 경멸로 흐르는 것에 반발하지 않았던가. 이 모든 것은 결국 1930년대라는 답이 없는 현실 속에서 상황에 그대로 순응할 수만은 없었던 한 작가의 성실한 노력으로 모아져야 한다.

『단층』 1, 2호에 두 편의 소설을 발표한 후 한동안 작품활동을 중단한 채 작가 노트 수준의 평론[23]만을 썼던 유항림은 김남천의 추천으로 인문평론 12호(1940.10)의 신인작가 특집을 통해 중앙문단에 진출한다. 소개의 글에서 김남천은 유항림의 '고-고리에 관한 노-트'[24]를 읽고, "유씨가 현재 경험하고 있는 정신상태에 대해서 어떤 적지 않은 전환 같은 것이 있지나 않을까 하는 것을 예기"한다고 하면서 유항림이 "단층파의 최초의 이단자"가 될런 지도 모른다고 지적한 바 있다.[25] 여기서 단층파의 이단자라는 말의 의미는 일차적으로 기존의 심리주의적 경향으로부터의 탈피를 뜻하는 것이며, 고골리의 경향으로 본다면 사실주의로의 전환을 뜻하는 지도 모른다.

이 평론은 고골리 연구의 간략한 소묘이자 문학적 사고의 출발점을 보여주는 글이다. 유항림은 당시 문단에 대해 "主題의 喪失이란 歎息이 아모런 情熱도없이 되푸리되고, 一顧의 價値도 없는 世態文學論이 盛行되고 藝術品이 되기 몇步인가 前에 멎어버린 川邊風景이 레알리즘의

---

23) 「개성 · 작가 · 나」(『단층』 3호, 1938.3)와 「소설의 창조성」(『단층』 4호, 1940.6)을 말함.
24) 위의 「소설의 창조성」을 가리킴.
25) 『인문평론』 12호, 1940.12, 110쪽.

擴大(?)의 貢獻이 있고- 대관절 虛榮心이란 것을 除하고 보면 무엇 때문에 文學을 하는지 몇 사람이나 意識하고 다시 追求하고 있는가"하는 의문을 제기한다. 또한 소설은 "現實을 眞實에까지 끌어올리려고 加工한 精神의 意匠이고 따라서 作家에 依한 現實의 飛躍"이라고 하면서, 이러한 '現實의 飛躍으로서의 虛構性'을 '픽숀(Fiction)'이라 부른다. 그리고 단순한 이야기(스토리)의 환상미도 뛰어난 인생관찰의 타당성도 한 편의 소설이 빚어내는 인생편도(人生編圖)에 비하면 보잘 것 없다며, 사실 있는 것 이상의 어떤 진실을 찾아 멈출 줄 모르는 정신의 능동성을 강조한다. 이 점에서 그는 고골리를 현대문학에 있어서 자신이 말하는 '픽숀'을 가장 깊이 이해하고 그것을 의식적으로 활용한 최초의 작가라고 단언한다.

그런데 사실 『단층』에 발표된 그의 소설 역시 남들로부터는 자기 자신이 앞서 비판한 작품들과 유사한 평가를 받고 있지 않는가. 이 점에서 작가 자신의 확신에 찬 주장과는 달리 이 시기는 새로운 작품세계를 열어 나가기 위한 모색기였다고 보인다. 이러한 전환은 실제 작품을 통해 증명되어야 한다. 그러나 이때 발표한 「부호」는 이전에 『단층』지에 발표되었던 「마권」, 「구구」와 동일한 계보에 속하는 작품으로, 김남천은 이 작품을 '노-트'가 쓰여지기 훨씬 전에 쓴 것으로 본다.26) 하지만 김남천의 앞선 지적은 세월이 흐른 뒤 해방 이후 북한 문단의 핵심적 위치에서 활동하는 작가 유향림의 또 다른 모습을 설명해 주는데 도움이 될 것이다.

---

26) 유철상은 작품 「부호」가 앞의 두 작품이 단지 현대 도회에서의 지식인의 일상적 삶의 무의미, 허무, 절망 등을 중점적으로 다루고 있는 것과 달리 그것이 예술창작이라는 것과 매개되어 시대정신을 두드러지게 반영하고 있다고 파악하면서 이 작품을 추천했던 김남천이 '단층파 최초의 이단자'가 될 지도 모른다고 언급한 것에 주목하고 있다. 그러나 김남천의 이러한 지적은 위에서도 말한 바 『단층』 4호에 나온 니코라이 고-고리에 관한 노트'를 통해서 발견할 수 있는 전환을 의미하는 것이다. 유철상, 앞의 책, 627쪽 참조.

3. 해방 후의 문학적 변모와 새로운 인간상의 모색

해방 후 유항림은 최명익이 중심이 된 평양예술문화협회의 멤버로 참여한다. 1945년 10월에 결성된 이 단체에는 유항림 뿐만 아니라 김조규, 이휘창 등 단층 동인이 다수 참여한다. 회장을 맡은 최명익 역시 단층 동인이었던 최정익의 형이었다. 순수한 문학예술 단체를 지향했던 이 단체는 이후 공산당 중심의 평남지구 프롤레타리아 예술동맹과 대립하다가 북조선문학예술총동맹으로 통합된다. 최명익, 유항림, 김조규 등 처음에 민족진영의 평양예술문화협회를 구성했던 주요 멤버들도 문예총이 발족되고 그것이 확대강화됨에 따라 어쩔 수 없이 공산당 편으로 돌아서고, 김화청, 김이석, 이휘창 등은 무소속으로 남게 된다.27)

유항림의 이러한 변신의 계기는 무엇일까. 이와 관련된 일화가 하나 있다. 해방 후 유항림은 최명익, 오영진과 함께 남산정 김일성의 집에 초대를 받은 일이 있다. 오영진의 증언에 의하면, 모임을 마치고 헤어질 무렵에 최명익은 "과연 장군인데!"하고 감탄했다고 하며, 유항림 역시 "그대로 전기를 써도 소설이 되겠군"하고 혼자서 소설을 구상하는 눈치였다고 한다.28) 그러나 이 사실이 이후 유항림의 작품상의 변화를 모두 설명해줄 수는 없다. 박태원, 최명익 또는 이태준 등이 해방이후 보여주었던 사상적 변모에 대한 분명한 설명이 곤란한 것처럼 유항림의 설명하기 어려운 변모과정 역시 결국은 구체적인 작품분석을 통해 증명되어야 한다. 그 과정에서 30년대 중반 이후 일제 강압 하에 일시단절 되었던 진보적 문학의 전통과 굴절에서 그동안 쉽게 발견하지 못했던 연속성을 찾고, 한국현대사의 굴곡을 어렵게 헤쳐나가는 한 작가의 대응방식을 엿볼 수 있을 것이다.

유항림은 해방 후 북조선 교육국 국어편찬위원회와 북조선문학예술총

---

27) 이기봉, 『북의 문학과 예술인』, 사사연, 1986, 39쪽, 197쪽 참조
28) 이기봉, 앞의 책, 135-139쪽.

동맹 출판국에서 일하면서 창작활동을 계속한다. 1946년 11월 『문화전
선』 2집에 단편소설 「개」를, 1947년 3월에는 『조쏘문화』 제 4집에 단
편 「고개」를 발표하는 등 해방 직후에도 계속하여 작품을 발표한다.29)
그 외에도 현재로서는 작품 내용은커녕 출전도 제대로 확인하기 어려운
형편에서 목록을 추려 내는데 만족해야 하는 많은 작품들을 발표한다.30)
불행하게도 1958년에 출간된 『유항림 단편집』에는 이 시기의 작품들이
거의 수록되지 않아 어떻게 해서 모더니스트였던 유항림이 사실주의 소
설가로 변모해 가는지 살피는 데 있어 단절의 아쉬움만 크게 안겨주고
있다.

　이후 유항림은 6·25중에는 종군작가로 낙동강 전선까지 갔으며, 전후
에는 작가동맹출판사 출판국 등에서 근무하면서 문제적인 작품을 발표
한다. 북에서 말하는 소위 '전후복구건설과 사회주의기초건설을 위한 투
쟁시기' (1953.6-1960)에 단편소설 「직맹반장」(1954)을 발표하면서 북한
문학사에 남는 대표작으로 남긴다.31) 1956년 10월에 열린 조선작가동맹
제 2차 작가대회에서 결정된 동맹의 위원명단에 의하면 유항림은 중앙
위원회 후보위원에 올라 있다. 이 시기야말로 북에 남은 유항림이 가장
활발한 활동을 보이던 시기이며 첫 작품집인 『유항림 단편집』(1958)도
이 무렵 출간된다.32) 한편 그동안 단편소설만을 창작해오던 그는 보다
호흡이 긴 중·장편소설로 나아간다. 전쟁 직후 광산을 배경으로 하여
전후 건설에 나선 광산 노동자들의 이야기를 쓴 중편소설 「성실성에 대
한 이야기」(조선작가동맹출판사, 1958)와 「대오에 서서」(『조선문학』, 1961.
10-?)가 그것이다. 그러나 이 작품을 뒤로 10여 년간 다른 작품 발표를

---

29) 김재용, 「북한문단을 해부한다」, 『문예중앙』 1995 겨울호, 442쪽.
30) 「휘날리는 태극기」(1945), 「와사」(1948), 「부득이」(1949), 「아들을 만나리」(1949), 「형
　　제」(1949) 등이 그것이다.
31) 박종원·류만, 『조선문학개관』Ⅱ, 인동, 1988, 199-200쪽.
32) 이 단편집에 수록된 작품은 「부득이」(1949.8), 「최후의 피 한방울까지」(1950.7), 「누
　　구 모르랴」(1951), 「소년 통신병」(1953), 「직맹반장」(1954.3), 「진두평」(1951.8), 「불
　　바다 속에서」(1958.8) 등이다.

확인할 수 없는데, 그 이유는 알 수가 없지만 최근에 발표된 문학사에도 이름이 올라 있는 것을 보면 종파투쟁에 의해 축출되지는 않은 것으로 보인다. 1977년에 소설이 아닌 전투실화집이라는 이름으로 책을 한 권 남겼다.[33] 그후 유항림은 불치의 병중에도 마지막 순간까지 성실하게 창작생활을 하다가 1980년 11월 5일 숨을 거두었다고 전하다.

1) 해방 직후 토지개혁의 형상화와 「부득이」

일찍이 김남천이 지적한 유항림의 변모 가능성을 작품 자체에서 증명할 수 있는 첫 작품을 찾아본다면 사변전 작품으로는 유일하게 단편집에 수록된 「부득이」가 있다. 1949년 8월에 창작된 것으로 표기된 이 작품은 해방후 북에서의 토지개혁 상황과 이로 인해 거듭나는 한 청년의 모습을 보여준다.

평남 수리 공사장의 점심시간에 둘러앉아 대화를 나누는 가운데 부득이라는 별명을 가진 룡문이라는 청년의 과거 이야기가 나온다. 핏골 동네앞 부득샘이란 늪이 하나 있다. 그 늪과 거기서 물이 흘러내리는 도랑에 여름이면 부득풀이 성하기 때문에 생긴 이름이다. 20년 전 소작인의 딸이 늙은 지주의 첩으로 끌려가게 된 신세를 저주하며 자살한 그곳으로 삼십이 넘도록 장가를 들지 못한 룡문이가 밤이면 처녀귀신을 만나러간다는 소문이 퍼지면서 부득이라는 별명을 갖게 된다. "이 쌍! 부득이가 뭐야, 부득이가 다 뭐야?"하고 달려들던 그는 그 덕에 해방 후 토지개혁 때 마을에서 제일 기름진 부득샘 첫배미 일천삼백여 평을 분

---

33)『고향으로 가는 길』이라는 제목의 이 책은 유항림의 「고향으로 가는 길」 외에도 김학연의 「포화속을 뚫고 가는 132호」, 김승구의 「남진의 길에서」를 수록하고 있다. 그러나 「고향으로 가는 길」이라는 작품은 이전에 단편집에 수록되었던 「진두평」이라는 작품을 전투 장면 중심으로 개작한 것으로 새로운 창작물로 볼 수 없다. 또한 함께 수록된 작품의 작가들 역시 50년대에 주로 활약하던 작가들이기 때문에 개작 연대와 출판 시기와의 일치 여부도 확인할 수 없다.

여받고 젊은 과부와 새살림까지 차리게 된다. 룡문이는 "부득이, 부득샘 첫배미는 님자 것이 됐다네"하는 말을 들었을 때 부득이란 이름이 은근히 기쁘기조차 하였다. 이러한 지명 유래와 주인공의 과거에 대한 요약적 제시를 통해 일제의 수탈과 농민의 고통이라는 역사적 배경을 저변에 깔고 있다. 그러나 이름과 관련된 우스개로 토지개혁의 의미를 희화화는 잘못을 범하지 않고 작품 중반부부터는 부득이가 공화국이 지향하는 농민의 전형으로 변화 발전하는 모습을 상당히 구체적으로 형상화하고 있다.

마을의 세포위원장 태수의 입을 통해 전해지는 룡문의 이야기는 다음과 같다. 룡문이는 수리 안전답인 자신의 땅에 '랭상모'를 심기로 하고 이곳저곳을 찾아 기술을 배운다. 이러한 노력 과정에서 "력사상 처음으로 사회의 진정한 주인으로 등장한 근로인민대중의 생활과 투쟁이 깊이 있게 그려져 있으며 자연과 사회의 개조자로서의 근로대중의 적극적인 혁명적 역할"34)을 그린다는 소위 평화적민주건설시기(1945.8-1950.6)의 문학적 과제를 충실히 수행한다.

북한은 1946년 초에 토지개혁을 필두로 그들이 주장하는 제반 민주개혁을 실시하였다. 그러나 제도가 바뀌어도 의식이 이를 따르지 못할 때 그러한 개혁은 실패할 수밖에 없다는 문제가 발생한다. 이에 북에서는 건국 사상 총동원 운동을 전개하여 사람들의 의식 속에 남아 있는 낡은 사상적 잔재를 없애고 새로운 사상으로 교양하기 위하여 새로운 인간 유형을 그려내야 하며, 그것은 일반 대중들에게 모범적인 인물 형상을 보여 줌으로써 그들로 하여금 그것을 따르도록 하는 것이었다. 이는 필연적으로 문학이 가진 인식적 기능보다는 교양적 기능을 우선시하는 것으로 나타난다. 문학이 객관적 현실의 연관과 그 발전을 반영하기보다는 긍정적 모범을 제시하고 그것을 통해 대중들을 교양하는 것으로 됨으로써 현실의 객관성에 기초하지 않은 주관적 지향에 기울어진 혁명적 낭

---

34) 『조선문학사』 1945-1958, 과학백과사전출판사, 1978.

만주의의 경향으로 나아가게 되는데 이를 소위 고상한 사실주의라고 부른다.35)

작품 후반부에서 룡문이의 성공을 시기하여 "머슴살이나 하던 놈이"라며 시비를 거는 최서방을 마을 주민들의 입을 빌어 비판하면서 "노동에 대한 새로운 주인다운 태도와 립장"36)을 강조한다.

> "이자식 늦모를 했으면 어떻단 말인가? 그래 웬 걱정이가? 며칠 전까지두 남의 머슴살이나 하던 놈이 제 세상 만났다고 건방지게 웬 야단이야? 야! 부득이 자식아."(「부득이」, 『유항림 단편집』, 30쪽)

> "그게 무슨 언사요? 언사보다 그게 무슨 사상이요. 얼마 전가지두 우리는 지주에게 작인놈이 건방지게! 하고 호통을 들어왔소. 그러나 어젯날의 작인은, 지금은 그런 호통을 용납하지 못하겠쉐다. 또 어젯날의 머슴도 지금은 그런 호통을 용납하지 못할게웨다. 여보 최서방! 그래 언제 지주가 됐기에 그런 호통이요? 수모받던 지난날이 생각돼서 견딜 수가 없쉐다. 머슴살이나 하던 놈이란 최서방의 말 한 마디가 내 가슴팍에 한 뼘 대못같이 꽉 박힙내다……."(앞의 책, 33쪽)

이 시기의 소설에도 갈등은 있다. 이는 일본제국주의와 이에 영합한 지주에 대한 소작인들간에 있었던 적대적 갈등과는 성격이 다르다. 농민들의 속에 아직도 남아 있는 지난날의 봉건잔재에 대한 청산의 문제와 함께 토지분배 이후 새로이 등장한 경제구조에 적응하지 못하고 갈등하고 있는 모습을 솔직히 드러내고 있다는 점에서 토지개혁 소재의 다른 작품들과 비교해 볼 필요가 있다. 작품에서는 룡문이가 먼저 최서방을 찾아가 화해를 청하는 것을 통해 잘못된 사고를 고치는 것뿐만 아니라 서로 화해하고 협력해 나가야 한다는 결말을 제시하고 있다. 그러나 작품의 결말은 다분히 도식적이며, 룡문이라는 영웅적 인간상을 농민의 전

---

35) 김재용, 『북한문학의 역사적 이해』, 문학과지성사, 1994, 95-97쪽.
36) 앞의 책, 22쪽.

형으로 제시하면서 농업상에 있어서의 과제와 농민의 의무를 강조하고
있다.

「여러분이 보시는 바와 같이 룡문네 적은이는 이 공사장에서두 드
러나게 일을 잘 합니다. 이게 모두 제 일이지 남의 일이 아니니까요.
부득샘 첫배미 일천 삼백평은 물걱정 없는 논이라 금년에도 물론 랭
상모를 실시할 예정이지만 나머지 일천 오백평은 물이 임의롭지 못
해서 랭상모를 못하겠으니까 이 공사가 끝나기를 조바심을 해가며
기다린다우. 수리 불안전답을 분여 받아 가지고 그걸 수리 안전답으
로 만들고 수리 안전답은 다시 랭상모로 배 소출을 내고! 이렇게 하
는게 우리 농민의 의무이지요. 우리나라의 땅을 배로 늘쿠는 일이니
까 얼마나 우리 농민들의 자랑이웨니까? 삼천리 강산이라던 것이 륙
천리 강산 맞잡이로 만드는 셈이웨다. 룡문네 적은이가 흥이 나서 일
할만도 한 일이웨다.」 (앞의 책, 37쪽)

해방 4년 후에 이 작품은 주체사상에 의한 재정리된 문학사에서 수식
어처럼 들어있는 수령의 지침에 대해서는 전혀 언급하지 않으면서 처음
으로 자기 땅을 받아, 새로운 의지를 다지는 농민들의 건설적인 모습을
형상화한데서 평가를 해주어야 한다. 해방 후 4년만에 쓰인 이 작품에
이르면 선전적이고 도식적인 측면이 있으나 이는 이 시기 북한 문단의
전반적인 추세 속에서 이해해야 한다. 이러한 긍정적인 인물상의 제시에
서 식민지 시기의 자신의 평론에서 주장한 바 "사실 있는 것 이상의 어
떤 진실을 항상 찾아 멈출 줄 모르는 정신의 능동성"37)을 보여준다는
측면에서 작가가 생각한 소설가의 위대한 창조성을 발휘할 공간을 획득
한 것으로 보기보다는 당대 비평가들의 요구에 부응한 것으로 보아야
할 것이다.

적지 않은 우리의 작가들이 새로운 노동자를 그리는데 공장에서

____

37) 유항림, 「소설의 창조성」, 『단층』4호, 1940.6, 123쪽.

광장에서 철도에서 민주주의 조국 건설을 위하여 모든 난관을 위하여 인민 경제 발전 계획의 예정 숫자를 넘쳐 실행하기 위하여 모든 난관을 극복하면서 새로운 창의와 새로운 방법을 탐구하면서 영웅적인 노력과 투쟁을 아끼지 않는 그야말로 위대한 미래를 바라다보고 나날이 높은 곳으로 올라가는 새로운 노동자의 전형을 그릴 줄 모른다. 새로운 농민을 그리는 데 있어서 토지를 얻은 농민이 조국에 대한 애국적 정성으로써 경작 면적을 확장하며 농사 기술을 향상시키며 국가의 요청에 대답하기 위하여 열성적으로 헌신하는 새로운 농민의 전형을 그릴 줄 모른다.[38]

응향사건에서 확인할 수 있는 바와 같이 이러한 시대적 요구와 평론가들의 주문을 만족시키지 못한다면 문단에서 도태될 수밖에 없었다. 작가들은 고상한 예술을 창조하기 위해서 공장, 광산, 농촌, 어촌 등으로 들어가야 했다. 따라서 해방 전 주로 도시 지식인을 다루었던 몇몇 과거 모더니스트들의 문학적 소재도 고정될 수밖에 없었다.

2) 6·25 시기의 전선문학과 「진두평」

『유항림 단편집』에 실린 대부분의 작품들은 6·25를 배경으로 하고 있다. 「최후의 피 한방울까지」는 이름난 씨름꾼이었던 동근이 참전하여 정찰임무를 수행하는 이야기와 전선에서 동생 창근에게 보내는 편지를 내용으로 하고 있다. 이 작품은 평양 폭격시 등화관제로 어두컴컴한 방 안에서 전선으로 지원해나가는 작가의 막내동생을 생각하며 쓴 작품이라고 한다. 「소년통신병」은 작가 자신이 1951년 4월 인제 부근 전투에서 다리에 부상을 입은 어린 통신병을 만났던 체험을 바탕으로 쓴 작품이다. 그 소년이 저 자신도 부상을 입고서도 중상을 입은 다른 부상병

---

38) 안막, 「민족문학과 민족예술 건설의 고상한 수준을 위하여」, 『문화전선』, 1947.8 이선영 외 편, 『현대문학비평자료집(이북편)1』(태학사, 1993) 243쪽에서 재인용.

을 돕던 장면이 작자에게 무척 인상깊었으며, 이 점이 글을 쓴 동기가 되었다고 한다.[39) 이러한 6·25 소재의 작품들은 통일문학사 수립시 어떻게 다루어야 하는가 하는 질문을 던져준다.

이 시기 작품 중 가장 주목할 것이 「진두평」이다. 주인공 두평은 12세 때 부모를 따라 고향 통영을 떠나 간도로 향한다. 갓난아기였던 막내동생을 아들이 없던 동네 오서방에게 남기고 출발하는 그 가족에게 고향의 감나무는 서럽기만 하다. 그러나 그들이 도착한 간도성 연길현 역시 춥고 배고프기는 마찬가지였고 의지하던 아버지마저 벌목판을 떠돌다 동맹파업건으로 끌려갔다가 숨지고 만다. 아버지는 어린 그에게 "두평아, 왜놈의 개만은 제발 되지 말아"라는 유언을 남겼을 뿐이다. 두평이 열여덟 되던 해 해방을 맞아 그는 간도에서 군대에 참가한다. 이후 그는 고향 경상남도 끝 쪽 남해 바닷가를 찾아 남진을 거듭하여 김포비행장에서 백골부대와 혈투를 벌인 후 인천시를 점령하고 도피중이던 경찰서장을 체포하기도 한다. 이렇게 두평을 군인으로 성장시켜준 데는 그를 훈련시키고 글을 깨우쳐준 분대장의 힘이 컸다. 주인공의 초년의 시련이나 구원자의 등장과 같은 작품의 구성요소들을 미루어 볼 때 이 작품은 단순히 전투장면만을 재현하는 것이 아니라 그들이 생각하는 전쟁 영웅의 전형이 탄생하는 과정을 보여주는 것이다. 시련과 구원 또 다른 고난을 통해 영웅이 탄생하니, 마지막 전투인 서북산 전투에서 두평은 수류탄에 부상을 입으면서도 마침내 고지 정상에 도달하는 것이다.

작가는 원래 이 작품을 전선에서 틈틈이 썼다고 한다. 때로는 농가의 관솔불 밑에서도 썼고, 때로는 행군하다가 휴식하는 사이에 산골짜기에 웅크리고 앉아서 해바라기를 해가면서 썼다. 미리 면밀한 구상을 짤 틈이 없이 덮어놓고 시작해서 전선에서 반쯤 써서 단편집 출간시 약 四분지一을 생략하고 거의 전체문장을 다시 한 번 손질했다고 한다.[40)

그런데 이 작품은 후에 「고향으로 가는 길」이라는 제목으로 개작되어

---

39) 『유항림 단편집』 후기 참조
40) 『유항림 단편집』 후기 참조

1977년에 동명의 전투실화집으로 발간된다. 전투실화라는 이름에 부응하기 위해서인지 원래 작품 서두에 있던 두평이 고향을 떠나던 이야기를 중반부에서 주인공이 과거를 회상하는 것으로 돌리고 있다. 그 대신 첫 장면은 인민군의 행군을 지켜보던 두평이 "장수 아니라도 군대에 들어갈 수 있습니까? 장군님의 군대에 말이요?"라면서 자원하는 것으로 바꾼다. 여기서 주체사상이 강화된 후 북의 문학 작품들이 개작된 증거를 분명히 확인할 수 있다. 북한 문학 연구시에는 작품분석에 앞서 텍스트 비판이 선행되어야 한다. 이를테면 1967년 주체문학이 성립되기 이전에 발표된 작품들이 『조선단편집』(1978)에 실리면서 거의 예외없이 개작되었다는 사실에 유의해야 한다. 개작의 주된 방향은 원본에는 없었던 김일성이 등장하거나 혹은 그의 말이나 그에 연관된 내용이 새로 들어간다.[41] 원작에는 없던 토지분배에 관한 언급으로 "미국놈이 땅 안줬대요, 예서는 장군님께서 땅을 주셔서 다들 잘사는 데 말이요"[42]라는 구절이 삽입된 것이나, 마지막 문장이 "그러나 남해도 통영도 자기 품에서 태어나 최고사령관 김일성 장군님의 혁명전사로 자라난 용감한 아들 진두평이 오늘밤 서북산 상상봉에 올라선 이 모습을 어찌 모를수 있으며 잊을 수 있으랴"[43]라고 개작된 것을 확인할 수 있다.

이러한 개작을 통해 작품은 진두평이라는 한 인물을 중심으로 일제와 전쟁이라는 민족의 아픔을 체화하는 것으로부터 인민에게 전투의지를 붇돋기 위한 전투실화로 떨어지고 만다.

---

41) 김재용, 『북한 문학의 역사적 이해』, 문학과지성사, 1994.
42) 『고향으로 가는 길』, 문예출판사, 1977, 6쪽.
43) 유항림, 앞의 책, 93쪽.
   원작에서는 이 부분이 "그러나 남해도 통영도 자기 품에서 태여난 용감한 아들 진두평이 이 감격에 겨운 날에 서북산 상상봉에 올라선 이 광경을 어찌 모를 수 있으며 잊을 수 있으랴!"(『유항림 단편집』, 267쪽)이라고 되어 있다.

3) 사회주의적 인간의 전형과 「직맹반장」

끝으로 북의 문학사에서 전후복구건설과 사회주의 기초건설을 위한
투쟁시기(1953.7~1960)의 대표작으로 평가하는 「직맹반장」을 살펴보자.
『조선문학개관』에서는 이 작품이 농민과 소시민을 비롯한 각 계층 군중
들이 노동계급의 대열에 대대적으로 들어가던 당시의 사회현실을 배경
으로 하여 일부 노동계급 속에서 나타나는 자유주의적이며 무규율적인
현상, 개인주의적인 사상잔재와 일부 일꾼의 관료주의적이며 형식주의적
인 사업작풍을 비롯한 온갖 비노동적인 사상잔재를 극복하기 위한 투쟁
을 형상하였다고 평가한다.[44]

이 작품은 전후복구사업의 고정을 보여주면서 이에 나서는 노동자들
의 자세를 관념적이 아니라 구체적으로 형상화했다. "형상적으로 사고하
며 형상을 가지고 독자들에게 이야기"[45]하는 것이 작가라고 말하는 유
항림은 인물의 형상화에 초점을 맞춰 작품을 전개하고 있다.

작품의 서두는 만달산 기슭에 자리잡은 시멘트 공장과 그 부속시설인
석회로의 모습을 묘사하고 있다. 제4 석회로에 새로이 부임한 영희는 직
맹반장으로 일하게 되었다. 여성 노동자를 주인공으로 선택한 것이 이
작품의 특색인데 주인공 영희는 일반적인 여성들과 다른 면모가 있다.
웃을 때도 "젊은 녀자들이 항용 그러하듯이 손등으로 입을 가리워 가며
태를 내서 조심스럽게 웃는것이 아니라 남자들 모양으로 입을 활짝 벌
리고 뼈덩이인 앞이를 이몸까지 드러내놓으며" 웃는다. 마음에 숨기는
것이 없음을 느끼게 하는 웃음이란다. 그러나 작품에 소개된 영희의 약
력을 보면 전쟁으로 남편을 잃고 세 살박이 유복자를 키우고 아픔을 간
직하고 있는 여성이었다. 이곳에서 영희는 여성에 대한 편견을 가진 직
공장 학선이와 비협조적인 통계원 준호로 인한 때문에 어려움 속에서도
원칙을 강조하면서 사람들을 설득하여 제4석회로를 완전 복구하는데 성

---

44) 박종원·류만, 앞의 책, 199-200쪽.
45) 『유항림 단편집』 후기, 299쪽.

공하게 된다.

이 소설은 특히 노동자들의 사상이 발전함에 비례하여 석회 생산량도 증가하는 것으로 내용을 전개하면서, 노동자의 전형으로서의 영희라는 인물의 제시뿐만 아니라 다른 노동자들이 각성해 가는 과정을 상징적으로 보여주고 있다.

또한 통계원 준호를 비롯한 부정적 인물의 형상화는 주목할 만한 부분이다. 고상한 사실주의 제기 이후에는 한동안 드물었던 현상이다. 작품에서는 영희와 같은 긍정적 주인공과 이러한 인물들간의 갈등을 통해서 낡은 것을 극복하고 새로운 것이 승리하는 것을 보여 주었다. 과거라면 이와 같은 방법이 결과적으로 사회주의 북한의 단점을 폭로하는 것이라 여겨져서 피하던 방식이다. 지식인 출신 준호의 형상화에서도 지식인의 형상화에 대한 이전의 입장과 사뭇 달라진 모습을 보인다. 과거 같으면 "새로운 인텔리겐차를 그리는데 있어서 자기의 재능과 지식을 조국과 인민을 위하여 헌신적으로 적용하는 고상한 목표를 향하여 아무런 주저없이 나아가는 그러한 새로운 인텔리겐차의 전형을 그리는 대신에 되지 못한 낡은 인텔리겐차를 보여주는 데 불과한 것이 많다."[46]는 식의 입장에서 준호와 같은 인물의 등장 자체를 비판적으로 평가했을 것이나 이 시기에는 이들이 노동자의 대열에 합류하는 데 있어서의 갈등을 인정하고 있다. 이는 이전의 무갈등론적 창작방법에서 탈피해 가고 있는 이 시기의 경향, 즉 1952년부터 소련의 영향을 받아 북한문학에서 일어난 변화를 간접적으로 보여준다.

---

46) 안막, 앞의 책, 243쪽.

4. 맺음말

이상의 검토를 통하여 작가 유항림의 복원 가능한 생애의 추적과 관련 연구사를 다시 한번 정리하였다. 1930년대 후반의 유항림의 소설은 단층파의 관련 속에서 심리소설로 또는 모더니즘소설로 평가되고 있다. 그러나 여기서 의미하는 모더니즘의 개념이 심리소설적 경향만을 의미한다면 이는 작가의 전모를 이해하는데는 한계가 될 것이다.

본문에서는 데뷔작 「마권」에 나타난 특성이 식민지 시기 이 작가의 다른 작품들에까지 지속적으로 나타난다는 사실을 전제하고, 「마권」의 모더니즘적 특성을 현대인의 심리탐구, 자본주의·파시즘과의 관계를 밝히면서 드러내려 했다. 이 때의 모더니즘의 개념은 단순한 기법, 심리 추구 이상의 것으로 근대적 현실에 대한 인식과 이에 대한 반응이라는 새로운 이해에 근거한 것이다.

이제 유항림의 모더니즘적 특성을 통해 1930년대 한국모더니즘에 대한 인식의 확대를 모색해 보자. 유항림이 구현한 모더니즘은 단순히 고현학이 갖고 있던 한계를 현대인의 내면탐구를 통해 방법론적으로 극복했을 뿐만 아니라, 모더니즘적 정신의 적극적 구현을 통해 당대 현실에 대한 미적 비판을 시도하였다. 또한 생활에 굴복하지 않고 잠재적 형태로 사상을 보전하여, 해방 후 작가적 경로를 설명해줄 수 있는 그의 전향소설을 통해 우리 문학에서도 마르크시스트와 모더니스트가 만날 수 있는 가능성을 열어준 것도 「마권」을 비롯한 단층 시기의 소설에서 작가 유항림이 거둔 성과라고 할 수 있다.

해방후의 사실주의적 소설은 자료 획득상의 제한 때문에 일부 작품밖에 확인할 수 없었으나, 「부득이」·「진두평」·「직맹반장」 등에서 작가 유항림의 문학적 변모과정을 구체적으로 확인할 수 있었다. 이 시기 그의 작품들은 해방 전부터 추구해 온 모더니즘적 경향과 단절함으로써 마르크시스트와 모더니스트의 결합이라는 기대를 충족시키는 데는 실패하였다. 하지만 소위 평화적 건설시기, 조국해방전쟁시기, 전후복구건설과 사회주의기초건설이라는 그 사회의 시대적 과제와 밀접히 연관된 가운데 작품을 통해 각각 농민, 군인, 노동자의 전형을 형상화하면서 시대가 요구하는 새로운 인간상을 제시하였다.

▶ 참고문헌

『단층』(영인본), 경문사, 1976.
유항림, 『유항림 단편집』, 조선작가동맹출판사, 1958.
유항림 외, 『고향으로 가는길』, 평양 문예출판사, 1977.
김윤식·정호웅, 『한국소설사』, 예하, 1993.
김재용, 『북한문학의 역사적 이해』 문학과 지성사, 1994..
______ , 「북한문학을 해부한다」, 『문예중앙』 1995 겨울호.
나병철, 『근대성과 근대문학』, 문예출판사, 1995.
류보선, 「전환기적 현실과 환멸주의」, 『한국문학과 모더니즘』, 한양출
        판, 1994.
박덕은, 『해금작가작품론』, 새문사, 1991.
박종원·류만, 『조선문학개관Ⅱ』, 인동, 1988.
백낙청, 「문학과 예술에서의 근대성 문제」, 『창작과 비평』 1993 겨울호
백 철, 『신문학사조사』, 신구문화사, 1968.
______ , 『신문학발달사』, 박영사, 1975.
신수정, 「<단층>파 소설연구」, 서울대 석사논문, 1992.8.
이기봉, 『북의 문학과 예술인』, 사사연, 1986.
최원식, 「한국문학의 근대성을 다시 생각한다」, 『창작과 비평』 1994
        겨울호.
최재서, 『문학과 지성』, 인문사, 1937.

『단층』 4호의 서지적 고찰

1. 『단층』 4호를 다시 읽기까지

　『斷層』은 1937년 4월 평양에서 창간되어 9월에 제2호, 다음해 3월에 제3호가 발간된 동인지로서 지난 1976년 경문사에서 출간한 영인본을 통해 그 내용이 널리 소개된 바 있다. 이후 『단층』은 3호로서 종결된 것으로 알려져 있으며, 단층파의 문학을 대상으로 하는 초기 연구들[1]은 『단층』 제4호의 존재 여부에 대해서 언급하고 있지 않다.

　필자가 『단층』 4호에 관심을 갖게 된 계기는 단층 동인의 하나인 유항림에 대한 작가론을 집필하면서 전기적 자료를 수집할 때였다. 단층 1, 2호에 두 편의 소설만을 발표했을 뿐인 유항림은 김남천의 추천으로 『인문평론』 12호(1940.10)의 신인작가 특집에 「부호(符號)」라는 단편을 발표하면서 중앙문단에 진출한다. 작품 소개에서 김남천은 『단층』 4호에 나온 유항림의 '고-고리에 대한 노-트'를 읽고, "유씨가 현재 경험하고 있는 정신상태에 대해서 어떤 적지 않은 전환같은 것이 있지나 않을

---

1) 이강언, 「<단층>지의 심리소설 기법」, 『한사대국어교육연구』3집, 1980.
　홍성암, 「<단층>파의 소설 연구」, 한양대 석사논문, 1983.

까하는 것을 예기"한다고 하면서 유항림이 "단층파 최초의 이단자"가 될런지도 모른다고 지적한다. 이를 근거로『단층』4호의 존재를 인정하지만 자료의 유실로 찾아볼 수 없다는 주장이 나오게 된다.[2]

그러나『단층』4호는 쉽게 발견되지 않았고 그 결과 김남천의 같은 글에 있는 "오래간만에 나온 氏等의 동인지에 유씨가 소설을 쓰지 못하고 노-트를 썼다는 것도 흥미있는 일"이라는 구절을 근거로 김남천이 말하는『단층』4호는 실은 3호임이 틀림없다고 보는 입장도 등장하게 된다.[3] 하지만『단층』3호(1938.3)에 수록된 유항림의「개성・작가・나」는 제목도 다르고, 위와 같은 부제도 없으며, 김남천이 지적한 전환과 관련된 내용도 포함하고 있지 않다. 더구나 시기적으로 만 2년이 지난 글을 예로 들면서 현재 진행중인 정신적 전환을 운운한다는 것이 부적절하다. 따라서 필자는「고-고리에 대한 노트」라는 또 한 편의 평론이 쓰여졌을 것이며, 그렇다면 그것은 김남천의 말대로『단층』4호에 발표되었을 것이라는 확신을 가지게 되었다. 이에 따라 자료를 찾던 중 김기현 교수(순천향대 국문과)가 1960년대에 작성한 도서카드를 통해 고려대 도서관에서『단층』4호를 소장하고 있다는 사실을 확인하게 된 것이다.

『단층』4호의 사본을 입수한 후 게재된 작품의 목록을 확인해 본 결과 그곳에는 필자가 찾던 유항림의 평론이「소설의 창조성」이라는 제목으로 실려 있었고, 그 내용은 고골리의 문학에 대한 씨의 견해가 주축을 이루고 있었다. 따라서 김남천이 말한 유항림의 '고-고리에 대한 노-트'임이 분명했다. 한편『단층』4호에는 황순원의「무지개가있는소라껍떼기가있는바다」와「대사(臺詞)」라는 시가 눈에 띄었다. 그 외에도 김조규의「마(馬)」이외 다섯 편의 시는 다른 책에서는 찾아볼 수 없는 귀중한 작품이었다.

황순원의 두 작품은『황순원 전집』11권『시선집』(문학과지성사, 1985)

---

2) 이상갑,「'단층파'소설 연구」,『한국학보』66호, 1992. 봄.
　김애란,「1930년대 심리소설 연구」, 대구대 석사 논문, 1992.
3) 신수정,「<단층>파 소설연구」, 서울대 석사논문, 1992.8

에도 수록되어 있으나 몇 구절이 부분적으로 차이가 났고, 황순원 작품 연보에도 『단층』이라는 소재만 밝혀 있을 뿐 4호라고 명기되어 있지는 않았다. 이는 전집을 간행할 때 『단층』 4호를 직접 참조하지 않았음을 알려준다. 김조규의 작품 경우에도 그의 해방전 작품을 집대성한 『김조규시집』(숭실대학교 출판부, 1996)에도 수록되어 있지 않고, 작품 연보에도 누락되어 있어 『단층』 4호에 발표한 사실조차 알려져 있지 않았음을 확인했다. 따라서 현재 고대 도서관에 소장된 『단층』 4호는 남한에서 구할 수 있는 이 동인지의 유일본으로 추정된다.

2. 서지적 특성과 동인의 성격

『단층』 4호의 표지는 '斷層'이라는 잡지의 제호 하단에 균열된 대지의 사진을 배치하여 제목에 어울리도록 디자인하였고, 우측 하단에는 불어로 서지사항을 붙였다. LA DISLOCATION라고 제호 아래 "L'ESPRIT NOUVEAU DE LA LITTERATURE COREENNE(한국 문학의 새로운 정신)"이라는 소개문을 붙이고, Librairie Pacmoun(박문서관)이라고 발행처를 밝혔다.

총 127쪽으로 출간된 『단층』 4호는 권말의 판권에 의하면 소화(昭和) 15년 즉 1940년 6월 20일에 인쇄하여 6월 27일 발행으로 되어 있다. 편집 겸 발행인은 노익형(盧益亨), 인쇄자는 이상오(李相五)이며, 경성의 대동인쇄소에서 인쇄하고, 박문서관을 발행소로 한다. 정가는 40전으로 매겨져 있다.

이러한 사실은 단층이 이전의 평양 시대를 마감하고 중앙문단으로 진출하고 있음을 보여주는 듯하다. 그러나 1937년 4월에 발행된 1호의 경우에도 인쇄소는 평양 기신사(紀新社)이지만 발행소인 단층사의 주소는 경성부 인의정(仁義町) 17번지로 되어 있으며, 경성의 대중서원(大衆書院)에서 총판을 맡는다. 평양에서 인쇄하고 서울에서 발행하는 체제는 3호까지 이어진다. 이와 같이 단층은 일찍부터 중앙 무대와 독자를 의식하고 만들어졌다. 반면 책 곳곳의 광고를 살펴보면 실제 제작에 있어서는 여전히 평양을 기반으로 하고 있음을 알 수 있다. 표지 다음 장에는 평양 대화정(大和町)에 있는 다방 세르팡의 전면광고가 실려 있고, 그 외에도 다방 방가로, 태안양행, 평안양화점, 평남직조상회 등등 대부분의 광고주가 평양에 소재하고 있다. 단 하나 판권 우측에 있는 황순원 단편집이 근일 한성도서주식회사에서 발행된다는 광고만이 예외이다. 한편 동인지임에도 불구하고 많은 광고를 게재하여 물질적 지원을 받고 있음은 발간을 위한 경제적 측면에도 많은 신경을 기울였음을 암시해준다. 물론 이는 평양 상권의 후원 아래 가능한 일이었다.

한편 『단층』은 디자인에도 주의를 기울여서 단층을 상징하는 이승범(李升範)의 표지사진 외에도 많은 삽화를 집어넣었다. 목차 다음 장에는 세 마리의 말과 함께 들판을 지나는 문학수(文學洙)의 권두화(卷頭畵)가 전면을 장식하고, 또한 다섯 편의 소설 앞머리에 각각 그림을 삽입해 놓았다.

목차 다음에는 본문이 시작하기 전에 짤막한 권두언이 있어 전문을 아래에 인용해본다.

第二次歐洲大戰의黑雲을 보면서 支那事變收拾의 奔忙하든 巨人王精衛氏를 爲始하여 諸星들이 支那新中央政府를 드디여 三月三十日을 契機로 南京에서 力强한 産聲을 울리게 되었다. 이는 곧 東亞新秩序建設에 巨大한 出發이다.

只今 이러한 巨大한歷史的變轉期에 直面한 우리들은 지금까지의 모든 變遷을 미루어보아 가장 根幹的인問題가 文化에劃期的인 出發이 있어야한다는것은 重言할必要도 없을뿐더러, 將次 가저올 世界的 日本文化의性格을 創造하는데 無限한空白이 가로놓여있다. 여기에

우리는 무엇으로 채워야하는가를 가장 두려워하는 同時에 더욱이 기
뻐하는바가있다. 그러고 이러한課題만이 새로운文化創造의 契機이며,
우리는 여기서 反省하고 整理하고 形成하여야만 된다는바를 굳게 믿
는바다.

　권두언의 내용은 그 무렵의 시대적 분위기를 반영하고 있다. 더구나
하단에 '황국신민의 서사'가 붙어 있기조차하다. 그러나 이는 당시 잡지
간행을 위해서는 어쩔 수 없는 일이었다. 권두에서 거창하게 내세우는
새로운 문화창조라는 시대적 과제와는 다르지만 이들 동인에게 문단에
새로운 문학의 바람을 일으키려는 열정이 있었던 것은 분명하다. 김이석
은 「동인지『단층』에서」(서울신문, 1959.5.28)라는 글에서 다음과 같은
회고담을 전해준다. 평양에서 옵셋 인쇄공장을 경영하면서 밤이면 서문
통 네거리에 있던 태양서점이란 헌책방에서 너댓명이 머리를 마주대고
둘러 앉아 문학이야기에 열중했는데 이들이 단층 동인의 전신이다. 그들
은 강변을 산보하며, 양식당에서 우유차를 마시며, 혹은 육수집에서 선
배들과 어울리며 밤늦도록 문학이야기에 몰두한다. 이후 우리 문단에서
프로문학이 쇠퇴하고, 순문학도 반성과 재건을 생각하면서, 구인회를 비
롯한 새로운 동인이 등장하면서 신인작가와 동인지가 활기를 띄게 되고,
이러한 배경 아래『단층』이 탄생한 것은 1936년경이다. 그들은 새로운
문학으로서 문단과 층계를 지어보겠다는 기백으로 지명을『단층』이라고
붙이게 된다. 그후『단층』은 오영진을 통하여 서울 박문서관에서 일체
의 경리를 맡아 주도록 되었으나 일제의 탄압에 의해 호의도 입어보지
못한 채 다른 언론기관과 함께『단층』도 희생되고 만다.
　한편 이석훈의 「문단풍토기:평양편」(『인문평론』,1940.8)에서는『단층』
을 아래와 같이 소개한다. "연전부터 평양을 모태로 나오는『단층』은
그 질과 양으로 보아서 장차 크게 발전하고 좋은 싹을 가지고 있는 것
은 기쁜 일이다. 동인 유항림, 김이석, 최정익(명익씨의 슈弟), 김화청,
김매창 등 제씨는 모두 광성중학 출신으로 그들이 학교와 연령을 같이

(물론 동갑은 아니나)하고, 문학적 코스를 같이 한 듯한 것은 무변화와 단조의 흠도 없지 않지만, 반면에 하나의 문학운동에로 구체화하고 비약할 가능성이 있는 것이 주목되는 것이다. 심리주의적 모더니즘의 작풍이 사치한 남감리교계의 광성중학의 교풍과 아울러 생각할 때 흥미를 주며 특히 유항림, 김이석 등은 비상한 재인이므로 꾸준이 정진만 한다면 앞날은 크게 기대될 것이다.” 이와 같은 당대의 지적은 단층파 동인의 성격을 잘 설명해 준다.

최재서는 「단층파의 심리주의적 경향」[4]에서 단층파의 의도를 “社會的 良心과 理論을 갖이면서도 그것을 信念에까지 倫理化시킬 수 없는 인테리의 懷疑와 苦悶을 心理分析的으로 그리랴는 것이 共通된 傾向”으로 규정했다. 이 평론은 『단층』이 비록 지방에서 발행된 무명 신인들의 동인지였지만 일찍부터 중앙 문단의 주목을 받고 있음을 알려주며, 이후 단층파를 평가하는 출발점이 된다. 백철 역시 1930년대 후반의 문학적 양상의 하나로 ‘심리소설과 신변소설’을 들면서, 『단층』의 동인으로 참여한 문학인들의 작품 경향을 주로 심리주의적 경향으로 파악하면서 유항림의 「區區」를 인용하여 자의식의 과잉으로 고민하고 퇴폐하는 작가의 모습을 지적했다.[5] 김윤식 · 정호웅의 소설사에서는 1930년대 모더니즘 소설의 형성과 분화를 다루면서 단층파와 지식인 문학, 전향문학과의 관계를 설명한다. 이들은 생활도 갖지 못하고 이데올로기에 대한 확신도 없는 인텔리의 타락에 시대의 중압이라는 연막을 쳐, 그 위에 사회적 양심을 비추는 것이 단층파였다고 규정하고, 그들의 독자성으로 개성을 제시했던 유항림을 단층파의 가장 뛰어난 작가로 평가한다.[6] 특히 이 글은 서울 중심주의와 평양 중심주의의 대립에 대하여 주목하는데, 이를 발전시켜 단층파의 비관주의적 집단의식을 구체적으로 분석한 신수정의 「<단층파> 소설연구」는 식민지 시대 평양의 자본주의적 배경에 대한

---

4) 최재서, 「단층파의 심리주의적 경향」, 『문학과 지성』, 인문사, 1937, 185-187쪽.
5) 백철, 『신문학사조사』, 신구문화사, 1968, 517-518쪽.
6) 김윤식 · 정호웅, 『한국소설사』, 예하, 1993.

사회사적 접근을 통해 단층 동인의 성격을 밝히는데 기여한 바 크다.

3. 수록 작품 해설

『단층』4호에는 이휘창의 「한일(閑日)」, 김화청의 「하늘」, 김이석의 「공간(空間)」, 최구원의 「탄진(炭塵)」, 한주현의 「전설(傳說)」 등 다섯 편의 소설이 있으며, 시로는 황순원의 「무지개가있는소라겝떼기가있는바다」, 김조규의 「마(馬)」 등의 작품이 있고, 끝으로 유항림의 「소설의 창조성」, 양운한의 「시의 부근(附近)」 등 두 편의 평론이 실려 있다. 이 글에서는 구체적인 작품 분석은 다음 기회에 보다 본격적인 논문으로 미루고, 작품과 작가에 대한 간략한 소개를 통해『단층』4호에 대한 이해에 도움을 주고자 한다.

『단층』1호에서 3호까지 수록된 작품을 장르별로 구분해보면 시 6편, 소설 15편, 평론 1편, 수필 1편이라는 사실에서 쉽게 볼 수 있듯이, 이 동인지는 소설을 중심으로 하고 있다. 마찬가지로『단층』4호에도 다섯 편의 단편이 수록되어 지면의 대부분을 소설에 할애하고 있다.

먼저 이휘창(李彙唱)은 앞서『단층』1호와 3호에 「기사창(騎士唱)」과 「헤라양(孃)」을 발표한 바 있다. 그러나 다른 잡지에서는 작품을 찾을 수 없다. 「한일(閑日)」은 제목 그대로 인텔리 청년의 휴일 하루를 묘사한 작품이다. 주인공 이군은 구라파어라는 사과밭 아래에 안일히 기를 펴고 누워 "실지의 행동보다도 과정의 상태에서 풍부함을 얻어 느끼는 현대 청년의 하나"이다. 그의 머리는 그날 아침 일어난 여러 가지 사건, 잠깰때부터 방을 침입하여 온실과 같은 평온을 깨뜨린 아그립파, 일원(一圓)이라는 짐을 실어온 마루야마 부인의 속달 편지에 관한 생각으로 복잡하다. 아그립파를 두고 "힘이 모든우에서 야만스럽게 세력을 부리는

어느옛날의 용감무쌍한 하나의장군이라고만 생각하고있든 저 석고상의
주인공이 일개국가를 움직이는 정치가였다는것이 금일의 신문보도의 상
항과 흡사하다. 지금 저편구라파에서 한팔을 높이 올려내밀고 전차대의
세력을 자랑하는 사나이도이십세기의 아그립파가 아니면 무엇인가. 그뿐
인가 동서에 이 아그립파의 자손들이 얼마나 우쭐우쭐들하고있는 때이
냐. 북행렬차에 몸을싫고 고향을 도라보지도않고 달리는 청년도 하나의
적은 아그립파일게다."라고 생각하는 주인공을 통해 1930년대 후반에서
1940년대로 이어지는 파시즘적 시대상황을 은유하고 있다. 또한 마루야
마 부인의 편지로 전해온 일원 화폐를 두고는 "貨幣야말로 무한한 自由
를 가질 수 있는 있으나 固定된 物品과 交換하는 運命을 질머진 가련
한 自由"라고 하면서 교환가치만 추구하는 자본주의적 현실과 욕망을
비판한다.

　김화청(金化淸) 역시 『단층』에서만 작품을 찾을 수 있는데 「별」(1호),
「스텡카·라아진의노래」(2호), 「담즙(膽汁)」(3호) 등을 매호에 연달아 발
표했다. 「하늘」은 생의 의욕 상실로 자살을 기도했으나 실패한 주인공
정우의 갈등을 그리고 있다. 주인공의 미적 감각의 상실은 예술가로서의
자신의 존재에 대한 회의로 연결된다. 거기서 "문득 나는 나라는존재를
얼큼(얼마만큼―필자) 갖었느냐 나는 얼마큼 나로써감각하고 살아가고있
느냐 나는 아름다움을 감각하는기능이있나 예술가일려는 내가 美를모르
지않느냐 습성에서건 무엇에서건 나는 아름다움을 느끼기보다는 아름다
움을 생각하지않을까 점점 무서워졌다."는 고백이 나온다. 주인공은 근히
와의 만남을 통해 감각을 관념으로 대신하려는 습성에서 벗어나 아름다
움을 몸소 느끼고 순간을 꽉잡으려는 열망과 생명력을 회복하고자 한다.

　김이석은 1914년 평양 출생으로 광성고보를 졸업하고, 연희전문 문과
재학시에 『단층』 발간에 참여하게 된다. 『단층』 1호에 「감정세포의 전
복(感情細胞의 顚覆)」을, 3호에 「환등(幻燈)」을 발표했다. 「공간」은 소
설가소설로서 작가가 작품 속에 개입하여 창작의 전말을 해명한다. 무명
작가와 여가수의 동거 생활을 다루는 전반부는 작가의 체험을 토대로

무능하고 나태하며 반성할 줄 모르는 생활을 자기고발하고 있다. 주인공은 문학 입문기의 정신을 잃고, 유행가 작사자로, 그것도 다른 사람의 이름으로 발표하는 대필가의 신세로 몰락한 자신의 모습을 자조한다. 작가는 작품 중반에서 소설을 멈추고 이제까지 이야기한 것이 소설임을 밝힌다. 제목에서 밀하는 '공간'은 현실과 분리된 작품 속의 세계를 의미한다. 작가는 자기 소설에서의 인물의 부재를 지적하고, 등장인물인 란연의 약력을 소개하면서 소설을 소개한다. "우리도 당신의 소설만 팔리게 된다면야……"하면서 훌륭한 소설가가 되기를 기대하며 희생을 감수하는 란연이에게 의존해야만 하는 기생충적 존재로 전락한 그에게 써야할 문장은 기어코 써지는 법이 없이 이 저녁도 밤거리를 방황하며 란연이 돌아오는 버스만 기다리고 있다. 생활인으로서의 작가의 절망을 다루면서 현실의 작가와 '공간' 속의 작가는 결코 분리되지 않는다.

최구원(崔求遠)의 「탄진(炭塵)」 역시 지식인의 고독을 섬세한 심리탐구로 묘사하는 작품이다. 주인공 영수는 다방에서 만나 흠모하던 정체불명의 여성이 H의 조카 영희라는 사실을 알고 기뻐하지만 취중의 실수로 일어난 정숙과의 사건에 때문에 영희를 떠난다. 자신을 멀리하는 이유를 몰라 애태우는 영희에게 사랑에 대한 궤변과 이론만 늘어놓고 있는 영수의 이중성이 폭로된다. 생각과 욕망의 불일치, 즉 조그만 쾌락에 몸을 맡기고 본능에 정복당했다는 자책이 주인공의 갈등의 원인이다. 그는 무의미한 사념으로 생활이라고 하는 것에 외부에서 조소"당하는 것이 자기라는 생각에 부끄러워한다. 작가는 외부사건 전개보다는 삽입된 일기, 편지를 이용한 내면 묘사에 치중하면서 관념의 문제와 생활의 문제와의 연관을 보여준다.

한주현(韓周現)의 「전설(傳說)」은 인물의 내면심리를 중심으로 한 실험적인 작품이다. 『단층』 4호에서 처음 등장한 이 신예작가는 부분 부분 의식의 흐름 수법을 사용하여 소설을 전개하고 있다. 교수인 영빈, 작가인 동일의 의식과 무의식이 교차하는 가운데, 함께 등장한 기업가인 성우의 여성 편력과 욕망이 그려진다. 특별한 사건 없이 전개되는 듯하던 줄거리는 영빈의 양딸인 주경이가 성우의 사생아인 옥히임이 밝혀지는 내용과 영빈을 만나러 오던 동일이 화재에 갇힌 영빈을 구하고 대신 죽는 장면, 성우에게 봉변을 당할 뻔한 주경이가 병원에 입원한 장면으로 결말을 처리한다.

이상에서 살펴본 바와 같이 단층파의 소설은 해체된 플롯과 환경과의 반응이 약화된 인물을 특징으로 하는 모더니즘적 경향을 띤다. 서사성이 약화되어 내면의식과 외부사건의 관계가 역전된다. 모더니즘 소설은 일상사 속에 감추어진 근본적 상황에 주목하고 삽화들보다는 중간에 끼어드는 내면의식을 주로 형상화하는데, 이는 외부환경과 반응하지 못하고 내면의식에만 집착하였던 1930~40년대 룸펜지식인의 무력화된 삶의 양상과 깊은 관련이 있다.

시에서는 일찍부터 동인으로 활동한 양운한과 김조규 외에 황순원이 합류했다. 양운한(楊雲閒)은 「신화」를 비롯하여 총 아홉 편의 시를 발표한다. 양운한은 『단층』지 1호부터 「계절판도(季節版圖)」, 「황혼의 심상」, 「녹엽」, 「파랑문」 등을 연속적으로 발표해왔고, 그 외에도 이미 1935년 『조선문단』 4월호에 「대동강」을 발표하는 등 시인으로 활발히 활약해왔으며, 『단층』 동인으로 활동하던 시기에는 주로 모더니스트적인 작품을 썼다. 한편으로는 「시예술의 한계성」(『조선중앙일보』, 1935.11.22~27), 「시와 사상」(『조선중앙일보』, 1936.2.11~16) 등 시에 관한 다수의 평론을 가지고 있었다. 『단층』 4호에 함께 수록된 평론 「시의 부근」도 창작과 이론을 병행한 그의 왕성한 활동의 산물이다. 그는 해방후에는 서울에 머무르다가 6·25중에 월북한 것으로 알려져 있다. 「시의 부근」에서는 시와 산문의 경계를 다루면서 시는 산문일수도 운문일 수도 있다는 점에서 독립성을 가진다고 주장한다. 역사적으로 자유시는 운문세계에서 산문세계로 건너가는 교량에 해당한다. 또한 현대시는 지적 경향이 있어 주지와 추상에이 주를 이루지만 궁극적으로 시는 설명의 극한임을 지적하고 있다.

「馬」를 비롯하여 총 여섯 편의 시를 수록하고 있는 김조규(金朝奎)는 이미 2호와 3호에 「부두(埠頭)」, 「묘(貓)」 등의 시를 발표하면서 양운한과 함께 단층 동인이 지향하는 시세계를 대표해 왔다. 1914년 평남 덕천 출생인 그는 1937년 숭실전문학교 문과를 졸업한 후 함경도 성진에 있던 보신학교에서 교편 생활을 시작한다. 1938년경부터 김조규는 『단층』, 『맥(貘)』의 동인으로 활동하게 된다. 단층 동인기의 그의 시적 특징은 '지식인의 좌절의식과 모더니즘 수용'으로 요약되는데, 단층파의 소설에 대한 최재서의 지적에서와 같이 심리주의적·초현실주의적 기법과 경향을 수용하여 시인의 내면의식의 단면을 묘사하는 실험적 탐색 과정에 있다.7) 1940년을 전후하여 그는 간도 연길현에 있는 조양천(朝陽川) 농업학교의 영어교사로 떠난다. 이후 1941년에는 만주 신경에 있던 만선일보(滿鮮日報) 편집국에서 국장인 박팔양, 기자인 안수길 등과 함께 일하게 된다. 따라서 『단층』 4호에 수록된 시는 만주로 떠나기 직전에 쓴 것으로 보인다. 시기적인 이유뿐만 아니라 만주로 옮긴 이후 그의 작품 세계도 민족의식에 눈을 뜨며 조금씩 변화를 가져오는데, 4호에 수록된 시들은 이전의 『단층』 2, 3호의 시세계에 여전히 맞닿아 있기 때문이다.

황순원 역시 평양 부근인 평남 대동군에서 1915년에 출생하여 숭실중학을 졸업했다. 소설가로 알려졌지만 초기에는 시인으로도 활동하면서 이미 『방가』(1934), 『골동품』(1936) 등 두 권의 시집을 펴낸바 있다. 따라서 오래간만에 『단층』 4호를 펴내면서 같은 평양 출신으로 연배는 비슷했지만 문단 경력이 많았던 황순원을 영입한 것으로 보인다. 수록된 두 편의 시중 「무지개가있는소라껍데기가있는바다」에서는 우윳빛 구름과 무지개라는 이상과 폐병을 앓는 소년의 현실 사이의 괴리와 고독을 다룬다. "진정 水平線은 少年에게 넘우 험악한 날개였다"는 표현처럼

---

7) 권영진, 「김조규의 시세계」, 숭실어문학회 편, 『김조규시집』, 숭실대학교 출판부, 183-189쪽.

접근할 수 없는 이상과 절망적 현실의 경계인 수평선이 놓여 있고, 바다 주위의 서정적 소재가 주는 센티멘털한 분위기와 검은 바다, 검은 밤으로 상징되는 절망적 이미지가 대립되는 가운데 모든 존재는 소멸되고 '소라껍때기의 무지개'만이 홀로 울고 있는 것으로 마무리한다. 앞서 말한 『황순원 전집』과 비교해 보면 『단층』 4호의 원시 3행인 '少年이 섯는 물기슭에'가 '소년이 섰는 바다 기슭에'로 된 것을 확인할 수 있는 데 작품의 의미에는 큰 변화가 없다. 한편 「대사(臺詞)」를 보면 『단층』에서는 12행에서 16행이 "퉁소를 부는 / 少女야 / 내게는 / 씰크헽도 단장나마 / 없단다"인데 『전집』에서는 "피리를 부는 / 소녀야, / 내게는 뚜껑만 남은 / 만년필 한 자루밖에 없단다."로 되어 있어 모든 것을 잃은 상실감과 특히 뚜껑만 남은 만년필 한자루를 통해 작가로서의 무력감과 한계를 부각시킨다. 또한 마지막 24행에서 29행의 "퉁소를 거두고 / 개게 끌려 나서는 / 눈먼 少女의 뒤를 닳아 / 나는 또 /이 낯설고 어둡은/ 골목을 깨나가자"라는 구절이 『전집』에서는 "피리를 거두고 / 개에게 끌려 나서는 / 눈먼 소녀의 뒤를 따라 / 나는 또 / 이 낯설고 어두운 / 뒷골목을 빠져나가야 하리."로 되어 있다. 눈여겨 볼 부분은 『단층』에서는 끝부분이 "나는 또 어둡은 골목을 깨나가쟈"는 식의 종결어미를 선택하여 행동을 지향하는 보다 적극적인 의지를 엿보이게 하지만, 『전집』에서는 "뒷골목을 빠져나가야 하리"라는 데 머물고 만다. 내용상으로 볼 때나 또는 『전집』에 밝혀져 있는 1940년 오월이라는 창작일을 기준으로 보면 오히려 전집에 수록된 것이 작가가 따로 보관해 오던 초고이고, 『단층』에 수록된 것이 발표를 위해 최종적으로 손질된 것이 아닐까 생각된다. 황순원은 두 편의 시에서 모두 작가의 서정적 세계가 보여주는 시어와 이미지들을 나열하여 작가의 내면과 조응시키면서, 동시에 청년기의 좌절과 인생의 고뇌에서 벗어나려는 소망을 노래하고 있다.

한편 1호와 2호에 소설을 썼던 유항림은 3호에 이어 이번에도 평론을 발표하여 단층파 문학의 이론적 토대를 구축하고자 한다. 필자는 그동안 단층파에서 유항림의 위치에 대해 특별히 주목하여 작가에 대한 전기적 연구를 통해 유항림의 생애를 재구하고, 그의 해방전 소설과 분단 이후의 창작 활동을 전반적으로 조명한 바 있다.[8] 이에 따라 유항림 소설의 모더니즘적 특성을 그동안의 연구자들이 종종 지적해 온 심리주의적 기법의 혁신에 기댄 사조적 문제로만 처리하지 않고, 자본주의 시장의 확대와 함께 밀어닥친 근대적 일상의 경험과 이에 대한 비판이라는 측면에서 고찰하였다. 아울러 유항림이라는 한 작가의 운명을 통해 1930년대 후반의 문학적 경향이 해방과 분단을 거치면서 어떻게 변모하는가를 살펴봄으로써, 유항림 한사람만이 아니라 단층파의 다른 동인들, 나아가 재북, 월북이라는 경로를 통해 북한문학사로 편입해 들어간 최명익·박태원·허준 등과 같은 모더니스트들의 행로를 추적하고자 한다.

해방 후의 유항림은 최명익이 중심이 된 평양예술문화협회의 멤버로 참여한다. 1945년 10월에 결성된 이 단체에는 유항림뿐만 아니라 김조규·이휘창 등 단층 동인이 다수 참여한다. 회장을 맡은 최명익 역시 단층 동인이었던 최정익의 형이다. 순수 문학예술단체를 지향했던 이 단체는 이후 평남지구 프롤레타리아예술동맹과 대립하다가 북조선 문학예술총동맹으로 통합된다. 최명익·유항림·김조규 등 처음에 민족 진영의 평양예술문화협회를 구성했던 주요멤버들도 문예총이 발족되고 그것이 확대 강화됨에 따라 어쩔 수 없이 어쩔 수없이 공산당 편으로 돌아서고, 김화청·김이석·이휘창 등은 무소속으로 남게 된다.[9]

그렇다면 유항림의 변모의 단초는 어디서 찾을 수 있는가. 여기서 앞서 김남천이 유항림을 '단층파의 이단자'로 지목하게 만든 이른바 '고골리에 대한 노트'인 「소설의 창조성」에 주목할 필요가 있다. 이 평론은 김남천의 말대로 고골리 연구의 간략한 소묘이자 유항림의 문학적 사고의 출발점을 보여주는 글이다. 유항림은 당시의 문단에 대해 "主題의 喪失이란 歎息이 아모런 情熱도 없이 되푸리되고, 一顧의 價値도 없는 世態文學論이 盛行되고 藝術品이 되기 몇 步인가 前에 멎어버린

---

8) 졸고, 「유항림론」, 『연세어문학』 28집, 1996.2.
9) 이기봉, 『북의 문학과 예술인』, 사사연, 1986, 39쪽, 197쪽 참조

天邊風景이 레알리즘의 擴大(?)의 貢獻이 있고—대관절 虛榮心이란 것을 除하고 보면 무엇 때문에 文學을 하는지 몇 사람이나 意識하고 다시 追求하고 있는가"하는의문을 제기한다. 또한 소설은 "現實을 眞實에까지 끌어올리려고 加工한한 情神의 意匠이고 따라서 作家에 依한 現實의 飛躍"이라고 하면서, 이러한 '現實의 飛躍으로서의 虛構性'을 '픽숀(Fiction)'이라 부른다. 그리고 단순한 이야기(스토리)의 환상미도 뛰어난 인생관찰의 타당성도 한 편의 소설이 빚어내는 인생편도(人生編圖)에 비하면 보잘 것 없다며, 사실 있는 것 이상의 어떤 진실을 찾아 멈출 줄 모르는 정신의 능동성을 강조한다. 이 점에서 그는 고골리를 현대문학에 있어서 자신이 말하는 '픽숀'을 가장 깊이 이해하고 그것을 의식적으로 활용한 최초의 작가라고 단언한다. 그런데 사실 단층에 발표된 그의 소설은 앞서 그 자신이 비판한 작품들과 비슷한 평가를 받고 있지 않는가. 이 점에서 작가 자신의 확신에 찬 주장과는 달리 이 시기는 새로운 작품 세계를 열어나가기 위한 모색기였다고 보여지며, 아울러 해방후 작가가 보여주는 변모를 이해하는 실마리 정도로 평가해야 할 것이다.

이상으로 『단층』 4호의 내용에 대한 간략한 소개를 마친다. 이제 『단층』 4호의 재발굴을 계기로 이때까지의 『단층』 연구 결과와 어떤 관계를 가지며, 나아가 1930년대 후반 문학사 연구에 있어 어떤 역할을 하는지가 앞으로 보다 구체적으로 밝혀야 할 과제가 될 것이다.

제3부

한국 현대 작가·작품론

「핍박」의 수필적 속성과 소설적 가능성

1. 머리말

소성 현상윤(小星. 玄相允)의 소설작품은 1910년대 소설사에 대한 이광수 중심의 기술에 대한 반성적 검토와 한국 근대소설의 기점 문제, 1920년대 사실주의소설과의 연속성 문제, 북한학계에서 제기하고 있는 1910년대 비판적 사실주의 발생설의 수용 문제와 관련하여 그 중요성을 재평가받고 있다.

소성은 이미 1910년대에 『청춘』과 『학지광』을 통해 다양한 장르의 글을 발표하면서 춘원, 육당과 함께 '문단의 혁명수령'[1]으로 일컬어졌으며, 단편 소설만도 여섯 편에 이른다. 이는 오랫동안 1910년대를 육당, 춘원의 2인 문단시대로 규정해온 문학사적 평가에 대한 제고를 요청한다.

현상윤의 작품에 관해서는 1970년대 초 김기현, 김학동[2]의 논문에서

---

1) 백일생, 「문단의 혁명아야」, 『학지광』 14호, 1917.11.
2) 김기현, 「현상윤의 단편소설」, 『문학과 지성』, 1972년 겨울호.
   김학동, 「소성 현상윤론」, 『어문학』 27, 한국어문학회, 1972.

처음으로 본격적인 논의가 시작되었으며, 뒤이어 주종연, 이동하, 민현기, 김복순, 양문규, 김현실, 김영민[3] 등이 1910년대 문학을 전반적으로 다루면서 현상윤의 단편소설에 주목하였다. 1980년대 중반 이후 관심이 고조되어 현상윤의 사상과 문학을 독립적으로 다룬 학위논문[4]도 등장하고, 특별히 장르의식이나 서술양식 등에 초점을 맞춘 연구성과[5]도 산출된 바 있으며, 일부 문학사[6]에서도 언급되기 시작했다. 한편 북한에서도 1910년대 일제 식민통치하의 불합리한 사회현실을 비판하면서, 창작방법의 측면에서는 비판적사실주의 경향을 뚜렷이 나타내며, 형식적 측면에서는 신소설에 비해 더욱 발전된 작품들이 등장했다고 보고, 그 첫 작품으로 현상윤의 「한의 일생」의 문학사적 의의를 높이 평가하고 있다.[7]

이러한 선행 업적들을 토대로 이 글에서는 현상윤의 다른 다섯 편의 소설작품과 상이한 특징을 갖고 있어 특별히 주목의 대상이 되는 「핍박」(『청춘』 8호, 1917. 6)을 그 양식적 특성을 중심으로 분석해보고자 한다.

---

3) 주종연, 『한국근대단편소설연구』, 형설출판사, 1979.

　이동하, 「1910년대 단편소설 연구」, 서울대 석사논문, 1982.

　민현기, 『한국근대소설론』, 계명대 출판부, 1984.

　김복순, 「1910년대 단편소설 연구-신지식층의 소설을 중심으로」, 연세대 박사논문, 1990.

　양문규, 「1910년대 한국소설 연구 -사회사적 관련양상을 중심으로」, 연세대 박사논문, 1990.

　김현실, 『한국근대단편소설론』, 공동체, 1991.5.

　김영민, 『한국근대소설사』, 솔, 1996.

4) 조종환, 「현상윤의 생애와 사상」, 경희대 석사논문, 1984.

　조경미, 「현상윤 문학연구 - 1910년대 산문을 중심으로」, 숙명여대 석사논문, 1986.

5) 최시한, 「현상윤의 쟝르의식-1910년대 쟝르체계의 유동성에 관한 일고찰」, 『서강어문』 3집, 1983, 10.

　김용재, 『한국소설의 서사론적 탐구』, 평민사, 1993.

6) 조동일, 『한국문학통사』 4권, 1986.

　윤홍로, 「근대소설의 태동기 - 암울한 시대인식과 소설」, 감태준 외, 『한국 현대문학사』, 현대문학사, 1989.

7) 정홍교·박종원, 『조선문학개관』, 인동, 1988, 349-351쪽.

2. 핍박의 창작 시기와 양식적 특성

　소성 현상윤은 1914년부터 1917년까지 4년간 『청춘』과 『학지광』을 통해 도합 여섯 편의 소설을 발표한다.[8] 특히 1910년대를 대표하는 잡지인 『청춘』지에 2호부터 8호까지 거의 매회 단편소설을 발표했다는 점에서 춘원과 함께 근대소설의 개척자라 할 것이다. 『청춘』 1호에는 소설이 게재되지 않았으며, 2호에 실린 소성의 「한의 일생」이 동잡지에 실린 최초의 소설이다. 이어 3호, 4호까지도 소설로는 현상윤의 작품인 「박명」과 「재봉춘」만이 게재된다. 『청춘』 5호는 현재 전하지 않으므로 작품 게재 여부를 확인할 수 없는 상태이며, 다시 7호와 8호에 연속해서 「광야」와 「핍박」을 발표했다. 단편소설을 발표하지 않은 경우에도 대신 시나 수필을 발표했으며, 일본 유학을 마치고 귀국한 후에는 소설 창작은 중단한다. 한편 춘원의 경우에는 소성이 소설을 발표하지 않았던 6호에 「금경」으로 처음 등장하며, 8호부터 13호까지 「소년의 비애」, 「어린 벗에게」, 「방황」, 「윤광호」 등의 초기작들을 계속 발표하면서, 현상문예 심사를 맡는 등 소성의 뒤를 잇는다.[9] 그중 특히 1917년에 발표[10]된 「핍박」은 현대소설의 서술유형인 자기고백적 1인칭 서술형으로 같은

---

8) 발표연대순으로 나열하면 다음과 같다.
　　「한의 일생」, 『청춘』 2호, 1914.11.
　　「박명」, 『청춘』 3호, 1914.12.
　　「재봉춘」, 『청춘』 4호, 1915. 1.
　　「청류벽」, 『학지광』 10호, 1916. 6.
　　「광야」, 『청춘』 7호, 1917. 5.
　　「핍박」, 『청춘』 8호, 1917. 6.
9) 물론 춘원은 이미 1910년에 「무정」, 「어린 희생」, 「헌신자」 등을 『대한흥학보』, 『소년』에 발표한 사실이 있다.
10) 「핍박」은 『청춘』 8호(1917.6)에 발표되었지만 작품말미에 있는 癸丑五月二十七日夜을 근거로 최초 창작시기는 1913년으로 앞당겨 볼 수 있다. 이 문제는 뒤에서 보다 자세히 거론될 것이다.

계열인 춘원의 「방황」보다 1년 앞선 작품이기에 이 방면에서 소성의 공적은 인정되어야 한다는 긍정적인 평가[11]가 있어왔다. 고소설이나 신소설의 잔재라 할 전지적이고 주관적인 서술자로부터 객관적인 보고자로서의 3인칭 서술자나 작가의 체험과 일치하는 1인칭 서술자의 등장이 1920년대 이후의 한국 소설의 서술양식상의 특징이라면 이 작품은 후자의 입장에서 근대소설사의 선구적 위치를 차지한다고 볼 수 있다.

그런데 문제는 이 작품 「핍박」이 현상윤의 다른 단편과 비교할 때 보이는 뚜렷한 차이이다. 「恨의 一生」을 비롯한 이전의 다섯 작품에서는 모두 신소설투에서 탈피하지 못한 전지적 서술자를 사용했던 작가가 창작시기상의 차이가 거의 없는 가운데 새롭게 보여주는 갑작스런 변모 또는 발전을 어떻게 이해해야 하는가.

이러한 자기고백적 서술자의 등장을 설명하기 위해서는 우선 일본의 사소설의 영향을 생각해볼 수 있다. 당시 식민지 조선의 문단에 내지 일본의 문학적 조류가 커다란 영향을 끼쳐질 수 있음은 쉽게 추측할 수 있다. 더구나 동경 유학중의 현상윤이 1910년대말부터 등장하여 일본 문학의 주류로 부상하게 되는 사소설을 민첩하게 접할 수 있었으리라는 가정도 성립된다. 그러나 이러한 추측가능성과는 달리 실제로 이 무렵 또는 이어지는 1920년대 초기의 소설사에서는 일본식의 사소설적 경향의 작품은 찾기 힘들다. 이러한 경향은 현상윤과 같이 식민지 초기에 일본유학을 경험한 작가들의 작품보다는 한참 후인 1930년대 내성소설에 가서야 찾아볼 수 있다는 점에서 「핍박」에 그대로 적용시키기에는 한계가 있다.

한편 이 작품의 초고가 1913년에 쓰여졌다는 사실을 인정한다면, 발표시 작품내용상의 첨삭과 문장표현상의 변화 외에 서술양식까지 바꾸었다고 판단하기에는 무리가 따른다. 그러므로 창작의 초기에는 당시로서는 획기적인 1인칭시점을 사용하고, 뒤이어 3인칭 시점으로 퇴보한다는

---

11) 주종연, 앞의 책, 71쪽

점은 이해하기가 더욱 곤란해진다. 물론 1인칭 시점이 3인칭 시점보다 본질적으로 우위에 선다는 것을 전제로 한 문제제기는 아니다. 각각의 시점은 그 작가의 미적 계획과 개별작품의 내적 논리에 따라 역할과 가치를 부여받는다. 문제는 우리 소설사에서 1913년에 등장한 1인칭시점의 소설은 너무나 돌발적인 것이며, 작가 역시 그 이후 한 번도 이러한 수법을 사용하지 않았다는 점이다. 그리고 결과적으로 최초로 1인칭시점을 사용했다는 사실이 「핍박」의 문학사적인 평가와 높은 작품성을 인정받는 주요 근거가 된다는 점에서 문제가 된다.

이러한 문제점들을 해명하기 위해 필자는 초기의 미분화된 장르의식에서 실마리를 풀어보려고 한다. 이 점에서 우리는 먼저 이 작품의 발표 및 창작시기를 다시 한 번 면밀히 검토해볼 필요가 있다. 앞에서도 잠시 언급하였지만 「핍박」은 현상윤의 소설중 가장 늦게 1917년 6월에 발표되었지만 작품말미에 있는 '癸丑五月二十七日夜'를 근거로 환산해보면 최초 창작시기는 1913년 5월이다. 이에 따르면 「핍박」이야말로 소성의 '최초의 소설'[12]이 된다. 그러나 이는 간단한 문제가 아니다. 우선 여기서의 '최초'의 의미는 통상 발표시기를 기준으로하는 '데뷔작'이라는 의미와는 구별되어야 한다. 다음으로 작품말미의 탈고 시기를 어느 정도 신뢰할 수 있겠는가하는 문제와 4년이라는 상당한 시간적 경과에서 올 수 있는 초고와 실제발표작과의 거리를 생각해보아야 한다. 끝으로 이 작품이 과연 소설인가하는 질문도 던져볼 수 있다. 앞으로 이 장에서는 이러한 문제들을 하나하나 짚어나가면서 논의를 전개해 나가겠다.

첫째로 '최초'의 의미 문제이다. 이는 최초의 '근대소설' 또는 최초의 '1인칭 소설'이라는 문제와는 달리 문학사적 평가가 필요한 문제가 아니고, 현상윤의 최초의 소설인가 아닌가라는 사실판단만을 따진다는 점에서는 특별히 문제될 성격의 것이 아니다. 어느 작가에게나 습작기는 있게 마련이지만 작가적 생애의 출발은 문단 데뷔작을 기준으로 삼는다.

---

12) 김복순, 앞의 논문, 87쪽.

이 점에서 굳이 데뷔작이 아닌 최초의 습작을 찾는 작업은 무의미할 뿐만 아니라 작가의 특별한 언급이 없을 경우 이를 찾는 것은 불가능하다고 할 수 있다. 이 경우 「핍박」이 데뷔작이 아님은 분명하며, 반대로 최초의 습작임을 증명하는 것도 현재로서는 불가능하다.13) 물론 한 작가의 작품세계를 관통하여 이해하는 실마리로서 작가의 문학적 원형을 모색해본다면 이는 널리 공개된 데뷔작보다는 숨겨진 최초의 작품을 찾는 편이 좋으리라는 생각도 할 수 있다. 그러나 「핍박」처럼 한 작품이 나머지 작품들과 전혀 다른 면모를 보인다면 원형으로서의 의미는 퇴색된다. 그럼에도 불구하고 이 문제는 위에서와는 다른 관점에서 무시못할 의미를 지닌다. 현상윤의 여섯 작품중에서 무엇이 최초이냐라기보다는 앞에서 구분한 3인칭 서술양식과 1인칭 서술양식이라는 두 개의 상반된 경향중 어느 것이 앞선 것인가를 분명히 따지는 작업을 통해 의외의 성과를 얻을 수도 있기 때문이다.

두번째는 작품 말미의 탈고 시기를 어떻게 받아들여야 할 것인가 하는 문제이다. 주종연은 "作品 末尾에 「癸丑 五月 二十日 夜」(二十七日의 오식—필자)라고 씌어 있는 것을 보면 실제로 이 小說을 창작 탈고한 것은 1913년인 셈이 된다. 이것을 사실로 받아들인다면, 소설 「逼迫」이 거둔 문학적 성공의 의미가 한층 중요하게 생각되지 않을 수 없는데……"라고 하여 일찍이 이 문제에 주목하면서도 시기의 사실성 여부 확인보다는 이를 인정할 경우의 문학사적 의미만 강조하고 지나가는 다소 모호한 입장을 보인다.14) 아닌게 아니라 다른 작품들은 창작 일시와 발표 일시가 큰 차이가 없는데 유독 이 작품은 4년이나 뒤늦게 발표되었다는 사실이 선뜻 이해하기 힘들다. 이는 당시 『청춘』 및 『학지광』에

---

13) 굳이 '현재로서는'이라는 단서를 붙인 이유는 현상윤은 자신의 초고들을 필사본 「소성의 만필」에 모아놓았는데 현재는 그중 제 5 권(1914년 창작분)만이 전하고 있으며, 만일 이전의 초고들이 발견된다면 그때서야 최초의 습작을 가릴 수 있기 때문이다.

14) 주종연, 『한국근대소설론』, 제2장 현상윤의 「핍박」 소고, 계명대, 1984, 25쪽.

발표된 작품수를 고려할 때 필자가 계속되는 원고청탁을 감당할 수 없는 나머지 과거의 미발표 원고까지 하나씩 끌어오다보니 4년전 것까지 거슬러 올라갔다고 볼 수도 있겠다. 혹 출판시 오류가 발생할 가능성도 전무하지는 않으나 아라비아 숫자가 아닌 이상 연도까지 잘못되리라고 보기 힘들며, 그밖에 작가가 일부러 작품의 창작시기를 조작한 흔적도 없다. 만일 필사본 「소성의 만필」중 1913년도 창작분이 발견된다면 좀 더 명확해지겠지만, 초고가 발견된다고 해도 반드시 일치한다는 보장은 없다. 현상윤의 다른 작품 「재봉춘」의 경우 「소성의 만필」 5권에 밝힌 탈고 일시와 『청춘』 4호에 수록된 작품 말미에 나온 탈고 일시가 각각 '甲寅十月二十日夜'와 '十一月十五日夜'로 서로 일치하지 않는다. 이는 「핍박」에서처럼 4년이라는 격차가 아닌 한 달이내의 작은 차이이지만, 이것이 출판과정에서의 오류가 아니라면 소성이 자신의 필사본과 일일이 대조하여 초고의 탈고 일시를 밝히기보다는 약간의 개고를 거친 경우에는 새로 완성된 원고의 작성일시를 기록했음을 암시한다는 점에서 의미있다. 그렇다면 「핍박」의 경우에는 개고과정 없이 초고를 여과없이 그대로 발표했다고 판단할 수 있으나 작가의 초고와 일대일로 대조할 수 없는 형편에서는 최종 결론은 보류해야 한다.

서지적 접근이 한계에 부딪칠 때 다시 작품의 내용과 형식적 측면에서의 접근을 생각해 볼 수 있다. 우선 내용적 측면이란 작품 주인공이 당면한 현실과 주인공의 태도가 1913년의 소성의 의식을 반영하는지 1917년의 의식을 반영하는지를 묻는 것이다. 위의 탈고 시기를 곧이곧대로 받아들일 수 없는 또 하나의 이유는 나름 아니라 창작의 초기에 어떻게 해서 더 발전된 형태의 1인칭 시점이 등장할 수 있겠는가하는 의문과 통한다. 이 문제는 이 작품의 양식적 측면을 살피는 보다 본격적인 논의를 필요로 한다.

여기서 등장하는 세번째 문제가 초고와 실제 발표작품간의 거리 문제이다. 앞의 김복순의 경우 「핍박」을 현상윤의 '최초의 소설'이라고 보면서도 문장표현은 다소 고쳤을 가능성이 있다고 본다. 문장표현상의 세세한 문제는 필사본 「소성의 만필」과의 대조가 불가능하므로 먼저 내용에 있어서의 변화가 있겠는가를 살펴보아야 한다. 초고가 쓰여진 것이 1913년 5월이라면 이 때는 현상윤이 보성중학교를 졸업하고 얼마 지나지 않았을 무렵이다. 이 무렵 그는 대성학교가 폐교된 후 보성학교로 전학한 지 1년만에 보성학교를 졸업하였다. 곧이어 1913년 3월 고향인 정주로 내려가 일년간 자신이 이 나라와 민족을 위해서 해야 할 일이 무엇인가를 곰곰이 생각하는 시간을 가질 수 있었다. 그러던 중, 우선 새로운 선진학문을 더 배워야 한다는 것을 깨닫고 마침내 일본유학을 결심한다. 그리하여 1914년 4월 일본 와세다대학에 입학하게 된다.15)

이러한 작가의 전기적 사실을 고려한다면 초고의 작성시기는 일본 유학시기 이전이 될 것이다. 따라서 작가와 쉽게 동일시되는 주인공 '나' 역시 고등교육을 받은 지식인임에 틀림이 없으나, "당대 유학생 지식인의 전형"16) 또는 "일본유학을 하고 돌아온 1910년대의 지식청년"17)이라는 판단이나 "이 시대 유학생들이 가지는 고민의 일단을 리얼하게 표현하였다"18)는 평가는 일단 유보해야 할 것이다. 실제로 작품 자체내에 주인공이 일본유학을 다녀왔다는 표현은 발견할 수 없다. 아마도 작자가 일본유학을 다녀왔다는 사실에서 온 선입견이나 발표시기상의 애매한 문제 때문이리라고 판단된다. 1910년대 당시 현실에서는 서울에서 중학교를 마친 것만으로도 고등교육이 될 것이며, 작자의 고향인 정주에서는 충분히 지식인축에 들 수 있었으리라는 점은 인정한다.

또 한 가지 고려할 점은 작가가 『학지광』에 와세다대학을 졸업하는 감회를 발표하면서 대학 4년 동안에 조선사회에 대한 자신의 의무를 분명히 자각했다고 밝힌 점이다.19) 이러한 분명한 자각을 가지고 귀국을

---

15) 『고려대학의 사람들—제4권 : 현상윤』, 고려대 민족문화연구소, 1986, 12쪽.

조종환, 「현상윤의 생애와 사상」, 경희대 석사논문, 1984. 참조

16) 이동하, 앞의 논문, 71쪽

17) 주종연, 『한국근대단편소설연구』, 83쪽.

18) 윤홍로, 앞의 글, 55쪽.

19) "左右間 나는 이런 멧가지로 朝鮮社會에對하야 내의責務를 깨달았고, 쏘는 내의信

한 그는 인촌이 경영하고 있던 중앙학교에서 인재양성에 심혈을 기울이게 된다. 이즈음 그의 생활은 오로지 두 가지뿐이었으니, 그것은 후배들을 훌륭하게 키우는 일과 독립운동을 설계하는 일이었다.[20] 이 시기 그의 삶과 지향을 살펴보면 그 어디에서도 작품 속의 주인공과 같은 무력감에 빠져 방황하는 나약한 인간상은 찾아 볼 수 없다.

「핍박」이 발표된 무렵에 쓰여진 「경성소감」이라는 글에서 이 점을 보다 분명히 확인할 수 있다. 「경성소감」은 『청춘』 11호(1917.11)에 발표되었으나 실제로는 1917년 7월 4일 밤에 쓴 것임을 말미에 밝히고 있다. 이무렵 동경에서 귀성하는 길에 잠깐 경성에 들렀던 소성은 한 마디로 "경성은 아직 멀엇고나"라고 한탄하며, "경성은 나의 보는 소견으로는 적어도 아니되랴는 경성가치만 보이고 물너가랴는 경성가치만 보이엇다"는 소감과 함께 경성의 문제점들을 신랄하게 지적한다. 끝으로 "아아 사랑하는 京城아 하로밧비나아가 이글을쓴나로하여곰 後日에는 다시今日과갓흔늣김이 니러나지말게하여라 아아사랑하는京城아"라고 외치는 작가의 안타까움과 열정은 「핍박」에서와 같은 무기력과는 거리가 멀다. 그렇다면 다시 거슬러올라가 중학교 졸업 후 고향인 정주에서의 모색의 기간이야말로 이 자전적 소설의 배경이 되어야 옳다. 그리고 이 점에서 발표시기의 작자와 작품의 주인공 사이의 거리도 해명되어질 수 있는 것이다.

그런데 이 작품이 허구가 아닌 작가의 지나간 시대에 대한 사실적 기록, 회고와 반추라는 점에서 내용상 수필로 분류해야 하지 않을까 하는 의문, 아니라면 수필과 구별될 수 있게 하는 요소가 무엇인가 하는 의문이 남는다.[21] 미루어 놓았던 양식의 문제가 이 작품을 평가하는 핵심

念을 굿세게하얏다. 이압헤 엇던昏迷로 이責務와 이信念을 이저버릴째가 惑(?)이슬런지는 모르나, 그러나, 지금까지는, 스사로 튼튼하고 스사로 음직이지안음을, 나는 내自身에向하야 自期하고自斷하는배다."
현상윤, 「졸업증서를 밧는날에」, 『학지광』 18, 1919.8, 72쪽.
20) 『고려대학의 사람들—제4권』, 14쪽.
21) 다른 이유도 있겠으나 이 작품을 수필로 보는 견해가 있다.

이 되는 것이다.

  여기서 앞서 지적한 마지막 질문인 이 작품이 과연 소설인가하는 질
문을 진지하게 던져볼 때다. 그러나 물론 사실에 기초했다고 해서 소설
이 될 수 없는 것은 아니며, 이 점을 작가 자신도 충분히 의식하고 있
을 것이다. 작가는 인정소설이라는 표제를 붙인 『청춘』 3호의 「박명」
후기에서 "이 한篇은 年前에 이小說가운데 말한地方(평북 정주-필자)에
살던 親舊 두사람이 나와함긔 平壤○○學敎에 와서 工夫하다가, 可痛
하게도 두사람 다 長逝의 사람이 된 事實을 合틀어 뼈로 하고, 약간 고
기를 붙인 것"22)이라고 밝히고 있다. 여기서 '事實을 合틀어 뼈로 하고,
약간 고기를 붙인 것'이라는 구절을 통해 작가가 생각하는 소설의 성격
을 짐작할 수 있으며, 사실에 기초로 두되 허구를 가미했다는 점에서
이를 소설로 보는데 무리는 없을 것이다. 어디까지가 사실이고 어디서부
터 허구인지 독자로서는 구별할 수 없지만 작가는 의식적으로 이를 소
설로 창작한 것이다. 같은 지방을 배경으로 하면서 주인공이 작가와 극
히 유사한 인물로 설정된 「핍박」의 경우에도 체험적 사실이 주축을 이
루고 있으리라는 점은 틀림이 없을 것이나 이 경우에는 사실과 허구의
구별이 더욱 불가능하며 작가가 의도적으로 소설화 과정을 거쳤는지도
의문이다. 특히 이 작품의 초고가 1913년에 쓰여졌음을 생각할 때 의문
은 더욱 커진다.

  1914년에 이전에 쓰인 글들을 모은 『소성의 만필』이라는 문집(필사본)
에 붙여진 '漫筆'이라는 용어에서 현상윤의 미분화된 장르인식의 일단을
엿볼 수 있다. 그것은 개인적인 한계만은 아니어서 최시한은 1910년대
문학의 양식적 불안정성, 유동성이 이전의 장르체계가 더이상 의미있는
관습일 수 없음에서 비롯된다고 보고 대표적으로 현상윤의 장르의식을

김기현, 「'소성의 만필'소고」, 『한국문학논고』, 일조각, 1972, 134쪽.
김기현, 「현상윤의 '청류벽'에 대하여」, 『벽사 이우성선생 정년기념 국어국문학논
총』, 여강출판사,1990, 901쪽.
22) 『청춘』 3호, 1914.12, 138쪽.

검토한 바 있다. 거기서 그는 현상윤의 46편의 작품중 40편을 택하여 시조형, 신체시형, 자유시형, 산문시형, 논설형, 단편소설형이라는 여섯 개의 유형으로 구분하였다. 그는 「핍박」이 정주라는 공간적 배경, 유학 생인 인물의 설정 등으로 미루어, 거의 작자 자신의 내면적 기록에 가 까우며, 비교적 짧은 시간 동안에 일어난 사건들을 시간적 순차에 따라 나열하고, 시점과 주제상 초점이 비교적 선명하여 단편소설로서의 응집 력을 보여주는 한편으로는 빈약하고 산만한 줄거리 때문에 오늘의 수필 에 가까운 면도 지니고 있다는 지적하였다.[23]

「핍박」의 양식적 특성에 대한 매우 의미있는 지적임에도 불구하고 이 는 애초에 전제로한 소성이 가진 양식의 유동성의 관점에서 열려진 판 단을 내리기보다는 연구자 자신이 설정한 단편소설이라는 유형안에 제 한해 놓고 그 속에서의 일부 특이한 작품에 대한 논의로 일단락한 아쉬 움을 남긴다. 그 결과 「핍박」과 다른 다섯 단편과의 차별성의 원인이 선명하게 규명되지 않는다. 여기에는 앞서 말한 여섯 개의 유형 속에 수필이라는 유형이 포함되어 있지 않다는 사실도 원인으로 작용한다. 만 약 수필이라는 또하나의 유형을 설정한다면 「핍박」의 장르 구분은 충분 히 재고의 여지가 있고, 수필로 재분류하거나, 수필과 소설의 중간적 존 재로 파악할 수도 있을 것이다. 오늘날처럼 분화된 장르인식을 갖지 .않 았던 당시의 소성에게는 오늘날 우리가 생각하는 단편소설이라는 개념 이 불명확했을 것처럼 수필에 대한 개념적 인식 역시 불명확했으리라 판단되기 때문이다. 사실 양식의 유동성을 문제삼은 것은 한 작가의 작 품 세계에서 발견되는 여러 유형중 어느 하나로 각 작품을 구분짓는 것 보다는 한 작가의 작품이 어떻게 해서 현재와 같은 장르 개념으로는 유 형화가 불가능한가를 지적해주는 데서 의미를 찾을 수 있을 것이다.

그러면 발표 시점인 1917년에 『창조』 제 8호를 통해 뒤늦게 발표된 이 작품이 과연 소설로 생각되었을까라는 다른 질문을 던져보자. 이 경

---

23) 최시한, 앞의 논문, 118-119쪽.

우 우선 작가의 장르인식과는 구별되는 편집자의 장르인식이 개입할 가능성이 있음도 고려해야 한다. 사실 청춘지에 게재된 소성의 다섯 단편 중 소설임을 분명히 표방하는 것은 앞의 「박명」외에 목차에서 소설로 밝힌 4호의 「재봉춘」 정도이다. 그러나 『청춘』지에 실린 그의 소설들은 모두 2단으로 편집되어 있고 제목 옆이나 위에 삽화가 그려져 있는 공통점을 갖고 있다. 그리고 「핍박」 역시 예외가 아니다. 같은 책에 「새벽」이라는 수필24)이 게재되어 있고, 한 잡지에 한 필자가 여러 편의 글을 게재한 것이 당시의 상황에서는 흔한 일이나 그 경우에도 동일한 장르의 글을 동시에 수록하지는 않는 관습으로 보아 두 작품은 서로 다른 장르로 인식되었을 것이며, 그렇다면 「핍박」쪽이 소설에 가깝다는 판단 하에 이 작품을 소설로 분류하는 방법도 가능하다. 여하튼 최소한 편집진에서는 당시 이 작품을 소설로 인식하고 있다고 보인다.

한편 작가의 입장을 보면 1913년 당시에는 한학적 소양은 있었으나 서양식 문학적 관습에 대한 이해는 부족했었고, 이후 상급학교 진학을 통해 서양식 문학적 훈련을 받을 수 있었으리라고 본다. 특히 동경 유학을 통해 일본의 사소설적 전통과 접할 기회가 있었던 소성으로서는, 초고 작성시에는 소설이든 수필이든 특별한 장르인식 없이 그저 만필이라는 정도의 장르의식을 갖고 썼던 이 작품이 소설로서도 읽힐 수 있다는 판단을 내리고 편집자의 소설청탁에 맞춰 원고를 건네주었을 가능성이 크다.

그 과정에서 다른 다섯 작품과의 형식적 이질성이 문제가 될 수 있다. 작가는 이 문제를 어떻게 해결하려 했을까? 먼저 시점의 문제가 대두된

---

24) 김학동, 주종연, 최시한, 조동일 등은 「새벽」을 시로 분류한다. 대표적으로 최시한 교수는 「새벽」을 산문시로 분류하는 근거로 발표지에서 시로 간주되고 있고, '～하다', '～한다', '～엿다' 등의 종지법에서 드러나듯이 시적 자아의 순간적 정서가 직접적으로 포착되며, 따라서 의식의 미묘한 흐름과 같이하는 順進的 시간의 구조를 취하고 있기 때문이라고 본다(최시한, 앞의 논문, 114-115쪽 참조). 산문시와 수필의 경계를 다루는 「새벽」의 장르규정 문제는 이 논문의 주제에서 벗어나므로 여기서 더이상 논하지는 않겠다.

다. 다른 다섯 편에서 줄곧 3인칭을 사용하고 있던 소성이 만약 지식인의 좌절과 방황이라는 같은 주제를 다룬다고 할 때 그것 역시 「박명」에서처럼 제삼자의 입장에서도 쓸 수 있었을 것이다. 자신의 체험을 굳이 3인칭으로 표현할 필요는 없었겠지만 당시로서는 1인칭 소설이란 출현하기 이전이었다. 그러나 소성은 처음으로 1인칭 서술양식을 선택하였다. 이를 작가의 독창적 산물로 이해할 수도 있겠으나 그 배경에는 일본 유학시 경험한 새로운 문학적 조류도 작용했을 가능성이 있다. 어쨌든 그것이 일본 사소설의 영향이든 초고가 가진 수필적 성격 때문이든 「핍박」은 최초의 1인칭 소설로 발표된 것이다.

문체적 특성도 종결 어미로서 주로 '더라'가 우세했던 다른 단편들로부터 진일보한 측면을 보인다.[25] 이 역시 초고의 수필적 잔재 때문이라고 판단되지만, 현실적으로 이를 소설화하기 위해 종결어미까지 하나하나 고칠 수는 없는 일이고, 소설이라할지라도 1인칭 서술양식을 택했다면 굳이 '더라'와 같은 종결어미를 사용할 필요는 없었을 것이다. 그리고 이는 일상어의 구어체로 언문일치되어가는 문체의 발전적 흐름과도 부응하는 것이다.

그렇다면 수필에서 소설로 재인식되기까지 특별히 의미있는 수정 작업은 없어도 무방했다. 혹 있었다면 그의 단편들이 모두 분장체의 구성을 택하고 있음을 고려할 때 「핍박」 역시 최초의 초고를 여섯개의 장으로 나누어 놓았을 가능성 정도를 생각해 볼 수 있다. 결론적으로 「핍박」은 적어도 발표시점에서는 소설로 재인식되었거나 소설로 고쳐졌다는 것이다.

마지막으로 1913년 작가가 처음 초고를 집필할 때 과연 이 작품을 소설로 인식하고 썼겠느냐 또는 1917년 작가가 이 작품을 발표하면서 소

---

[25] 현상윤 소설의 문체적 특성은 김기현, 「현상윤의 단편소설—그 특질과 문체」(『문학과지성』10호, 1972 겨울호)에서 검토되었는데 특히 활용어미의 자각에 관해서는 도표로써 상세히 분석해 놓았다. 그러나 「핍박」은 수필로 판단했기에 분석대상에 포함시키지 않았다.

설로 인식했느냐와는 별개의 문제로 다시 소설과 수필의 경계에 대한 오늘날의 장르 인식을 가지고 이 작품을 재검토해보자. 이는 추측하기 어려운 작가의 애매한 장르인식만이 문제가 되는 것이 아니라, 독자의 판단력에 주목해야 할 지점이기도 하다.

수필이 "나의 입장에서 내가 읽은 것, 보고 들은 것을 삽화적으로 나열하고 거기에서 삶에 대한 어떤 태도를 찾아내 표명"[26]하는 것이라고 할 때, 수필과 소설과의 분기점은 무엇일까. 일반적으로 소설은 픽션으로서 허구성의 이야기요, 수필은 작자의 사실성을 드러낸 논픽션의 이야기이며, 동시에 소설은 작자의 얼굴을 의식적으로 은폐시키고 줄거리를 소설화하는 데 전력하지만, 수필은 작자의 얼굴을 의식적으로 드러낸다는 점에서 또다른 차이점이 있다.[27] 그러나 이러한 일반론은 소설과 수필의 경계선상에 위치하는 일부 작품들의 장르 규명에는 그리 유용한 척도가 되지 못한다. 이 점에서 특히 수필과 사소설과의 공유성에 주목해야 한다.

사소설에서는 '나' 자신의 의식표출을 전제로 하여 서술되고 사건을 구성하여 형상화 시키는데, 서술자 '나' 자신의 전지적 서술은 심경의 고백일 수도 있기에 심경소설이라고도 할 수 있으며 이는 수필에서의 심경적인 사상과도 공유성을 갖는다. 이러한 시점상의 공유성과 함께 구성의 측면에 있어서도 양자는 사건이나 내용서술에 있어 외면세계를 객관적으로 그리기 어려울 뿐만 아니라 외면의 묘사를 무시하고 내면세계에만 집착하는 공통점을 갖는다.[28] 물론 사소설도 소설이니만큼 서사적 형식에 있어 인물, 사건, 배경 등 소설의 기본적 구성요소와 플롯의 단계가 요구되며, 1인칭 서술시점에 있어서도 수필의 '나'가 작자 자신인 실제적 '나'라면 사소설의 '나'는 실제적인 '나'이면서 동시에 허구화된

---

26) 김현 편, 『장르의 이론』, 문학과지성사, 1987, 194-195쪽.
27) 장백일, 『현대수필문학론』, 집문당, 1994, 201쪽.
28) 간복균, 「문학적 정서로 육화된 내용」, 『수필문학의 이론과 실제』, 한글, 1995, 280-285쪽.

'나'라는 차이를 찾을 수 있다.29) 문체상의 동질성으로 일본 문단에서 志賀直哉의「自轉車」,「朝顏」를 두고 사소설이냐, 수필이냐 논란을 일으킨 것은 유명하다. 한국에서도 이러한 문제로 단편소설로 발표는 되었지만 결국은 수필로 평가된 문제작이 많아 특히 현대문학의 형성기인 1920년대에는 수필화된 소설이 적지 않다. 김기진의「붉은 쥐」가 그 한 예가 될 것이다.30)「핍박」과 같은 경계선상의 작품에 대해서도 기존 장르규정에 지나치게 얽매이지 않고, 보다 개방된 시각을 가질 필요가 있다. 따라서 이 장의 결론 역시「핍박」이 소설이냐 수필이냐를 가리는데 최종목표를 두는 것은 비생산적이라 생각되며, 작품이 가진 수필적 속성을 충분히 고려하면서 작품의 이해에 도움을 얻고자 하는 데 목표를 두어야 할 것이다.

3. 수필적 속성과 소설적 가능성

앞에서 살펴보았듯이 발표과정을 둘러싼 여러 문제들을 고려할 때 현상윤의「핍박」은 소설이라는 결론을 내리기에 신중을 요하는 부분이 많다. 이 문제를 덮고 작품 자체만을 놓고 볼때도 기존 연구의 대부분이 소설로 장르규정을 내리면서도 수필적 속성을 지니고 있다는 사실은 부인하지 못한다. 그 가운데 대표적인 예를 들어 이어지는 논의의 출발점

---

29) 곽근,「사소설과 수필의 거리」, 간복균 편,『수필문학의 이론과 실제』, 277-279쪽.
30) 김기진은「未定稿」(『조선문단』 10호, 1925. 3)이라는 수필에서 "나는 당초「붉은 쥐」를 소설이라 발표했습니다. 그러나 畏友二三人이 그 소설을 보고서 '그건 소설이 아닙데다', '수필로는 좋다고 할 만한 대문이 있습데다' 하는 것이었습니다. 물론 나는 그 의견을 전부 승인한 것은 아니지만, 그렇다고 반대하고 싶은 생각도 없었습니다."라고 객관적인 평가를 수용함으로써 소설과 수필의 한계를 굳이 금 그어야 할 필요가 없다는 소신을 밝히고 있다.
오창익,「소설과 수필」, 김태길 편,『수필문학의 이론』, 76쪽.

으로 삼고자 한다.

　　이처럼 이 작품은 1인칭 현재시제 때문에, 서사적 시간 응축에는 실패했으나, 외면행위 전개가 거의 부재하고 계기적 순차구조보다 병렬적 대립구조에 의한 의미 강화 및 갈등이 해결되지 않는 개방형구조, 상징적·반복적 언어구조 및 1인칭 독백형태의 시점으로 인하여 「부르지짐」, 「방황」과 더불어 내향성이 심화된 소설이 되고 있다. 따라서 자전적 1인칭 및 현재형 단문이 환기시켜주는 수필적 속성과의 근친성을 배제할 수는 없으나, 이들은 모두 1920년대, 30년대 이후의 내면지향 단편 및 심리소설의 첫걸음을 보여주는 것으로 의미를 가진다 할 것이다.[31]

　　이러한 평가에서 필자가 주목하는 것은 역시 「핍박」이 갖는 '수필적 속성과의 근친성'이다. 이를 강조하는 것은 앞서 말했듯 이 작품의 장르 규정 문제를 재론하자는 소모적 목적에서가 아니다. 위에서 지적한 '자전적 1인칭', '현재형 단문'이라는 특징이 단지 수필적 속성을 보여준다는 데서 만족하는 것일 뿐만 아니라 그 자체가 이 작품을 '내향성이 심화된 소설'로 만드는 핵심적 관건이 되기 때문이다. 이 장에서는 위와 같은 기존 연구성과를 토대로 '자전적 1인칭', '현재형 단문'이라는 두 축을 가지고 작품을 분석해 보려고 한다. 전자에서는 시점과 체험 문제에 대하여, 후자에서는 문체 문제에 대하여 논의를 진행시킬 것이다. 이어서 「핍박」의 서사성 문제를 작품을 인용하면서 검토해보고, 결론으로 넘겨서 1920년대, 30년대 내면지향 단편 및 심리소설의 첫걸음이라는 문학사적 의미에 대해서도 재음미해 볼 작정이다.

---

31) 김현실, 앞의 책, 210-214쪽.

1) 자전적 일인칭의 문제

앞에서도 언급했듯이 「핍박」은 현상윤의 다른 다섯 편의 단편과는 달리 1인칭 화자를 사용하는 내적 독백형[32]의 서술 형태를 취하고 있다. 그러나 춘원의 「방황」에서 볼 수 있듯 이러한 독백의 성격을 띠는 소설들은 1910년대 후반기 소설의 주종을 이루면서 후에 『폐허』, 『창조』에 연속적으로 나타나는 고백체 형식으로 이어진다.[33] 따라서 장편의 내용을 단편의 형식에 요약하여 신소설까지 이어져온 주인공 일대기에 대한 전지적 서술에 머물렀던 다른 작품들과는 구별되지만 근대 단편소설의 성립이라는 문학사적 요구에는 부응하는 양식으로 등장한 것이다.

그러나 이러한 자기고백이 수필이 아닌 소설의 형태로 형상화되려면 개인의 체험적 사실과 주관적 감상에만 의존해서는 안된다. 수필이나 소설이나 양쪽 모두 사실에 기초할 수 있지만 후자의 경우 흔히 사실에 허구가 가미되어 서사성을 획득하면서 사실이 아닌 진실을 추구하는 이야기가 된다. 그러나 체험적 소설의 경우 사실과 허구의 경계를 구분하는 데는 작가의 전기적 사실에 대한 충분한 사전 정보가 필요하며, 이러한 정보없이 글을 대하는 일반독자로서는 구별이 거의 불가능하다. 결국 이 문제는 작가 자신만이 해답을 알고 있을 뿐이며, 작가가 이를 공개할 의무는 없다. 따라서 허구의 포함 여부보다는 체험이 어떻게 서사적인 형태로 구성되는가에서 수필과 소설간의 구분이 가능해진다고 볼 수 있다. 최서해의 「탈출기」나 이상의 「봉별기」가 소설이 될 수 있는 이유가 여기에 있다. 그런데 「핍박」은 같은 일인칭화자의 체험을 다루

---

32) 내적 독백형의 서술이란 서술내적 자아가 내부시점으로 향하는 서술형태로서 '나'의 주관과 감정이 지배된 감각의 사실성에 의존하기 때문에 자의식 세계를 표현하는 데 적절하며, 사건이 없어도 인물의 관념이나 감정만으로 소설이 된다는 장르의식 때문에 서술시각이 내부로 고정된다.
   김용재, 「한국 근대 소설의 '일인칭'서술상황 연구, 『국어국문학』 105호, 1991.5, 103쪽 참조
33) 김용재, 앞의 글, 102쪽.

면서도 이 두 작품과는 달리 서사성이 배제되어 있어 같은 기준을 적용하는데 무리가 따른다. 주인공의 외면적 행위를 통해 자아와 세계가 상호교류하면서 서사적 발전을 가져오기보다는 세계에 대한 자아의 내적 반응에만 치중하고, 주인공의 관념과 감상을 병렬시켜놓은 구조를 취하고 있다. 약 20년후 1930년대 한국 모더니즘의 심리소설에서나 발견되는 특성이 「핍박」에서 돌출된다는 사실은 이 작품의 구조를 수필의 구조로 이해하거나, 사소설의 영향으로 보게끔 만들 수밖에 없다.[34]

　여기서 일인칭화자의 자기고백의 의미를 다시한번 생각해보자. 자기고백의 소설화에서 허구화, 서사화와 함께 객관화라는 측면을 고려해야 한다. 즉 이러한 고백이 소설의 형식을 획득하려면 '나'라는 인물이 작자 자신을 뛰어넘어 객관화되어야 한다. 수필에서의 화자의 독백은 개성적인 주관적 감상에 머물지만 소설이라면 화자의 독백은 전형적 화자로서의 객관성을 동시에 추구한다. 이와 관련하여 주종연은 " '나'의 고백적 서술이 나 개인적 문제만이 아니라 '나'는 오로지 객관화된 개체로 인식되어야 하는 또다른 자아—이른바 서사적 자아를 표상함으로, 고백적 제시라는 개인적 심리서술의 방법으로 비개인적 문제를 표출하는 이중의 효과를 얻고 있는 것이다."[35]고 지적한다. 일본의 사소설에서 역시 작자 내부의 고백 행위를 곧바로 사회와의 단절로 결론지을 수는 없다. 小林秀雄은 '社會化된 私'라는 개념을 설정하고 부르조아의 난숙기에 발생

---

34) 전통서사와는 이질적인 양식시도와 관련하여 10년대 중반이후 등장하기 시작한 내면지향의 단편들이 전통적 요소보다 외래적 영향에 의한 새로운 단편소설의 양식을 보여주는 한 유형으로 분류하기도 한다. 작품이 전통서사체에서는 거의 취급하지 않던 내면세계를 서사의 핵심으로 부상시키고 있으며, 여기에는 이 시기 작가들이 객관적 세계에 대한 전망의 결여 속에서 기존 서사규범의 상투적 이야기를 벗어나, 가장 확실하게 파악할 수 있는 구체적인 경험영역이란 개인의 신변체험, 특히 내면세계일 수밖에 없었거니와 거기에다 전통 수필양식의 잠재적 틀과 일본 근대소설의 고백체 양식이 일정한 서사규범으로 작용했다는 분석은 설득력이 있다.
　김현실, 「1910년대 단편소설연구」, 이대박사논문, 1989, 220-221쪽.
35) 주종연, 『한국소설의 형성』, 집문당, 1987, 216쪽.

한 자연주의 문학은 '나'를 그리면서도 동시에 그 의식이 사회상과 미묘하게 일치했기 때문에 객관성을 획득했다고 본다.[36] 이와 같이 소설에서의 화자는 자전적 1인칭일지라도 시대적 문맥속에서 객관적으로 해석될 수 있을 때 소설적 화자로서의 의의를 획득할 수 있다.[37] 그렇다면 실제 작품속에서 주인공 '나'가 개인적 차원을 어떻게 극복하고 있는지는 논의를 진행하면서 구체적으로 밝혀질 것이다.

> 이즘은 病인가 보다. 그러나 무엇으로든지 病일 理由는 업다. 新鮮한 空氣가 맥힘 업시 들어오고 玲瓏한 광선이 가림 업시 빗치고 새는 울고 꼿은 웃고 샘은 맑고 산은 아름다운데 -- 조곰도 병일 까닭은 업다. ……(중략)……
>
> 그러나 무슨 病인지는 나도 스스로 알 수가 업다 - 오직 이偏저偏에서 쏘아오는 視線이 나로 하야끔 못살게 군다. 애 이놈아 精神 차려라 하는 듯하다. 이 偏에서는 휩싸고 싸리는 듯하면 저편에서는 내리쓸며 달내는 듯하다.
>
> 『엑 이놈아! 용렬한 놈아…』
>
> 『얘 미웁한 놈아 말 들어라…』
>
> 라고 하는 듯이 생각한즉 몸이 후루룩 썰니며 쌈이 밧삭 흐름애 지릅쓰고 보든 눈은 더욱 꺼지는듯 하다.[38]

이 작품은 주인공 '나'가 자신의 상태를 병적 상태로 파악하는 데서 시작한다. 이때 먼저 증상을 제시하고, 뒤이어 원인을 설명하는 단순한

---

36) 三好行雄 編, 「近代文學 10」, 124쪽.
   최혜실, 『한국모더니즘소설연구』, 민지사, 1992, 169쪽에서 재인용.

37) 김현실은 이광수의 초기단편 「방황」을 분석하면서 1인칭으로 이루어진 신변체험적 내면지향 단편은 엄밀하게 '수필'과 큰 차이를 보이지 않기 때문에, 이를 굳이 현대적 의미의 단편소설로 보기에는 문제점이 없지 않다고 덧붙였다. 또한 작품에 등장하는 '나'가 작가 자신과 동일시되는 자전적 1인칭일때 더욱 그러하다고 하면서, '나'의 입장이 아닌 소설적 인물의 입장으로 서술하는 것이 소설이라고 했다(앞의 책, 209-210쪽). 여기서 말하는 '소설적 인물의 입장' 역시 같은 맥락에서 이해할 수 있겠다.

38) 현상윤, 「핍박」, 『청춘』 8호, 1917.6, 86쪽.

서술방식이 아니라 주인공이 병의 원인을 추적하는 과정과 주인공의 증상이 번갈아 교차되면서 긴장감을 고조시킨다. 주변의 자연적 환경, 평안한 가정, 경제적 안정 등 일반적으로 병의 원인이 될만한 것들에 대해 아무 문제가 없음에도 불구하고, 사이사이에 삽입된, 병명도 명확하지 않은 증상으로 인해 고통받는 모습이 일인칭화자를 통해 절실하게 전달된다. 병명도 없고, 외적으로 드러나지도 않는 이 병을 치료하기 위해서는 환자의 내부를 들여다봐야 한다. 병의 원인이 쉽게 밝혀지지않는 것은 그것이 외부에 있는 것이 아니기 때문이다. '이편 저편에서 쏘아오는 시선' 자체는 병의 원인이 아니다. 인간은 사회생활을 하려면 누구나 타인의 시선을 받게 마련이다. 시선에 대해 병적 반응을 보이기에 문제가 되는 것이며, 따라서 주인공의 내적 상태에 초점을 맞춰야한다. 이러한 주제를 다루기 위해서는 필연적으로 일인칭화자를 필요로 하게 된다. 일인칭화자라고해서 자기자신의 문제에 대해 전지적인 것은 아니기에, 전지적화자와 같은 능력으로 명확한 결론을 제시하기보다는 병의 원인을 찾아가는 과정에 초점을 맞추게 되며, 독자 역시 이에 관심을 갖고 참여하게 된다.

2) 현재형 어미의 문제

　"이즘은 病인가 보다"로 시작하는 소설의 첫 장면은 자연의 배경묘사라든지 상황묘사로 작품이 시작되는 신소설로부터 훨씬 벗어난 구성법이며, 여타 1910년대 소설에서도 보기 힘든 초두구성이다. 즉 첫문장이 현재형시제의 주인공의 의식세계가 직접 표현되는 등 일상어의 세계와 구어체의 문장, 띄어쓰기, 묘사의 면에서 한층 달라져 있다고 평가된다.39) 이러한 구성법은 같은 일인칭이라도 주인공 자신의 체험을 회고하

---

39) 김복순, 앞의 논문, 90–92쪽.

면서 전달하는 방식과 달리 서사적 전개보다는 주인공의 심리적 정황을
묘사하는데 적합하다.

주인공 '나'는 원래 어떤 존재인가. '나'는 신문, 잡지, 서적을 구독,
"아참에 變하고 저녁에 고티는 神經質의 世上도 推移를 대강은 짐작"
하고, 일찍이 학교에도 다닌 지식인이다. 또한 "困窮한 자를 矜測히 넉
이고 슬픈者에게 써러지는 同情의 눈물"도 있으며, 희생의 관념과 자선
의 귀한 줄도 안다. 그리고 "반지빠른 才操"와 "多少의 稱譽"도 있다.
이러한 설명은 1인칭 현재형을 사용하지 않아도 충분히 가능하다. 그러
나 그러한 그가 왜 늘 피해의식에 고통을 받으며, 헌병보조원을 피해다
녀야 하는가, 그 자신도 분명히 알지 못하는 그 원인을 문제삼고 독자
역시 이를 공감하게 하기 위해서는 앞서 말했듯이 1인칭이어야 하고 또
현재형으로 표현해야 했다.

김현실은 「핍박」의 1인칭 현재형 시제는 독자에게 의사소통이라는 사
실과 행위를 끊임없이 의식하게 하기 대문에 내용의 감각적 현실성을
긴박하게 감지 시키며, 따라서 작가의 의식, 순간적 감각의 진실성은 리
얼하게 수용되지만, 과거나 미래 등과 연결된 조망, 사건의 계기성에 의
한 행위포착으로 얻을 수 있는 사실감은 전달받기 어려워진다고 지적했
다. 철저하게 현재형 단문만을 사용함으로써, 서사성은 완전히 박탈당하
게 되는 것이다.[40]

현재형 시제가 서사성을 약화시키는 것은 사실이지만 「핍박」의 몇 개
장에서 부분적으로 나타나는 서사적 요소에도 불구하고 서사성이 완전
히 박탈되었다고 평가하는 것은 작품에서 귀납적으로 추출한 결론이라
기보다는 시제와 서사성과의 관계에 대한 일반론에 의존한 감이 있다.
작가가 「핍박」에서 줄곧 현재형을 사용한 것이 서사성을 배제시키기 위
해 의식적으로 사용한 수법이 아니라 당시의 문체적 불안정성과도 연결
될 수 있다면, 그리고 스토리 위주가 아니라 주인공의 일상속에서의 자

---

40) 김현실, 앞의 책, 210-211쪽.

의식 문제를 다루는 이런 유형의 소설에서 차지하는 서사성의 비중을 고려한다면 굳이 현재형으로 인한 서사성의 파괴를 강조할 이유는 없다.

오히려 우리의 관심은 현재형 시제가 내용의 감각적 현실성을 긴박하게 감지시킨다는 점을 발견한 데 두어야 한다. 작품 전체에 지배적으로 작용하는 병적인 분위기를 독자로 하여금 감각적일 정도로 현실감있게 전달하는 현재형 문장의 기능에 논의의 초점을 맞춰야 한다는 말이다. 작가가 당시의 기존 소설의 문장에서 탈피하여 의도적으로 1인칭 현재형을 사용한 이유가 여기에 있다. 독자에게 어떤 이야기를 만들어 전달하려는 목적이 아니라 자신의 내면 심리를 고백한다는 수필적 사고에서 출발, 자신의 체험을 생생하게 표현하여 독자의 공감을 자아내는데 필요한 문장이기에 소성의 여섯 단편중에서도 특히 「핍박」에서 이러한 현상이 두드러진다.

그런데 김기현은 현상윤의 단편소설에 나타난 활용어미의 자각을 살펴보면서 「핍박」을 제외한 다섯 편의 단편을 분석한 결과 '-더라', '-이라(이러라)', '-리오' 등 구식 어미가 154개, 현대식 어미가 127개이며, 「박명」과 같은 작품에서는 26 대 32로 현대식 어미가 우세하다고 정리했다. 그리고 현대식 어미중에서는 과거형이 30개, 현재형이 88개여서 현재형 어미가 압도적으로 사용되었음을 실증하였다.[41] 가장 나중에 발표된 「핍박」의 경우는 앞의 다섯 작품에 비해 신소설투의 구식 어미로부터 완전히 탈피했고, 현재형 어미의 사용이 두드러진다. 그런데 「핍박」의 초고가 가장 빠른 1913년에 쓰여겼다는 점을 고려한다면 이러한 현상은 선뜻 이해하기 힘들다. 그러나 앞서 설명한대로 이는 「핍박」의 초고가 가진 수필적 속성에서 기인한 결과이며, 이후에 쓰여진 작품이라도 소설이라는 인식을 분명히 가지고 쓴 작품에서는 신소설 문장의 관습에서 완전히 탈피하지 못한 탓인지 문장상으로는 오히려 「핍박」에 비해 전근대적 양상을 띄고 있다고 볼 수 있다.

---

41) 김기현, 앞의 글, 774-775쪽.

이는 문장발달사상에서 볼 때 구어체문장 수립에 대한 현상윤의 기여를 증명하는 것이다. 단 문제점으로 지적되는 현재형 어미의 사용에 대해서는 김동인의 초기소설에 나타난 문장과의 비교를 통해 당시의 상황을 간접적으로 이해할 수 있다. 춘원을 비판하며 등장한 김동인의 처녀작 「약한자의 슬픔」(1919)조차 현재형 어미를 완전히 지양하지 못했으며, 서사적 전개를 위해 현재형 어미를 동원하였다.[42] 그러므로 현재형 어미와 서사성의 관계를 당시의 문장 발달수준에서 바라본다면 현재형만 고집했기에 과거, 현재, 미래로 연결되는 서사적 연속성으로부터 부자유해졌다는 식의 부정적 평가는 제고되어야 한다. 근대소설에서처럼 '-었다'와 같은 과거형을 연속적으로 사용하여도 서사적 전개가 가능하다는 인식이 정립되기 전인 그 당시로서는 「핍박」에 나타난 이러한 문장의식이야말로 신소설투의 '더라'체의 종결어미를 통한 일대기적 회고형식으로부터의 자유를 획득한 점에서 높이 평가해주어야 한다. 따라서 현재형 어미를 근거로 서사성의 부재를 결론짓는 기존 논리에서 벗어난 지점에서 작품의 서사성 문제를 다시 한번 검토해 보겠다.

3) 서사성의 문제

'病'이라는 말이 반복되면서 주인공은 끊임없는 자책 속에 자기인식 과정에 들어간다. 자신을 병적 상태로 파악하고 병의 원인을 발견해 나가는 과정이야말로 주인공의 자기인식 과정이 되는 것이다. 그런데 이러한 자기인식 과정이 소설적으로 수행되기 위해서는 그것이 서사적으로 형상화되어야 한다.[43] 총 여섯 개의 장으로 나누어진 「핍박」에서 이러

---

42) 김동인의 처녀작 「약한자의 슬픔」의 한 구절을 실례로 들어본다.
　　"무르녹기만 하던 날은 소낙비를 부어내린다. 그리 덥던 날은 비가 오면서는 서늘하여졌다. 방안은 습기로 찼다. 구팡에 내려져서 나는 물방울들은 안개비와 같이 되면서 방안에 몰려 들어온다."(김기현, 앞의 글, 775쪽에서 재인용.)

한 기능을 수행하는 것이 있다면 3장, 4장, 5장이 해당된다. 그러나 이 장면의 서사성에 대하여 기존 연구에서는 "관념층위의 삽화"44), "구체적 사건이 아니라 관념속에서 이루어지는 생각의 단편적 결정체"45)라는 부정적인 평가를 내리고 있다.

앞에서 수필에도 서사적 요소는 있다고 이야기했듯이 시간적 진행의 유무, 사건의 유무만을 따져본다면 이 작품에도 서사적 요소가 있음을 부정하지는 못할 것이다. 그러나 이러한 서사적 요소가 소설이 요구하는 서사성을 만족시킬 수 없다는 데 문제가 생긴다. 사건이 있다고 해도 그것이 서사적 발전을 이루지 못하고 삽화적으로 나열된다면 소설적인 서사성이라고 말하기 힘들며, 나아가 그 작품이 소설 장르로 인정받는 데도 의문이 제기된다. 그런데도 대부분의 기존 연구에서는 「핍박」의 서사성은 부정하면서도 그 장르는 소설로 구분하고 있다. 어쨌든 소설인데 서사성은 파괴되었다는 식의 주장이다. 여기서 필자는 「핍박」에 나타난 수필적 속성의 잔재를 인정하면서도 동시에 작품의 소설적 가능성을 입증하기위해 3장, 4장, 5장에 나타난 서사적 요소를 보다 적극적으로 해석할 필요를 느낀다. 이들 세 장은 분리된 삽화처럼 보이지만 전체 작품의 관계구조속에서 일정한 발전이 있음을 발견할 수 있다.

"하로는 볼일이 있어서 정주성내를 들어가다"로 시작하는 3장은 앞선 두 장에서 화자로서의 인물만 제시된 것과 달리 시간과 장소를 가진 사건으로 제시되고 있다. 책상머리에서의 관념서술이 아닌 정주성내라는 배경이 명시되었고, '하로는'이라는 표현은 언제이어도 좋을 무제한적인

---

43) 수필에도 서사적 요소가 포함될 수 있지만 일반적으로 소설의 경우처럼 허구적인 형상화를 거치지는 않는다. 상대적으로 소설의 서사성이 부각되는 것은 수필이 가지는 주관적 한계를 객관화시키기 위해서 화자의 직접적 관념표출이 아니라 화자가 서사적 문맥속에 등장인물로 참여하여 세계와 동적인 관계를 형성해야 하기 때문이다. 한 작품이 아무리 자아의 내적 갈등에 초점을 맞추었다고 해도 소설이 요구하는 최소한의 서사적 장치를 구비할 때 그러한 목적도 완성되는 것이다.

44) 김현실, 앞의 책, 211쪽.

45) 김용재, 앞의 글, 106쪽.

것이어서 사건의 시간을 지정해주는 역할을 제대로 하지 못하지만 그 사건이 일상성속의 사건이라면 중요한 문제는 아니다. 작가는 먼저 정주 성내를 묘사면서 주인공이 받는 강박적 분위기를 스케치한 후에 '긴칼 느린 헌병보조원'을 통해 이를 극대화시킨다.

> 그러나 그가 나를 본다 나를 꾸짓는듯 하다 나를 잡으랴는듯 하다 발을내노을째 마다 그가 밧삭밧삭 닥아 드는듯 하다.
> 나는 다시 거를수가 업다. 나는 쌈이 흐른다.
> 『이놈아!』소리가 完然이 들닌다. 다시 할수가 업다 도라올수 밧게 別로 逃亡할 計策이 업다.
> 몸은 더욱 썰니고 脈은 더욱 풀닌다…… 거북고개를 넘어서니 조곰 숨이 쉬여진다.46)

이성적 판단으로는 아무 범죄가 없는 자신은 두려울 것 없지만, 심리적으로는 자신을 주시하고 잡으려는듯 느낌을 피할 수 없어서 결국은 도망치게 되는 상황전개 속에서 현재형 문장이 주는 긴박감이 유감없이 발휘되는 대목이다. 그런데 이 대목의 서사성은 장면속에서의 시간적 경과만이 아니라 앞뒤 단락과의 관계속에서 드러난다. 자신의 피해의식이 이제까지는 화자의 직접적인 서술로만 소개되던 주인공의 증상이 서사적 문맥속에서 서술된다는 점이다.

한편 이 대목에서 등장하는 헌병보조원의 상징성이 확대해석되어 이 작품은 주제적 측면에서 식민지 지식인의 눈에 비친 시대적 고뇌를 다루고 있다는 평가를 받아 왔다. 즉 자서전적 구성을 통해 일제 무단통치시대의 양심적인 지식인의 모습을 절실하게 표현하여 개인의 번민과 시대의 고민을 연결시켰다는 것이다. 그러나 이는 암시적 수준에서 제시된 것일뿐 헌병보조원은 일제식민통치의 직접적인 대리인으로서가 아니라 주인공이 사방에서 겪는 피해의식을 극대화시킬 대상으로 선택된 것이다. 그렇기에 주인공은 직접적으로 일제와 아무관계없는 일반인에서부

---

46) 현상윤, 「핍박」, 88쪽.

터 당나귀, 말과 같은 짐승, 심지어는 대문기둥까지 자신을 비웃는 것으로 느끼고 있다. 물론 이는 주인공이 살고 있는 체제의 압박감이 심화된 결과 자신을 둘러싼 모든 것으로부터 받게 되는 심리적 고통을 다룬다는 점에서는 시대적 문제로 해석할 수 있겠다. 주인공은 헌병보조원에게서 받는 것 못지 않은 압박감을 다음 장에 나온 우리 농부들로부터도 경험하게 된다. 고통은 외부에서 강요되는 것일 뿐만 아니라 민족 내부로부터도 마찬가지인 것이다.

4장에서 주인공은 저녁밥을 먹고 농부들의 집회 장소를 찾아간다. 그가 등장하자 한참이나 아무 말도 없었다는 사실은 지식인인 주인공과 농부들과의 거리를 암시해준다. 이들과의 대화를 통해 당시 평범한 농부들이 지식인을 어떻게 바라보고 있는지가 이를 받아들이는 지식인 주인공을 통해 드러난다. 그것은 기대와 선망과 풍자가 섞여있는 것이었다. "임자 工夫도 잘 했다니 일 안하고 돈 모으는 법이 무엇임마?", "여보소 그런소리 그만두게…… 저사람 德에 우리가 다 살 터인데…… 아 우리야 野蠻이 안이기에 그럼마 흥-- ", "애 ○○야, 너 내가 참말이다 그만치 工夫를 하얏스면 判任官이 나는 하기가 아조 쉽겠구나. 거 第一이더라"와 같은 대화에서 확인할 수 있듯이 마을주민들의 주인공에 대한 기대는 주인공 자신의 생각과는 상당히 다르다. 사실 일 안하고도 생활할 수 있는 위치에 있던 주인공에게 외돌이 아버지의 질문은 어리석고 게으르다기보다는 일종의 항의가 섞인 뼈있는 소리로 들린다. 또한 분위기의 어색함을 감추려는 수길이 형의 말은 당시 계몽적 지식인이 가지는 부담을 보여주고, 판임관이 되라는 존위어른의 충고와 같이 식민지 사회에서 통로가 막힌 채 현실에 순응하는 삶의 왜곡된 지향은 주인공의 가슴을 답답하게 한다. 그렇다면 주인공이 지향해야 할 삶의 모습은 어떤 것일까.

마을 앞 세거리 길에서 서있는 5장의 주인공은 이러한 시대에 어떻게 살 것인가를 묻고 있으며, 세 갈래 길은 선택의 상황을 설정하기 위해 만든 장치가 된다. 각각의 길로부터 시대를 살아가는 서로 다른 방식의 인물이 제시된다. 뒷고개로부터 "人生七十이 古來稀엿다 살아生前에 먹지 안코 놀지 안코 무엇하리 하하……" 하며 한 취객이 지나간다. 얼마 있더니 들밖에서 농군들이 들어온다. 가래, 호미를 매고, 쇠시랑, 낫을 든 그들의 얼골은 뙤약볕에 타서 검붉었으며 손은 갈바람에 툭툭 터졌다. 여기 등장하는 허무주의적인 취객과 건강한 농군의 모습과의 거리가 당시의 좌절과 희망이란 상반적 행로를 보여준다. 주인공은 걸음을 옮길 때마다 눈앞에 취객과 농군을 떠올리며 인생과 행락에 대해 고민한다. 그러면 세거리에서 또 하나의 길은 무엇인가. 이는 주인공의 걸어온 길이며, 세 길이 만나는 곳에 작품 「핍박」이 자리한다.

> 「야 이놈아 우리는 우리니마에 흐르는 쌈을 먹는다소니 조끔이나 未安이나 苦痛이 잇슬소냐……어리고 철업는 놈아 무엇이 엇재-- 權利니 義務니 倫理니 道德이니 平等이니 自由이니 무엇이 엇재 나는 다모론다-」[47]

인용문의 비판이 바로 주인공이 걸어온 길에 대한 자기비판이다. 1장과 2장에서는 병의 증상과 원인불명에 고통받던 주인공이 3장에서 5장에 이르는 사건들을 경험하면서, 자신의 위치를 인식하고 추상적인 구호만을 외칠 뿐 땀흘린 행동이 없었던 지난날을 반성한다. 그리하여 마지막 6장에서 마침내 주인공의 병의 이유가 밝혀진다. 사방에서 비웃고 꾸짖는 "이놈아 弱히고 게른 놈아"라는 소리. 그것이 그에게는 '핍박'이 되는 것이다. 무력하고 히위적인 자신의 과거와 현재가 마을 주변을 배회하면서 만난 사람들을 통해 자각되면서, 주인공의 병적인 자의식은 결국 자신의 정체성을 새롭게 인식하는 계기로 작용한다. 그렇다면 이들 작은 사건들은 자체의 연속성은 없지만 소설 전체구조속에서는 서사성을 획득했다고 해석할 수 있다. 또한 당대 농민들의 부정적, 긍정적 양면성과 지식인의 진퇴양난적 상황에 대한 보다 객관화된 인식에 이르게

---

47) 현상윤, 앞의 책, 90쪽.

한다는 점에서 주인공의 자기인식 과정은 현실인식 과정으로 확장된다. 이렇게 될 때 이 자서전적 기록 속의 '나'는 식민지 지식인의 전형으로서 일반화될 수 있는 것이고, 이 글 또한 소설적 의미를 지니게 되는 것이다.

4. 맺음말
-문학사적 의의와 관련하여

　본고에서는 현상윤의 다른 작품들과 뚜렷한 차이를 보이는 「핍박」을 검토해 본 결과 초고의 창작 시기와 발표시기간의 4년이라는 거리와 초기에 불분명했던 현상윤의 장르의식 등을 근거로 이 작품이 양식적 측면에서 수필적 속성의 잔재를 가지고 있는 것으로 보았다. 최초의 1인칭 시점의 단편소설이라는 사적 평가를 내리는데는 신중한 판단을 요한다 하겠다. 거기에는 우리 문학사를 풍부하게 해석해내려는 그간의 연구자들의 의욕과잉도 작용하지 않았는가 싶다.

　여기서 이와 같은 소설이 등장하게 되는 또 하나의 문학사적 배경을 함께 고려해야 한다. 현실 비판을 담은 소설이 10년대 중반부터 점증하는 소설사의 전개과정 안에서 일정 수준의 형상화를 갖춘 사실주의 경향의 소설들이 나타나게 된다. 즉 봉건적 유제가 미만해 있는 식민지의 일상세계, 또는 자본주의 사회로부터 발생하게 되는 개인과 사회의 왜곡된 관계 안에서 개인의 일상적 체험을 통해 사회현실을 비판적으로 인식하기에 이르는 소설들이 나타나기 시작한다. 현상윤의 「핍박」과 양건식의 「슬픈 모순」(『반도시론』10호, 1918.2)이 그것이다. 특히 이들 작품은 지식인 주인공이 부정적인 사회현실을 통해 객관적인 자기인식에 도달하는 과정을 형상화하여 사실주의 소설로서의 성과에 근접하고 있다.[48]

앞에서 살펴보았듯이 이 작품은 특별한 사건의 제시가 없이 주인공 '나'의 일상적인 삶을 묘사하고 있다. 그러나 '일상적'이라고는 하지만 그것은 표면적인 사건이 발생하지 않았을 따름이요, 평범하거나 무료한 하루는 결코 아니다. 주인공은 치열한 내적 갈등 속에 방황하고 있다. 박태원의 '구보씨'처럼 주인공은 마을을 거닐고 있다. 물론 그곳은 30년대의 서울이 아니고 식민지 초기의 평안도 어느 농촌이다. 주인공이 볼 일이 있어서 들어간 정주성내든지 저녁밥을 먹고서 찾아간 농부들의 집 회장소든지 아니면 마을 앞 세거리 길이든지 그곳에서 주인공의 눈을 통해 보여주는 식민지 농촌의 모습은 그 자체를 사실적인 묘사를 통해 제시하려 했다기 보다는 그 장면을 매개로 주인공이 점차로 자각하게 되는 정신적 압박과 '病'의 원인을 밝혀주고 있다. 각각의 장소에서 보여지는 현실은 주인공의 內省의 출발점이 되는 것이 사실이다. 이때 주인공이 '지식인의 분열적 自我相'[49]을 보인다는 것은 적절한 지적이지만 자칫 오해의 소지가 있다. 이 작품의 주인공은 현실의 모순 속에서 탈출구를 찾지 못하고 자꾸만 분열만해가는 존재가 아니라, 작가의 그리고 독자의 현실인식의 창구가 되는 것이다.

결론적으로 주제적 측면에서 이 작품은 주인공 '나'가 자기인식, 현실인식을 확장시켜 나감으로써 스스로를 객관화시키는데 일정 정도 성공하여 소설적 인물로서의 특성을 획득함으로써 소설적 가능성을 보여주었으며, 1920년대 단편소설의 형성과 우리 문학사에서 내성적 관심을 보이는 작품군에 잠재적 영향을 끼친 점은 부정할 수 없겠다.

---

48) 양문규, 앞의 논문, 132-133쪽.
49) 민현기, 앞의 책, 25쪽

▶ **참고문헌**

간복균, 『수필문학의 이론과 실제』, 한글, 1995.

김기현, 「현상윤의 단편소설」, 『문학과 지성』, 1972년 겨울호.

_____, 『한국문학논고』, 일조각, 1972.

김복순, 「1910년대 단편소설 연구-신지식층의 소설을 중심으로」, 연세대 박사논문, 1990.

김영민, 『한국근대소설사』, 솔, 1996.

김용재, 「한국 근대 소설의 '일인칭'서술상황 연구」, 『국어국문학』 105호, 1991.5

김학동, 「소성 현상윤론」, 『어문학』 27, 한국어문학회, 1972.

김현실, 『한국근대단편소설론』, 공동체, 1991.5.

민현기, 『한국근대소설론』, 계명대 출판부, 1984.

양문규, 「1910년대 한국소설 연구 -사회사적 관련양상을 중심으로」, 연세대 박사논문, 1990.

이동하, 「1910년대 단편소설 연구」, 서울대 석사논문, 1982.

장백일, 『현대수필문학론』, 집문당, 1994.

정홍교·박종원, 『조선문학개관』, 인동, 1988.

조동일, 『한국문학통사』 4권, 1986.

조종환, 「현상윤의 생애와 사상」, 경희대 석사논문, 1984.

주종연, 『한국근대단편소설연구』, 형설출판사, 1979.

_____, 『한국근대소설론』, 계명대 출판부, 1984.

최시한, 「현상윤의 쟝르의식-1910년대 쟝르체계의 유동성에 관한 일고찰」, 『서강어문』 3집, 1983,

과학적 상상력과 측량된 미래

1. 머리말

SF작가 복거일? 복거일은 장편소설 『비명을 찾아서』(1987)로 데뷔한 이래, 『높은 땅 낮은 이야기』(1988), 『역사 속의 나그네』(1991), 『파란 달 아래』(1992), 『캠프 세네카의 기지촌』(1994), 『마법성의 수호자, 나의 끼끗한 들깨』(2001), 『목성잠언집』(2002) 등의 작품을 발표한 중견작가이 자 영어 공용어화 논쟁을 일으켜 화제가 된 저널리스트이다.[1] 문제는 먼저 SF를 어떻게 정의하는가와 밀접한 관련이 있다.[2] SF를 과학기술과 인간 및 사회에 대한 연관을 심층적으로 다루는 장르로 볼 때 『역사 속의 나그네』와 『파란 달 아래』 그리고 『목성잠언집』은 충분히 정의에 부합하는 작품들이며, '현재 존재하지 않는 가상의 상황을 합리적으로

---

1) 복거일은 소설 이외에도 시집 『五丈原의 가을』(1988)과 『나이 들어가는 아내를 위한 자장가』(2001), 산문집 『현실과 지향』(1990), 『진단과 처방』(1994), 『쓸모 없는 지식을 찾아서』(1996), 『아무것도 바라지 않는 죽음 앞에서』(1997), 『소수를 위한 변명』(1998), 『국제어 시대의 민족어』(1998), 『동화를 위한 계산』(1999) 등의 책을 발간하였다.
2) 박상준, 「SF문학의 인식과 이해」, 『외국문학』 49, 1996 겨울, 14-15쪽 참조

묘사한 소설'로 정의하면 『비명을 찾아서』까지 넓은 의미의 SF로 간주할 수 있다. 보는 이에 따라 네 편, 적어도 세 편의 SF소설을 지었음에도 불구하고 그런 복거일에게 붙인 'SF작가'라는 수식어가 왠지 어색한 것은 'SF'라는 장르를 '공상과학소설'로 번역하여 홍미 위주의 대중물로 가치를 낮추어 보는 문단 또는 일반인들의 선입견 때문일 것이다.

복거일은 「과학소설의 간략한 소개」라는 강연에서 일반 독자들이 과학소설에 접근하는 데 도움이 되도록 과학소설을 13개 항목으로 세부 분류하였다. 이에 따르면 첫 작품 『비명을 찾아서』는 '대체역사', 『역사 속의 나그네』는 '시간여행', 『파란 달 아래』는 '미래역사'라는 하위 장르로 분류할 수 있다. '과학소설은 과학이 사람의 삶과 문명에 영향을 미치는 모습들을 다루는 소설'이라는 작가 자신의 정의도 작품의 성격을 잘 설명해 준다. 작가는 『역사 속의 나그네』에서 시간여행이 개인의 운명과 인류의 역사를 어떻게 바꾸는가를 다루고 있으며, 『파란 달 아래』에서는 우주 개발이 남북 관계와 어떠한 관련을 갖게 되는가를 보여 준다.

그런데 과학기술에 대한 인식이 사회에 미치는 영향은 이렇게 작품 내적으로만이 아니라 한편으로는 시대와 상호작용 하는 SF작가의 사회적 위상과도 관련된다. 김성곤은 SF문학의 부상은 탈정전적 성격과 관련하여 포스트모더니즘의 등장과 불가분의 관계를 갖고 있다고 본다. 이는 그 동안 하류 장르로 폄하된 한 문학 장르의 재평가만이 아니라 인식의 변화로까지 의미가 확대되며, 이에 대한 관심은 우리 나라의 문화적 · 사회적 변화의 척도가 된다.3) 따라서 복거일이 넓은 의미의 SF소설을 선택한 것은 주류문학 장르에 대한 도전이자 지식인 사회에 대한 인식의 전복이라는 의미를 갖는다.

이 글에서는 『비명을 찾아서』와 『역사 속의 나그네』에 나타난 과학소설적 성격을 간략히 살핀 후, 본격적인 과학소설이라 할 『파란 달 아

---

3) 김성곤, 「SF문학 어떻게 볼 것인가」, 『외국문학』 49, 1996 겨울, 28쪽.

래』를 중심으로 작가 복거일의 과학적 상상력과 그것이 추구하는 인식의 전복 및 작품이 문학사에서 차지하는 의미를 고찰하려 한다.

2. 고쳐 씌어진 역사
　-『비명을 찾아서』, 『역사 속의 나그네』

　　신도 과거는 바꾸지 못한다고 한다. 그럴지도 모른다. 그러나 모든 것은, 아마도 우주 그 자체를 빼놓고는, 자신보다 큰 어떤 체계의 한 부분을 이룬다. 그러므로 과거의 어느 것도 자신이 그 한 부분을 이룰 체계가 형성되어 가는 동안에는 확정되지 않은 것이다. 다만 가능성의 영역에 머무를 따름이다. 바로 그것이 '과거를 규정하는 것은 미래다'라는 명제가 뜻하는 것이다.
　　역사는 씌어지는 것이다. 역사는 고쳐 씌어지는 것이다.
　　　　　　　　　　　　　　　　　　　　　　　―다까노 다쯔끼찌(高野達吉).
　　　　　　　　　　　　　　　　『도우꾜우, 쇼우와 61년의 겨울』에서*4)

　『비명을 찾아서』는 대체역사라는 방법을 도입하여 작가의 역사에 대한 깊은 관심을 보여준다. 기존 역사소설처럼 역사적 사실의 재구와 재해석에 초점을 맞추지 않고, 역사적 사실 자체를 재구성한다. 물론 상상력에 의한 역사적 사실의 창조 이면에서 기존 역사에 대한 재해석과 강한 비판정신이 작용하는 것은 변함이 없다. 그러나 역사는 이미 정해진 과거가 아니며, 고쳐 씌어진다고 했을 때에 작가가 주장하고자 하는 것은 역사가 기술자의 시각, 후세의 사관에 의해 씌어진다는 의미에서만이 아니라 과거 자체가 불확정적인 것이어서 특별한 계기에 의해 우리가 알고 있는 역사적 사실이 바뀌어 새로운 세계가 열린다는 의미이다.
　『비명을 찾아서』를 통해 작가가 선보이는 대체역사는 카오스 이론에

---

4) 복거일,『비명을 찾아서』, 문학과지성사, 1995(재판 4쇄), 326쪽

서 말하는 '초기 조건에 대한 예민한 종속'이라는 논리의 뒷받침을 받는다. 우연한 사건에 의해 개인의 운명뿐만 아니라 역사가 바뀌는 것은 초기 조건의 변화가 수반하는 연쇄적인 파급효과, 이른바 '나비효과'로 해명할 수 있다. 북경에서 공기를 휘젓는 나비는 다음달엔 뉴욕의 폭풍 체계들을 바꿀 수 있다는 이 발견을 놓고 작가는 물질 세계에 대한 고전적 철학인 결정론에 대한 회의라는 점에서 그 의의를 평가한 바 있다.5) 그런데 흥미로운 것은 작가가 "혼돈의 연구에서 새롭고 흥미로운 것은 혼돈이 실재한다는 발견이 아니라 어떤 종류의 혼돈들은 수학적으로 분석될 수 있는 거의 일반적인 몇 가지 특질들을 보인다는 발견이다."라고 말한 점이다.

이러한 사실을 증명이라도 하려는 듯이 작가가 제시하는 식민지 조선의 모습은 1980년대 한국 정치 사회적 상황의 복사판이다. 물론 이는 문학적인 설명으로는 알레고리라고 치부할 수도 있겠으나, 작가가 표방하는 과학적 세계관이 결정론에 대한 부정과 도전에 있으면서도, 다시 씌어진 과거가 여전히 작가가 속한 현재의 지배를 받는다는 점에서, 작품 자체가 보여주는 역사는 실제로는 다분히 결정론적이라는 분석도 이끌어낼 수 있다. 이렇게 첫 작품 『비명을 찾아서』에 나타난 과학적 세계관과 역사관 사이에서의 작은 균열이, 조선인으로서의 정체성을 찾기 위한 주인공 박영세의 민족어에 대한 열정을 경험했던 독자들로 하여금 10년 후 민족주의 극복과 보편적 세계주의를 외치며 영어공용화 논쟁을 일으킨 자유주의자로서의 작가의 또다른 모습을 접하게 함으로써 혼돈에 빠지게 만든다.

이렇게 『비명을 찾아서』의 창작 과정이 '과거를 결정하는 것이 사실은 현재'라는 데 머물렀다면, '과거를 결정하는 것은 미래'라는 작가의 주장을 작품의 서사구조 속에서 직접적으로 보여준 작품이 『역사 속의

---

5) 복거일, 「좋은 물음을 던지는 능력」, 『쓸모 없는 지식을 찾아서』, 문학과지성사, 1996, 41쪽
　　＿＿＿, 「유행에서의 '나비 효과'」, 위의 책, 101쪽.

나그네』이다. 과학소설의 하위장르인 '시간여행' SF에서는 역사적 사실 자체를 고쳐나갈 수 있다.

『역사 속의 나그네』는 백악기 말기로 탐사를 떠났던 미래의 시간 여행자가 기계 고장으로 임진왜란 직전의 충청도 아산 땅에 불시착하면서 시작된다.[6] 이 작품에 사용된 '시간여행(time travel)'의 모티프는 사실 SF 뿐만 아니라 동서양 고전에 이미 등장하는 것이다. 특히 과거로의 여행, 그리고 다시 과거로부터 현재로의 여행(back to the future)이라는 SF 모티프를 사용해 유토피아와 디스토피아의 문제를 상징적으로 보여준 마크 트웨인의 『아서왕 궁전의 코네티컷 양키』(1889)와 비교해 볼만한 작품이다.[7] 마크 트웨인이 시간여행의 방법으로 사용한 것이 '타임슬립'이라면 복거일은 '가마우지'라는 기계를 사용한다는 점에서 웰즈의 '타임 머신'의 전통을 따른다. 한편 '시간여행'을 주제로 한 대부분의 소설에서 주인공들은 모두 다시 현재로 되돌아옴으로써 '미래로의 귀환(back to the future)'을 끝낸다. 반면 복거일은 소설 자체가 미완의 구조를 갖고 있어서 단언할 수는 없지만 현재 3권까지를 일단 독립된 장편으로 본다면 '미래로의 귀환'이 없다. 더구나 가마우지의 폭발로 인한 이동 수단의 상실로 작품이 속개된다고 해도 귀환은 불가능하다.[8]

SF는 또 하나의 리얼리티를 창조한 다음 궁극적으로는 그것을 통해 현재의 리얼리티를 바라볼 수 있도록 해준다. 그리고 타자와의 만남과

---

6) 『역사 속의 나그네』가 『비명을 찾아서』에서의 문제의식을 계승했다면, 작품의 시간적 배경을 왜란 무렵으로 설정한 것은 이 작품 역시 일본과의 역사적 관계에 대한 전복을 의도했음을 암시해준다. 그러나 작품이 미완성으로 중단되어 있는 상태이기 때문에 이 점은 아직 작품 속에 구체화 되지는 않는다. 한편 공간적 배경을 아산으로 설정한 것은 작가의 출생지가 충남 아산군 신창면 오목리(「북쪽의 신창역을 그리며」, 『아무 것도 바라지 않는 죽음 앞에서』, 문학과지성사, 1996 참조)라는 점을 고려할 때 고향에 대한 애착의 산물이기도 하지만, 서사구조 내에서는 이 지역 현감이었던 이토정이라는 인물의 설정과도 관계된다.

7) 김성곤, 앞의 글 32쪽.

8) 물론 다른 가능성도 있다. 가령 시간경찰의 개입으로 주인공이 원래의 시간으로 연행되어 갈 수도 있다.

충돌의 문제에 대한 성찰을 통해 역사의 진보와 문명의 발달에 대한 비판적 성찰을 제시한다.9) 이 점에서는 『역사 속의 나그네』가 『비명을 찾아서』에 비해 후퇴한 작품이라고 볼 수 있다.

무엇보다도 이 작품에는 현재의 역사적 발전에 대한 긍정만이 있고, 따라서 자유주의의 성취를 중세에 이입할 뿐이다. 이는 자유주의자로서의 작가의 신념과 자신감의 표현으로서, 작품 내에서는 주인공 이언오가 자신이 속한 미래 사회의 이념을 선조들의 계몽을 위해 앞당기는 것으로 나타난다. 그러나 과연 역사적 토대의 발전이 없는 상태에서 새로운 단계의 사회로의 갑작스러운 변혁이 가능할 것인가.10) 이런 상황에서 과거는 이후 세대의 새로운 식민지가 될 뿐이다.

한편 이러한 종류의 소설에서 시간여행이 가져올 역사의 개변이 역사를 바꾸려는 자와 수호하려는 자들과의 대결로 이어진다면 흥미 있는 줄거리가 나올 것이다. 그러나 작품 중반 이토정의 사후 이 문제를 소홀히 취급함으로써 흥미를 반감시킨다. 이제 도망자는 새로운 사회의 건설자로서의 의미만을 갖는다. 새로운 사회를 건설하려는 자는 필연적으로 지배계급과 충돌하게 되는 데 거기에는 함께 일할 동조 세력과 내세울 명분이 요구된다. 그러나 새로운 사회를 일으킬 역사적 필연성이 이 작품에는 결여되어 있다. 작품 속에 등장하는 중세인들은 지배계급의 수탈에 대한 저항 의식과 당대 사회구조에 대한 인식이 없는 상태에서 주인공의 지도와 우연한 사건에 의해 혁명에 뛰어든다. 주인공의 개인적 요구와 신념 때문에 역사를 바꾼다는 것을 과연 어떻게 보아야 할까.

---

9) 김성곤, 앞의 책, 38쪽.

10) 『비명을 찾아서』에서 확인했듯이 사소하고도 우연한 계기가 새로운 역사 줄기를 만들 수 있다는 가정은 가능하지만, 조선이 여전히 일본의 식민지라는 사실과 조선이 해방되었다는 사실 사이에는 역사적 단계의 변화는 존재하지 않는다. 실제로 보여지는 두 사회, 즉 작품 속의 쇼우와 62년의 조선과 1980년대의 한국이 극히 유사하다는 점이 이를 확인시켜 준다. 그러나 『역사 속의 나그네』에서 주인공이 만드는 새로운 세상은 이전과는 전혀 성격이 다른 사회를 추구하는 것이며, 결과적으로 또 다른 세상의 수립은 실패로 끝난다.

역사적 진보과정을 조망할 수 있는 시각 제공이라는 문제에 있어, 작가는 미숙하게 처리된 민란의 역사적 필연성, 동력, 전개과정 부분들을 작품의 속개를 통해 시급히 해결해야 한다.

타자와의 만남이라는 측면에서도 이 작품은 『비명을 찾아서』에 비교할 때 그 충격이 약하다. 주인공에게는 친숙하지만 독자에게는 생소한 세계를 제시하는 대체역사에서와는 달리, 미래에서 온 주인공에게는 생소하지만 독자에게 있어서는 상대적으로 친숙한 실제 역사를 배경으로 하기 때문이다.

『역사 속의 나그네』는 『비명을 찾아서』에서 출발하여 『파란 달 아래』까지 이어지는 복거일의 시험에서 교량적 역할을 하며, 우리 문학사에서도 SF문학이 얼마나 훌륭한 본격문학이 될 수 있는가를 보여주는 사례를 제시한다. 그러나 대체역사와 시간여행이라는 설정에서는 아무리 소설적 장치의 디테일에 과학적인 개연성으로 치장해도 한계가 있다. 그것은 현재라는 답을 때로는 부정하며, 역사의 실타래를 이렇게 풀어봤으면 어떠했을까 하면서 다시 쓴 과거이지, 미래에 대한 질문에는 이르지 못한다. 과거라는 밭을 일구기 위해 땅을 뒤집는 것이 아니라 미래라는 신개지를 개척하기 위한 상상력의 전환이 요청되는 지점이다.

3. 측량된 미래
-『파란 달 아래』

『파란 달 아래』는 1992년 5월에서 9월까지 PC통신 하이텔(HITEL)에 연재된 장편소설로서, 같은 해 11월 단행본으로 발간되었다.[11] '파란 달

---

11) 이 글에서는 단행본 『파란 달 아래』(문학과지성사, 1992.11)를 텍스트로 하며, 본문의 인용은 이 책의 쪽수만 표기하기로 한다.

아래'라는 낯선 제목에서의 '파란 달'이란 지구를 의미한다. 이와 같이 이 글은 우주를 배경으로, 특히 달에서의 생활과 달에서 바라본 지구를 중심으로 한 미래소설이다.

이 작품은 연재 당시 직업 작가로서는 처음으로 PC통신이라는 매체를 이용해 작품을 발표한 점 때문에 화제가 되었다. 출간 후에도 '한국적인 SF의 좋은 예'[12]라는 독자의 반응을 얻었으며, '과학지식과 테크놀로지가 인류의 현재와 미래에 미치는 영향을 논리적으로 모색해본다'는 과학소설의 근본 취지에 걸맞게, 단순히 우주를 무대로 하기보다는 우주 개발 시대의 인류 사회의 모습을 기존 과학지식의 연장선상에서 그럴 듯하게 묘사하고 있다는 점에서 복거일의 '본격적인 과학소설'로 평가받은 바 있다.[13]

특히 고장원은 분단문학을 SF 형식으로 재구성했다는 점에서 작품의 문학사적 가치를 인정하면서, 단순히 과학지식의 응용이란 기본적인 테두리에서 벗어나 통일문제 같은 사회정치적으로 민감한 부분을 과감하게 건드렸다는 장점에도 불구하고 정작 과학소설 자체로서의 완성도는 떨어진다고 비판한다. 그러나 서두에 지적한 로봇, 중력, 자원 등과 관련된 몇 가지 과학적 성찰에 대한 구체적 논의를 생략하고, 유명 과학소설의 아이디어와 유사한 부분을 작품의 옥의 티로 지적[14]하는 데 그치고 말아, 정작 작품론의 초점 역시 작품의 과학소설적 성격과는 오히려 멀어진 것이 아닌가하는 아쉬움도 남겼다. 더구나 과학적 아이디어와 주제의식의 상호연관성이 부족하다는 일반론적 지적에 머물고 이에 대한 구체적 증거를 제시하지 않는다. 과거 전쟁의 상처나 현재의 모순을 다루는 대부분의 분단소설과 달리 한발 나아가 민족의 경계를 넘은 인류

---

12) 이원창, 「아쉬움이 남는 재미있는 작품─복거일씨의 '파란 달 아래'를 읽고」, 1993.12.22.
13) 고장원, 「SF 서평 : 파란 달 아래」, 1997.8.28.
14) 주인공 리명순이 사령관과 동료를 구하기 위해 에어록을 여는 장면과 아더 클라크의 『2001년 우주 오디세이』와의 유사성을 말한다.

의 새로운 미래상을 제시하려는 작가의 주제의식과 과학소설의 형식을 결합시켰다는 그 문학사적 성과를 번복하는 것은 자기 모순적이다.

또한 1992년에 나온 이 작품이 1997년 한반도 정세를 대입한 것처럼 흥미를 끈다고 언급했듯이, 과학소설로서 이 작품이 갖는 미래에 대한 뛰어난 예언적 능력이야말로 작품이 가진 또 하나의 장점이 될 것이다. 과학소설에서 보여준 상상이 그리 멀지 않은 장래에 성취된 사례가 적지 않음을 고려한다면 이 작품에서 묘사하는 남북의 미래상 역시 현실화될 날이 올 것이다. 그러나 작가의 주제는 여기 남북문제의 해결에 머물지 않고, 우주 시대 인류의 미래로 발전한다. 이 점에서 작가의식과 이른바 과학적 아이디어의 상관성에 다시 한번 주목해보자.

1) 작가의식과 과학적 상상력

여기서는 우선 앞의 고장원이 잘 지적한 내용—과학소설에서 흔히 보이는 로봇의 미래에 대한 철학적 사색이 담겨 있을 뿐만 아니라 우주기지에서 자원재활용을 통한 제한된 자원의 이용 극대화 방법, 낮은 중력에서 오래 생활할 경우 인간의 근육에 미치는 영향, 뒤집어진 우산 모양으로 우주복 머리에 부착된 태양전지의 이점 등 달 표면에서의 생활에 따라 파생되는 다양한 문제들에 대한 과학적 성찰이 들어 있음—들이 작가의 의식과 어떻게 연결되는가 점검해 본다.

첫째, 중력의 문제이다. 작중 주인공 리명규의 다음 시에서는 '중력의 우물'을 넘어 하늘을 향하는 인간의 모험과 의지가 잘 표현되어 있다. "아십니까 당신은 / 낲사귀레 가지레 당창 하늘로 발돋움하는 까닭을? / 땅을 딛고 선 사람들이 당창 / 하늘을 올려다보는 까닭을? / 중력의 우물 속에 갇힌 살이 / 하늘로 보내는 눈길이 그리도 애틋한 까닭을? / 어느 찌들리고 시든 거리에서 / 당신의 걸음이 저절로 멈출 때……"(201-202쪽). 그러나 중력의 우물을 넘기란 쉬운 일이 아니다. 작품에서는 중력이 인간 근육에 미치는 영향과 같이 새로운 환경에 적응해 나가는 데 있어서 인류가 당면할 문제들을 다루면서, 작품 곳곳에서 달 생활 묘사에 대한 사실성을 높여준다. 이는 작품 첫장면에서 주인공 리명순의 생리불순을 언급하는 부분부터 시작된다.

> 하긴 김박사의 얘기대로 지구에서 태어난 사람에겐 달나라에 온 것보다 환경이 더 크게 바뀔 수는 없는 터였다. 무엇보다도 중력이 6분지 1로 줄어든 것이 큰 변화였다. 그런 중력의 변화는 지구에선 어떤 설비로도 재현할 수 없었고 아무리 철저한 적응훈련도 충분할 수 없었다. 밤과 낮이 길어서 한꺼번에 거의 반달이나 계속된다는 사정도 있었다. 그렇긴 했지만, 넉 달째 거르자, 김박사도 좀 걱정하는 낯빛으로 내 건강에 대해서 캐물었다. (11쪽)

그런데 여기서 중력의 변화와 같은 환경적 요인이 신체에 미치는 영향보다도 더 중요한 의미가 있다. 인간이 중력의 변화를 이겨내기 힘들듯이 오랜 기간 인간을 지배해온 의식과 전통이라는 중력을 넘어서는 것은 힘든 일이다. 인류의 역사는 이러한 중력으로부터 해방하여 좀더 자유롭게 되기 위한 비상의 역사이다. 우주로 진출하기 위하여 인간 스스로 극복해야할 마지막 중력이 있다면 그것은 지구 중심의 관점이다.

> "지구에 남은 사람들은 말할 것도 없디요. 육체적으로만 그런 것이 아니라 심리적으로도 그렇습네다. 지구에서 태어나 자란 사람들은 별나라를 탐험하고 식민지를 건설하는 일처럼 스케일이 큰 일이란 제대로 해내기 어렵습네다. 실은 태양계 전체의 관점에서 사물을 바라보기도 어려울 것입네다. 배운 것이나 경험한 것들이 모두 지구 중심이디요. 그래서 궁극적으론 여기 달나라에서 태어난 사람들이 인류의 미래를 이끌어나가게 될 겁네다."(136쪽)

지구에서 성장한 세대가 이러한 새로운 환경에 적응하는 데는 한계가 있다. 인간의 끈질긴 생명력은 곧 다음 세대에서 새롭게 적응해 가는 신 인류의 모습에서 알 수 있다. 새 술은 새 부대에 부어야 하듯이 새로운 세계는 새로운 인간에 의해 만들어진다. 달 착륙 우주 비행사가 내딛은 작은 한 걸음이 인류의 큰 도약이라고 하지만, 이전의 중력 감각에 익숙한 사람에게는 그 걸음은 어색하고 부자연스럽다. 갑작스러운 중력의 약화 역시 큰 혼란을 수반하며, 그 동안 유지해 온 균형을 파괴한다. 새로운 환경에의 적응은 사고의 전환만으로 완성되는 관념적인 것이 아니라 먼저 일상 생활에서 부딪치는 문제가 된다. 이때 집광판을 머리에 이고 산소통을 메고도 우아한 새로운 유형의 인간이 등장한다.

> 집광판을 머리에 이고도, 그 에미나이는 아주 가볍고 탄력있게 걷고 있었다. 필요없는 몸짓이 전혀없이 힘을 들이지 않고 걷는 모습이 리의 말대로 우아했다. 그 사이에 거리가 좁혀져서, 나는 그 아이의 등에서 여분의 산소통으로 보이는 둥근 통의 모습을 알아볼 수 있었다.
> "이제 달나라에도 원주민이 생긴 겁네다. 중력은 낮고 공기도 물도 없는, 이 적대적 환경에 적응한 새로운 유형의 인간이 태어난 겁네다."(133쪽)

위에서 소년의 우주복 머리에 부착된 집광판은 태양전지의 이점을 최대한 활용하려는 것이다. 이 부분에서 작가 자신이 획득한 과학적 지식을 어떻게 소설과 연결시키는가를 엿볼 수 있는 부분이기도 하다. 작가는 『쓸모 없는 지식을 찾아서』에서도 태양을 이용한 동력원으로 '햇살돛'이라는 것을 소개한 바 있다. 무중력 무저항의 우주 공간에서 거울에 비친 햇살의 조그마한 힘, 그러나 끊임없이 뒤에서 밀어주는 햇살로부터 가속도를 받아 먼 외계를 항해하는, 그러면서도 다른 화학로켓처럼 환경을 더럽히지도 않는 햇살돛 우주선의 상상이 문학과 무슨 상관이 있을까. "과학소설들에선 분자 몇 개 두께의 돛을 수십 킬로미터에 펼치고 먼 별나라로 항해하는 햇살돛의 모습이 나온다. 거의 투명한 돛폭에 햇살을 받은 우주선이 광속의 몇분지 일의 속도로 막막한 우주 공간을 항해하는 모습보다 더 아름다운 광경을 생각해 내기란 쉽지 않다. 중요한 것은 그런 벅찬 전망이 젊은 세대들의 가슴에서 불러내는 멋진 꿈이다. 지금 우주 여행에 관계하는 과학자들 가운데 다수는 어려서 과학소설이 보여준 그런 전망을 보고 꿈을 키운 사람들이다."15)라는 인용은 이 작가가 왜 과학소설을 쓰는가에 대한 간접적인 답이 될 것이다. 쓸모 없는 지식이 현실화되는 과정을 과학소설은 선취하여 작품 속에서 형상화하고 있다. 바로 그 쓸모 없는 지식, 겉보기에 비실용적인 지식이 사실은 인류의 삶을 바꾸어 왔다는 점을 상기하면 작품에 묘사된 이 낯선 소년의 모습의 의미를 이해할 수 있다. 따라서 이 작품은 분단소설로서 현재의 우리의 모습을 미래의 거울에 비추며 성찰하는 의의 이외에, 인간의 미래에 대한 성찰을 담고 있다.

둘째, 로봇의 미래에 대한 철학적 사색이란 인간과 로봇과의 경계를 물음으로써 인간의 정체성이 무엇인가를 따지는 중요한 설정이다. 과학소설로 이 작품에 접근할 때 빠뜨리지 말아야 할 것은 인간에 대한 새로운 이해이다. 이는 로봇이라는 타자에 의해 촉발된다. 인간다운 로봇의 출현, '인간보다 더 인간적인'16) 로봇의 출현을 통해 인간의 정체성에 대한 새로운 질문을 제기한 것은 이 작품의 독창성을 잘 보여주는 부분이다.

> 객장 안으로 들어서자, 무도장에서 한 쌍의 남녀가 춤추는 것이 보였다. 그들이 박진동씨와 레이디 오렉스라는 것을 깨닫고, 나는 좀 놀랐다. 나는 로봇과 춤을 춘다는 것을 생각해본 적이 없었다.
> ······ 중략 ······
> 아픔에 가까운 그리움이 내 가슴의 살을 헤치고 지나갔다, 긴 꼬리를 끌면서. 춤추는 두 사람은 그리도 가깝고 정다워 보였다.
> '두 사람? 사람?' 내가 어느 사이엔가 레이디 오렉스를 로봇이라기

---

15) 복거일, 『쓸모 없는 지식을 찾아서』, 21쪽.
16) 이 구절은 영화 <블레이드 런너>에 나오는 인조인간 제조회사의 표어이다. 다음에 인용된 장면은 인간과 로봇이 춤추고 있는 장면이지만, <블레이드 런너>와 같은 영화에 이르면 인간과 인조인간이 사랑을 위해 도망치는 장면까지 나온다.

보단 사람이라고 여기는 것을 깨닫고, 나는 좀 어이가 없어졌다. (169쪽)

작품에서는 인간화 로봇의 발달로 로봇에게도 사람에게 버금가는 권리를 주자는 운동이 탄생한다든가, 이성과 사귀는 것보다 컴패넌 로봇과 사귀는 것을 좋아하는 사람들이 생기는 현상을 언급하고 있다. 나아가 이는 인류 진화의 단계에 대한 새로운 가설을 낳는다. 그에 따르면 인류 진화의 다음 단계는 생물적 종이 아니라 기계인간이라고 한다. 좀더 극단적인 주장은 '중간 단계론자'들의 주장인데, 이는 지구 생물의 진화에서 인류가 맡은 역할은 기계인간이라는 새로운 종을 만들어내는 것이라는 주장이다. 그리고 언젠가는 기계인간이 진화하여 물질의 속박을 벗어난 에너지 인간이 탄생하여 신과 비슷한 존재가 되리라는 과감한 주장을 편다. 이러한 상상력은 인간학의 인간관이나 도덕적, 종교적 세계관에서 완전히 탈피한 오직 과학적 상상력에 근거한 주장이자, 과학이 인류의 끝없는 발전을 가져오리라는 낙관적 사고에 대한 경고의 의미도 지닌다.

셋째, 우주 기지의 자원 재활용 문제이다. 오늘날 지구에서 당면한 자원문제와 환경문제를 미래의 우주로 확장시킨 듯한 이 문제는 작품 속에서 산발적으로 돌출하여 관념적으로 서술되는 것이 아니라 작품의 서사구조 속에 용해되어 있다. 먼저 버릴물 처리 담당 요원이라는 직책을 가진 주인공 리명규의 설정부터가 이 문제와 관련된다.

> 그에게선 언제나 풋풋하면서도 좀 축축한 냄새가, 마치 잘 썩은 나뭇잎사구에서 나는 듯한 냄새가 났다. 그런 냄새는 아마도 그가 하는 일 때문일 터였다. 그는 기지의 버릴물 처리 담당 요원으로 쓰레기들과 버릴물을 처리해서 재생하고 남새와 과일을 재배했다.
>
> 따지고 보면, 내가 그와 가깝게 된 데엔 우리가 일로 해서 가깝게 지낼 수밖에 없었단 사정도 있었다. …… 중략 …… 달나라에선 음식 찌꺼기를 가볍게 밖에 버릴 수가 없었다. 밖엔 세균이 없었으므로, 천년 만년을 둬도, 썩지 않을 터였다. 게다가, 버릴 물은 말할 것도 없었지만, 음식 찌꺼기도 유기물이 거의 없는 이곳에선 귀중한 자

원이어서, 그냥 버릴 수가 없었다. 그래서 나는 늘 그의 도움을 받는
처지였다. 그의 우스갯소리대로 나는 그에게 헌 것을 주고 새것을 받
았다.(10쪽)

그런데 다음에 인용한 두 주인공의 사랑 장면이 이들의 사명을 상징
해준다. 바위 바닥에 쏟아져 버릴 물이 새로운 생명으로 이어진다.

나는 다시 그에게 매달렸다. 그의 정액이 내 몸 속에서 허벅지로
흘러내리는 것을 느끼고, 나는 본능적으로 다리를 한껏 오므렸다. 그
로부터 받은 물을 다시 내 자궁 속으로 넣으려는 것처럼. 메마른 이
땅의 바위 바닥에 쏟기엔 물은, 그것도 새로운 목숨이 들어 있는 그
짙은 물은, 너무 아까웠다.(212쪽)

이 일로 말미암아 버릴물 처리 담당 요원이었던 리명규는 사후 그의
유언에서 원하던 대로 재처리시설에서 처리되지는 않았지만 새로운 생
명으로 재생할 수 있었다. 그의 유언에 따르면 냉동된 그의 시신은 재
처리시설에 들어가 분쇄기에 의해 잘게 썰어지고, 세균들에 의해 분해되
고, 그의 살에서 나온 물과 자양분이 기지의 땅에 스며들게 된다. 이는
다시 풀과 남새의 세포로 바뀌고, 그것은 기지의 식량이 되어 리명순과
동료들의 몸의 한 부분이 될 것이었다. 버릴물처리요원에 걸맞는 죽음이
었다. 그러나 리명규는 그대신 다른 방법으로, 인류가 그동안 이어온 보
다 보편적인 방법을 통해 자신의 자취를 남긴다. 이전 세대의 희생을
밑바탕으로 다음 세대가 탄생한다. 이는 개체가 아니라 인류 전체의 삶
과 죽음으로 시야를 확대시키는 것이다. "누님, 난, 난 우리 아이들이 나
무를 사랑하도록 나무를 심을랍네다"라는 간접적인 표현으로 명순에 대
한 사랑을 표현했던 명규는 자신을 씨앗으로, 거름으로 바쳤고, 새로 태
어나는 이들의 아이는 민족을 넘어 인류의 개척자적 역할을 담당하게
될 것이다. '나는 미리 슬퍼한다 은하계의 비단길을 트다가 죽을 탐험가
들을. 무덤 속에서 낯익은 잠을 즐길 운명이 아닌 그들의 언제까지나

낯설 운명을'(202쪽)이라는 리명규의 시 구절이 유언처럼 자신의 운명과
사명을 암시해 준다.

　여기서 주인공의 사랑과 희생의 의미를 다시 한번 생각해 보자. 리명
규의 희생은 소설의 서사구조 속에서 남과 북의 월면기지가 하나로 통
합하여 독립하는 과정에서 결정적인 역할을 한다. 이것은 현재의 분단
문제와 통일문제를 미래 사회를 배경으로 보여주며 나름대로의 대안을
제시한다. 이러한 인식은 등장인물의 성장과 더불어 자연스럽게 진행되
는데, 김일성 월면기지의 요리사인 리명순이라는 평범한 인물을 주인공
으로 설정한 것은 『비명을 찾아서』의 지식인 주인공 기노시다나 『역사
속의 나그네』에서 미래로부터 온 전지적인 영웅 이언오와는 대조적이다.
그러나 이들 주인공들도 처음부터 자신의 역할을 자각하고 활동한 것은
아니다. 이들의 자각과정에는 모두 남녀 관계가 중요한 계기가 된다는
공통점이 있는데, 기노시다의 도끼에 대한 사랑과 그 좌절이 그의 민
족의식 촉발의 계기가 되거나, 이언오의 귀금이에 대한 관심이 그를 역
사 개변에 돌입하도록 만드는 한 요소가 되었듯이 리명순도 연하의 연
인 리명규를 통해 개인적 꿈에서 벗어나 역사적 사명에 대한 인식을 성
취한다.

> "그래서 우리는 월면 기지도 따로따로 건설했습네다. 모든 사람들
> 이 인류의 미래는 외계에 있고 달은 인류가 외계로 나가는 문이라고
> 합네다. 그러므로 여기에선 인류라는 개념이 중요하다고, 인종이니
> 민족이니 국가니 하는 것들은 뜻이 없다고 그럽니다. 그런 곳에 와서
> 꺼지 둘로 나뉘었다는 것이 얼마나 큰 비극입네까? 외계로 뻗어나갈
> 때도 우리 민족은 둘로 갈라져 나가야 됩네까?"(74쪽)

　지구에서의 남북간의 미묘한 대립이 달에서의 자신들의 평화로운 삶
과 사랑을 위협할 때 리명규는 월면기지를 떠나 뉴자이언이라는 새 공
동체로의 망명까지 결심한다. 그곳은 단순히 도피처가 아니다. 그들은
이제 달을 '인류가 뻗어나가는 생장점'(206쪽)으로 인식하게 된다.

2) 작가의 언어 의식

『파란 달 아래』는 과학소설이 보여주는 낯선 세상을 낯선 언어로 제시하면서 '낯설게 하기' 수법이 가져오는 인식적 효과를 극대화한 소설이다. 이 작품에서는 『비명을 찾아서』에서의 일본어 인명이나 지명, 『역사 속의 나그네』에서 인물간의 대화에 사용한 중세국어와는 또 다른 생소한 어휘를 등장시킨다. 북쪽 출신의 화자를 선택하여 북한말 특히 평안도 방언을 풍부하게 사용하면서 남쪽 기지 사람들의 부드러운 어투 및 잦은 영어 사용과 대조시킨다. 동시에 이러한 전략은 잃어버린 순우리말 어휘의 풍부함을 상기시키며 독자들이 스스로를 되돌아보게 만든다.

이는 후에 영어공용화 논쟁에서 보여준 작가의 태도와 견주어 주의깊게 살펴볼 필요가 있다. 복거일에 의하면 영어가 국제어가 되는 것은 영어가 그 자체로 가장 나은 언어이냐는 문제와는 별개로 필연적인 현상이다. 사용자의 효용에 의해 정의되는 망의 가치는 대체로 사용자 수의 제곱에 비례해서 늘어난다는 '메트카프의 법칙(Metcalfe's Law)에 의해 일단 표준의 자리를 차지하면 다른 것에 비해 대단히 유리한 위치를 차지하게 되기 때문이다.[17]

그런데 우리 민족어에 대한 애착과는 별개로 결국 필연적으로 국제어를 선택할 수밖에 없다는 태도를 작가는 영어공용화 논쟁이 제기되기 이미 7년전에 발간된 『역사 속의 나그네』에서부터 밝혀 왔다. 국경이 낮아지고 성기어져서 사람과 정보가 자유롭게 유통되는 공동체에서는 여러 언어들이 쓰이는 것은 비합리적인 것이어서, 모든 나라는 자신들의 민족언어를 지키려고 애쓰지만 경제의 논리를 거스를 수 없다는 것이다. 그 결과 21세기 초 모든 나라에서 그곳의 민족 언어와 영어가 아울러 쓰이며, 22세기에는 영어가 아닌 민족어는 '박물관 언어'가 될 것이라는 견해이다. 민족어의 운명을 조선어를 사례로 살펴보면 그냥 쇠퇴한 것이

---

17) 복거일, 「국제어에 대한 성찰」, 『국제어 시대의 민족어』, 문학과지성사, 1998.

아니라 영어에 깊이 침윤되는 현상이 나온다. 영어낱말들이 들어오고, 그에 따라 근대 조선어에 없던 음소들이 모르는 새 들어와 자리잡았고, 영어식으로 통사하는 일이 점점 자연스러워 진다. 21세기에는 영어식으로 낱말을 만들어내는 경향이 뚜렷해지지는 데 이는 영어가 국제어 자리를 공식적으로 차지하기 전인 20세기 말엽부터 나오는 현상이다.18)

이는 민족어를 쓰는 사회에서 단기적으로는 민족어가 점점 깊이 영어에 침윤될 것이며, 중기적으로는 영어와 민족어가 공존해서 시민들이 둘을 함께 쓰는 상태가 나올 것이며, 궁극적으로는 영어가 단 하나의 국제어로서 거의 모든 부면에서 쓰이게 되는 3단계의 과정을 거치게 된다는 작가의 주장을 소설 속에 그대로 삽입한 것이다. 현재 시점은 그 1단계로, 우리 언어가 문어이든 구어이든 얼마나 영어에 깊게 침윤되어 있는가는 따로 설명할 필요가 없을 것이다. 그리고 작가는 국제화에 대비하기 위해서는 의도적으로라도 2단계를 앞당겨야 된다는 주장을 내비친 결과 많은 반발을 샀다. 예언이란 당대에는 무시당하는 법이며, 특히 우리의 민족적 체험이 그의 솔직한 지적을 쉽게 인정하지 않으리라는 점에도 불구하고 그것이 대세라면 민족어의 몰락은 필연적이다. 그러나 예언이 반드시 적중하지 않을 수도 있다. 『파란 달 아래』에서 묘사하는 세상이 이를 보여준다.

『파란 달 아래』에서 보여주는 21세기 초의 우리나라 역시 위의 1단계에 머물러 있다는 점에 주목해 보자. 남쪽 기지 사람들이 영어에 깊이 침윤된 것은 현재 남한의 언어 현실을 반영하고 있는 것으로 보인다. 그리고 이를 사대주의적 현상이라고 비판하면서도 주인공들 역시 점차로 이에 익숙해지는 것을 통해 현재의 추세가 가속화 될 것임을 예측케 한다. 한편 월면기지들간의 통합운동, 이른바 셀레나이트 무브먼트는 필연적으로 공용어의 필요성을 제기한다. 그렇다면 현실적으로 세계어의 역할을 하고 있는 영어의 완전 지배가 예상되지만 실제로 작품에 묘사

---

18) 복거일, 『역사 속의 나그네』, 문학과지성사, 1991, 97-100쪽.

된 현실은 이와 다르다. 그것은 작품에 등장하는 로봇이 각 나라의 언어를 자유롭게 구사하는 데서 알 수 있듯이, 미래 사회에서는 자신의 민족어를 세계어로 만들어서 헤게모니를 유지 강화하려는 경쟁 못지 않게 민족어와 세계어 사이의 갈등과 저항을 과학기술 발달에 따른 통역 능력 향상으로 해결할 수 있다는 기대를 보여준다. 인터넷의 사용이 영어 습득의 필요를 증대시킬 것이라는 초기의 예상과 달리, 자동 번역 프로그램의 개발로 전문적 수준이 아닌 일반적인 부분에서는 실제로는 언어적 불편이 그리 크지 않다. 타자기가 처음 대중화 될 때도 음운문자인데도 받침을 갖고 음절문자처럼 사용되는 한글의 특성이 전산화에 장애 요소로 지적된 바 있으나 기술의 발전이 사용상의 불편함을 자연스레 해소해준 것과 마찬가지이다. 통역의 경우도 어차피 전문인들에게 요구되는 어학 실력과 일반인들에게 요구되는 수준이 다르다. 일반인들이 자신들의 필요에 비해 훨씬 큰 노력과 시간을 영어에 투자하는 것이 비경제적임을 작가도 앞의 책에서 인정하고 있다. 영어를 전혀 사용할 줄 모르는 등장인물들도 작품에서 로봇이 사용하는 언어인식 프로그램만 통한다면 자신의 의사를 훌륭하게 전달할 수 있을 것이다. 이 또한 과학기술의 발전이 인간사회에 미치는 영향을 보여주는 것이라는 점에서 과학소설로서 작품이 갖는 의미 중의 하나가 될 것이다.

3) 과학소설과 발표 매체

『파란 달 아래』는 당시에는 직업 작가로서는 처음으로 PC통신이라는 매체를 이용해 작품을 발표했다는 점에서 화제가 되었다. 그러나 이에 대하여 작가 자신은 통신망을 이용한 작품 발표가 이미 비직업 작가들의 자발적 연재로 시도되었다는 데 주목한다.

이 새로운 시도가 중요한 까닭은 전통적인 인쇄매체에서 벗어날 때에 수반되는 본질적인 변화와 관련되기 때문이다. 그 변화는 매체 자체의 속성에 기인한 것으로 인쇄 매체에 비해 통신 매체가 보다 상호소통적이라는 점, 이에 따라 작가와 독자 및 작품과의 관계에 일대 변화가 온다는 점이 그 핵심이다. 이에 관한 일반론적인 논의는 생략하고, 구체적으로 이 작품에 관해서 잠깐 살펴본다.

작가는 전산망에 과학소설을 연재하면서 매체(전산망)와 전언(과학소설) 사이의 친화력을 발견한다. 작가는 이에 대해 전산망의 이용자와 과학소설의 독자가 많이 겹치리라는 사실을 지적하는 한편, 더욱 중요한 점으로 양쪽 모두 전체주의적, 권위주의적 질서보다 자유주의적, 민주주의적 질서를 불러오는 특성을 지녔다고 파악한다.[19] 그리하여 작가는 이 소설을 통신에 연재하는 동안 '작가와의 대화'와 '소설을 재미있게 읽는 방법 : 자료집'이란 난을 마련하고, 독자와의 대화를 시도한다. 그러나 그 의욕적인 새 시도는 기대와 함께 아쉬움도 남긴다. "그들(직업적 작가들-필자)과 동인들이 대등한 자격으로 논의하고 생각들을 주고 받는다"는 본의와 달리 작가는 독자들의 질문에 친절하게 답하면서도, 때로는 우월한 위치에서 가르치는 듯한 태도로 자신의 작품을 변호한다. 여기에는 이 작품이 통신매체에 발표되었지만 과학소설 동인들만이 아니라 일반독자를 대상으로 했기에, 작가와의 과학소설에 대한 지적 수준차가 동등한 대화를 불가능하게 만들었다는 점을 이유로 들 수 있다. 매체를 바꾸어도 그 이용자들이 단 시간에 일정 수준에 이를 수 있는 것은 아니다. 매체의 특성을 인식하고 있는 친절한 작가 역시 인쇄 매체 시절과 마찬가지로 아직 자신의 독자 위에서 설명하려는 태도 때문에 오히려 독자들의 자유로운 독서를 방해할 수 있다. 이 점에서 작가의 기대가 아직 성급하지 않았는가 생각된다.

---

19) 복거일, 『파란 달 아래』, 문학과지성사, 1992, 298-299쪽.
　　복거일, 「격려사 - 이정표가 되기를 바라면서」, 『멋진 신세계』 1호.

4. 맺음말

"배 고픈 사람에겐 별은 / 쓸데없이 멀리 걸린 바위 덩어리다. / 무슨 무서운 진실에 지펴야 하나, / 배 고픈 사람들이 아직 너무 많은 세상에서 / 그것을 넋의 등대로 삼으려면."[20] 이는 작가의 시집에 실린 「詩業」이란 연작시의 한 구절이다. 그의 첫 작품 『비명을 찾아서』의 주인공 박영세가 그의 길을 가리켜 줄 북극성이 있다는 생각에 마음 든든히 떠나는 장면에서 시작하여, 『파란 달 아래』에서 저 월면기지로부터 파란 달 지구를 바라보는 장면에 이르기까지, 작가의 '詩業' 즉 작가의 글쓰기를 상징해주는 것이 '별'이다. 배고픈 사람에겐 별이 쓸데없이 멀리 걸린 바위덩어리이듯이, 배고픈 사람들이 배불릴 고민만 하는 세상에선 아마 별에 관한 지식은 '쓸모 없는 지식'이리라. 그러나 세상은 바로 그 쓸모 없는 지식들에 의해서 오랜 세월에 걸쳐 발전해 왔다는 것이 작가의 생각이다. 그러면서도 그의 글의 구석구석은 쓸모에 대한 지향으로 가득 차 있다는 모순은 눈은 별에 발은 땅에 두려는 작가의 태도로 설명할 수 있다.

작가의 글들은 그것이 시든 소설이든 평론이든 서로가 하나의 끈으로 연결되어 있다는 느낌을 준다. 이는 작가의 정신이 보여주는 내면적 일관성만이 아니라 작품 속에서 구체적으로 발견된다. 그것은 『파란 달 아래』가 『역사 속의 나그네』의 일부를 확대시킨 것이라는 점만을 지적하는 것이 아니라, 위에서 방금 살펴보았듯이 초기 시에서 이후 소설까지 이어지는 공통점을 발견할 수 있기 때문이다. 작가의 글쓰기에 대한 자의식을 압축해 보여주는 「詩業」 연작에서 작가는 "글은 현실로부터의 망명이다."[21]라고 말했듯이 복거일의 글쓰기는 '망명'이라는 말로 상징할 수 있다. 『비명을 찾아서』의 독자라면 누구나 "길이 보이는 한. 난

---

20) 복거일, 「詩業(1)」, 『五丈原의 가을』, 문학과지성사, 1988, 103쪽.
21) 복거일, 「詩業(3)」, 앞의 책, 105쪽.

망명객이다. 내가 나일 수 있는 땅을 찾아가는 망명객이다."22)라는 박영세의 마지막 한 마디가 주는 감동을 잊지 못할 것이다. 『역사 속의 나그네』의 주인공 이언오는 자신을 다른 시간대에 방황하는 망명객으로 자처했다. 『파란 달 아래』의 남녀 주인공은 비장한 결단을 앞두고 망명까지 각오한다. 그의 인물들은 망명을 생각하지 않고는 할 수 없는 일들을 계획하거나 그러한 상황에 던져진다. 그것은 현실에서의 자신의 존재에 대한 불안뿐만 아니라 작가가 그의 인물들을 통해 '어느 먼 곳의 전혀 다른 세상'을 꿈꾸고 있기 때문이다. 안온한 현실에 머무를 수 없는 그들은 견고한 현실과 불화할 수밖에 없고 따라서 고독한 모험을 출발할 수밖에 없는 존재들이다. 다수 앞에 침묵하지 않고 소수를 위해 변명하려는 작가적 사명감이 망명의 글쓰기의 한 편에 있다면, 나머지 한 편은 문단에서 차지하는 작가 복거일의 고독한 자리를 대변해주는 듯하다.

---

22) 복거일, 『비명을 찾아서』, 하권 328쪽.

기독교 소설의 원형과 상상력

1. 머리말

조성기는 1968년 대학 1학년 때 「고독한 탈출」로 대학문학상 가작을
받고, 2학년 때 「3부합창」으로 월간문학 신인문학상을 거친 후, 3학년
때인 1971년 초 동아일보 신춘문예에 「만화경」이 당선되면서 정식 데뷔
의 길에 오른다. 이 「만화경」은 18세 되던 해, 대학 1학년 때 법대
『Fides』지에 50매 가량을 실었다가 2년 후 80매 정도로 개작하여 신춘
문예에 당선된 작품으로 작가의 소설문학의 원형이 된다.

> 「만화경」은 내 문학의 원형들이 담겨 있는 만화경인 셈이다. 그리고
> 더러운 세상 길을 헤쳐가야 하는 문학 여정에 있어 맑은 고향과도 같은
> 역할을 해주는 작품이라 할 수 있다. 내가 방향을 잃고 세상 때에 더럽
> 혀질 때마다 나는 「만화경」을 들여다본다. '우리들'속에 있다가 '나'에
> 대해 눈을 뜨는 그 멀고 어린 실존의 각성으로 되돌아가 보는 것이다.[1]

---

[1] 조성기, 「만화경」 작가 메모, 김원일 외, 『우리 시대의 소설가 I 』, 정암문화사, 1993,
268쪽.

작가가 말하는 원형의 의미는 무엇인가. 작가는 「변명으로서의 소설론」에서도 「만화경」을 자신의 소설문학의 원형으로 강조하면서 "이 작품은 거의 신들린 상태에서 쓰여졌다고 볼 수 있다. 지금도 이 작품을 쓰던 그 깊은 밤의 정신 상태를 똑똑히 기억하고 있다. 나는 일종의 무당이 되어 있었다."[2]라고 고백한다. "특히 작품을 개작하면서 밤을 샐 때 나는 거의 황홀경과 같은 상태를 경험하였다."[3]는 작가 메모도 이를 뒷받침한다. 여기서 작가 개인의 잠재의식과 작품에 내재된 집단적 무의식을 발견하는 것이 연구자의 몫이 될 것이다.

작가는 소설에서 다루려는 현실과 사건의 뿌리, 인물의 뿌리에까지 닿으려는 정신집중을 강조한다. 이는 칼 융의 용어를 빌면, 랠리기오(religio)의 상태, 즉 자기 삶의 기반, 다시 말해 자기 삶에 원동력을 부여하는 그 원천에 주목함으로써 자신의 뿌리와 만나려는 정신적인 태도이다.[4] 삶의 방향을 잃었다고 생각될 때 고향을 찾듯 '어린 실존의 각성으로 되돌아가 보는' 행위가 바로 랠리기오의 행위라면 「만화경」이 작가의 문학여정에서 차지하는 위치를 짐작할 수 있다.

한편 "종교(혹은 神)라는 새로운 주제에 부딪혀 심하게 갈등하던 시기", "형이상학의 질병에 걸려 개종의 홍역을 치르고 있던 중"[5]이라는 회고에서 알 수 있듯 삶의 근원으로서의 신의 문제가 그의 문학적 출발점이다. 따라서 이러한 성서적 상상력이 「만화경」에서 이후 작품들까지 전개되는 양상을 밝히는 작업도 조성기 소설의 본질을 밝히는데 중요한 연구 과제가 될 것이다.

작가는 작품 제목이기도 한 만화경이 가진 성질 즉, 아무리 무질서하게 흩어진 형체들이라도 질서정연한 대칭적 세계로 바꾸어버리는 마력

---

2) 조성기, 「변명으로서의 소설론」, 문순태 외, 『열한권의 창작노트』, 도서출판 창, 1991, 236쪽.
3) 조성기, 「만화경」 작가 메모, 268쪽.
4) 조성기, 「변명으로서의 소설론」, 239쪽.
5) 김만수, 「세속과 초월 사이의 풍자적 긴장 - 조성기 씨와의 대담」, 『문학의 존재영역』, 세계사, 1994, 174쪽.

에 주목한다. "만화경의 마력 앞에서는 그 모든 것이 금방 조화로운 세계로 바뀌었다. 그 질서와 대칭, 조화는 곧 아름다움이었다. 그러니까 만화경은 어린 시절 미학을 학습하는 조그만 공간이면서 깊은 심연이었다."6) 여기서 '만화경'은 작가가 세상을 바라보는 도구이자, 그의 소설의 모티브일 뿐만 아니라 일종의 창작방법론이 된다.

이 논문에서는 먼저 조성기 소설의 원형인 데뷔작 「만화경」을 분석하고, 이어서 「만화경」의 모티브가 다음 작품 「라하트하헤렙」에서 반복되는 양상, 끝으로 소설방법론으로서의 '만화경'과 시나리오적 기법 문제로 논의를 전개해 나가고자 한다.

2. 조성기 소설의 원형 - 「만화경」

단편 「만화경」은 예배당의 십자가를 자르는 주인공의 음모와 이에 따른 내면적 갈등과 공포를 내용으로 한다. 작품은 어둠을 헤치며 두려움 속에 어디론가 향하는 아이들의 모습을 묘사하면서, 중간 중간에 삽입된 회상 장면을 통해 그들의 목표가 십자가 절단임을 서서히 암시한 후, 마지막에는 절단후 주인공의 심리상태를 만화경의 꿈을 통해 묘사하는 구조를 갖는다. 작가는 이러한 「만화경」의 구성이 "아무런 설명도 없이 과거 회상으로 불쑥 들어가는 유럽 영화의 기법을 도입"7)한 것이라고 설명한다. 현재의 시섬에서 어디로 향하는지, 무엇을 하려는지 알려주지 않은 채 계속되는 아이들의 행군은 소설의 긴박감을 높이는 장치가 되며, 이와 교차되는 과거의 장면은 십자가 절단의 이유를 독자에게 인식시키는 역할을 한다. 그러므로 현재 사건을 해명해주는 과거 회상 장면

---

6) 조성기, 「변명으로서의 소설론」, 237쪽.
7) 조성기, 「변명으로서의 소설론(2)」, 『통도사 가는 길』, 민음사, 1992, 263쪽.

의 의미를 밝히는 것이 작품 이해의 핵심이 된다. 두 번째 회상 장면에서 처음으로 만화경에 대한 언급이 나온다.

> 우리들은 참으로 심심했기 때문에 거울 조각으로 세모 기둥 모양의 만화경(萬華鏡)을 만들었다. 그 속으로 색종이 조각들을 집어넣고 그것을 돌리면서 입구에 눈을 대고 있으면 희한한 세계가 시야에 전개되었다. ……중략…… 만화경의 세계의 모양은 돌릴 때마다 매번 달라졌지만, 그 구성분자는 그 모양 빛깔이 항상 같았다. 지리해진 우리들은 만화경을 뒤집어 엎어 색종이 조각들을 도랑물 위에 쏟아 버리고 말았다. 색종이 조각들이 이루는 따분한 세계와는 전혀 다른 세계를 찾고 싶었다. 그래서 궁리 끝에 뒷산 마루로 올라가 산 중턱의 사정과 동네와 논을 내려다 보면서 잠자리와 나비를 잡았다.
> 그리고는 그 날개들을 갈기갈기 찢어 만화경 속에 집어넣었다. 가지가지 빛깔로 채색되어 있는 갖가지 종류의 날개 조각들의 무늬는, 색종이 조각들이 이룬 세계와는 전혀 다른 더 생동적이고 황홀한 세계를 이루어 주었다.[8]

인용문은 만화경 속에 색종이를 넣고 돌렸던 동심의 추억을 환기시킨다. 그러나 아이들은 만족하지 않는다. 그저 심심하다는 이유로 시작한 자신들의 유희를 위해 다른 생명체의 희생까지 요구하는 이기적 행위를 미적 쾌감으로 합리화시키는 것이 인간이다. 이러한 일종의 유미주의적 태도에서 색종이보다 더 황홀한 세계를 찾기 위해 잠자리와 나비의 날개를 찢는 아이들의 행동의 밑바닥에 있는, 인간의 원초적 잔인성을 발견할 수 있다.

여기서 색종이 조각이 이룬 세계보다 날개 조각의 세계가 더 황홀한 까닭은 무엇일까. 아이들은 무늬 자체의 아름다움보다는 날개를 찢는 행위로부터 쾌감을 얻는다. 그것은 '전혀 다른 세계'에의 유혹에 빠지는 데서 오는 황홀이다. 이러한 최초의 살해 행위를 통해 아이들은 자신들

---

8) 조성기, 「만화경」, 『라하트하헤렙』, 민음사, 1985, 12쪽.

의 심심하고, 지루하고, 따분한 세계로부터 일탈하는 기쁨에 취할 수 있었던 것이다.

이 때 수풀 속에서 끼잉끼잉 하는 이상한 소리가 들리자. 아이들은 양편 날개를 잃은 잠자리와 나비들의 몸뚱이들이 날개를 찾으려고 몸부림하는 소리인지도 모른다며 동요하기 시작한다. 정신 없이 집어 던진 돌에 맞은 것은 그러나 주인을 물고 도망간 미친개였다. 아이들의 죄의식이 낳은 공포와 그 공포가 낳은 또 다른 살의를 묘사하는 장면이다.

다시 현재로 돌아와 톱을 움켜쥔 아이들 귀에는 통행금지 예고 사이렌이 분노를 잃지 않으려고 애쓰는 자신들의 심장소리처럼 들린다. 그들의 분노는 어디에서 왔을까. 사이렌 소리는 다시 지난 여름 개를 죽인 밤, 밤새도록 내린 비와 그 빗소리에 섞여 끊임없이 들려왔던 또 다른 사이렌 소리를 상기시킨다. 그 소리는 피신한 뒷산에서 바라본 흙탕물에 잠긴 온 동네와 논, 예배당 십자가 곁으로 떠내려가는 관의 행렬이 마치 집단 장례식이 수장으로 거행되는 듯했던 그 날의 기억으로 이어진다.

<blockquote>

우리들은 물 속에 거의 잠겨 있는 예배당 꼭대기에 외롭게 우뚝 서 있는 잠자리 한 마리를 보았다. 날개를 접을 줄 모르는 그 곤충은 모든 것은 다 떠내려가도 자기만은 떠내려가지 않을 것이라는 오만한 자세로 언제까지나 양편의 날개를 펴고 있었다. 우리들은 문득 만화경을 생각했다. 우리들의 만화경은 무너진 집과 함께 어디론가로 떠내려가고 말았을 것임에 틀림없었다.[9]

</blockquote>

아이들에게는 자신들의 집과 자신들의 만화경을 온통 삼킨 물난리에도 오만하게 서 있는 십자가가 마치 복수하는 잠자리의 날개처럼 보인다. 그러나 아이들은 지난 여름 바로 그 예배당에서 우유가루를 얻어먹느라, 목이 째져라 찬송가를 불러야 했다. 하루는 주일학교 선생님이 환등기 그림을 보여주며 창세기 이야기를 한다. "여호와 하나님이 아담을

---

9) 조성기, 「만화경」, 16쪽.

부르시며 그에게 이르시되 네가 어디 있느냐 했습니다. 그때 아담은 이렇게 나무 뒤에 숨어 있었지요. 이와 같이 죄 짓고 하나님 앞에 숨는 인간은……"하는 설명이 이어질 때 아이들은 숨어있는 아담과 이브의 야릇한 몰골 때문에 웃다가 쫓겨난다.

이것이 바로 "날개를 가진 놈이면 기어이 잡고 말았지"하는 그들의 분노의 계기가 된다. 분노의 일차적 원인은 그들을 쫓은 주일학교 교사에게 있었지만, "선생님, 만약 하나님 아버지가 있다면, 우리를 이렇게 배고프고 춥게 하지는 않으실 게 아닙니까?"라는 항변은 굴욕의 진짜 이유를 암시해 준다. 환등기 그림을 보는 것만이 중요한 것은 아니었다. 그들에게는 과연 하나님 아버지가 있는지 없는지가 문제였던 것이다. "주의 친절한 팔에 안기세 / 영원하신 팔에 안기세…"라는 찬송가에 대항이라도 하듯 홱 뒤돌아 섰을 때 어둠 속에 맨처음 비쳐온 것이 예배당 십자가였다. 예배당의 우유가루와 환등 세계가 주는 '친절'한 유혹과 상반되는 현실 사이에서 오는 괴리감과 배신감이 '날개를 가진 놈' 즉 십자가에 집중된다.

> 우지직하는 소리와 함께 한쪽 날개가 잘라졌다. 우리들의 분노의 한 모퉁이도 시원스럽게 허물어져 갔다. 한쪽 날개를 조심스럽게 발 근처에 놓아두고는 자리를 옮겨 또 번갈아 가며 톱질을 하였다. 마지막 남아있는 나머지 분노가 톱날에 묻혀 나무속으로 스며들어가고 있었다. 또 한번 우지직하는 소리가 들려왔다. 그때 벌판 너머 저쪽 공지(空地)에서 난데없이 불길이 피어 올랐다. 너무 멀어서 잘 알 수 없었지만 모닥불 종류인 듯했다. 발 근처에 두 개의 날개를 놓아 두고는 허리를 펴 그 불길을 지켜보았다. 그것은 광막한 어둠에 깔려 곧 질식할 듯하면서도 꺼지지 않았다.[10)

> 나는 거대한 판유리 세 개로 넓고 높은 만화경을 새로 하나 만들었다. 거기에다 이 세상의 모든 날개를 다 집어 넣었다. 그리고 벌판

---

10) 조성기, 「만화경」, 22쪽.

으로 달려가 톱들과 함께 버려져 있는 신(神)의 두 날개도 주워와 만
화경 입구를 향해 던져 올렸다. 만화경 입구로 기어올라가 입구에 머
리 나는 거대한 판유리 세 개로 넓고 높은 만화경을 새로 하나 만
들었다. 거기에다 이 세상을 처넣고 만화경 속을 들여다보았다. 만화
경이 펼쳐 주는 너무도 무질서한 불길같은 세계는 내 이마에다 현기
증을 확확 뿜어대었다. 그 세계에는 바싹 마른 신의 두 날개만 있을
뿐, 신은 보이지 않았다. 그 무질서한 불길 같은 세계속으로 내려가
내 자신이 스스로 신이 되고 싶었다.11)

　　앞의 인용문은 현실의 십자가 절단 장면이고, 다음은 주인공의 꿈속
장면이다. 그런데 여기서 만화경 속에 잘려 들어가 불타버린 날개의 상
징적 의미에 주목해야 한다. 날개는 초월의 상징이다. 참을 수 없는 현
실을 초월하는 도구가 날개이다. 아이들은 심심했고, 답답한 현실에서
벗어나고 싶었다. 그러나 그들에게는 날개가 없었다. 그래서 아이들은
분풀이라도 하듯 날개가 있는 것이면 무엇이든 잘라내어 만화경 속에
던져버린다. 그리고 만화경 속의 환상세계를 탐닉했던 것이다. 수재를
겪고 인간의 비참상을 깨달을수록 아이들은 더욱더 현실에서 탈출하고
싶다. 그런 아이들에게 십자가가 잠자리 날개처럼 보인 것은 형태상의
유사성 때문만이 아니라 십자가 역시 초월의 상징이기 때문이다.
　　십자가는 신의 날개이다. 그러나 인간에게는 날개가 없다. 초월의 시
도에 실패한 아이들의 좌절감과 분노는 신의 날개, 십자가에 집중된다.
복수하기 위해 그리고 마침내 현실을 초월하기 위해 주인공은 이제 스
스로 신이 되는 수밖에 없었고, 그러기 위해서는 신의 날개를 훔쳐낼
수밖에 없었다. 물론 이러한 논리는 체험적 자아로서의 과거의 '나'가
도달할 수 있는 이해는 아닌 것이며, 현재의 시점에서 서술적 자아가
과거 행동 속의 무의식적 동기를 꿈속의 한 장면인 아래 인용문의 환상
을 끌어들여 해석한 것이다.
　　「만화경」에서 신의 날개인 십자가는 신에 도전하는 프로메테우스의

---

11) 조성기, 「만화경」, 24쪽.

불과 유사한 상징적 의미를 지닌다. 즉 십자가의 모습으로 나타난 불이
다. 위의 현실 세계와 꿈속의 세계간의 공통점 역시 불길의 존재이다. 「만
화경」에서 십자가가 된 불은 「라하트하헤렙」에서는 불타는 십자가가 되
고, 더불어 인용문 속의 십자가 너머로 보이는 꺼지지 않는 불길 또는
만화경의 불길 같은 세계 역시 다양한 불의 변주를 통해 『에덴의 불칼』
로 이어진다. 이렇게 「만화경」은 집단 무의식을 내포하고 있다는 점뿐
만 아니라 타 소설의 모티브를 제공한다는 의미에서 이중으로 원형적인
작품이다.

　꿈에서 깨어나 다시 현실로 돌아온 주인공은 내가 누구이며, 내가 무
엇이며, 내가 어디에 있는지 알 수 없는 혼돈에 빠진다. 자아의 정체성
은 타인과의 관계 속에서 해명되는 법인데, 주인공은 혼자가 됨으로써
자신의 정체성을 상실하고 만다. 예배당 환등 그림에서처럼 '네가 어디
에 있느냐'는 신의 질문이 이제 신과의 관계를 배반한 죄인된 자신의
정체성을 발견하기를 촉구하면서 메아리친다. "나는 이미 우리들 중의
한 사람이 아니라 바로 나 자신이 되어 있었다."는 말처럼 신 앞에 일
대일로 있는 자신의 모습을 직시하자 오히려 날개가 잘라진 것은 자기
자신이라는 사실을 인정하게 된다.

　잠자리이든 나비이든 또는 미친개이든 생명이 있는 존재들을 살해하
는 행위는 금기를 위반하는 행위이다. 그리고 최고의 금기는 바로 신성
모독이다. 금기에 대한 도전자였던 꿈속의 주인공이 이제 막 꿈에서 깨
어나자 끝없는 죄의식과 고독감이라는 고통스런 심판을 받는다. 그러나
지난밤 한바탕 불길 같은 시간이 흐른 후, 담담히 묘사되는 아침 이미
지는 주인공이 더 이상 어둠 속에 있지 않다는 사실을 암시한다. 또한
새벽닭 우는 소리는 일찍이 그 소리를 세 번 들으며 무력한 자신의 모
습에 초라해진 베드로에게서와 같은 깊은 깨달음의 인식을 확인시킨다.

　다시 작품으로 돌아와 이러한 '惡의 발견'을 통해 새로운 각성에 도달
하는 주인공의 모습은 이 작품을 일종의 '이니시에이션 소설'12)로 볼 수
있게 한다. 자아나 세계에 대해 무지하거나 미성숙기의 주인공이 일련의

경험과 시련을 통해 성숙한 인간으로 변화하는 모습을 다루는 소설군을 유형 분류할 때 사용하는 이니시에이션이란 용어는 원래 인류학에서 '통과제의'의 문턱에 들어선다는 뜻이다. '통과제의'를 경험하는 주인공에게는 육체적 시련과 고통, 신체 한 부분의 제거, 금기와 집단적인 신념에 대한 일련의 고통스런 체험이 부과된다.

「만화경」 주인공의 동물 살해와 십자가 절단은 금기 위반에서 오는 죄의식과 집단의 종교적 신념에 저항하는 고통을 감당하라고 요구했다. 꿈속에서 그리고 꿈 밖에서 겪는 정신적 혼돈과 자신의 날개마저 잘라져 나갔다는 상징적 자각은 주인공이 시련과 고통, 신체 제거라는 전형적인 제의의 과정을 통과하고 있음을 설명해 준다.

방 쥬네는 통과제의의 구조를 '분리-전이'라고 정의하며, 존재적 전이를 경험하는 주인공은 필연적으로 자기 해체의 경험을 하게 된다고 했다. 「만화경」의 주인공이 시도한 생명체와 십자가의 해체는 자기 해체를 수반하며, 이는 주인공의 존재적 전이로 연결된다.

그러나 주인공이 경험하는 존재적 전이는 일반적인 통과제의의 목적인 성인 사회에의 진입이나 종교적 구원 단계까지 도달하지는 않는다. 이 점에서 작품은 주인공이 자아와 세계의 문턱을 넘어서기는 하지만 아직은 주인공이 세계의 확실성을 찾는 과정에 놓여 있는 '미완적 이니시에이션'의 형태를 띤다. 그러므로 '네가 어디 있느냐'라는 화두로 자기 정체성을 찾아가는 주인공의 씨름은 작가의 다음 작품들에서도 끈질기게 반복된다.

---

12) 한용환, 『소설학 사전』, 고려원, 1992, 336-339쪽.
　　모르데카이 마르쿠스, 「이니시에이션 썰이란 무엇인가」, 최상규 역, 『현대 소설의 이론』, 대방출판사, 1986(4판) 참조

3. 불의 상상력과 성서적 상상력
-「라하트하헤렙」

「만화경」의 십자가 절단과 「라하트하헤렙」의 교회 방화는 신에 대한 인간의 도전 행위라는 점에서 동일성을 갖는다. 동시에 그 절단과 방화가 신과의 결별의 의미인지, 정화를 위한 제의인지 판단 내리기 위해서는 행위 주변의 심리상태를 면밀히 검토해야 한다.

「라하트하헤렙」이 한 젊은이가 군대생활을 통해서 신앙에 눈뜨는 과정의 묘사라는 일반적인 선입감과는 정반대로 작가 자신은 이 작품이 정통적 신앙에 대한 깊은 회의를 주제로 깔고 있다고 한다. 작가가 왜 교회를 불태우는 소설을 썼을까 하는 이면에는 5년간의 교회 개척에서 여지없이 실패한 자의 좌절감이 숨겨져 있다.[13]

작가는 여기에 작품 전체의 유기적 연결을 위하여, 가스통 바슐라르의 『불의 정신분석』에서의 불의 이미지를 모티브로 끌어들인다. 작가에 의하면 군대에서 경험한 다양한 불의 이미지들을 '하나의 만화경 속에 넣고 돌려가면서 들여다본 셈'이다. 이러한 불의 상징은 상황에 따라 다양하게 나타나지만 중심은 프로메테우스 콤플렉스를 형상화한 것으로, 군대의 권위에 대한 도전으로부터 아버지의 권위에 대한 도전, 신과 교회의 권위에 대한 도전으로 주제가 확산된다.

작가의 말을 받아들이면 작품에 나오는 불의 의미를 '정화의 불'로 해석하는 일반적 선입견 역시 모순이다. 이 작품의 프로메테우스적인 불은 차라리 '신성모독'의 불이라고 할 수 있다. 군대의 권위, 교회의 권위, 아버지의 권위에 대한 의심과 도전이야말로 그 주인공이 속한 상황에서는 마치 신성모독과 같은 행위이다. 그러나 이는 권위의 편에서 보면 신성모독이지만 권위와 폭력의 희생자 편에서는 자기 구원 행위가 된다. 불지르는 자가 의식적으로든 무의식 상태에서든 제의 진행과정에서 구

---

13) 조성기, 「변명으로서의 소설론」, 241–242쪽.

원을 획득했다면 이는 다시 '정화의 불'이 될 것이다. 불의 제의를 통해
정상을 회복하는 동순의 경우가 이에 해당된다.[14]

　　짧은 순간이었지만 마치 꿈에서처럼 무수한 생각들이 시간을 초월
　하여 한꺼번에 몰려왔다. 저 <막달라 마리아>가 다 탈 때까지만, 동
　순의 제사가 다 끝날 때까지만 기다리다가 불을 끄자. 태우라, 동순
　아. 지금의 너를 다 태워 버려라. 그리하여 원래의 네가 어떤 모습이
　었는지를 한 번이라도 보여다오. 그러지 못하겠거든 차라리 너의 몸
　도 함께 타 버려라. 그렇게 살아가느니 함께 타버려라. 정말 동순은
　함께 타 버릴 것처럼 나비도령 춤을 추며 한 마리 나비인양 머리를
　앞으로 기울이며 불속으로 날아들려 하였다.[15]

　성민이 목격한 동순은 발끝부터 정수리까지 치오르는 불길에 덮인 채
둥실둥실 춤을 추고 있었다. 파란 겨울 쉐타와 주황 치마를 입은 동순
의 모습은 바로 번제단 위의 놓인 제물을 불태우고 있는 여제사장의 모
습 그것이었다. 한편 자신의 몸을 불살라 원래의 모습을 회복하려는 그
녀는 제의를 집행하는 제사장이기 이전에 스스로 번제물이기도 했다. 나
비도령 춤을 추며 불 속으로 날아드는 한 마리 나비의 이미지는 만화경
속의 불길같은 황홀경에서 소용돌이치던 날개 잘린 제물의 이미지를 연
상시킨다. 동순의 불은 결코 신의 자리를 넘보는 프로메테우스의 불씨가
아니라 자신의 온몸을 바쳐 숨겨진 자신을 찾아가는 거룩한 산제사였기
에 아무도 그 불길은 막을 수 없었다.
　한편 비정상인으로 무의식적 행동을 한 동순에 비히면, 정상인으로서
자신의 의무를 저버리고 초기에 진압할 수 있었던 화재를 방치한 결과
대형사고를 유발한 성민이야말로 오히려 방화자로 해석할 수 있다. 금기
가 강할수록 위반충동도 강해지듯 성민이 불을 방치한 데는 군목의 간
섭에 대한 반발심이 작용하지만, 다른 한편 군대와 교회라는 권위와 구

---

14) 김만수, 「세속과 초월 사이의 풍자적 긴장」, 177-178쪽.
15) 조성기, 『라하트하헤렙』, 민음사, 199쪽.

속으로부터의 탈출이라는 보다 근원적인 프로메테우스적 동기가 숭어 있다.

「만화경」에서의 예배당 십자가가 마을의 홍수에도 날개를 접을 줄 모르는 곤충들처럼 오만하게 우뚝 서있던 것처럼 「라하트하헤렙」의 십자가도 불길 속에서 의연히 버티고 있었다. 그러나 「만화경」의 소년이 십자가의 두 날개를 잘라내 만화경 속에 던져 넣었던 꿈속의 장면처럼 곧 무질서한 불길의 세계가 펼쳐진다. 이번에도 마찬가지로 거기에 바싹 마른 신의 두 날개가 있을 뿐 신의 모습은 보이지 않았다. 이때 성민은 문득 십자가에 달려 있는 한 사람을 보게 된다. 정수리에서부터 발끝까지 시뻘건 피를 흘리고 있던 그 사람, 불길 속에서 한 방울의 물을 구하며 엘리 엘리 라마 사박다니라고 절규하던 그가 과연 예수라 해도 성민의 눈에 비친 그는 이미 신이 아니라 '바싹 마른 신의 두 날개'에 불과했다.

작품은 여기서 또 다른 해석의 여지를 남긴다. "아, 그것은 바로 <막달라 마리아>상이요 동순, 정미, 군목, 아버지의 상, 모든 병든 인간들의 상이었다. 그리고 무엇보다 혼돈과 죄책에 치내리는 불길에 덮여 있는 나 자신의 상이었다."라는 고백은 성민 자신이야말로 불 속에서 고통받는 문제의 인물임을 보여 준다. 「만화경」의 꿈에서 깨어난 주인공이 자신의 두 날개마저 잘라져 버렸음을 깨닫는 것과 동일하다.

바로 그때 성민은 한 가지 사실을 더 깨닫는다. "나는 희한하게도 교

---

16) 조성기, 『라하트하헤렙』, 205쪽.

회를 태우고 있는 불길 속에서 하나님의 아들의 환상을 본 것이었다. 교회가 소멸되는 그 자리에서 진정한 교회의 주인을 본 것이었다."라는 성민의 고백은 불타오르는 자기 자신을 비롯한 모든 병든 사람들 속에 겹쳐지는 예수의 죽음을 통해 자신의 모든 과거와 죄가 함께 소멸되었다는 사실을 암시한다. 유대인의 손으로 못박은 예수의 십자가 사건과 아이들의 손으로 톱질한 「만화경」의 십자가 사건, 성민의 눈앞에서 불타버린 「라하트하헤렙」의 십자가 사건 사이에는 일종의 동질성이 있는 것이다.

여기서 잠시 상징적 제목 '라하트하헤렙'의 의미를 알아본다. 우리말 성경 창세기 3장 24절에 화염검으로 번역된 '라하트하헤렙'은 범죄한 인간을 추방한 후 에덴 동편에서 생명나무를 지키는 불을 의미한다. 앞장에서 조성기 소설에는 '네가 어디 있느냐'라는 질문이 반복된다고 했다. '라하트하헤렙'이라는 말 자체가 이 질문과 관련이 되는 것은 그것이 에덴동산에서의 인간의 첫 범죄와 그로 인한 형벌에서 유래되었기 때문이다. 범죄한 인간에게 던진 '네가 어디 있느냐'라는 신의 첫 질문은 물론 위치를 묻는 것이 아니라, 숨어 있는 자신의 모습에서 스스로의 죄를 깨달으라는 것이다. 인간의 첫 범죄는 선악과를 먹으면 눈이 밝아 하나님과 같이 선악을 알게 되리라는 유혹에서 비롯된다.

자신이 신이 되고 싶었던 「만화경」의 주인공 역시 같은 유혹에 빠졌던 경험이 있다. 에덴의 신화에도 프로메테우스적인 요소가 내재되어 있다. 차이가 있다면 불이 신에 대한 도전으로서의 성격이 아닌 인간에 대한 형벌로서의 성격을 갖는다는 점이다.

한편 그 질문에 인간은 벗은 몸이 부끄러워 숨어 있다고 대답한다. 선악과를 먹은 결과가 성의 자각의 형태로 드러난다는 점, 범죄과정에서 여성의 유혹이 있었다는 점, 잉태의 고통이 형벌의 하나가 된다는 점 등은 인간의 첫 죄악과 성적 문제와의 깊은 관련성을 암시한다. 그것은 「라하트하헤렙」에서 동순과의 육체적 결합에 대한 성민의 죄의식으로 드러난다.

작가가 보여주는 불의 이미지는 이중적이다. 거기에는 신에 도전하는 인간의 프로메테우스적 불길과 신에 도전한 인간을 심판하는 라하트하헤렙의 불길간의 대결이 있다. 그러나 인간의 불을 구하기 위해 신의 불을 훔쳐야 했던 프로메테우스의 이야기를 상기하면 대결의 향방을 짐작할 수 있다. 화재가 진압된 후 캄캄한 어둠 저편에서 노래 소리가 꿈결같이 다가온다. 크리스마스 새벽송을 돌고 있는 민간인 교회 청년들이 처참하게 타버린 교회건물을 망연히 바라보며 거기가 예수가 태어난 마굿간이기라도 한 듯 고운 노래를 부르고 있는 이 장면은 「만화경」마지막 장면에 등장하는 빛나는 새벽별과 닭 울음소리와 동일한 효과를 지닌다.

그러면 「만화경」이라는 원형을 충실히 재현하는 이 작품의 결말은 작가가 언급한 최초 창작동기를 배반하는 것이 아닌가. 그렇지 않다. 작가는 '작품을 써나가면서' 구체적으로 떠오른 주제를 새롭게 발견한다. 「변명으로서의 소설론」에서 작가는 미리 계산된 작위적인 구성보다 무의식적인 구성을 취하며, 작품의 주제 역시 '작품을 쓰기 전에' 고정된 것이 아니라 작품 속에서 진보하고 성장하기도 한다고 전제한다. 사실 처음에는 '군대에서의 정신적 방황' 정도로 주제를 잡고 써나가는 과정에서 차츰 인간의 원형 상실과 같은 형이상학적 주제의 윤곽이 잡혔다고 한다.

'라하트하헤렙'은 성경에서 인류가 최초로 경험하게 되는 원초적인 불의 이미지로, 인류는 라하트하헤렙 이면으로 추방당하여 낙원을 잃어버렸고, 순수원형을 상실했다. 작가는 이에 다만 기독교 교리가 아니라 현실적인 심리 체험이라는 관점에서 접근한다. 그리고 순수원형을 잃고 일그러진 모습을 치유 회복하기 위해서는 다시 라하트하헤렙을 통과하는 정화식 내지 성인식이 필요하게 된다는 것이다. 그 제의를 통과하기 위해서는 "말하자면 어떤 모양으로든지 쓰라린 아픔을 겪어내야 한다. 교회마저도, 신앙이라고 하는 것마저도 불길을 통과해야 한다."는 것이 작가의 설명이다.

「라하트하헤렙」을 단순히 기독교적 각도가 아니라, 불이라는 원초적인 이미지를 사용하여 인류학이나 심층심리학에서 말하는 신화나 의식에 반복적으로 나타나는 기본적 정형 또는 집단적 무의식으로서의 '원형'을 추구하는 이야기라는 시각에서 읽을 수 있다는 작가의 설명은 독자들에게 작품에 이르는 새로운 길을 제시한다.

그런데 「라하트하헤렙」이 성인식을 다루는 소설이라는 작가의 결론은 「만화경」을 읽은 사람들에게는 결코 새로운 것은 아니다. 「라하트하헤렙」 역시 이니시에이션 문제를 다룬다는 점에서, 그리고 그것이 미완의 성격을 지닌다는 점에서 「만화경」의 문제를 확장시킨 것임을 확인할 수 있기 때문이다.

일반적으로 통과제의의 목적은 제의를 통해서 성인사회에 진입하는 것이다. 즉 성인사회의 규율과 권위를 수용함으로써 그 구성원으로 참여하는 것이 제의의 최종적 목적이다. 종교적 통과제의 역시 종교적 권위를 받아들임으로써 그 일원이 되는 것이라면, 두 작품 모두 성인식의 결과를 주인공의 종교적 구원으로 확정할 수 없다는 점에서 통과제의의 목적지보다는 그 과정에 초점이 맞춰진 미완의 이니시에이션이 되는 것이다.

「만화경」의 결말처럼 이 작품의 결말도 여전히 이중적이다. 교회 화재는 주인공을 억눌러온 모든 권위를 무너뜨리는 탈출의 불이면서, 동시에 주인공의 과거를 일체 소멸시키는 정화의 불이라는 점 때문이다. 에필로그 형식으로 덧붙여진 14장에서 성상병 편지의 마지막 구절이자 작품의 마지막 문장은 '라하트하헤렙'의 이중적 의미를 다음과 같이 역설적으로 정의하고 있다. "그것은 선악과를 태우는 불길인 동시에 생명나무를 태우는 불길이기도 하였네. 해방이면서 상실이요, 자유이면서 죽음이요, 정화이면서 심판이었네."17)

---

17) 조성기, 『라하트하헤렙』, 218쪽.

4. 기독교 세태의 만화경적 조망과 영화적 상상력
- 『에덴의 불칼』

앞에서 만화경은 아무리 무질서하게 흩어진 형체들이라도 질서정연한
대칭적 세계로 바꿔버리는 마력이 있다고 했다. 작가는 만화경의 이러한
성질을 자신의 창작방법론으로 삼는다.

> 만화경의 마력은 소설의 마력인 셈이다. 아무리 어지러운 현실과
> 의식도 소설이라는 구조 속에 들어가면 희한하게 질서가 잡히고 조
> 화롭게 되면서 총체적인 의미가 도출되었다. 전혀 상관이 없을 것 같
> 은 A라는 현실과 B라는 현실을 찢어 소설이라는 만화경의 구조 속에
> 넣고 들여다보면, 그 둘은 예상치도 못했던 유기적인 관계속에서 하
> 나의 새로운 세계를 이루고 있는 것을 보게 된다.[18]

이러한 '만화경 모티브'에서 착안한 소설창작법이 가장 잘 구현된 작
품이 『에덴의 불칼』이다. 여기에는 창작방법론으로서의 만화경의 의미
와 함께 만화경적 구조의 완성이라는 의미가 있다.

『에덴의 불칼』은 총 일곱 권으로 구성된 연작소설로서 오늘의 작가상
수상작인 『라하트 하헤렙』과 『야훼의 밤』 4부작인 「갈대 바다 저편」,
「길갈」, 「하비루의 노래」, 「회색신학교」 및 다른 두 편의 장편 『베데스
다』와 『가시둥지』를 연결해 놓은 것이다. 전반부에서는 작가 자신이 스
스로의 '젊은날의 초상'[19]이라고 밝힌 바 있듯, 작가를 연상케하는 주인
공 신성민의 신앙적 편력이 연대기처럼 나열되어 있다.[20] 따라서 작가와
주인공간의 일치점에 주목하면서 작품을 읽는 것도 독자의 흥밋거리가

---

18) 조성기, 「변명으로서의 소설론」, 237-238쪽.
19) 조성기, 『에덴의 불칼』 1부, 민음사, 1992, 321쪽.
20) 작품 형성 과정에 대한 상세한 서지적 고찰과 작가 조성기와 주인공 신성민의 경력
사이의 유사성 문제는 『작가세계』 1996년 여름호의 조성기 특집을 참고할 수 있다.
특히 이동하의 「신앙인의 길, 자유인의 길」에서 이를 집중적으로 다루었다.

되겠지만, 무엇보다도 이 작품이 독자에게 주는 의미는 만화경처럼 펼쳐지는 한국 기독교의 다양한 측면들을 생생하게 간접체험 할 수 있다는 데 있다.21) 작가 자신도 '한 개인의 정신적 종교적 편력'이 아니라 '다양한 집단에서의 정신적 종교적 체험'이라는 측면에서 이전의 작품들을 재편집한 것임을 밝히고 있다.

> 이렇게 볼 때 『에덴의 불칼』 제1부에서 제7부까지는 한 개인의 정신적 종교적 편력의 기록이라기보다, 대학 · 군대 · 선교단체 · 여자 기술원(윤락녀 직업훈련소) · 신학교 · 교도소 같은 다양한 집단에서의 정신적 종교적 체험들을 일곱 덩어리로 묶어놓은 작품이라 할 수 있습니다. 말하자면 일곱 가지 형태로 된 우리 시대 기독교 종교체험의 집합체인 셈입니다. 이런 소설 창작 작업은 아마 『에덴의 불칼』이 처음이 아닌가 여겨집니다.22)

만화경에는 시나리오가 없다. 그런데도 마구 집어넣어진 재료들이 신기하게도 조화로운 세계를 선보인다. 다양한 기독교 종교 체험의 집합체인 『에덴의 불칼』에서도 전체를 일관하는 그 무엇이 있다. 그것은 작품에서 주인공이 체험하는 다양한 세계는 '네가 어디 있느냐'라는 작가의 기본 주제와도 관련되는 것이며, 그 다양하고 혼탁한 세계에서 신의 보이지 않는 손길을 발견하는 방법이기도 하다.

작가가 세계를 바라보는 방법은 세상을 온통 만화경 속에 집어넣어 관찰하는 어린 주인공의 눈으로부터 카메라의 렌즈를 통해 세상을 찍어내는 이른 바 시나리오 기법으로 바뀐다. 다시 밀하면 만화경적 상상력을 영화적 상상력으로 전환시키는 것이다.

---

21) 신철하 역시 종교와 종교를 둘러싼 다양하고 깊이 있는 정보와 인간적 사랑, 삶의 모순, 행복, 사회화 등에 대한 작가의 문학관을 일관되게 읽을 수 있는 만화경의 상징적 의미가 있다고 언급한 바 있다. 신철하, 『푸른 대지의 희망』, 세계사, 1995, 278쪽.
22) 조성기, 『에덴의 불칼』 6부, 민음사, 1992, 273쪽.

　　1 · 2· 3 부는 주인공 성민의 내면에 밀착되어 성장소설적인 분위
　기를 이루고 있지만, 제4부는 성민을 비롯한 다양한 등장인물들을 어
　떤 풍경 속에 밀어넣고 다소 거리를 두면서 카메라로 찍어내듯이 묘
　사 또는 서술하는 방향으로 전개되고 있습니다. 굳이 이름을 붙인다
　면, 시나리오 기법이라고 할 수 있을 것입니다. 독자들이 그 점에 유
　의한다면, 작품을 읽어나가면서 머리 속에 어떤 영상을 떠올리며 상
　상력의 날개를 펼칠 수 있을 것입니다.[23]

　작가는 우선 작가의 분신이었던 성민을 주인공으로부터 화자로 물러
앉힌다. 내면적 경험이 중심이 되는 전반부에서는 당당한 주인공이던 성
민이 후반부로 가면서 관찰자로서 그 역할이 축소된다. 서사적 전개의
중심적 위치를 차지하던 화자가 부차적 인물로 밀리면서 화자로서의 본
래 역할에만 충실히 한 결과 작품은 더 이상 '젊은날의 초상'이 아닌 주
인공의 눈을 통해 경험되는 '우리 시대 기독교 종교체험의 집합체'라는
의미를 띤다.

　이와 같은 종교 체험을 본격적으로 묘사한 3부 「길갈」은 대학생 선교
단체의 비리보고서적 성격이 짙고, 성민의 갈등도 궁극적 존재에 대한
관심의 차원이라기보다는 공동체의 구조적 모순에 대한 환멸의 형태에
머무른다. 그러나 여기서 나아가 윤락녀들의 세계를 소재로 한 4부 「하
비루의 노래」는 이제까지의 성민과는 전혀 다른 세계에 살아온 사람들
의 삶을 통해 타락한 세대에서의 기독교의 사회적 책임을 일깨운다.

　한편 聖과 俗의 경계가 되어야 할 기독교라는 울타리가 파괴된 데에
는 이를 재생산하는 장치인 신학교에 근본적 책임이 있음을 보여준 5부
「회색신학교」에서는 1980년대 정치 현실이 배경으로 제시되면서, 예언
자적 사명감을 상실하고 제사장적 기득권만 유지하려는 신학교의 보수
성 때문에 갈등하는 신학생들이 등장한다. 이들이 각자 제 목소리를 내
면서 작가의 개인적 성장기나 선교단체 내부의 비리 폭로를 넘어, 사회

---

23) 조성기, 작가의 말, 『에덴의 불칼』 4부, 255쪽.

를 향해 시야를 확장하고 같은 시대를 호흡한 독자들의 공감을 얻어내는데 성공한다.

그러면 이러한 내용을 다루기 위해 작가가 사용하는 영화적 기법은 과연 무엇인가. 작가는 영화적 기법이 카메라가 현실의 공간을 먼저 포착하여 제시하고, 다음에 그 공간 속으로 허구의 주인공이 등장하여 사건을 전개함으로써 그 사건을 허구가 아닌 실제 사실처럼 착각하게 되는 것이라고 설명한다. 이러한 기법으로 역사 속에 일어난 사건을 다큐멘터리 형식으로 보여주면서 허구의 사건이 전개되는 효과를 유도한다.[24] 그러나 작가가 사실의 재현과 예술적 아우라의 혼효된 형식을 소설의 위기에 대한 대안으로 제시하며, '마치 장대높이뛰기처럼, 사실을 붙들고 뛰다가 일단 소설의 경지로 상승한 후에는 사실을 놓아버리는 식'이라고 비유하는 것만으로는, 사료의 인용이 소설적 여과 없이 돌출한다는 비판에 대한 충분한 답변이 못된다.

5·17을 계기로 성경 바같의 현실문제에 대해서 전혀 신앙적 대안을 제시하지 않는 선교단체의 개인 구원과 신앙에 대해 한계와 회의를 느낀 작가에게 새롭게 제기된 "사회현실 속에서 소외된 사람들에게 어떻게 선한 사마리아인과 같은 작은 사랑을 베풀 수 있을 것인가"라는 문제가 4부의 주제가 된다.[25] 선교단체를 탈퇴한 성민은 김교신의 무교회주의를 통해 선교단체 지도자의 거짓된 카리스마와는 사뭇 다른 진정한 그리스도인의 인격적 감화를 경험하게 된다. 그러나 막상 무교회주의 신앙노선이 그의 신앙에 어떠한 갈등을 일으키고, 어떠한 변화를 일으키는지는 충분하게 서술하지 않은 채 작품의 서사적 전개 속에 미처 용해되지 않은 자료의 직접적인 인용으로 대신하고 있다.

이러한 직접인용은 일반독자에게 성민 자신의 독립적 그리스도인으로서의 새 출발을 설득력 있게 제시할 수 없다는 비판을 받는다.[26] 그렇

---

24) 김만수, 「세속과 초월 사이의 풍자적 긴장」, 175-177쪽.
25) 조성기, 『에덴의 불칼』 6부, 255-256쪽.
26) 이상섭, 「야훼의 밤은 아직 좀 어둡다」, 『세계의 문학』, 1987 봄, 355쪽.

게 될 수밖에 없었던 작품 내적 원인은 무엇인가. 작가 자신은 섣부른 소설화보다 김교신 전집에서 관련 부분을 끌어오는 것이 독자들에게 더욱 감동적으로 전달될 것 같다고 말한다. 자신이 전달하려는 사상이 위대하면 할수록 등장인물 속에 용해시켜 작품의 서사구조에 드러내는 일은 불가능하다고 판단한 작가는 관찰자적 입장에서 현실을 그대로 복사하는 것과 같은 방법으로 김교신 전집을 복사기 위에 올려놓고 독자의 반응을 기다릴 수밖에 없다. 현실에서 한발자국 물러나 이를 카메라에 담는 것이나 어떠한 사상을 그대로 복사하는 것이나 결국은 동일한 창작태도에 기인한 것이다. 문학사적으로 볼 때 전자와 같은 태도는 사회의 복잡성을 총체적으로 파악하는 데 무력한 개인이 선택하는 방법이다.

기독교 문학에서는 작가가 체험한 기독교적 진리와 영적 세계를 독자에게 전달하는 데 한계를 느낄 때마다 서사적 구조에 수용되지 못한 채 성경이나 신학체계를 그대로 인용하곤 한다. 그것은 마치 만화경 속에 색종이를 가위로 예쁘게 오려서 넣든, 손으로 거칠게 찢어서 넣든, 메뚜기나 잠자리의 날개를 찢어서 넣든 상관이 없다는 태도로, 가공되지 않은 거친 재료들을 서사구조 내에 그대로 삽입하는 것과 같다. 온갖 것을 다 집어넣어도 조화로운 세계를 선보이는 만화경의 마력에 맡겨버리는 태도이다.

끝으로 "다양한 등장인물들을 어떤 풍경 속에 밀어넣고 다소 거리를 두면서 카메라로 찍어내듯이 묘사 또는 서술하는" 소위 시나리오 기법은 1930년대 세태소설을 연상시킨다. 물론 청계천 천변을 중심으로 당대의 일상적 삶의 양상을 치밀한 관찰력과 뛰어난 문장력으로 묘사해낸 박태원의 경우와 한국 기독교 사회의 다양한 공간들을 신성민이란 관찰자를 통해 세부 묘사하는 데 성공한 조성기는 언뜻 떠오르는 공통점 못지 않게 차이점이 있음은 분명하지만, 이 장에서는 『에덴의 불칼』을 세태소설로 규정한다기보다는, 그 논의를 끌어들여 작품세계의 본질을 다양한 각도에서 조명해 보고자 한다.

세태소설[27]의 일반적 특징은 '조밀하고 세련된 세부묘사가 활동사진

필림처럼 전개하는 세속생활의 재현', 보다 구체적으로 세부묘사, 전형적 성격의 결여, 미약한 플롯을 들 수 있다. 우선 『에덴의 불칼』의 시나리오 기법은 다양한 기독교 체험 속으로 성민을 비롯한 몇몇 인물을 밀어 넣어 그들의 눈을 통해 현실의 다양한 측면이 영화처럼 재현되는 과정에서 작가의 세련된 세부묘사 능력을 유감 없이 보여준다. 치밀한 관찰력과 섬세한 묘사력을 바탕으로 한 문장은 작품의 다른 단점까지 숨겨준다. 이에 따라 작가의 섬세한 세부묘사가 기독교적 본질에 대한 침묵을 은폐시킨다는 비판도 나온다.

한편 주인공의 전형적 성격을 생각해 보면 굳이 리얼리즘에서 말하는 전형의 개념을 동원하지 않는다 해도 주인공 신성민은 한국 기독교인을 대표로서의 전형적 성격을 결여하고 있는 것이 사실이다.[28] 그러나 한 작가가 반드시 전형적 성격의 인물을 주인공으로 설정할 필요는 없다. 이 작품을 세태소설적 전략 하에서 이해한다면 오히려 성민과 같은 관찰자적 인물 설정이 작품 내적 논리에 어울린다 하겠다.

다음은 '미약한 플롯' 문제이다. 이상섭은 "전체 이야기의 핵심을 벗어나는 세부사항에 온갖 정성을 기울이며…… 떼어놓고 보면 명문, 미문이지만 그것이 전체와 무슨 상관이 있는가?"[29]라며, 삽화적으로 처리되는 등장인물들의 가정 문제, 연애 문제가 극적 전개를 와해시킨다고 했다. 이에 대해서는 작가 자신이 그것은 삽화가 아닌 중층구조로 이해해야 한다며 조목조목 반박[30]한 바 있다. 그러나 다양한 체험을 연결시킨 편집 전략상 불가피하게 약화되는 작품의 구조가 세태소설의 모자이크적 구조가 가진 약점을 되풀이하고 있는 것은 사실이다.

---

27) 임화, 「세태소설론」, 『문학의 논리』, 학예사, 1940 참조

28) 기독교문학의 측면에서는 작품에 한국 크리스천의 모범으로 삼을 등장인물을 선보이는 것도 커다란 의의를 가질텐데, 끝없이 회의하는 인물인 성민은 이 점에서 한계가 있다. 작가가 신앙인의 모범으로 생각한 김교신의 경우도 엄밀히 말하면 작품의 등장인물은 아니다.

29) 이상섭, 「야훼의 밤은 아직 좀 어둡다」, 354쪽.

30) 조성기, 「변명으로서의 소설론」, 위의 책, 249-255쪽.

　이러한 구조적 취약성은 어쩔 수 없이 통속적 요소와 신비적 요소에 의존하게 만든다. 작가가 궁극적으로 추구하는 기독교적 문제의식과는 확연하게 구별되는 통속적 요소가 다른 방향에서 독자의 흥미를 불러모으는 역할을 한다. 채만식의 『탁류』 같은 세태소설이 불가피하게 통속미를 가미하여 플롯을 굵게 하고 있다고 임화가 지적한 바 있는데, 『에덴의 불칼』의 전반부에서도 주인공의 연애담이 플롯에 소설적 흥미를 유발한다. 통속적인 '통속미'를 통해 플롯의 약화를 피하려는 시도만큼 '신성미'를 통한 플롯 전개 역시 경계해야 할 요소이다. 종교적 신비 속으로 도피하여 플롯 전개상의 난점을 피해보려는 것이 종교소설들의 일반적 약점인데, 작품 속에 육화되지 않은 종교성의 표출은 더 이상 문학이 아닌 간증이 되기 때문이다. 작가는 기독교를 소재로 하면서도 독자에게 일방적인 메시지를 주입하는 태도를 최대한 자제하며 이러한 혐의에서 벗어나려 한다. 하지만, 4부 「하비루의 노래」나 6부 「베데스다」의 서술자는 기독교적 신비주의를 그대로 인정치 않는 반면 등장인물의 태도에서는 이러한 신비주의가 그대로 노출되는 이중적 태도를 취함으로써 '신성미'를 완전히 배제하지 못하는 종교소설의 특색이자 한계를 드러낸다.

　다음으로 『에덴의 불칼』의 특성으로서 전반부의 성장소설적 부분은 주인공 성민의 내면에 밀착되어 있고, 후반부는 기독교 사회에 대한 외적 관찰이라는 이중성을 보여준다. 여기서 한 작가에게서 나타나는 상반되는 두 경향 속에는 동일한 정신적 기반이 자리하고 있다. 임화는 외부로 향하는 작가의 정신과 내부로 파고드는 작가의 정신은 본래 대립되는 방향임에도 불구하고 한 시대에 두 경향이 함께 발생하는 데는 그 기초에 단일성이 있다고 지적한 바 있다. 한편, 수직적으로 자기 가운데로 들어가는 내성의 문학은 자기 자신의 개조가 궁극적으로 문학하는 이유가 되는 자기 고발의 형식으로 나아간다. 신과의 만남을 통한 자기 정체의 확인과정이라는 점에서 일종의 자기고발적 성격을 띠는 조성기의 성장소설은 기독교 세계 전반으로 관심이 확장되는 과정에서 이러한 자기고발이 더 이상 불가능해지자 내성적 추구로부터 세태 묘사로 전환되는 작품 성격의 분화를 가져온다.

세태소설의 리얼리즘적 가치는 부정하면서도 그 청신함과 존재이유로 조선소설사가 이만한 묘사의 기술을 가져본 적이 없다고 한 임화의 지적과 비교할 때, 조성기의 소설들 역시 일단 묘사기술에 있어 한국 기독교 소설사의 정점에 위치한다고 볼 수 있다. 또한 세태소설의 장점이 정신적 질의 심오함에 있는 것이 아니라 묘사되는 현실의 양의 풍다함에 있다고 한 것과 같이 한국 사회의 기독교적 제측면을 이처럼 풍성하게 묘사한 것에서 『에덴의 불칼』의 존재 이유를 찾을 수 있다. 그리고 이러한 묘사의 강조가 기독교 현실에 대한 작가의 리얼리즘적 입장이나 그의 작품에 내재한 종교적 탐구의 깊이를 부정하는 의미는 아니다.

5. 맺음말

이 글은 조성기 문학의 원형인 데뷔작 「만화경」의 모티브들이 어떻게 그의 기독교 소설의 본질을 이루는가를 고찰하였다. 본론에서는 이를 크게 세가지 상상력으로 구분하여 살폈다.

'불의 상상력'은 바슐라르의 『불의 정신분석』의 프로메테우스 콤플렉스를 문학적으로 형상화한 것이다. 이는 불의 이미지를 직접 등장시키지 않는 작가의 다른 비종교적 소설에서도 금기와 위반의 모티브라는 형태로 종종 반복된다. 작가가 사용하는 불의 이미지는 이밖에도 통과제의를 통한 정화의 불, 야훼의 심판의 불 등 상황에 따라 다양한 의미를 지닌다.

'성서적 상상력' 역시 주로 창조신화에 나오는 라하트하헤렙의 불의 이미지에 초점을 맞춰 설명하였다. 작가가 즐겨 인용하는 노드럽 프라이의 『신화문학론』의 주장대로 성경의 모든 스토리는 문학적 상상력의 기초가 된다. 출애굽 사건을 통해 이스라엘의 하나님을 발견한다는 상징적 의미를 지닌『야훼의 밤』역시 출애굽 이전의 '갈대바다 저편', 광야 시대를 가리키는 '길갈', 출애굽에 참여한 이스라엘 민중의 노래인 '하비루의 노래'라는 출애굽 역사의 3단계를 작가의 신앙적 편력에 대응시키는 구성을 지닌 채『에덴의 불칼』에 그대로 수용한다.

'영화적 상상력'부분에서는 만화경 모티브가 어떻게 창작방법론으로 발전하는지를『에덴의 불칼』을 대상으로 분석하였다. 그런데 여기에 기독교 현실의 만화경적 조망이라는 점에서 세태소설적 특성을 접목시킨 것은 「만화경」의 모티브의 전개 양상을 살피는 논문의 전체구도에서 다소 벗어나 있다. 더구나 세태소설이란 말이 리얼리즘적 시각에서는 현실의 표면만을 피상적으로 관찰하는 부정적 태도를 비판할 때 쓰이는 것이라 더욱 망설여진다. 필자는 다른 논문31)에서 현대 기독교 소설의 세 양상중의 하나로 조성기의『에덴의 불칼』을 기독교 세태소설로 규정하고, 이승우의 기독교 관념소설, 김영현의 현실지향적 기독교소설과 대비하여 고찰한 바 있다. 그러므로 이때의 세태소설이라는 말은 상대적인 관점에서 고안된 것이었다. 이번에도 필자는 '관념적'과 '현실지향적'이라는 수식어의 중간적 의미로 이를 사용했다. 조성기는『라하트하헤렙』이후 흔히 관념적 작가로 규정된다. 실제 작품에 드러나는 수많은 반례에도 불구하고 종교적 주제라면 당연히 관념적인 것으로 처리하는 선입견은 문학계의 경직성과 함께 종교의 사회성을 외면하고 개인의 영성에만 치중하는 한국 기독교의 현실과도 관련이 있다. 종교를 현실에서 추방하여 관념적인 것으로 제한하고, 종교의 초월성만 인정하고 세속성은 폄하하는 분위기에서 어떻게 양자간의 매개를 찾아내는가가 기독교소설의 과제라고 생각한다. 작가는 이러한 수식어를 반박이라도 하려는 듯 사회로 눈을 돌려 현실문제를 하나하나 짚어나간다. 이렇게 작품 곳곳에

---

31) 김명석, 「현대 기독교 소설의 세 양상」,『문학과 종교』2집, 한국 문학과종교학회, 1997.

서 현실에 대한 깊은 관심을 표명했음에도 불구하고, 현실지향적이라는 수식어가 우리 문학사에서는 때로는 오히려 이념적 성격으로 오해받기에 이를 피하고자 하는 의도에서 세태소설적 특성을 부각시켰다. 이는 작가의 소설이 항상 역사적 현장의 보고이면서 동시에 내면적 성찰의 기록이라는 점을 고려한다면 이후의 작품세계에서도 타당성을 지닌다고 본다. 한편 시나리오 기법이라고도 부르는 작가의 방법론 역시 기독교적 소설뿐만 아니라 여타의 작품을 이해하는 데도 적용시킬 수 있을 것이다.

　작가가 「변명으로서의 소설론」에서 루엘 하우의 "종교의 주체는 결코 종교가 아니라 생활인 것이다"라는 말을 인용하며, 자신의 『라하트하헤렙』과 『야훼의 밤』의 주제 역시 "결코 종교가 아니라 생활인 것이다"라고 했을 때는 무슨 거창한 주제나 소재를 다룬 것이 아니라 자신이 겪은 대학, 군, 생활을 진술하고 착실하게 그려냈다는 뜻이었다. 이 말은 『에덴의 불칼』로 확장된 후에도 여전히 유효하다. 『에덴의 불칼』이 보여주는 세계는 종교적 관념세계가 아니라 생활세계인 것이다. 이런 의미에서 『에덴의 불칼』은 세속도시에서의 기독교소설이 나아갈 방향을 제시한다.

현대 기독교소설의 세 양상
―조성기·이승우·김영현을 중심으로―

1. 머리말

   한국 기독교소설은 작가 스스로 그 작품을 기독교 소설로 분류하는 일종의 목적의식적인 기독교 작품에서부터 단지 기독교를 소재로 한국 사회의 한 단면을 비판하기 위해 선택하거나, 기독교를 통해 존재에 대해 질문하는 작품, 목회자나 신학도를 주인공으로 설정해 작가가 생각하는 인간상을 추구한 작품을 모두 포괄하는 넓은 의미에서의 기독교 소설 등 다양한 층위를 형성해왔다. 기독교가 작품속에서 뚜렷한 중심 소재로 떠오르지 않더라도 T.S.엘리어트가 「종교와 문학」에서 종교문학의 제 3의 형태로 설정한 "종교의 대의를 전파하는 데 성심껏 노력코자 원하는 사람들의 문학 작품"[1])에 해당된다면 마땅히 기독교 문학의 범주에서 논의의 대상으로 포함되어야 한다. 한국에서 본격적인 기독교 소설은 "기독교 문학이라고 이름할 수 있으려면 기독교가 소재로 취급되는 것

---

1) T.S.엘리어트, 최종수 역, 『문예비평론』, 박영사, 1974, 102-103쪽.
   엘리어트는 이를 '무의식적인 기독교 문학'으로도 표현하고 있다.

이 아니라 문제로 취급되어야 한다"[2]는 주장을 충족시킬 박영준의 『종각』, 서기원의 『조선백자 마리아상』, 이문열의 『사람의 아들』, 백도기의 『가룟 유다에 관한 증언』, 그리고 무의식적인 기독교 문학으로 황순원의 『움직이는 성』 등에 와서야 등장한다. 이 글에서는 그 다음 세대로 1980년대 이후부터 현재까지 한국 기독교 소설사를 대표하는 조성기, 이승우, 김영현의 작품이 기독교 소설의 구도 속에서 차지하는 의의와 가능성을 진단해보고자 한다.

2. 조성기의 기독교 세태소설

1980년대 이후 『라하트하헤렙』, 『야훼의 밤』 등 대표적인 기독교 소설을 창작해온 작가 조성기는 동양고전의 세계, 우리 시대의 사랑과 성(性)에 관한 영역으로 꾸준히 작품 영역을 확장해나가고 있다. 그러나 90년대에도 자신의 기독교 작품들을 『에덴의 불칼』이란 연작 장편으로 집대성하는 열의를 보인다.

서울 법대 3학년인 1971년 동아일보 신춘문예에 당선된 「만화경」은 '네가 어디에 있느냐'는 종교실존적 문제를 다룬 조성기 문학의 원형[3]으로 일컬어진다. 다음해 군에 입대한 그는 시인 정호승 병장의 뒤를 이어 군종병 생활을 하는데 이 때의 체험을 소설화한 것이 훗날의 『라하트하헤렙』이다. 제대후 한동안 고시도 문학도 포기한 채 대학생선교단체에만 전념하다가 1983년 『소설문학』에 장편 『자유의 종』을 연재, 1985년 『라하트하헤렙』으로 오늘의 작가상(제9회)을 수상하며 문단에 복

---

2) 송상일, 「부재하는 신과 소설」, 김주연 편, 『현대 문학과 기독교』, 문학과지성사, 1984, 91쪽.
3) 양진오, 「신과 인간 사이에서 생성된 문학세계」, 『작가세계』 29, 1996 여름호, 18쪽.

귀한다. 장로회신학대학원을 졸업한 후 소설창작에만 몰두하여 『야훼의 밤』 4부작(1986), 『가시둥지』(1987), 『베데스다』(1987) 등 기독교 문제작을 연속적으로 발표한다. 이후 기독교적 소재에서 탈피 「우리 시대의 소설가」(1991)로 이상문학상(제15회)을 수상한 그는 다시 1992년 7부작 『에덴의 불칼』을 출간한다. 따라서 그의 문학세계를 총결산한 이 작품을 분석함으로써 조성기 문학의 기독교적 의미와 동시에 우리의 기독교 문학의 현 위치를 진단해볼 수 있다.

『에덴의 불칼』은 총 일곱 권으로 구성된 연작소설로서 오늘의 작가상 수상작인 『라하트하헤렙』과 『야훼의 밤』 4부작인 『갈대 바다 저편』, 『길갈』, 『하비루의 노래』, 『회색신학교』 및 다른 두 편의 장편 『베데스다』와 『가시둥지』를 연결해 놓은 것이다. 그중 앞의 다섯 편에는 작가를 연상케하는 주인공 신성민의 젊은 날의 신앙적 편력이 연대기처럼 나열되어 있다.4) 작가 자신도 스스로의 '젊은날의 초상'5)이라고 밝힌 바 있으므로 작가와 주인공간의 일치점에 주목하면서 작품을 읽는 것도 독자로서는 재미라 할 수 있겠으나, 무엇보다도 이 작품이 독자에게 주는 의미는 한국 기독교의 다양한 측면들을 생생하게 간접체험 할 수 있다는 데에서 찾을 수 있다.

여기서 각각의 소설들이 최초 창작된 후 다시 『에덴의 불칼』로 모이는 과정에서 작가의 태도가 분명히 드러난다는 점에 유의해야 한다. 작품 후기인 '작가의 말'에서는 다음과 같이 밝히고 있다.

> 이렇게 볼 때 『에덴의 불칼』 제1부에서 제7부까지는 한 개인의 정신적 종교적 편력의 기록이라기보다, 대학 · 군대 · 선교단체 · 여자 기술원(윤락녀 직업훈련소) · 신학교 · 교도소 같은 다양한 집단에서의 정신적 종교적 체험들을 일곱 덩어리로 묶어놓은 작품이라 할 수

---

4) 작품 형성 과정에 대한 상세한 서지적 고찰과 작가 조성기와 주인공 신성민의 경력 사이의 유사성 문제는 『작가세계』 1996년 여름호의 조성기 특집을 참고할 수 있다. 특히 이동하의 「신앙인의 길, 자유인의 길」에서 이를 집중적으로 다루었다.
5) 조성기, 『에덴의 불칼』 1부, 민음사, 1992, 321쪽.

있습니다. 말하자면 일곱 가지 형태로 된 우리 시대 기독교 종교체험의 집합체인 셈입니다. 이런 소설 창작 작업은 아마『에덴의 불칼』이 처음이 아닌가 여겨집니다.[6]

이러한 점을 고려할 때 작품에 묘사된 세계와 작가의 자전적 요소들과의 일치 여부를 따지는 것은 작품을 전체적으로 이해하는 데 오히려 방해가 될 수도 있다. 그 경우에는『에덴의 불칼』작품 전체가 아니라 5부까지만을 분석대상으로 해야한다. 앞의 각주에서 언급한 이동하의 논문에서도 주인공 신성민이 만들어가는 삶의 궤적에서 작가 조성기의 자전적 면모를 느끼게 하는 통일성·연속성이 5부까지만 지속된다는 점에서 심지어 '『에덴의 불칼』5부작'이라는 명칭을 사용하고 있다.[7]

그러나 이는 우선 연작의 원형인『라하트하헤렙』과『야훼의 밤』까지만을 인정하는 것이어서『베데스다』와『가시둥지』를 연작의 범주에 포함시킨 작가의 의도에 배치된다. 물론 이는 작가의 전기적 사실과의 유사성 여부만으로 이러한 구분을 한 것은 아니다. 주인공 신성민의 신앙적 편력이라는 서사적 통일성의 측면에서, 뒤 두 작품의 접속에 무리가 따르는 것은 사실이다. 당장 두 작품에서는 독립 장편일 경우나 연작에 포함된 후에나 모두 신성민에게 서술의 초점을 맞춘 것이 아니고, 연작이 가져야할 최소한의 구조적 동질성을 파괴한 것이기 때문이다.

여기서 더 깊이 생각해볼 문제는 5부까지의 작품구조 역시 내적 통일성을 결여하고 있다는 점이다. 앞에서 말한 서사적 통일성이란 결국 작가의 체험과 작품의 서사전개가 상당부분 일치한다는 사실에서 근거한 것이다. 그러나 작가의 전기적 사실에 대한 집착은 텍스트의 이해를 저해한다. 원론적인 것이겠지만 구조란 이야기의 내용과 일치하지 않는다. 같은 작가의 체험이라도 서술방식의 차이가 생기면 나타난 텍스트는 다른 모습을 띠게 된다. "1·2·3 부는 주인공 성민의 내면에 밀착되어

---

6) 조성기,『에덴의 불칼』6부, 민음사, 1992, 273쪽.
7) 이동하,「신앙인의 길, 자유인의 길」,『작가세계』, 1996년 여름호, 63쪽.

성장소설적인 분위기를 이루고 있지만, 제4부는 성민을 비롯한 다양한 등장인물들을 어떤 풍경 속에 밀어 넣고 다소 거리를 두면서 카메라로 찍어내듯이 묘사 또는 서술하는 방향으로 전개되고 있습니다. 굳이 이름을 붙인다면, 시나리오 기법이라고 할 수 있을 것입니다.”라고 작가 스스로도 인정하듯이 기법 측면에서만 본다면 오히려 4부 이후의 작품 내에서의 연속성을 인정해야 할 것이다. ‘한 개인의 정신적 종교적 편력’이 아니라 ‘다양한 집단에서의 정신적 종교적 체험’에 초점을 맞추었다는 위의 인용문도 이러한 맥락에서 다시 읽어야 한다. 반면 전반부는 ‘작가의 말’과 달리 ‘자전적 교양소설의 한 모형’8)이라는 개편전의 평가를 그대로 적용할 수밖에 없다. 이러한 내적통일성의 결여는 작품의 완성도에 치명적인 걸림돌이 된다.9) 자칫하면 이러한 구조적 결함 때문에 문학적 완성도의 측면보다는 독자의 입장에서 기독교 전반에 관한 다양한 간접체험을 가능케 함으로써 신앙적 성숙을 가져오는 교양적 가치를 인정하는 선에서 만족해야 할 것이다. 이는 작가가 여러 차례의 편집과정을 거치며 자초한 결과이다. 따라서 작가는 이에 대한 후속조치와 방어논리가 필요했다.

　작가는 우선 작가의 분신이었던 성민을 주인공으로부터 화자로 물러앉힌다. 내면적 경험이 중심이 되는 전반부에서는 성민은 주인공이었지만, 후반부로 가면서 관찰자로서 그 역할이 축소된다. 한편 7부 같은 경우도 원래의 작품들을 연작 형식으로 하나의 장편으로 묶을 때 이전의 일인칭 화자 주인공을 새로 개작하면서 일인칭 화자 주인공을 삼인칭으로 바꾸어 이전보다 좀더 원근법과 명암이 생기도록 조치했다.10) 물론 작품은 ‘선택적 전지’11)의 시점으로 통일되어 있지만 처음에는 화자가

---

8) 조남현, 「자전적 교양소설의 한 모형」-「자유의 종」작품해설, 조성기 저, 『자유의 종』, 소설문학사, 1984.

9) 여기서의 작품완성도란 『에덴의 불칼』 7부작이 새롭게 엮어지면서 생긴 구성상의 문제에 초점을 맞춘 것이지 개별 작품이 가진 문학적 완성도를 논하는 것은 아니다.

10) 조성기, 『에덴의 불칼』 6부, 272-273쪽.

11) 노오먼 프리이드먼에 의하면 ‘선택적 전지’란 독자가 여러 사람의 정신을 통하여 이

서사적 전개에서 중심적 위치를 차지하다가 후반부에 가서는 서사 전개에서 부차적 인물로 밀리면서 화자로서의 본래 역할에만 만족한다. 이렇게 해서 표면적인 통일성은 확보되었지만 이는 더 이상 '젊은날의 초상'으로 읽히기를 포기하고, 주인공의 눈을 통해 경험되는 '우리 시대 기독교 종교체험의 집합체'라는 의미를 강조하는 결과를 낳았다. 따라서 위의 인용한 다분히 전술적인 '작가의 말'이 창작후기가 아닌 편집후기 성격을 띠고 있음은 당연하다 하겠다.

그렇다면 이제 『에덴의 불칼』에 대한 접근에는 『야훼의 밤』 단계에서 주로 논의된 자전적인 성장소설의 측면이 아닌 다른 방법이 요구된다. 여기서 "다양한 등장인물들을 어떤 풍경 속에 밀어 넣고 다소 거리를 두면서 카메라로 찍어내듯이 묘사 또는 서술하는" 소위 시나리오 기법은 1930년대 박태원이 『천변풍경』을 창작할 때의 방법과 거기서 촉발된 세태소설 논쟁을 연상시킨다. 청계천 천변을 중심으로 당대의 일상적 삶의 양상을 치밀한 관찰력과 뛰어난 문장력으로 묘사해낸 박태원이나 한국 기독교 사회의 다양한 공간들을 신성민이란 관찰자를 통해 세부 묘사하는 데 성공한 조성기는 언뜻 떠오르는 공통점 못지 않게 차이점을 갖고 있겠지만 전자에 적용된 연구방법을 후자에 적용함으로써 그 작품세계의 본질을 탐구하는 데 도움이 된다면 한번 시도해 볼만하다. 그렇다면 세태소설적 측면에서 살펴보았을 때의 의의를 논하기에 앞서 논의의 타당성을 검증해보기 위해 구체적인 작품 분석이 요구된다.

주인공 신성민의 기독교 체험은 앞의 인용문과 같이 다양한 공간에서 이루어지지만 그중 대표적인 것은 선교단체(UBF), 무교회주의, 오순절주의로 정리될 것이다. 신학교 체험이나 교도소 체험은 그 현장에 자신도 소속되어 있으나 주변적 인물이거나 단순히 전달자 역할만을 한다. 여기서는 그중 3부와 4부에 작가의 기독교 체험이 앞서 언급한 세태소설

야기를 보는 것이 아니라 작중인물들중 어느 한 사람의 정신에만 제한되어 있을 때를 말한다.

김병욱 편 · 최상규 역, 『현대소설의 이론』, 대방출판사, 1986, 4판, 378쪽.

적 측면에서 어떻게 형상화되었는가를 간단히 살핀다.

　제3부 『길갈』에서 집중적으로 다루고 있는 성민의 대학생 선교단체 체험은 자신의 구원과 궁극적 존재에 대한 관심의 차원이라기보다는 한 종교단체에 대한 보고서의 성격을 지닌다. 단체의 성격과 구조를 나열하면서 주인공을 중심으로 한 서사적 전개는 관심 밖으로 밀려난다. 있다면 주인공의 가난과 할머니의 죽음, 여고생과의 사랑과 같은 삽화적 요소들뿐이지 본격적인 신앙적 대결은 없다. 민식 목자라는 카리스마적 지도자에 대한 거부감도 신앙적 문제가 아닌 단체에서의 헤게모니 쟁탈전에 대한 환멸의 형태를 띤다. 작가의 섬세한 세부묘사 속에서 기독교적 본질에 대한 침묵은 철저히 은폐된다. 이러한 작품의 성격은 결국 이 작품을 기독교 세태소설의 차원에 머물게 만든다.

　그런데 작품에서는 부각되지 않았지만 실제 작가 조성기가 선교단체를 탈퇴한 이유 중에는 5·17의 충격이 있다. 이를 계기로 성경 바깥의 현실문제에 대해서 전혀 신앙적 대안을 제시하지 않는 선교단체의 개인 구원과 신앙에 대해 한계와 회의를 느꼈기 때문이다.[12] 따라서 "사회현실 속에서 소외된 사람들에게 어떻게 선한 사마리아인과 같은 작은 사랑을 베풀 수 있을 것인가"하는 문제가 이어지는 제4부의 중심주제가 되며 그 문제를 안고 일제시대에 몸부림을 친 선각자 김교신 이야기가 작품에 수용된다.[13] 선교단체를 탈퇴한 성민이 찾은 곳은 김교신의 무교회주의였다. 김교신을 통해 성민은 얼마 전까지 자신이 추종했던 선교단체 지도자와 같은 거짓된 카리스마가 아닌 진정한 그리스도인의 인격적 감화를 경험하게 된다. 그러나 막상 무교회주의 신앙노선이 그의 신앙에 어떠한 갈등을 일으키고, 어떠한 변화를 일으키는지는 충분하게 서술하지 않은 채 작품의 서사적 전개 속에 미처 용해되지 않은 자료의 직접적인 인용으로 대신하고 있다. 따라서 이러한 직접인용은 일반독자에게 성민 자신의 독립적 그리스도인으로서의 새 출발을 설득력 있게 제시하

---

12) 양진오, 앞의 글, 27쪽.
13) 조성기, 『에덴의 불칼』 6부, pp.255-256.

기에는 부족하다.[14)]

　그렇다면 그 원인은 무엇일까. 작가는 섣부른 소설화보다 김교신 전집에서의 관련 부분을 끌어오는 것이 독자들에게 더욱 감동적으로 전달될 것 같아 그런 방법을 택했다고 한다. 물론 작품이 가진 교양소설적 측면을 고려하면 나름대로의 효과는 인정할 수 있으나 그렇게 되면 문학적 형상화가 아니라 기독교대백과사전이 될 것이며, 소재를 직접 옮겨놓는 것이 오히려 감동을 준다는 태도는 작가의 책임회피이자, 독자에 대한 배려가 아닌 떠넘기기가 된다.

　그러므로 여기서 작가의 변명을 그대로 수용하기보다는 작품 내적 원인을 찾아봐야 한다. 그 원인은 한 마디로 앞에서 지적했듯 이 작품의 세태소설적 측면 때문이다. 관찰자적 입장에서 현실을 그대로 복사하는 작업에 몰두하는 태도에서 김교신의 사상을 등장인물 속에 용해시켜 작품의 서사구조에 드러내는 일은 불가능하다. 주인공 신성민을 통해 이를 시도하는 것만으로는 작가가 전달하려는 사상을 충분히 표현할 수 없다고 판단한 작가는 동일한 태도로 김교신 전집을 복사기 위에 올려놓을 수밖에 없다.

　현실에서 한발자국 물러나 이를 카메라에 담는 것이나 어떠한 사상을 그대로 복사하는 것이나 결국은 동일한 창작태도에 기인한 것이다. 앵글을 선택하는 것, 지면을 찾아 펼치는 것만이 작가가 은연 중에라도 개입할 수 있는 전부이다. 사물이나 현상, 사회와 사상을 이해하고 전달하는데 한계를 느낀 작가가 다른 선택이 불가능한 상황에서 독자를 상대해야할 때 이와 같은 방법론이 등장하는 것이다. 이는 원래 사회의 복잡성을 총체적으로 파악하는데 무력한 개인이 선택하는 방법이지만, 기독교 문학에서도 기독교사회를 대상으로 같은 방식을 적용할 수 있으며, 더구나 기독교적 진리와 영적 세계를 파악 전달하는 데 한계를 느낄 경우 서사적 구조에 수용되지 못한 채 성경이나 신학체계를 그대로 인용

---

14) 이상섭, 「야훼의 밤은 아직 좀 어둡다」, 『세계의 문학』, 1987 봄, 355쪽.

하는 식이 되는 경우도 발생한다.

제4부 『하비루의 노래』에서는 이러한 신앙적 체험과정에서 맺어진 윤락여성들과의 관계를 묘사하면서 위의 직접적 전달방법의 한계를 극복하고, 독자들에게 이들의 세계에 대한 생생한 보고서를 제출한다. 작가의 '시나리오 기법'이 성공했다면 이는 시나리오 작가의 구성능력이나 카메라맨의 대상을 찾는 재능보다도 카메라렌즈의 성능 때문이다. 치밀한 관찰력과 섬세한 묘사력을 바탕으로 한 문장은 작품의 다른 단점을 숨겨준다.[15] 그러나 따져보면 주인공이 경험하는 오순절주의는 이제까지 주인공이 보여준 지성적 면모와는 전혀 다른 신비적 체험으로서, 전혀 이질적인 성격의 이 두 개의 신앙노선이 어떻게 통합될 수 있는지 충분히 제시되지 않아, 문학이라기보다는 간증의 성격을 지닌다[16]는 문제점 역시 노출하고 있다.

기독교문학의 간증적 성격을 어떻게 이해해야할 것인가. 가령 감옥에서의 삶에 대한 수기적 성격과 종교적 신앙간증의 성격이 융합된 제7부 『가시둥지』는 '시대사적 상징공간'으로서 감옥의 의미를 다룬 작품이라는 평가를 받으면서도, 문학을 종교와 대체시키고 있는 듯한 종교안전책 지향의 후반은 문학영역으로서의 한계를 동시에 지적 받는다.[17] 기독교인이 산출하는 작품이라면 간증적 성격을 갖는 것은 오히려 바람직한 일이겠으나 그것이 작품 내적 필연성을 갖지 못할 때 종종 문제로 지적된다. 반면 신앙고백이라기보다는 고발적 성격이 강하게 드러난 것이 제5부 『회색신학교』이다. 주인공의 신학생 생활도 자신의 회색빛 신학에 대한 갈등보다는 신학교의 회색빛 분위기에 대한 관찰자적 성격으로 인해 삶의 특별한 전기가 되지 못한다. 신과 인간 사이에서 존재론적 문

---

15) 작가는 이전 작품들을 『에덴의 불칼』로 개작하면서 '대폭적인 손질'을 가했다고 하는데, 여기서 대폭적인 손질이란 구성상의 문제와 관련된 것이 아니라 문장과 관련된 것이다.
조성기, 『에덴의 불칼』, 1부, 1992, 321-322쪽.
16) 이상섭, 앞의 글, 355쪽.
17) 이재선, 『현대 한국소설사』, 민음사, 1994, 188-190쪽.

제에 초점을 맞추기보다는 신학교를 둘러싼 인정세태에 초점을 맞춰 서술해나간 것은 연작 전체에서 나타나는 창작태도로 미루어볼 때 오히려 당연한 것이라고도 할 수 있다.

이 장의 목적은 『에덴의 불칼』을 세태소설로 규정하는 데 있는 것이 아니라, 그에 대한 논의를 발판으로 조성기 문학세계의 본질을 다양한 각도에서 조명해 보자는 데 있다. 임화의 「세태소설론」에서의 쟁점들을 정리해보면 세태소설과 내성소설의 관계 문제, 세태소설을 리얼리즘의 확대로 평가하는 시각의 타당성, 홍명희의 역사소설 『林巨正』의 세태소설적 특성, 세태소설의 문학사적 의의 등으로 요약할 수 있다.[18] 비슷한 순서로 논의를 전개해보자.

먼저 첫 번째 논의에서 외부로 향하는 작가의 정신과 내부로 파고드는 작가의 정신은 본래 대립되는 방향임에도 불구하고 한 시대에 두 경향이 함께 발생하는 데는 그 기초에 단일성이 있다고 파악된다. 『에덴의 불칼』에서도 전반부의 성장소설적 부분은 주인공 성민의 내면에 밀착되어 있고, 후반부는 기독교 사회에 대한 외적 관찰이란 점에서 한 작가에게서 나타나는 상반되는 두 경향의 동일한 정신적 기반을 찾아낼 필요가 있다.[19] 수직적으로 자기 가운데로 들어가는 내성의 문학은 자기 자신의 개조가 궁극적으로 문학하는 이유가 되는 자기 고발의 형식으로 나아간다.[20] 조성기의 성장소설은 신과의 만남을 통한 자기 정체의 확인[21]과 구원과정이라는 점에서 일종의 자기고발적 성격을 띠는 데, 기독

---

18) 임화, 「세태소설론」, 『문학의 논리』, 학예사, 1940, 341-364쪽.

19) 임화는 그 단일성을 작가 내부에서의 '말할려는것과 그릴려는것 과의 분열'이라고 파악했던 바, 조성기의 작품에 이를 그대로 적용하는 것은 무리가 따른다. 여기서 주장하고자 하는 것은 한 작가에게서 발생한 상반된 경향을 작가의 편집의도 변화로만 설명하는 데서 그치는 것은 연구의 종점이 아니란 점과 이상과 현실의 거리에서 그 실마리는 찾을 수 있지 않을까 하는 점이다.

20) 임화는 그 대표적 사례로 김남천을 들고 있다. 앞의 글, 349쪽.

21) 작가는 첫 장편 『자유의 종』(『에덴의 불칼』 1부)에서부터 '도대체 나는 누구인가'라는 질문을 통해 '정체 위기'(identity crisis)의 주제를 다루었다.

교 세계 전반으로 관심이 확장되는 과정에서 이러한 자기고발은 더 이상 불가능해졌고, 내성적 추구로부터 세태 묘사로 전환되는 작품 성격의 분화가 나타난다.

둘째, 역사소설인 『林巨正』을 세태소설이라 칭한 것은 의문을 자아내지만 '조밀하고 세련된 세부묘사가 활동사진 필름처럼 전개하는 세속생활의 재현', 보다 구체적으로 세부묘사, 전형적 성격의 결여, 미약한 플롯은 현대 세태소설과의 본질적 일치를 보여준다. 이를 조성기 소설에 적용하면서 얻을 수 있는 것이 있다면 소재의 차이가 세태소설을 가늠하는 기준이 아니라는 점에서 '기독교 세태소설'이란 범주를 설정해볼 수 있지 않겠냐는 것이다. 이는 단순히 새로운 용어를 만들어보았다는 데서 의의를 찾을 것이 아니라, 한국 기독교 소설의 다양한 양상 중 한 영역을 명확히 부각시킨다는 의미가 있다.

이때 판단기준은 물론 세부묘사만이 아니다. '전형적 성격'의 관점에서 보면 주인공 신성민은 관찰자임에도 불구하고 전반부에서의 성장소설적 측면과 섬세한 심리묘사를 통해 살아있는 인물로 그려져 있다. 그러나 굳이 리얼리즘에서 말하는 전형의 개념을 사용하지 않는다 해도 그를 한국 기독교인을 대표하는 전형으로는 보기 힘들다.22) 물론 이를 작가의 인물묘사력 문제로 볼 수는 없다. 한 작가가 반드시 전형적 성격의 인물을 주인공으로 설정할 필요는 없으며, 이 작품이 어차피 세태소설적 전략 하에 쓰여진 것이라면 성민과 같은 인물의 설정이 작품내적논리에 어울린다 하겠다. 그러나 기독교문학이라면 작품 속에서 한국 크리스천의 모범으로 삼을 등장인물을 선보이는 것도 커다란 의의를 가질텐데 이 작품은 이러한 기대를 만족시켜주지 못한다.23) 다음은 '미약

조성기, 『자유의 종』, 소설문학사, 1984, 298-299쪽.

22) 가장 일반적인 의미의 '전형'의 개념은 '직업, 계층, 사상, 사회적 위치, 종교, 그밖의 용인될만한 집단성을 대표하는 인물로서 소설적 목적을 수행하는 인물'이다.
신동욱, 『문학개설』, 정음사, 1986 재판, 83쪽.

23) 작가가 신앙인의 모범으로 생각한 김교신의 경우도 엄밀히 말하면 작품의 등장인물은 아니다.

한 플롯' 문제이다. 세태소설은 모자이크적 구조를 갖는다. "전체 이야
기의 핵심을 벗어나는 세부사항에 온갖 정성을 기울이며…… 떼어놓고
보면 명문, 미문이지만 그것이 전체와 무슨 상관이 있는가?"24)라는 질문
은 이 점을 예리하게 지적하고 있다. 여기서 세부묘사와 함께 세태소설
의 주요한 판단 기준이라 할 모자이크적 구조의 한계를 극복하고자 채
만식의 『탁류』 같은 소설이 불가피하게 통속미를 가미하야 플롯을 굵게
하고 있다는 임화의 지적은 주목할 만하다. 조성기 역시 전반부에서 작
품전체가 목적하는 기독교적 문제와는 필연적 관계가 적은 가정문제, 연
애문제와 같은 삽화적 요소가 오히려 서사적 전개의 주축을 이룬다.25)
기독교소설이면서 '통속미'를 통해 플롯의 약화를 피하려는 시도와 함께
또다른 방향에서 '신성미'를 통한 플롯의 전개도 경계할 만한 요소이다.
기독교에만 한정된 것은 아니지만 종교적 신비 속으로 도피하여 플롯전
개상의 난점을 피해보려는 것이 그것이다. 작품 속에 육화되지 않은 종
교성이 밖으로 표출될 때 이는 문학이 아니라 간증이 된다.

　끝으로 세태소설의 문학사적 의의에 관한 쟁점을 조성기 문학의 기독
교문학적 의의로 패로디하면 다음과 같다. 임화는 세태소설의 리얼리즘
적 가치는 부정했지만 그 청신함과 존재이유로 조선소설사가 이만한 묘
사의 기술을 가져본 적이 없다고 지적한다. 조성기의 소설들 역시 묘사
기술에 있어 한국 기독교 소설의 정점에 위치한다고 볼 수 있다. 세태
소설의 장점이 정신적 질의 심오함에 있는 것이 아니라 묘사되는 현실
의 양의 풍다함에 있다고 한 것과 같이 한국 사회의 기독교적 제측면을
이처럼 풍성하게 묘사한 것은 『에덴의 불칼』 외에는 유례가 없다. 이상
의 논의를 고려할 때 조성기의 소설이 기독교문학의 본질을 모두 부합
시킨 것은 아니지만 한국 기독교소설의 영역을 확장시킨 대표적 양상으
로서 그 의의를 평가해야할 것이다.

---

24) 이상섭, 앞의 글, 354쪽.
25) 이는 연작의 편집과정과 전반부의 성장소설적 측면과도 관련이 있다.

3. 이승우의 기독교 관념소설

　작가 이승우는 서울신학대학에 재학중인 1981년 중편 「에리직톤의 초상」으로 『한국문학』 신인상에 당선되면서 등단한 이래 『구평목씨의 바퀴벌레』(1987), 『일식에 대하여』(1989), 『미궁에 대한 추측』(1994) 등 주목할 만한 단편집을 연달아 내놓았으며, 장편 『생의 이면』으로 제 1회 대산문학상을 수상하는 등 기독교 문학권 외에서도 문학적 역량을 높이 평가받고 있는 작가이다. 그럼에도 한 평론가가 데뷔 이후 근 십 년의 그의 창작 작업을 "'에리직톤'과의 싸움, 더 정확하게 말해서 '에리직톤' 해석작업으로 일관"26)한 것이라고 표현을 한 것은 설득력이 있다. 이 장에서 이승우를 연구대상으로 설정한 이유 역시 데뷔 이래 이 작가가 지속적인 관심을 보이고 있는 기독교 작품들 특히 대표작 『에리직톤의 초상』을 한국 기독교 소설의 세 양상 중 하나로 제시하고자 함에서이다.

　작가 이승우의 『에리직톤의 초상』은 약 10년이라는 기간을 두고 발표한 두 개의 텍스트를 조합한 특이한 경로의 제작과정을 지님으로써 기간 중 작가의 문학적, 종교적 변모상을 확인케 한다.　작품의 서사적 전개는 교황 요한 바오로 2세의 저격 사건의 진상을 밝혀나가는 형식으로 되어있지만 이는 오히려 부차적인 문제이고, 다양한 등장인물을 통해 기독교적 초월과 현실개혁의 동력으로서의 기독교의 의미가 다양한 관념의 충돌과정에서 제시된다. 작가는 1부에서 개체적이고 실존적인 사고와 신 중심의 세계인식, 그리고 추상적이고 폐쇄된 신념체계에 기울어진 한 젊은 신학도의 의식을 드러내 보이고, 2부에서는 인간의 구체적인 삶에 대한 관심과 역사적이고 사회적인 시아의 확보를 바랐다.27)

　　수직이 전제되지 않은 수평을 부르짖을 때 문제가 생깁니다. 절대자와 비뚤어진 수직관계를 방치하고 인간 사이의 평등한 관계만을

---

26) 박덕규, 「수직과 수평, 또는 관념과 실제」, 『문학정신』, 1990. 10, 157쪽.
27) 이승우, 「작가의 말」, 『에리직톤의 초상』, 살림, 1990.

기획하는 것은, 감히 말하자면 **환상**에 불과합니다. 신을 거론하지 않
은 모든 휴머니즘은 허무주의라는 기형의 자식밖에는 낳지 못할 것
이며, 절망이라는 기항지가 그들의 종국일 것입니다.[28]

아니다, 내게는 수직과 수평, 또는 신적인 것과 인간적인 것의 구
별이 무의미하게 생각된다. 신은 인간적이고, 인간은 신적이다. 신은
인간적이다. 신은 인간적이지 않으면 안 되고, 인간은 신적이지 않으
면 안 된다. 수직은 수평으로 하여 존재가 가능하고, 수평은 수직을
지향한다.[29]

앞에 인용한 정상훈의 신중심주의와 뒤에 인용한 신태혁의 입장은 같
은 문제를 전혀 상반된 시각에서 다루고 있다. 작가는 여기서 신성과
인간성, 수직과 수평의 두 구조가 팽팽하게 맞서 대결을 벌이는 긴장의
원리에 의존하고 있다. 수직과 수평으로 대변되는 작품의 두 축은 결국
제사장적 기능과 예언자적 기능이라는 기독교의 두 역할을 형상화한 것
이다. 그리고 이 두 개의 축은 결코 분리되는 것이 아니어서 이 두 축
이 교차하는 그리스도의 십자가는 이를 상징해 준다

모든 소설은 허구를 전제로 한다. 그러나 그것은 진실을 드러내는 허
구이다. 사실이 아니라 진실을 지향한다는 뜻이다. 그렇다면 소설적 진
실의 핵심은 무엇인가. 작가는 소설 창작의 작업을 혼돈의 삶에 형태를
부여하기 위한 인공의 혼돈으로 규정하고, 소설을 쓰는 즐거움이란 가짜
의 인물, 가짜의 역사를 그럴 듯하게 창조하여 생명을 불어넣는데 있다
고 했다. 혼돈에 형태를 부여하고 창조물에 생명을 부여하는 행위는
바로 신의 창조 행위의 반복이다. 그런 의미에서 소설가는 신이 만든
세계에 안주하지 않고, 끊임없이 자신의 새로운 세계를 창조하는 자이
며, 이는 신화 속의 에리직톤이 신성한 나무에 도끼질을 한 것처럼 신
의 영역에 대한 침범이 된다. 최초의 인간 아담에서부터 인간은 신의

---

28) 이승우, 『에리직톤의 초상』, 동아출판사, 1995, 22쪽.
29) 이승우, 앞의 책, 194쪽.

준엄한 명령을 거역하고, 신의 권위에 도전했다. 인간과 신의 경계선에 생명수가 자리하고 있다. 선악과란 결국 판단 능력을 의미하며 인간은 이제 신의 형상을 보다 완벽히 재현하기 위해 최후로 선악의 판단력마저 획득하는데 성공한다. 후에 메피스토의 유혹을 받은 파우스트가 지혜를 얻기 위해 악마에게 영혼을 맡기듯, 뱀의 유혹을 받은 아담은 지혜를 얻기 위해 신에 대한 복종을 거부한다. 결국 지혜는 에덴이라는 태초의 행복과만 맞바꾸어진 것이 아니라 원죄에 수반된 것이다.

여기서 작품 제목에 등장하는 '에리직톤'의 의미에 주목해 보자. 에리직톤(Erisichton)은 그리스 신화에 등장하여 신들을 멸시하는 불경한 사람으로 시어리어즈(Ceres) 여신이 사랑하는 신성한 나무에 도끼질을 한다. 여신은 그에게 굶주림의 형벌을 내리고, 따라서 에리직톤은 끊임없이 먹기를 계속하면서 계속 굶주린다. 그는 굶주림은 면하기 위해 자신의 딸까지 팔아 먹고 결국은 자기 자신의 팔다리마저 뜯어먹다가 죽고 말았다. 결국 이승우의 소설은 존재의 심연에 도사린 에리직톤적 추구에 대한 기록인 것이다.

모든 소설은 결국 자신의 이야기라고 한다. 모든 소설이 어떤 식으로든 글쓴이의 자전적인 기록이라면 소설가는 '자신의 형상대로' 작품 속의 인물을 창조한다. 이제 작가는 보다 자전적인 글을 통해 자신의 삶과 신의 문제를 정리할 필요를 느꼈다. 장편『생의 이면』의 화자는 작가이다. 처음에 독자는 이 화자 자신을 작가 이승우의 분신으로 생각하게되지만 줄거리가 전개되면서 초점은 작가탐구의 대상인 박부길 씨에게 맞춰진다. 작가가 화자의 입장에 서는 것이 아니라 탐구대상의 입장에 놓인다. 작품의 결말에서는 "지금까지 그(박부길)의 글쓰기는 감춰진 것의 드러내기이다. 그 드러내기는 그러나 감추기보다 더 교묘하다. 그것은 전략적인 드러냄이다. 말을 바꾸면 그는 감추기 위해서 드러낸다. 그가 읽은 대부분의 신화가 그러한 것처럼"이라고 밝히고 있다. 박부길의 고향으로부터의 도피 저편에는 무엇인가가 숨겨져 있다. 고향은 단순히 공간적인 것이 아니라 오히려 시간적인 것으로 이는 결국 자신의 과거로부터의 도피이다. 박부길의 감추기와 드러내기 사이의 긴장과 화자의 집요한 추적을 통해 아버지에 대한 죄의식이 이야기 핵심임이 드러난다. 주인공이 아버지를 시인함으로써 마침내 자신의 정체성을 확인하는 이 이야기는 확실히 종교적이다. 이는 우리 속에 잠재하는 원죄의식과 신에 대한 추구를 바꾸어놓은 것이다. 그러나 '죄의 문제'를 다루기 위해 작가는 극단적으로 고립된 주인공을 설정하여 개인의 문제로 제한하면서 기독교적 초월의 문제를 여전히 관념적 차원에서 처리하고 있다.

다시 『에리직톤의 초상』으로 돌아와서 논의를 발전시켜보자. 이 장에서 주목하여 살펴보려는 이승우의 특성은 앞에서도 언급한 '수직과 수평의 축'30), '소설적 허위와 신앙적 진실'31)의 문제가 아니라 작품이 가진 '관념소설적 성격'이다. 『에리직톤의 초상』을 관념소설의 차원에서 접근한 선행논문32)이 있으므로 먼저 이를 소개하고 필자의 의견을 간단히 첨부한다.

이동하는 이 작품을 관념의 축에 완전한 헌신을 맹세함으로써 자신의 존재의의를 확립한 '관념소설의 전형'으로 평가하고, 그 관념의 구체적인 내포로서 기독교적 초월의 문제를 지적한다. 관념소설적 성격이란 첫째로 사상이 작중인물을 움직이는 원동력으로 작용하고 있다는 점과 둘째로 다성소설적 성격을 말한다. 작가는 소설에 등장하는 정상훈, 김병욱, 정혜령, 최형석, 신태혁 등의 여러 입장 가운데 어느 한 입장을 지지하지 않으며, 최종 판단을 독자의 몫으로 남긴다.

한국문학에서 '관념소설'33)이란 용어가 구체적으로 소개된 것은 1940

---

30) 이 문제에 대하여는 앞의 각주 27)에서 소개한 박덕규의 논문이나 신익호의 「<에리직톤의 초상>에 나타난 수직과 수평의 축」(『문학과 종교의 만남』, 한국문학사, 1996)를 참조할 것.
31) 김윤식의 「소설적 허위와 신앙적 진실 - 이승우의 지상의 양식」(『한국문학』, 1993. 3.4 합본)의 표제에서 따온 구절임.
32) 이동하, 「관념소설의 전형」, 『신의 침묵에 대한 질문』, 세계사, 1992.
33) 이하의 '관념소설' 의 개념은 황순재의 『한국 관념소설의 세계』(태학사, 1996)의 I · II장을 참조했음.

년에 발표된 최재서의 평론 「학슬리의 <포인트·카운트·포인트>」가 최초이다. 그는 관념소설을 전통적 소설에서처럼 성격의 전개라든가 플롯의 구성 때문에 관념과 사상이 수단으로 사용되지 않고, 도리어 그것이 주체로서 움직이면서 스토리와 성격을 수단으로 예속시키는 소설이라고 지적하고 동시에 관념소설이 사상소설과 다름을 분명히 한다. 사상소설이 특정한 사상의 배타적 선택과 주장이라는 작가의 강한 의도성이 전제된 소설이라면 관념소설은 사상이나 관념의 극화를 통해 현대적 삶 속에 생동하는 다양한 사상과 관념 자체를 충실히 반영하고자 하는 소설이다. 한국 소설사에서 최재서의 관념소설관은 창조적으로 수용·심화되지 못한 채, 관념이 지배적으로 표출되는 일부 작품들의 범주를 막연히 지칭하기 위한 편의적 용어로 선택되어 왔다. 그 결과 관념소설은 주관적인 관념적 작품에 대한 평가적 용어나 객관적 현실세계를 부정하는 부르주아 지식인 작가의 지적유희로 평가하는 패러다임으로까지 작용해 왔다.

이러한 관념소설의 원래의 개념에 충실하자면 『에리직톤의 초상』은 단지 기독교라는 관념의 주장을 위한 사상소설이 아니라 관념의 다성적 배열이라는 측면에서 논의의 가치가 있다. 앞에서 이동하가 적절히 지적한 대로 다성적 성격이야말로 이 작품을 이해하는 핵심이 된다. 가령 위의 수직과 수평의 문제에 관한 인용문도 작가는 정상훈과 신태훈의 어느 한 편을 선택하지 않고, 독자로 하여금 스펙트럼의 양극단 사이에서 자신의 위치를 스스로 결정토록 한다. 사실 어느 입장을 최종선택하느냐가 중요한 문제가 아니라 다양한 주장 속에서 신과 인간 사이의 존재론적 질문을 추구하는 행위 자체가 기독교 소설의 본질이리라는 점에서 기독교소설은 관념지향적일 필요가 있다.

1930년대의 소설적 경향을 정리하는 자리에서 최재서는 박태원의 『천변풍경』과 이상의 「날개」를 지칭하며 '리얼리즘의 확대와 심화'라는 표현을 쓴다. 앞에서 살펴보았듯이 임화는 즉각 반발하며 전자를 세태소설, 후자를 내성소설로 비판하고, 양쪽 모두 리얼리즘의 본질에서는 벗어나 있다고 지적했다. 비슷한 방식으로 최근 기독교 소설의 두 양상을 표현하자면 조성기의 소설은 범기독교 세계에 대한 성실하고 방대한 보고를 통해 한국 기독교 소설의 소재와 공간을 확대시켰으며, 이승우는 태초의 말씀이 육신이 되듯 작가가 추구하는 로고스에 육신을 부여함으로써, 현실반영보다는 관념의 다성적 추구를 통한 기독교 소설의 심화에 기여했다. 따라서 전자는 기독교 세태소설로 후자는 기독교 관념소설로 규정할 수 있을 것이다. 전자는 근대문학 초창기부터 있어온 교인과 교회의 위선과 비리를 풍자, 고발하는 소재 지향의 기독교소설의 연장선상에서 이를 극복하려 했으며, 후자가 보여준 초월의 관념적 추구는 이전의 기독교소설사의 전통에서 유례를 찾기 힘든 작가의 독자적 영역을 개척했다. 양쪽 모두 기독교 소설을 확대시키고 심화시켰다는 긍정적 의의를 갖지만, 그러나 전자는 섬세한 세부묘사에 비해 본질적 고민이 부족하고, 후자는 관념의 교직일 뿐 현실에 대한 관심이 불충분하다는 비판 역시 감수해야 했다. 따라서 이를 보완하여 진정한 기독교 정신을 모색한 작품이 요구된다. 그렇다면 그 자리에 어떠한 작품을 앉힐 것인가. 다음 장에서는 김영현의 단편소설에서 그 가능성을 모색해 본다.

4. 김영현 소설의 기독교적 의미

1990년 초반 소위 '김영현 논쟁'이라는 이름으로 문단의 주목을 받은 김영현은 그의 자전적인 작품 곳곳에서 발견되는 종교적 체험때문에 기독교 문학의 범주에서도 연구가치를 찾을 수 있다. 학생운동 경력, 수감생활, 강제 징집 등 한국 사회의 민주화 과정과 직결되는 파란만장한 젊은 날의 체험의 뒤편에 그의 신앙적인 힘이 뚜렷이 자리한다.

서울대 철학과에 재학중 구속된 작가는 1979년 가석방된 후 군대로 끌려간다. 강원도 간성의 포병 대대에 배속된 그는 그곳 민간인 교회에서 박홍규 목사를 만난다. 박목사의 삶은 당시 그에게 깊은 영감을 주어 나중에 「포도나무집 풍경」, 「내 마음의 서부」의 중심인물로 설정된다. 1980년 삼청교육대가 수용되어 와서 그들과 함께 세례를 받고 대대 군종이 되는데 그들의 이야기 일부가 단편 「별」에 형상화되었다.[34]

이러한 체험은 이제까지의 한국 소설사에서의 기독교 형상화와는 사뭇 다른 작품을 낳는다. 그의 작품을 '실천지향적' 기독교 소설로 분류하는 지적[35]도 나왔거니와 「포도나무집 풍경」, 「별」, 「내 마음의 서부」 등의 작품에서 신에 대한 관념적 질문보다는 한국 사회 변혁과정에서의 기독 청년의 갈등과 희망을 그리고 있다. 작가의 관심사는 늘 생동하는 사회 현실이지 교회라는 분리된 공간이 아니다. 실상 사회와 종교는 분리될 성질의 것이 아님에도 불구하고 종종 교회라는 울타리를 쳐서 가두어버리지 않았던가. 목사와 같은 직업적 종교인은 부차적 인물로 설정되어 주인공에게 정신적 영향을 끼칠 뿐이며, 흔히 등장하는 교회내의 부정 고발도 없다. 만약 소설의 무대를 교회 주변으로 제한하면, 자아와 세계와의 갈등 양상을 표현하는 소설 양식의 특성상 부정적 측면에 치중하게 된다. 그러나 김영현의 소설에서 자아와 갈등을 빚는 세계는 주로 1980년대의 부정적인 정치 현실이며, 종교는 그 내부에서 주인공에게 위안과 희망을 제공하며 현실을 견디게 하는 힘이 된다. 이때 그러한 위안과 희망이 「포도나무집 풍경」에서 볼 수 있듯 주인공 개인만을 향한 것이 아니라 같이 견디어 내며 살아가는 이 땅의 젊은이들에게 확장된다는 점에서 개인적인 결단을 종점으로 하는 조성기나 이승우의 소설과는 또다른 차별성을 갖는다.

부정적 현실과 생명력의 회복을 다룬 「포도나무집 풍경」은 87년 대선 이후 침체된 지식인 주인공에게 민중의 건재함을 확인시킨다. 주인공의 집필과정을 빌어 작가는 80년대 운동사를 정리하고, 동시에 주민들과의

---

34) 김영현, 「내 추억의 푸른 길」, 『해남가는 길』, 솔, 1992 참조.
35) 임영천, 『한국 현대문학과 기독교』, 태학사, 1995, 338쪽.

만남과 대화를 교차시킨다. 현실의 어둠 그 자체가 아니라 그로 인한
절망감과 무력감이 문제인 주인공에게 필요한 것은 새로운 이상과 신념
회복이다. 작가는 결말에서의 '끈질긴 생명력에 대한 낙관적 신뢰'[36]를
통해 그 가능성을 확인한다.

> "도시에서 온 놈들은 겨울 들판을 보면 모두 죽어 있다고 그럴 거
> 야. 하긴 아무 것도 눈에 뵈는 게 없으니 그렇기도 하겠지. 하지만
> 농사꾼들은 그걸 죽어 있다구 생각지 않아. 그저 쉬고 있을 뿐이라
> 여기는 거지. ……중략…… 진짜 훌륭한 운동가라면 농사꾼과 같을
> 거야. 적당한 햇빛과 온도만 주어지면 하늘을 향해 무성히 솟아나오
> 는 식물들이 이 땅에서 살아가는 민중들이구. 일시적으로 죽어 있는
> 듯이 보이지만 그들은 결코 죽는 법이 없다네."[37]

박목사의 입을 통해 주인공은 마침내 지쳐있는 자신의 위치가 결코
자신의 생각처럼 절망이나 무력이 아님을 깨닫는다. 햇빛이나 온도가 아
니라 식물이 가진 고유한 생명력이 씨앗을 싹트게 하는 본질적인 힘이
라는 사실에서 작가는 비록 추상적인 것인지도 모르나 민중의 생명력에
대한 신뢰를 포기하지 않았던 것이다.

김영현 소설에서 주인공에게 미치는 기독교 정신의 힘은 신학적 탐구
나 공동체에의 헌신 경험보다는 이상적인 목회자 상으로 대표되는 박목
사와 같은 개인의 인격적 감화에 의존한다는 점이 특징이다. 「포도나무
집 풍경」에 나오는 박목사는 "성찬식을 할 때 형식적으로 쬐금 맛만 보
여주는 빵 조각 대신 큼지막한 인절미 한 가닥씩을, 작은 잔에 감칠맛
만 내는 포도주 대신 농주 한 사발씩을 준다"는 소문으로 군인 사이에
이름이 알려져 있었다. 그는 느릿한 말투로 변방에선 듣기 힘든 민주화
에 대하여 꽤나 열성적으로 설교를 하였고, 그곳 교회의 장로들과 갈등
을 빚는다. 5·17이 터진 후 박목사와 주인공은 각각 교도소와 보안대로

---

36) 김철, 「낭만적 아이러니와 힘의 깊이」, 『해남 가는 길』, 307쪽.
37) 김영현, 「포도나무집 풍경」, 『깊은 강은 멀리 흐른다』, 실천문학사, 1990, 140-141쪽.

끌려가 눅신하게 얻어터지면서 서로의 소식을 듣는다.

「내 마음의 서부」에는 박목사의 공동체 건설의 꿈에 대한 좀더 자세한 이야기가 수록되어 있다

유신 말기에 강릉에서 푸른교회를 개척했다는 박목사는 「포도나무집 풍경」의 박목사의 경력과 완전히 일치하지는 않지만 곰처럼 덩치가 크고 표정이나 말투가 어눌하고 둔해 보였다는 첫인상부터 쉽게 공통점을 발견할 수 있다. 주인공을 만난 박목사는 대관령 황무지에 땅을 마련하여 밤이 되어 온 천지가 암흑에 잠기면 하늘에 가득 별만 떠오르는 그곳에 마음 맞는 사람들끼리 조그만 기독교 공동체를 만들고 싶다는 소망을 피력한다.

일년후 대관령 목장에서의 토론은 박목사의 공동체 운동에 초점을 맞춰 한국 사회의 변혁에 대한 다양한 입장들을 보여준다. 작가는 후배 정민의 입을 통해 고립분산적 소공동체에 대해 일정한 비판을 가하면서도 동시에 박목사의 발언을 통해 그 투쟁적 가치를 옹호하고, 헤숙의 소박한 생각을 빌어 일반대중에게 갖는 호소력을 인정하고 있다. 그리고 이들이 함께 어울린 잊지 못할 대관령의 밤은 이러한 방법론적 차이가 인간 서로에 대한 애정 속에서 얼마든지 화해 조정될 수 있음을 암시해 준다.

박목사의 공동체는 결국 추동력을 가진 현실적 대안이 아니라 '꿈'에 불과한 지도 모른다. 그러나 비현실성 운운하지만 유신말기의 억압 속에서 어떤 대안을 모색해본다는 것 자체가 가치 있는 일이며, 용기를 필요로 하는 것이다. 또한 당시의 '과학적인' 대안이란 것들 또한 얼마만큼의 현실성을 갖고 있는 것으로 보였던가. 그러므로 박목사의 낭만적 정열이 단순한 현실도피가 아님을 화자 역시 인정할 수밖에 없다는 사실은 "희망이 보이지 않는 시대에 그런 꿈이라도 간직하며 살아간다는 사실이 오히려 부러운 느낌이 들었다."[38]는 고백에서 확인된다. 그러나

---

38) 김영현, 앞의 책, 169쪽.

5·18은 그런 박목사의 꿈을 빼앗아가 버린다.

「별」은 기독교인의 시대적 양심이 요청되는 1980년대에 작은 목회자 역할을 담당한 주인공의 군종 생활을 묘사한 작품이다. 출옥 후 군대로 끌려온 주인공은 본능적으로 스스로를 보호할 필요를 느끼고 기독교 신자가 되며, 대대 군종병을 자청한다. 5·17로 보안대에 끌려가서는 "빨갱이가 아니라는 증거처럼 그것을 달고 다녔"고, 식사 때마다 열렬한 기도를 드렸다.

삼청교육대가 수용되자 호기심 반, 의무감 반으로 방문예배를 추진했던 주인공은 머리를 빡빡 밀고 목석과 같은 표정으로 앉아 있는 삼청교육대생을 대하는 순간 잘못 왔다는 후회에 빠진다. 그러나 막막함 속에 설교대에 선 그의 짧고 솔직한 설교는 사람과 사람끼리만 느낄 수 있는 미세한 변화를 가져온다.

설교 본문의 감동과는 별개로 이 장면의 현실성에 대해서는 몇 개의 의문이 생긴다. 첫째, 과연 80년대에, 그것도 삼청교육대 막사에서, 다른 사람도 아닌 문제 사병으로 지목되어 보안대까지 다녀온 주인공에 의해 이런 예배가 무사히 진행될 수 있었을까. 둘째, 철저한 자기보호의 목적에서 시작된 기독교 입문이 어떻게 단시일에 이와 같은 신앙적 성숙을 이룩했을까. 셋째, 작가와 상당히 유사한 주인공의 경력을 고려할 때 어디까지가 작가의 실제 체험일까. 그리고 현실인식과 용기에 있어서 영웅적인 이 주인공의 묘사가 당대가 아닌 90년대에 뒤늦게 무슨 의미가 있겠는가 등이 그것이다.

처음 두 질문은 작품의 사실성과 관련된 것이다. 첫째 질문은 당시로는 불가능한 상황을 90년대적 관점에서 무리하게 소급 적용한 결과가 아닌가 하는 것이며, 이는 작품과 현실을 구분 못하는 어리석은 질문처럼 보이는 세번째 질문이 내포하는 바, 혹 작가에게 있어 비슷한 체험이 가능했을지도 모른다는 기대가 아니라면 비현실적이라는 지적을 면하기 어려울 것이다. 둘째 질문도 완전한 '진짜 신자'라고 보기 힘든 주인공에게서 이런 신앙적 확신을 기대할 수 있겠냐는 것인데, 보안대에서의 체험만으로는 이와 같은 신앙적 비약은 설명되기 힘들다. 한편으로는 주인공의 믿음이 미리 획득된 것이 아니며, 아직 신앙적 결단을 내리지 못하고 방황하고 있는 주인공이 방문 예배 과정에서 그들과 함께 마침내 변화되는 과정으로 설명해 볼 수 있다. 아니면 여기서의 하나님에 대한 신뢰는 실상은 주인공이 이전부터 간직해온 역사에 대한 신뢰를 다르게 표현한 것에 지나지 않는다는 해석도 가능하다. 그렇다면 하나님이 굳게 지켜주시리라는 말은 주인공의 신앙적 고백이 아니라, 하나님이 계시다면 마땅히 그들을 기억해야 하며 정의의 하나님으로서 역사에 개입해야 한다는 요청으로 이해된다. 그리고 만약 이러한 확신이 당장 그 자리에서 삼청교육대를 위로하고 용기를 주기 위한 수식어에 불과하다 할 지라도 작품 내에서 삼청교육대 사람들에게 현실적으로 버틸 수 있는 힘을 제공하리라는 점은 인정해야 할 것이다. 마지막 질문에 대해서는 일단 기독교 문학의 차원에서만 따져본다면 한국 기독교 문학사에서 요구되는 하나님의 형상, 올바른 기독교인상을 분명하게 제시했다는 점에서 의의를 찾을 수 있다. 또한 더 이상 우월한 위치에서 설교하는 교회가 아니라 겸손하게 그들의 고통을 이해할 수 있는 교회가 되어야 이 땅의 민중에게 호소력을 가질 수 있다는 사실을 보여준다. 이러한 역할만으로도 작품배경인 80년대에 대한 단순한 회고에 머물지 않고, 앞으로의 기독교의 방향을 구체화하는 데 도움이 될 것이다.

아울러 이 작품의 제목과도 관련하여 김영현 소설에 반복적으로 등장하여 낭만성과 서정성을 높여주는 '별'의 이미지를 언급하고 지나가야 하겠다. "나는 창공에 빛난 한 개의 별이라오 / 이 세상을 너무도 사랑했다오 / 흙바람 눈물 속을 달려간다오"라는 가수왕 박용태의 짧은 가사에서 별은 세상과 멀리 떨어진 고고한 이상이 아니라 세상과 항상 함께하는 존재라는 사실이 부각된다. 그것은 이 땅을 항상 내려다보며 민중을 감싸안는 존재, 현실과 역사를 지키는 존재라는 점에서 신을 생각하게 한다. "찢어진 구름 사이로 별 하나가 떠올랐다"는 소설 「별」의 마지막 문장은 윤동주의 「서시」에서 시작된 한국문학사에서의 '별'의 전통과 기독교적 의미가 김영현 소설의 중심에 떠올라 있음을 확인시킨다.
　작가는 "나의 절대적 관심은 인간답게 살 수 있는 '공동체'의 건설이
다. 그리고 이 불쌍한 '나'라는 인간을 해방시켜 주는 일이다. 근본적인
질문에 익숙해 있다는 점에서 나는 여전히 한사람의 철학도"39)라고 밝
힌 바 있다. '근본적인 질문'은 늘 종교적이다. 이러한 근본적인 물음을
통해 존재의 근원과 실존의 문제를 다루고, 사회 현실로부터 종교적 초
월의 문제로 관심을 확장시킨 본격적인 작품이 「그리고 아무 말도 하지
않았다」이다. 작가는 현실에서 절망한 한 화가가 수도원의 벽화를 완성
시키는 과정을 통해 작가 자신의 종교적 자화상을 그리고 있다. 예술가
소설이 본래 그렇듯 작품 속의 창작 행위는 작가의 창작 행위의 반영이
며, 주인공 도재섭에게 있어서의 미술의 의미는 김영현이 소설을 쓰는
이유와 통한다. 예술가들에게 있어서 예술은 단지 대상이나 결과물이 아
니라 삶을 살아가는 방법이기도 하다. 도재섭이 그린 광야의 예수상은
작가의 종교적 태도이자 존재와 실존의 의미에 대한 결론인 것이다.

　　　그리고 다른 한 가지의 문제는 종교적 초월의 세계와 현실의 세계
　　를 어떻게 조화시키느냐하는 것이었다. 그것은 재섭에게 단지 벽화의
　　문제에만 한정된 것이 아니라 종교 전체에 대한 태도를 결정짓는 문
　　제였다. 재섭에게 종교란 단지 어떤 종교를 믿느냐, 믿지 않느냐는
　　문제가 아니라 이 무의미하게 흘러가는 존재의 세계에 대한 근원적
　　인 물음이었고, 한 개별적 인간의 실존에 대한 물음이기도 했다.
　　……중략…… 비록 수도원에 갇혀 있는 그림이라 하더라도 재섭은
　　현실의 모습을 어느 정도는 담아내보고 싶었던 것이었다.40)

　그러면 작가는 결국 어떠한 형상으로 예수를 완성할 것인가. 이 작품
은 김동인의 「광화사」나 정한숙의 「금당벽화」과 같은 신비적인 결말에

---

39) 김영현, 「내 추억의 푸른 길」, 앞의 책, 23쪽.
40) 김영현, 「그리고 아무 말도 하지 않았다」, 『그리고 아무 말도 하지 않았다』, 창작과
　　비평사, 1995, 36-37쪽.

이르지는 않는다. "벽화는 실패하였다. 그곳에는 그 어떤 절대적인 모습도 없었다. 궁핍과 불의에 고통받는 인간을 위한 분노도 없었고, 인간 존재의 본질에 대한 고뇌도 없었다."는 재섭의 고백에서 알 수 있듯이 완성된 벽화는 초라한 인간 도재섭의 자화상일 뿐이며, 예수의 얼굴은 미완성으로 남는다. 그러나 이 작품은 신에 대한 그림이 아니라 신을 그리워하는 한 인간에 대한 이야기이다. 종교적 탐구라는 것은 신에 대한 설명이 아니라 신에 대한 질문 그 자체로서 가치를 가진다. 일을 마치고 돌아가는 재섭에게 사무장은 다음과 같이 감사의 뜻을 표한다. "누가 뭐라 하든 그게 어디 보통 벽환가요. 그게 비록 재섭 형제의 자화상이라 하더래두 말이에요. 그건 한 인간의 소중한 기도입니다. 상처 많고 고뇌 많은…… 우리는 모두 당신이 그린 그 벽화를 향해 찬미의 십자가를 그을 것입니다. 그리고 당신을 기억할 것입니다."[41] 김영현의 기독교 소설에는 신이 등장하지 않지만 작품마다 그 저변에 깔린 기독교 정신은 작가의 집요한 탐구 자세를 확인시키며, 독자들은 거기서 만족스런 답을 구할 수는 없겠지만 문제를 풀어나가는 열정과 인간에 대한 신뢰에서 감동의 원천을 발견할 것이다.

5. 맺음말
　-한국 기독교소설의 구도와 가능성

앞서 기독교 소설의 확대와 심화를 논하면서 조성기의 기독교 세태소설과 이승우의 기독교적 관념 소설의 한계를 극복하는 자리에서 김영현의 소설의 가능성을 살펴보자고 한 것은 김영현의 소설이 기독교 문학으로서 앞의 작품보다 우위의 가치를 가진다는 의미는 아니다. 이는 지

---

41) 김영현, 앞의 책, 63쪽.

금까지 한국 현대소설에서 기독교 문제를 다룰 때 소홀했던 부분이 어디인가를 따지고, 앞으로의 과제를 전망한 것이다. 따라서 '세태소설'이나 '관념소설'이라는 지칭이 앞선 작품들의 가치를 폄하하거나 일부분만을 부각시키고자 하는 의도에서 사용된 것이 아님을 다시 한번 덧붙인다. 각 작품들은 한국 기독교 소설사의 발전 단계에서 빠뜨릴 수 없는 중요한 위치를 차지한다. 기독교 도입 초기에는 역시 외면적인 관찰에서 기인한 문제제기가 관심사로 대두할 것이며, 한국 기독교의 성장에 따라 이는 다양한 소재를 제공한다. 이 유형은 상당히 오랜 기간 기독교문학의 형성해 왔으며, 앞으로도 지속되겠지만 조성기의 소설이 일단 그 정점에 서리라고 판단된다. 반면 이승우의 소설은 이러한 전통에 획을 그으며 등장하여 그 사상적 깊이나 다성적 기법으로 신적 문제에 대한 본격적인 관념 탐구의 길을 열었다. 여기에 현실인식에 기초한 김영현 소설이 또 다른 축을 형성하면서 이들 세 유형이 삼위일체적으로 앞으로의 한국 기독교 소설을 발전시켜나가리라 확신한다.

한국소설과 근대적 일상의 경험

인쇄일 초판 1쇄   2002년 04월 01일
       2쇄   2013년 04월 23일
발행일 초판 1쇄   2002년 04월 15일
       2쇄   2013년 04월 25일

편 저 김 명 석
발행인 정 진 이
발행처 새미
등록일 1994.03.10, 제17-271호

서울시 강동구 성내동 447-11 현영빌딩 2층
Tel : 442-4623~4 Fax : 442-4625
www. kookhak.co.kr
E- mail : kookhak2001@hanmail.net
ISBN 978-89-5628-006-6
가 격 17,000원

★ 새미는 국학자료원 의 자매회사입니다.
★저자와의 협의 하에 인지는 생략합니다.